L'ARROGANT

Catt Ford

L'ARROGANT

Catt Ford

Publié par
DREAMSPINNER PRESS

5032 Capital Circle SW, Suite 2, PMB# 279, Tallahassee, FL 32305-7886 USA
www.dreamspinnerpress.com

Édition e-book en français : 978-1-63533-461-6
Édition imprimée en français : 978-1-63533-460-9
Première édition française : décembre 2016
v 1.0

Ce livre est dédié à tous les écarteurs qui risquent leur vie dans l'arène à chaque compétition pour protéger les riders. Je ne sais pas qui des deux est le plus fou.

PETIT LEXIQUE DU BULL RIDING :

Arène : Le bull riding (littéralement, « monte de taureau ») est une forme extrême de rodéo à dos de taureau, qui se déroule généralement dans une arène sportive, derrière des barrières de sécurité en métal d'environ deux mètres de haut. À une extrémité de l'arène, un commentateur sportif est installé dans une tribune depuis laquelle il énonce les scores, et à l'autre bout, un échafaudage en métal sur deux étages abrite les équipes de télévision, au-dessus des cages de contention. Souvent, un reporter est posté au pied des cages pour prendre les témoignages des riders qui entrent et sortent de l'arène.

Bras libre : Le bras du rider qui ne tient pas la corde et qui l'aide à épouser les mouvements de cabrage du taureau et à garder l'équilibre. Si ce bras touche le taureau, le rider est disqualifié.

Bonne main : Lorsque le taureau tourne dans le sens de la main directrice du rider.

Bull rope : Épaisse corde tressée, enduite de résine aux points de saisie, qui harnache le taureau et que le bull rider tient par sa main gantée. Une cloche y est traditionnellement attachée, elle sert de poids pour faciliter sa chute lorsque le rider la lâche avant de descendre.

Bullfighters : Aussi appelés écarteurs. L'équipe d'athlètes entraînés pour distraire le taureau et assurer la sécurité du rider. Leur rôle est d'attirer l'attention du taureau et de l'écarter coûte que coûte. Ils sont les « anges gardiens » de l'arène et sont prêts à tout pour protéger leur rider et les autres membres de leur équipe.

Cage à requins : Une cage en métal circulaire au milieu de l'arène, dans laquelle une équipe de télévision est installée pour filmer le cœur de l'action. Le clown ou la mascotte peuvent s'y réfugier si besoin.

Cages de contention : Les box en métal dans lesquels les riders harnachent le taureau avant d'être lâchés dans l'arène. Elles sont généralement au nombre de six, et les riders se préparent chacun leur tour. La personne responsable de l'ouverture des cages de contention doit attendre le signe de tête du rider.

Challenge : Si un rider pense qu'il y a faute ou que le chronomètre a mal fonctionné, il peut appuyer sur un bouton rouge appelé " le bouton challenge ". Si le challenge est refusé, le rider devra payer une pénalité de 500 dollars.

Changement de cap : Lorsqu'un taureau opère un changement complet de direction, de l'avant vers l'arrière, ou de la droite vers la gauche.

Claque : Si un rider claque le taureau avec sa main libre, il est automatiquement disqualifié.

Coriace : Un taureau particulièrement violent et difficile à monter, mais pas nécessairement un diable.

Cowboy : Un homme à cheval qui vient en aide aux écarteurs lorsqu'ils sont en difficulté avec un taureau trop violent.

Couvert : On dit d'un taureau qu'il est couvert lorsque le rider est parvenu à tenir sur son dos pendant les huit secondes requises.

Être dans le siphon : Lorsqu'un taureau se cabre et se met à tourner sur lui-même, et que le corps du rider est emporté sur le côté par la force centrifuge.

Déclencher le sifflet : Une alarme (généralement un coup de sifflet) retentit si un rider tient les huit secondes sans tomber, ou s'il commet une faute.

Diable : Un taureau violent qui charge systématiquement la moindre personne dans l'arène.

Directeur d'élevage : Le directeur d'élevage travaille en étroite collaboration avec les éleveurs pour choisir et présenter les meilleurs taureaux à chaque compétition.

Disqualification : Un rider peut être disqualifié si : 1) il touche le taureau de sa main libre 2) lâche la corde 3) un éperon reste coincé dans la corde à la sortie de la cage de contention.

Éleveur : Des éleveurs indépendants sélectionnent scrupuleusement, achètent, élèvent et entraînent des taureaux spécialement pour les compétitions de bull riding.

Encornage : Lorsqu'un taureau projette une personne à la force de ses cornes.

Équipement de sécurité : Les riders portent un gilet de sécurité, sorte de veste renforcée et matelassée. Le port du casque n'est pas obligatoire, les riders ayant besoin de leur vision périphérique. Ils portent en revanche souvent un chapeau de cowboy.

Finales : Le pointage s'étend sur l'année entière, à l'issue de laquelle les quarante meilleurs riders (et suppléants) se rendent aux finales du Championnat du Monde de bull riding.

Gant de protection : Le rider porte un épais gant de cuir à sa main directrice afin de se protéger d'éventuelles brûlures avec la corde.

Huit secondes : Pour se qualifier, un rider doit tenir au minimum huit secondes sur le dos d'un taureau lâché dans l'arène. Le chronomètre se déclenche lorsque l'épaule du taureau a franchi le portail de la cage et s'arrête au coup de sifflet marquant les huit secondes, ou s'il y a faute, ou s'il y a chute du rider. Le chronomètre peut continuer même si le rider a glissé jusque sous le taureau ; un rider est en lice tant qu'il n'a pas lâché la corde et n'est pas tombé au sol.

Jury : Quatre juges ont pour rôle d'évaluer les taureaux et leurs riders. Le taureau reçoit toujours des points, même si son rider tombe. Les critères de jugement du taureau sont la qualité de sa performance et l'intelligence avec laquelle il tente de désarçonner le rider. Les riders, quant à eux, sont jugés sur leur technique et leur contrôle, mais ne gagnent de points que s'ils tiennent huit secondes. Un bon usage des éperons peut valoir des points supplémentaires.

Lâché : C'est le propriétaire du taureau qui décide si les portes du box seront ouvertes à gauche ou à droite pour le lâché d'un taureau. Certaines bêtes performent mieux d'un côté que de l'autre.

Main directrice : Il s'agit de la main que le rider utilise pour tenir la poignée en cuir renforcée sur la corde tressée qui harnache le taureau.

Maltraitance interdite : Seuls les éperons émoussés sont autorisés. Les riders ne doivent recourir à l'usage des éperons que pour diriger le taureau, l'éperon ne doit jamais blesser.

Mauvaise main : Expression utilisée lorsqu'un taureau se cabre dans la direction opposée à la main directrice du rider.

Mettre pied à terre : Pour descendre de taureau après le coup de sifflet des huit secondes, le rider doit attraper la corde avec sa main libre, libérer sa main directrice de la poignée renforcée en cuir en gardant son équilibre, et se débrouiller pour descendre le plus prudemment possible.

Mule : Un taureau sans corne.

Pointage : Le taureau et le rider sont tous deux jugés sur leur performance, ils peuvent chacun gagner 50 points, le score maximal étant de 100 points. Il est dit que personne n'a jamais atteint ce score, mais certaines légendes réfutent cette information.

Points bonus : Les vainqueurs de chaque manche et de la compétition entière remportent des points bonus et une somme d'argent supplémentaire.

Portier : Le portier est posté dans l'arène et son rôle est d'ouvrir la porte de la cage de contention le plus vite possible après le signal du rider.

Qualifications : Chaque compétition permet, dans un premier temps, plusieurs passages aux riders. Durant cette première épreuve, ils accumulent des points pour se qualifier et accéder à la finale. Il peut y avoir jusqu'à quinze finalistes.

Rejet : Lorsqu'un rider est éjecté du taureau avant les 8 secondes réglementaires et ne marque aucun point.

Sangle latérale : Il s'agit de la corde lâchement nouée autour des hanches du taureau pour créer l'illusion qu'il peut s'en défaire facilement. Cette corde ne doit jamais toucher les parties génitales du taureau ; s'il est blessé, le rider ne percevra pas de quote-part à la vente du taureau après sa retraite.

Seconde monte : Dans certains cas, les juges peuvent décider d'accorder une seconde monte à un rider (par exemple : en cas de désaccord sur une faute, si un taureau se coince dans la cage à sa sortie, s'il est évident qu'un taureau n'est pas du tout performant ce jour-là, etc.)

Suspendu : Lorsque la main conductrice d'un rider reste prise dans la corde pendant une chute, on dit qu'il est suspendu. Le taureau traîne alors le corps du rider jusqu'à ce qu'il parvienne à se libérer ou que les écarteurs le fassent pour lui.

Tirage au sort : Le rider et le taureau de chaque paire sont tirés au sort, sauf lors des finales, durant lesquelles les riders peuvent choisir leur taureau sur une liste qui leur est fournie.

Virée : Expression employée pour parler d'une montée.

I.
UNE VIRÉE D'ENFER

TOUJOURS LE même rituel. L'accélération progressive de son rythme cardiaque, le métal gelé de la barre de sécurité sous la paume de sa main, les spasmes de la bête agitée sous ses jambes serrées, l'étreinte de la corde autour de sa main gantée. Il fit un signe de tête au portier.

À l'ouverture de la cage, le taureau s'élança aussitôt dans l'arène en se cabrant violemment dans tous les sens, projetant l'arrière de son corps haut dans les airs avec une force phénoménale. La montée d'adrénaline familière l'envahit et le monde se mit à tourner au ralenti. C'était une expérience unique, incomparable. Cette sensation enivrante de ne plus rien peser, mais d'être tout puissant, de posséder une force herculéenne, mais d'être en apesanteur. Il allait gagner, il le savait déjà. Son corps épousait les ruades de l'animal avec souplesse, son équilibre était parfait. Le taureau s'excitait, il irradiait de colère. Il pouvait presque sentir la rage vibrer le long de sa colonne vertébrale, juste sous ses cuisses, mais rien ne pouvait le déstabiliser en cet instant.

Il était si concentré que pas même la clameur de la foule en délire ne lui parvenait, ni le bruit lancinant du gigantesque chronomètre. Il n'en avait pas besoin. L'égrènement effréné des centièmes de secondes de son horloge interne résonnait dans sa tête. Il savait déjà que, une fois encore, il allait remporter l'ancestral combat entre l'homme et l'animal.

Le défi mental et physique de l'épreuve, ces huit secondes d'hyper-vigilance, suivies de l'explosion d'endorphines après la victoire, étaient chaque fois si intenses que son corps lui semblait trop petit pour tout contenir.

Il prit lentement conscience des écarteurs qui se rapprochaient pour encercler méthodiquement le taureau. Le temps reprit son cours à une vitesse normale. Il était temps pour lui de descendre. Il tira sur la corde de sa main libre pour libérer l'autre, mais en se penchant pour l'attraper, il se retrouva pris dans le siphon et la gravité le fit tomber avant qu'il ne puisse détacher complètement sa main gantée. Heureusement, il tomba du bon côté, ce qui lui laissa la possibilité de se tenir tant bien que mal sur ses pieds et lui évita de se démettre l'épaule. Le taureau se débattit pour se débarrasser du poids encombrant qui le déséquilibrait désormais sur son flanc gauche.

Il tira désespérément sur la corde, mais rien n'y fit. Son gant était coincé. Un mouvement dans l'arène attira l'attention du taureau. Profitant de cette diversion, l'écarteur le plus proche s'approcha de l'autre côté, se saisit de la corde et le libéra avec des gestes rapides et efficaces. Il sentit aussitôt la tension dans les muscles de son épaule se relâcher, mais au même moment, le taureau se cabra violemment, l'envoyant valser dans les airs à une hauteur impressionnante. Il s'autorisa un sourire impie en direction de la foule qui retenait son souffle, avant de se mettre en position fœtale pour rouler et amortir le choc à l'atterrissage. Avant même de toucher le sol, il sut que la chute allait être rude. L'angle et la vitesse ne jouaient pas en sa faveur. Il heurta douloureusement le sable de l'arène et roula sur plusieurs mètres comme une poupée de chiffon, avant de s'immobiliser sur le dos.

Il était vivant. Il sourit comme un dément en regardant le ciel, puis réalisa très vite qu'il n'avait pas roulé assez loin et que le taureau en colère était trop près. Encore sonné par sa chute, il tourna la tête et aperçut comme au ralenti les sabots noirs et brillants de l'animal qui laissaient à chaque foulée dans le sol des indentations profondes et tranchantes. Il songea distraitement qu'il n'existait sans doute aucune veste de protection au monde qui puisse le protéger contre cela.

Quelques secondes plus tard, il recouvrit progressivement ses esprits et roula à toute vitesse sur le côté pour s'éloigner. Un nouveau mouvement quelque part dans l'arène attira l'attention de l'animal et il en profita pour bondir sur ses pieds et courir à toute vitesse jusqu'à la barrière de sécurité. Il se hissa par-dessus et retomba lourdement de l'autre côté, au moment exact où le taureau se jetait contre la rambarde avec une violence incroyable qui fit trembler toute la structure. Une seconde de plus et il se faisait écraser comme un vulgaire insecte. La voix de Johnny qui criait des ordres dans l'arène perça le voile de sa transe, et lentement, les bruits du monde lui revinrent. La foule scandait son nom : « Cody ! Cody ! ». Une jolie fille avec un tee-shirt noir moulant, assise au premier rang dans les gradins juste derrière lui, attrapa son visage entre ses mains pour l'embrasser avec enthousiasme. Cody sourit malicieusement et lui rendit son baiser, avant de grimper à nouveau par-dessus la barrière de sécurité pour sauter dans l'arène vide. Dans sa tribune, le commentateur était extatique.

— Et ceci, Mesdames et Messieurs, c'est exactement ce qui fait de Cody Grainger un rider spectaculaire ! 90 points sur un coriace plus que coriace ! Excellente saison pour Grainger, qui n'est pas descendu une seule fois sous la barre des 90 points depuis dix compétitions ! C'est le chômage qui guette les éleveurs de la région, à ce rythme, avec Grainger, même les taureaux les plus féroces ont l'air de gentilles vaches à lait ! Cody Grainger semble en excellente voie pour remporter ce championnat pour la deuxième année consécutive, une première dans l'histoire de cette compétition. Une chose est sûre, avec les points qu'il a accumulés, nous retrouverons immanquablement Grainger pour les finales de Las Vegas en octobre prochain !

La foule dans les gradins lui souriait comme s'il venait de sauver le monde. Des dizaines de personnes se pressaient contre la barrière en tendant les bras entre les barreaux pour le toucher. Cody avait du succès, il était le coup de cœur du public, et il le savait. Il tapa dans les mains des enfants surexcités avec son sourire en coin caractéristique, puis se tourna vers le tableau des scores.

90 points.

Il était au sommet de sa gloire.

— Pas mal pour quelqu'un qui est censé se remettre de sa dernière commotion cérébrale, le félicita malicieusement l'un des écarteurs qui lui rapportait sa corde.

Il la lui lança et Cody l'attrapa au vol d'une seule main. Il l'enroula soigneusement entre son coude et sa main.

— Merci, Reese, répondit-il avec un clin d'œil. Ce n'était qu'une toute petite, petite commotion, tu sais.

— Sérieusement, virée d'enfer Cody, c'était impressionnant, insista Reese en lui tapant amicalement dans le dos avant de rejoindre le reste de son équipe à la sortie des cages de contention.

Jinks, le clown qui amusait la foule entre chaque passage, s'approcha de lui avec un large sourire, souligné par la bouche rouge surdessinée autour de la sienne.

— Alors, comment c'est, la vie de star ?

— Je n'ai pas à me plaindre, répondit Cody dans une petite moue faussement modeste, en cognant son poing contre celui de Jinks. Et la vie dans la cage à requins ? Qu'est-ce que ça donne ?

Jinks fit un petit pas de danse, suivi d'un salut avec son chapeau ridicule.

— Si tu veux mon avis, c'est mieux que sur le dos de cette sale bête à cornes, chacun son truc.

Cody ricana et s'en alla rejoindre la sortie des cages en marchant avec prudence. L'un des gars de l'équipe médicale le repéra et vint à sa rencontre.

— Pas d'étourdissement ? demanda-t-il en attrapant son visage sans cérémonie pour examiner ses yeux. Tu as mis du temps à te relever de cette chute, pas de perte de connaissance ? Est-ce que tu as mal à la nuque ?

— Non, non, et non, répondit patiemment Cody. Rien de tout cela, tout va bien.

Il retira le casque de sécurité qu'il avait été forcé de porter à cause de sa commotion et récupéra son Stetson. Il voulait voir les derniers participants passer, juste pour s'assurer qu'aucun d'eux ne battrait son score. Le bull riding pouvait être aussi hasardeux que la roulette au casino. Un jour, on était champion, et le lendemain, on pouvait tout perdre. Dans le micro, le commentateur n'avait pas perdu son enthousiasme.

— Petit rappel des règles de la Fédération Nationale de Bull riding pour nos amis néophytes qui sont peut-être venus voir leur toute première compétition aujourd'hui ! Pour se qualifier, un rider doit tenir huit secondes sur son taureau. Le jury, composé des merveilleuses personnes que vous voyez assises à l'autre bout là-bas, doit attribuer une note sur 50 au taureau et une autre note sur 50 au rider, s'il a tenu ses huit secondes, pour une note totale sur 100 points ! Le score le plus haut jamais enregistré par la FNB est de 96,5. 30 riders sont aujourd'hui en lice, mais seuls les 10 meilleurs seront qualifiés pour la finale de demain ! Pour l'instant, c'est bien sûr Cody Grainger qui mène, avec son score de 90, mais rien n'est joué, et la concurrence est rude parmi les riders restants ! Dans un instant, c'est au tour du brésilien Juca Matos de faire ses preuves. Rappelons que Matos talonne Grainger de très, très près depuis le début de la saison. Ce rider est réputé pour la constance inébranlable de ses notes, rares sont les chutes avec lui. Et pendant qu'il se prépare, je vous propose de revoir en image la performance à couper le souffle de Cody Grainger !

Cody releva les yeux vers les écrans géants et observa attentivement son passage. En revoyant les images, il s'étonna lui-même d'avoir tenu huit secondes sur cette bête en furie. Il était même parvenu à jouer de l'éperon sur sa jambe extérieure, ce qui expliquait sans doute en partie son excellente note. Il grimaça en se voyant tomber du taureau et rester accroché comme une vieille serviette à la fenêtre d'un véhicule lancé à toute vitesse. Son cœur cessa de battre lorsqu'il aperçut Johnny, l'un des écarteurs, se jeter sur la trajectoire de l'animal, puis être encorné et projeté dans les airs comme s'il ne pesait rien. Les caméras suivirent son vol plané, puis Johnny atterrit dans un saut périlleux parfaitement exécuté et retomba sur ses pieds avec une grâce féline, avant de se précipiter à nouveau sur le taureau sans hésiter une seconde. Dans un synchronisme parfait avec la diversion du reste de l'équipe, il s'accrocha par surprise à son flanc droit et décoinça la corde de Cody en quelques secondes à peine.

Le public poussa un nouveau cri d'effroi en revoyant Cody atterrir et manquer de se faire piétiner. Puis Johnny plongea de nouveau entre le taureau et lui, flanqué de deux autres écarteurs. L'économie et l'efficacité de leurs gestes sur l'écran géant traduisaient avec justice la mécanique parfaitement huilée de leur travail, et en une minute à peine, ils avaient redirigé l'énorme animal en colère vers la porte de la cage. Sans la réactivité et le courage de Johnny, Cody aurait été réduit en bouillie. Cette seule pensée faisait se dresser ses cheveux sur sa nuque, mais c'était le risque que prenaient tous les riders chaque fois qu'ils entraient dans l'arène.

Juca Matos apparut à l'écran, il était en train de s'installer dans la cage de contention. Cody prit une grande inspiration et scanna les alentours du regard à la recherche de Johnny. Il le repéra facilement avec le gilet rouge de son uniforme. Lui et le reste de l'équipe étaient en train de se positionner pour le passage du prochain rider. Soulagé de le voir sain et sauf, Cody lui fit un signe de tête et un geste de la main, le cœur au bord des lèvres en repensant aux risques terribles qu'il avait encore pris pour assurer sa sécurité. À chaque compétition, Johnny risquait sa vie pour lui, et Cody devait gérer la frustration de ne rien pouvoir faire en retour. Il ne s'y habituerait jamais. Johnny lui adressa un sourire resplendissant et le soulagement de Cody céda rapidement la place au désir. Avec un peu de chance, Johnny et lui pourraient remédier à cela après la compétition.

Cody détacha le scratch de son gant de protection. Il ne restait plus que trois riders et il était le seul à avoir couvert son taureau sur ce tour. Il n'était pas inquiet que l'un des derniers participants se qualifie aussi, tout ce qui lui importait, c'était de conserver le meilleur score.

Sans grande surprise, Juca Matos couvrit son taureau et les deux autres se disqualifièrent sur un rejet.

À la fin de la compétition, Johnny lui donna une petite tape dans le dos en courant vers les vestiaires. Cody n'eut que le temps de sursauter et de se tourner pour apercevoir brièvement le rouge de son uniforme, mais il était déjà loin.

— Tu m'as l'air bien parti pour remporter la médaille de demain ! Félicitations ! cria-t-il par-dessus son épaule.

Cody sourit en le regardant s'éloigner, puis il trottina jusqu'au centre de l'arène et grimpa dans la cage à requins pour répondre aux questions de l'équipe de télévision qui s'y trouvait. Il leva les bras en l'air en signe de victoire et offrit son célèbre sourire à la caméra. Une avalanche de flashs d'appareils photo se déclencha et une pluie de confettis fut lâchée sur l'arène. La foule en délire scandait son nom, mais ce n'étaient que les premières qualifications. Il savait qu'il devrait redoubler d'efforts pour les finales du lendemain, il était même impatient. Il aimait cette incertitude, il aimait le challenge physique que représentaient les compétitions, il aimait les risques terribles de ce métier, le bull riding coulait dans son sang, c'était sa vocation.

— C'ÉTAIT DU sacré bon boulot, le bleu.

— Merci, Vern, répondit solennellement Johnny en essayant de ne pas sourire comme un maniaque en entendant le compliment de son capitaine.

— Desserre la mâchoire, tu as le droit d'être content de toi de temps en temps, le taquina Reese. Tu t'en es sacrément bien sorti.

— D'autant plus que l'équipe ne travaille pas ensemble depuis très longtemps, ajouta Vern en repassant la performance de Cody au ralenti sur le DVD de l'enregistrement de la journée. Le travail d'équipe, c'est la clé

— Dites donc, chef, vous avez l'air sacrément intimes, le taureau et vous, ricana Reese en pointant l'écran de la télévision du doigt. Vous êtes sûr que ce n'est pas ça, la clé ?

Vern avait une main sur le front du taureau, l'autre tenait l'une de ses cornes, et il dévisageait la bête droit dans les yeux en la dirigeant vers la sortie.

— L'essentiel, c'est que personne n'ait fini aux urgences, conclut le capitaine de l'équipe en levant les yeux au ciel.

Vern repassa l'encornage et le saut périlleux de Johnny en glissant un regard lourd de sens à Reese.

— Heureusement que certains d'entre nous sont encore jeunes et athlétiques.

— Oh, ne dites pas cela, chef, s'exclama Reese en portant ses deux mains à son cœur dans un geste dramatique. Vous n'êtes pas si vieux.

Vern ne releva pas et se tourna vers Johnny.

— J'ai entendu dire que tu connaissais Cody en dehors de l'arène ?

Johnny savait que cette question en cachait une autre, il décida de prendre les devants.

— Je travaille sur son ranch. Je sais que j'ai pris beaucoup de risques, mais quand un rider se retrouve suspendu, j'ai tendance à foncer.

Vern hocha la tête en signe d'approbation.

— C'était un bon réflexe, ce soir, tout le monde va rentrer chez soi sain et sauf, c'est la plus belle victoire que l'on puisse espérer. Je suis fier de travailler avec vous.

Reese joua des sourcils et lança un clin d'œil malicieux à Johnny.

— Souviens-toi de ce moment, le grand manitou ne distribue pas de compliments à la légère.

— Je vais l'écrire dans mon journal intime, lui répondit Johnny, et Reese éclata de rire.

Vern se leva et tendit les mains. Les deux autres le rejoignirent de part et d'autre pour former un cercle, et ils baissèrent la tête pour dire une rapide prière de reconnaissance, comme chaque fois qu'ils ressortaient de l'arène en un seul morceau.

— OK, les gars, j'y vais, nous nous retrouverons demain. Ne vous couchez pas trop tard et ne picolez pas, lança Vern en quittant les vestiaires de sa démarche de cowboy.

Une fois qu'il fut sorti, Johnny se tourna vers Reese.

— C'est une impression, ou il insiste lourdement avec l'alcool ?

— Ce n'est pas contre toi gamin, Vern est un ancien Alcoolique Anonyme, cela fait 20 ans qu'il n'a pas bu une goutte, c'est important pour lui, expliqua Reese en enfilant son chapeau. La dernière fois qu'il a trop bu, il s'est cassé une épaule dans l'arène. C'était il y a très longtemps, mais cela l'a marqué, il veut être sûr que personne ne refera la même erreur.

— Je suis désolé, je croyais que c'était parce que je suis Navajo, les gens ont tendance à croire qu'on est tous alcooliques.

— Non, Vern n'est pas comme ça, il sait bien qu'être alcoolique n'a rien à voir avec tes origines.

Reese le salua en tirant légèrement sur l'avant de son chapeau.

— Repose-toi un peu, le bleu, nous avons une grosse journée qui nous attend demain.

Johnny hocha la tête en le suivant à l'extérieur.

— Tâche de dormir aussi, à demain.

Ils se séparèrent sur le parking et Johnny s'arrêta un instant pour regarder le ciel et prendre une grande inspiration. Un sourire se dessina sur son visage. Il commençait à s'habituer aux débriefings DVD de Vern après chaque compétition. Il avait d'abord cru que leur capitaine faisait cela pour pointer leurs erreurs et les réprimander, mais plus le temps passait, plus il avait du mal à y croire. Depuis que Johnny les avait rejoints pour remplacer Chris Bellow après sa blessure, pas un seul rider n'avait fini sur un brancard. Une fois dans l'arène, Vern, Reese et lui travaillaient dans une symbiose quasi surnaturelle. Ils formaient un trio incroyablement efficace.

Johnny avait cependant remarqué que chaque fois qu'ils commençaient leur débriefing, tout le personnel de l'arène se dirigeait systématiquement vers la buvette. Après la conversation qu'il venait d'avoir avec Reese, il se demandait si ces débriefings n'étaient pas simplement un moyen subtil pour Vern de parer à la tentation de les rejoindre.

Johnny scruta l'horizon, il mourait d'envie d'une cigarette. Jamais la nicotine ne lui manquait autant que dans ces moments-là. Il se languissait du premier nuage de fumée bleutée paresseusement expulsé de ses poumons et de la traînée d'étincelles quand il jetait son mégot avant de l'écraser de son talon…

Il avait fumé sa première cigarette à l'âge de quatorze ans, pour faire comme les autres, pour avoir l'air cool. Puis il avait arrêté en décrochant son premier emploi dans un ranch, après son diplôme. Il fallait être en excellente forme physique pour gérer les chevaux. Et maintenant, plus que jamais, il se voyait mal courir dans tous les sens et faire des sauts périlleux la clope au bec. Il y avait assez de mégots partout sur le sol. Il avait ses défauts, comme tout le monde, mais il était écolo dans l'âme, et même adolescent, il avait toujours pris soin de jeter ses mégots à la poubelle.

Il enfonça ses mains dans ses poches et se mit en route. Il avait assez de temps pour rentrer et prendre une douche avant que Cody revienne du bar.

L'image de Cody suspendu au taureau, la main coincée dans la corde, lui revint en tête et il frissonna. Il aurait pu se blesser sérieusement. Il n'était ni l'écarteur le plus proche ni le mieux positionné, et pourtant, il avait foncé sans hésiter pour l'aider. Après que le taureau l'avait envoyé valser, il se souvenait parfaitement avoir atterri et aperçu Cody allongé sur le sol. Le taureau lui fonçait déjà dessus, il allait le broyer de ses sabots furieux. Johnny ne savait pas exactement comment il était parvenu à atteindre et distraire le taureau avant la catastrophe, c'était comme si la peur lui avait donné des ailes. En repassant l'action sur le DVD, il s'était vu arriver droit sur le taureau, sa chemise se prenant dans les cornes de l'animal enragé, et il s'était retrouvé propulsé par-dessus son dos. Il rit en y repensant, il avait eu plus de chance que de sens de la stratégie.

Mais Vern avait raison, tout ce qui comptait, c'était que personne n'ait été blessé.

En rentrant, il fonça droit dans la douche et poussa un soupir de soulagement en laissant le puissant jet d'eau chaude détendre ses épaules nouées. Après de longues minutes, il se cambra pour faire craquer ses vertèbres dans un horrible bruit de cartilage écrasé et coupa l'eau. Il se sentait déjà mieux. Il adorait son métier, mais après avoir passé la journée dans l'arène, le sable, la crasse et l'odeur des taureaux lui collaient à la peau. Il n'y avait rien de tel qu'une bonne douche. Il attacha sommairement ses longs cheveux encore humides et enfila un jean avant d'entrer dans la chambre de Cody.

C'était un niveau de vie nettement au-dessus de l'époque où il écumait les motels bon marché miteux quand il travaillait pour la ligue amateur. Cody pouvait se le permettre. Johnny s'installa sur le canapé devant la télé, une serviette de bain autour du cou, et zappa sur la chaîne sportive.

Il ne savait pas combien de temps s'était écoulé lorsque le bruit de la clé dans la serrure le tira de son sommeil.

— Qu'est-ce que tu regardes de captivant ?

— Tu sens la bière et l'arène.

Si Johnny était parfaitement honnête, il trouvait cela incroyablement sexy, il refusait juste de l'admettre à voix haute.

— Eau de Taureau, tu n'aimes pas ? C'est viril, répondit Cody avec un sourire en coin en jetant son chapeau sur la console à l'entrée.

— Si nous en reparlions après ta douche ?

— Comme tu veux, bébé, ne te rendors pas.

Cody embrassa Johnny sur le front et disparut dans la salle de bain en retirant ses vêtements sur son chemin et en les abandonnant par terre.

— Espèce de paresseux, marmonna Johnny, trop confortablement installé pour se donner la peine de ramasser derrière lui.

Il se réveilla de nouveau un peu plus tard à la sensation du bras de Cody autour de ses épaules.

— C'est mieux comme ça ? demanda-t-il en levant son autre bras et en se penchant sur Johnny pour lui faire sentir son aisselle.

— Va te faire foutre, protesta faiblement Johnny en le repoussant.

— Eh bien non, pas ce soir, il faut que je puisse m'asseoir sur le taureau moi demain, rétorqua Cody avec un regard lubrique.

— Ne me regarde pas de cette manière, moi aussi, j'ai besoin de marcher droit demain.

Cody noua paresseusement leurs jambes tendues devant le canapé.

— Tu portes trop de fringues, se plaignit-il.

— Nous pouvons vite y remédier, répondit Johnny en défaisant sa braguette et en levant les hanches pour retirer son jean et son caleçon.

— C'est nettement mieux, approuva Cody

Il caressa la cuisse de Johnny de son bras libre.

— Tout de suite après m'être retrouvé par terre dans l'arène, j'ai cru voir voler une chemise rouge, c'était toi ?

— Il fallait bien que quelqu'un se sacrifie, acquiesça Johnny, faussement sérieux. Cela m'aurait fait mal au cœur que tu te fasses écrabouiller au sommet de ta gloire.

— Mais qu'est-ce que tu foutais ? Le poirier sur le dos du taureau ?

— Je me suis jeté sur son chemin pour le distraire et ma chemise s'est coincée dans ses cornes. Il m'a balancé comme un malpropre, mais j'ai réussi un joli saut périlleux et je suis même parfaitement retombé sur mes pieds, expliqua Johnny avec fierté.

— Tu es complètement cinglé, je m'en serais sorti, tu sais ?

— Tu étais trop lent et le taureau arrivait trop vite, rétorqua-t-il d'un ton sérieux. Je n'allais pas te regarder te faire piétiner par une demi-tonne de taureau en colère.

— Merci, bébé, répondit doucement Cody en l'embrassant.

— Sympa, l'haleine de bière, grommela Johnny en reculant.

— C'est la tradition, les perdants paient leur tournée après la compétition, je n'allais pas louper ça. Écoute, je ne veux pas te voir prendre des risques inutiles pour moi.

— Ce n'était pas inutile, et je l'aurais fait pour n'importe quel rider.

— Tu as eu de la chance, et tu le sais.

Johnny se mit à rire.

— Il faut bien laisser croire au taureau qu'il a le dessus de temps en temps, c'est fair-play.

— Mais pour être fair-play, il faut déjà être en vie, grogna Cody.

Johnny se tourna vers lui et attrapa son sexe qu'il commença à caresser lentement.

— Je rêve ou tu essaies de changer de conversation ?

— Je ne sais pas, est-ce que ça marche ?

Cody laissa mollement tomber sa tête sur le dossier du canapé et poussa un soupir de plaisir.

— J'ai trop bu pour aller jusqu'au lit, mais je suis trop vieux pour baiser sur le canapé, grommela-t-il après quelques secondes.

— Honnêtement, je suis même étonné que tu aies une érection avec tout ce que tu as picolé, surtout à ton âge.

— Oh ! Je ne suis pas non plus si vieux que ça !

— Je n'en sais rien, moi, c'est toi qui te plains toujours de ton âge. Nous pouvons aussi rester sur le canapé et nous peloter comme des adolescents.

Cody l'embrassa pour le faire taire. Il glissa sa langue entre les lèvres de Johnny et une main entre ses jambes. Les hanches de Johnny poussèrent instinctivement vers l'avant. Être le centre de l'attention de Cody Grainger avait quelque chose d'enivrant. Cody n'était pas un homme patient, mais il était déterminé et il savait exactement ce qu'il voulait, quand il le voulait. Et il était clair qu'il voulait Johnny, maintenant. Johnny écarta davantage les jambes pour lui faciliter la tâche. Il humidifia sa main avec sa salive et reprit le sexe de Cody en main pour le masturber pendant qu'ils s'embrassaient.

Il aurait voulu faire durer le plaisir indéfiniment, mais c'était si étrangement excitant, si intime de simplement se caresser l'un l'autre, cachés sous la couverture du canapé en s'embrassant comme deux gamins qui découvrent le sexe. La main de Cody accéléra son rythme et Johnny éjacula sans prévenir, emporté par la surprise de son orgasme.

Il regarda paresseusement Cody utiliser le sperme qui avait giclé partout sur sa main pour se faire jouir à son tour. Il observa, captivé, le corps mince et musclé de son petit ami, tendu par le désir, ses hanches étroites qui allaient et venaient désespérément dans son poing, jusqu'à ce qu'il jouisse enfin, le dos arqué, la tête basculée vers l'arrière, les yeux clos. Puis, il retomba mollement sur le canapé, emporté par la fatigue et les effets de l'alcool. Il tourna lentement la tête vers Johnny pour un dernier regard, puis il s'endormit. Profitant de son inconscience, Johnny observa longuement son profil dans la pénombre de la pièce. Du bout de son index, il traça la cicatrice sur sa belle mâchoire carrée, un coup de corne de taureau qui lui avait valu des points de suture. Il laissa tomber sa tête sur l'épaule de Cody et s'endormit à son tour.

Lorsque Cody se réveilla, il avait trop chaud, il collait de partout, sa tête le faisait atrocement souffrir, et il était seul. Il rejeta la couverture à ses pieds et tituba jusqu'à la salle de bain en plissant les yeux. Il passa aux toilettes, se rinça rapidement sous la douche, et en regagnant le salon, il trouva Johnny en train de prendre le petit-déjeuner, la télévision allumée sans le son en arrière-plan. Un sac en papier était posé sur la table et une délicieuse odeur de viande et de gras s'en échappait. Cody poussa un gémissement mi-plaintif, mi-reconnaissant.

— Café ? parvint-il à articuler.

— À côté du tube d'aspirine, derrière le sachet.

— Tu es mon sauveur, dans l'arène et dans la vie de tous les jours.

Ils mangèrent en silence, et après avoir englouti le contenu du sac de fast-food, Cody se sentit déjà beaucoup mieux.

— Comment peux-tu manger avec autant d'appétit un lendemain de cuite ?

— Je n'ai pas bu tant que cela, en fin de compte, répondit Cody en haussant les épaules. Et puis, il faut que je fasse le plein d'énergie, j'ai une compétition à remporter ce soir.

— Tu vas t'entraîner aujourd'hui ?

— Y a intérêt.

— Je peux venir avec toi ?

— Rendez-vous à la salle de sport, acquiesça Cody en terminant son café.

Ce n'était pas l'idéal, Cody le savait. Il aurait préféré pouvoir y aller directement avec lui et ne pas avoir à calculer leurs arrivées séparées, mais ils ne pouvaient pas prendre ce risque. Johnny n'avait rejoint la ligue professionnelle que très récemment, mais Cody avait déjà l'impression de faire les compétitions avec lui depuis des années. Malheureusement, le milieu du bull riding était plutôt rural et conservateur, et Cody doutait fortement que les gens acceptent que la star de l'arène se soit mise en ménage avec un autre homme.

Le bon côté des choses, c'était qu'il aurait l'occasion d'arriver le premier et de voir Johnny entrer dans la salle de sport. Il ne se lassait pas du spectacle, cela lui rappelait leur rencontre. Il adorait le sentiment de fierté et de possessivité qui s'emparait de lui lorsque Johnny débarquait et que tous les regards se tournaient vers lui, même ceux des hommes.

Johnny était difficile à ignorer. Grand, mince et musclé, sa belle peau foncée et ses longs cheveux noirs brillants tressés jusqu'au creux de ses reins avaient tendance à attirer l'attention. Il avait les pommettes hautes et saillantes, et de grands yeux brillants couleur d'obsidienne qui dévoraient ses pupilles et lui donnaient un regard intense. Il avait un nez de boxeur, cassé à plusieurs reprises, mais Cody trouvait que même ce défaut le rendait plus séduisant. Chacune de ses cicatrices lui donnait plus de mystère, et plus d'attrait. Il était le seul Navajo de la salle, même si de nombreux Indiens étaient dans la compétition cette année.

Johnny s'approcha en faisant mine de le saluer et posa sa serviette sur un banc de musculation. Ils s'entraînèrent en silence et en changeant régulièrement de machines. Cody ne pouvait pas s'empêcher de fixer son compagnon. Une fine pellicule de sueur brillait sur sa peau, soulignant les reliefs de sa musculature harmonieuse, il n'avait qu'une envie, c'était de se jeter sur lui. Malheureusement, il faudrait qu'il patiente jusqu'à ce qu'ils soient rentrés au ranch.

Au moment de rejoindre les douches, Cody choisit intentionnellement la cabine la plus éloignée de celle de Johnny, il n'était pas masochiste au point de risquer de se faire attraper le reluquant.

Une fois sortis de la salle de sport, ils se dirent au revoir et Cody regarda Johnny s'éloigner, un sourire discret aux lèvres. Ils ne se reverraient pas avant la fin de l'après-midi, au moment de rejoindre l'arène. Johnny devait assister aux exercices de relaxation qu'imposait Vern avant chaque match, et Cody avait pour habitude de s'asseoir au calme et dans le noir pour préparer mentalement chaque geste de sa montée. Et pour préparer sa victoire au moment où le jury lui remettrait la médaille et que la foule acclamerait son nom.

LE TAUREAU se jeta avec impatience contre le portail de la cage, et Cody manqua de s'y cogner aussi la tête. Dub le rattrapa in extremis par son veston, le sauvant probablement d'une énième commotion cérébrale. Pour autant que la dernière en ait vraiment été une. Quoi qu'en dise son médecin, il avait trente-deux ans et cela faisait plus de quatorze ans qu'il montait, il commençait à savoir quand on lui avait trop secoué le cocotier.

— Merci Dub, lança-t-il après une nuée de jurons.

— Ton taureau m'a l'air d'humeur exécrable, fit remarquer Dub, perché à califourchon sur la rambarde de sécurité, maintenant une poigne de fer sur le veston de Cody pour l'aider à retrouver son équilibre. Mais tu as connu pire, tu peux le dompter.

— J'espère bien, lui répondit Cody avec un sourire en coin en se réinstallant plus ou moins confortablement sur le dos du taureau.

D'ordinaire, Grizzly Rain était calme dans les cages, et réputé pour se changer en diable une fois dans l'arène, mais ce soir-là, il lui sortait presque de la fumée des naseaux tellement il était remonté. Ce qui pouvait jouer en faveur de Cody ; si les juges tenaient compte de son agitation dans les cages, ils seraient sans doute plus cléments dans leur notation.

Il enroula patiemment la corde autour de sa main gantée avant d'attraper la poignée, attentif aux violents gestes d'humeur de Grizzly Rain. Presque aussitôt, le taureau se jeta de nouveau contre la cage. Cody releva les jambes juste à temps. Plus d'un rider s'était bêtement fait broyer les jambes ainsi dans la cage de contention. Et ce n'était pas vraiment le moment de se déboiter le genou, il avait une compétition et un chèque à gagner.

Cody connaissait bien ce taureau. La plupart du temps, Grizzly Rain donnait une ruade tout de suite en sortant de la cage, puis tournait vers la droite, ce qui était une aubaine pour les riders droitiers comme Cody parce que c'était leur main directrice. Mais ce soir-là, dès l'ouverture de la cage, Grizzly Rain lui fit très vite comprendre qu'il n'avait pas l'intention d'être prévisible. Il fonça tête baissée dans l'arène et manqua de tomber à genoux, puis se redressa avant de se cabrer violemment, retomba sur ses pattes avant et s'arrêta brusquement. Désorienté par son attitude erratique, Cody manqua passer par-dessus sa tête et frôla le flanc du taureau de sa main libre. Quelques millimètres de plus et il aurait été disqualifié. Grizzly Rain se cabra de nouveau sans prévenir et Cody eut tout juste le temps de réagir et de pivoter les hanches vers l'avant pour rester en équilibre jusqu'à ce que le taureau retombe à terre. Cody devait se rendre à l'évidence, il ne trouverait pas de rythme ce soir-là, sa monture était vicieuse et illogique.

Il se souvint d'un conseil que son père lui avait donné : garde le menton baissé, serre les poings et accroche-toi. Ce ne fut pas la meilleure ni la plus agréable virée de la carrière de Cody, aucun doute là-dessus, mais il resta obstinément accroché à la corde en se jurant d'obtenir au moins des points pour sa persévérance, s'il parvenait à tenir huit satanées secondes.

Et il n'y avait sans doute pas d'âge pour écouter les conseils de son père, car il y parvint.

Huit secondes d'enfer sur le dos du diable. Le taureau semblait à présent déterminé à l'écraser contre les barrières de sécurité. Cody ne tenta même pas de descendre directement à terre, il attendit que l'animal fonce à nouveau sur les barrières, tirât sur la corde qui, Dieu merci, se dégagea cette fois-ci du premier coup, et agrippât la barre en métal la plus proche en laissant le taureau continuer sa course folle. Les écarteurs entrèrent aussitôt dans l'arène pour diriger tant bien que mal l'animal en furie vers la sortie. Cody attendit que l'arène soit vide, cramponné à la barrière, le cœur battant, puis se laissa retomber dans un nuage de poussière et tapa des poings sur sa poitrine avant de les lever en l'air dans un cri de victoire. Il était euphorique, la foule était en délire, et des confettis pleuvaient sur l'arène.

Après quelques tours d'arène pour saluer la foule, il se tourna enfin vers le tableau des scores : 91,5. Pas son meilleur score, mais certainement pas le pire. Peu importait que le prochain rider obtienne un 99 ou qu'il fasse sauter son taureau à travers des cerceaux en feu en chantant l'hymne national, Cody avait accumulé suffisamment de points pour être désormais impossible à rattraper.

C'était déjà lui le roi de la soirée.

De l'autre côté de la barrière, Dub se rapprocha de lui avec un immense sourire sur le visage.

— Je savais que tu aurais le dessus, le félicita-t-il.

— J'ai toujours le dessus, répondit Cody avec un regard lubrique.

— Arrogant et pervers, commenta Dub en secouant tristement la tête.

Depuis le temps qu'ils étaient amis et qu'ils concouraient l'un contre l'autre, Cody savait pertinemment qu'il plaisantait. Il appuya son dos contre la barrière et Dub posa les coudes sur un barreau à côté de lui.

— Dis-moi, le nouvel écarteur, celui avec la veste rouge, il est sacrément rapide.

Cody sentit le sang lui monter au visage. Il retira son casque pour se donner une contenance et remit son chapeau de cowboy en faisant mine de regarder de l'autre côté de l'arène.

— Il a sauvé ma peau plus d'une fois, répondit-il prudemment. J'ai entendu dire qu'il remplaçait Chris le temps que sa blessure guérisse.

— Si tu veux mon avis, Chris a fait son temps.

— Personne n'a demandé ton avis, répondit sèchement Cody.

Il ne pouvait pas s'empêcher de prendre la remarque à cœur. Il n'avait absolument pas envie d'entendre des remarques sur l'âge et la date de péremption de qui que ce soit.

Il se hissa sur la barrière de sécurité pour mieux apercevoir les derniers participants qui se préparaient, et pour échapper au rictus lourd de sens de Dub.

— Ne les fusille pas du regard de cette manière, personne n'a le niveau pour te détrôner, à part moi.

— C'est ce que nous allons voir, répondit Cody sur un ton de défi.

— Si tu crois que je vais te laisser gagner facilement, le prévint Dub avec un sourire carnassier. Tu n'es peut-être pas tombé du taureau, mais prépare-toi à tomber du podium.

— Et si tu parlais un peu moins et que tu concrétisais un peu plus ? Ça tombe bien, ça va être à toi.

Ils avaient beau se chercher sans arrêt et être concurrents, Cody le suivit jusqu'aux cages pour l'aider à s'installer sur le taureau sans hésiter une seconde. Ils étaient amis avant tout, et tout bon rider savait pertinemment qu'une fois dans l'arène, c'était entre soi et le taureau que tout se jouait. La seule compétition existante était contre soi-même.

Sur le chemin jusqu'aux cages, de nombreux riders offrirent à Cody des tapes dans le dos, comme pour le féliciter déjà de sa victoire. Il ne put s'empêcher de sourire, voilà qui devrait mettre Dub dans de bonnes dispositions. Il grimpa à califourchon en haut de la barrière, puis se pencha pour attraper Dub par son veston et l'aider à se stabiliser sur le dos du taureau.

— Tu n'as pas intérêt à me voler la vedette, le taquina Cody.

— Je vais me gêner, rétorqua aussitôt Dub.

Il avait du pain sur la planche, les participants restants étaient tous d'excellent niveau et le taureau qu'il montait ce soir-là n'était pas le plus impressionnant. Il tiendrait les huit secondes sans problème, mais le jury ne serait pas clément avec l'animal, Cody le savait. La victoire était à sa portée, il n'avait jamais fait d'année aussi bonne que celle-ci, ses scores étaient tout simplement vertigineux. Le chèque offert en récompense pour cette compétition leur permettrait, à Johnny et à lui, de rentrer au ranch et de se reposer tout l'été. Il avait hâte de faire un break.

Il observa attentivement le passage de Dub. Ce fut une belle prestation, mais pas assez pour finir en tête du classement. Son taureau n'était pas en forme, c'était l'un des aléas du bull riding. Après ses huit secondes, Dub sauta du taureau et se tourna presque immédiatement vers Cody, un pouce levé en l'air. À en juger par l'expression tendue sur son visage, ce n'était que par fair-play, et ce n'était sans doute pas ce doigt-là qui le démangeait.

Peu importait le nombre de victoires qu'il remportait, jamais Cody ne se lasserait de cette sensation. En cet instant, il était si heureux qu'il n'avait qu'une envie, sauter dans l'arène et faire le tour en courant et en poussant des cris de victoire. Choisissant de se contenir pour cette fois, il se dirigea vers la sortie des cages et répondit à quelques questions du journaliste de télévision qui y était posté, Rex Durham — il couvrait toutes les compétitions de grande ligue de cette saison. Cody profita de cette interview pour remercier ses sponsors, sa famille, ses fans et son pays, un pays dans lequel il avait la chance de pouvoir vivre de sa passion.

En faisant demi-tour pour rejoindre le centre de l'arène et saluer le public, il croisa Dub et lui offrit une poignée de main sincère. Il chercha instinctivement Johnny des yeux, mais le jeune homme était près de la sortie avec les autres écarteurs pour applaudir la fin du spectacle. La foule enthousiaste clamait le nom de Cody. Il courut jusqu'à la cage à requins et grimpa dessus en levant les bras au ciel sous une pluie de confettis et les lumières lasers. Des jets de flammes éclairaient l'arène par intermittence et de la musique rock sortait des enceintes à un volume d'enfer. Cody attrapa la boucle de ceinture remise au champion en guise de médaille et l'embrassa avec révérence devant les caméras. Puis il la leva dans les airs et fit un tour sur lui-même pour la présenter au public. Ce n'était ni sa première ni sa dernière boucle, mais elles étaient toutes uniques et chères à son cœur, chacune d'entre elles représentait des heures d'entraînement et une victoire bien méritée.

APRÈS UNE bonne douche et le débriefing habituel de Vern, Johnny alla rejoindre Cody au bar. Il enlaça brièvement Reese et Vern avant de les quitter, ils ne se reverraient pas avant trois semaines, pour la prochaine compétition à Chicago. Johnny les regarda monter dans leurs véhicules respectifs et quitter le parking de l'arène, sans doute pour rejoindre leurs épouses.

Il était rare que Johnny rejoigne Cody au bar après une victoire, et ce n'était peut-être pas plus mal. Ils étaient déjà si souvent ensemble, il était inutile d'éveiller les soupçons.

En arrivant devant le bar, Johnny pouvait déjà entendre les cris et les rires qui provenaient de l'intérieur. Il n'était pas un grand consommateur d'alcool, et il fallait vraiment avoir envie de passer la soirée avec une bande de cowboys en état d'ébriété, mais il ne pouvait pas ne pas venir, Cody lui en voudrait, s'il ne célébrait pas cette victoire avec lui.

Il entra et scanna la foule à la recherche de la silhouette familière de Cody. Il le trouva rapidement, perché sur le taureau mécanique, entouré d'une poignée d'autres riders qui l'encourageaient. Il avait une bière dans une main et il essayait de garder son équilibre sans rien renverser. Il tourna la tête et aperçut Johnny. Il lui lança aussitôt un regard séducteur. Johnny laissa échapper un petit rire gêné et se passa nerveusement la langue sur les lèvres. Heureusement, il y avait suffisamment de groupies dans le bar pour que, personne ne remarque à qui exactement ce regard était adressé.

Un homme s'approcha de lui pour se présenter

— Je suis Dub, offrit-il en lui tendant une main. Joli travail dans l'arène, ce soir, je crois que tous les riders te sont reconnaissants. Je t'offre une bière.

— Johnny, répondit-il en lui serrant la main. Merci pour la bière, mais c'est moi qui conduis ce soir, je vais rester à l'eau.

— Tu as rejoint la Ligue Pro après la blessure de Chris Bellow, c'est exact ?

— Vern m'a demandé de le remplacer, le temps qu'il se remette, répondit-il en hochant la tête.

— Tu fais un super boulot, tout le monde l'a déjà remarqué, le taquina Dub avec un petit coup de coude dans les côtes. Allez, passe une bonne soirée et ne bois pas trop d'eau, il n'y a rien de pire qu'un lendemain de non-cuite, ajouta-t-il dans un clin d'œil avant de rejoindre le reste des riders autour du taureau mécanique.

Johnny le suivit du regard et aperçut Cody qui était en train d'essayer de se mettre debout sur la selle du taureau en marche. Il renversait de la bière partout et il avait le visage rouge, il éclatait de rire chaque fois qu'il éclaboussait maladroitement les gens les plus proches. Dub arriva juste à temps pour le rattraper avant qu'il s'étale par terre, et avec l'aide d'un autre rider, ils hissèrent Cody une jambe sur chacune de leurs épaules pour le faire parader dans le bar.

Soulagé, Johnny se détendit en observant discrètement Cody. Dub venait de lui éviter une chute ridicule et de la transformer en défilé du vainqueur. Son premier réflexe avait été de se précipiter à ses côtés. Mécanique ou non, il ne pouvait pas supporter de voir un rider se débattre avec un taureau. Mais sa raison était plus forte que son instinct et il s'était fait violence pour rester là où il était. Que diraient les gens s'il se précipitait sur Cody comme un sauveur désespéré ? Que dirait Cody ? Il se mettrait sans doute à crier que ce n'était rien et qu'il était stupide de s'inquiéter. Ce n'était pas comme si tomber du taureau mécanique risquait de lui coûter la vie. L'appareil était entouré de matelas de sport recouverts de paille, il ne courait aucun danger.

— S'il ne passait pas sa vie à vouloir se faire remarquer aussi…, grommela Johnny avant de se mettre à rire malgré lui.

C'était du Cody tout craché. Ça allait même plus loin que ça, c'était typique de tous les riders, cette manie de devoir prouver au reste du monde qu'ils avaient des *cojones*, que ce soit dans ou en dehors de l'arène. Johnny s'approcha du bar et commanda une bouteille d'eau, puis il s'installa confortablement dans un coin du bar. Il ne lui restait plus qu'à attendre patiemment que Cody soit prêt à rentrer.

— Je suis trop vieux pour ces conneries.

— Tu n'as que trente-deux ans.

— Eh bien ce soir, j'ai l'impression d'être vieux.

— Trop vieux, pour boire autant, ou trop vieux pour l'arène ?

Cody passa un bras autour des épaules de Johnny pour s'appuyer sur lui pendant les quelques derniers mètres qui les séparaient de leur chambre d'hôtel.

— Les deux. Mais surtout pour boire autant.

— Tu ne penses pas que la commotion cérébrale de mercredi et ta blessure à la hanche ont quelque chose à voir av…

— C'est juste un bleu !

— Tu es complètement saoul. Je croyais que les vrais hommes tenaient mieux l'alcool. Il va falloir t'entraîner, si tu veux faire la fête de cette manière chaque fois que tu gagnes.

— C'est pas ma faute. Dub m'a payé un verre, et après, tout le monde veut me payer un verre, alors ensuite je paie ma tournée pour les remercier, et hop !, hoqueta-t-il en gloussant, le chèque, il est tout dépensé !

— C'est une tradition qu'il faut respecter, tu me l'as dit toi-même, le consola Johnny en essayant d'ouvrir la porte avec les clés d'une seule main.

Ils titubèrent ensemble à l'intérieur et il conduisit tant bien que mal Cody jusqu'au lit. Cody se laissa mollement tomber sur le matelas en rebondissant.

— Les traditions, des fois, c'est con, bouda-t-il, l'air terriblement sérieux.

— Ce qui ne veut pas dire qu'il ne faut pas les respecter.

Cody leva la tête du matelas et lui lança un regard appréciateur.

— Enlève donc tes vêtements, ça, c'est une belle tradition.

— Retire d'abord les tiens et nous en reparlerons, marchanda Johnny.

— Je crois que tu vas devoir les retirer aussi, se plaignit Cody. Je ne pense pas être en mesure de défaire des boutons dans l'état actuel des choses.

— Allons, allons, je suis sûr que tu as encore un peu… d'énergie, l'encouragea Johnny d'une voix séductrice en commençant lentement à se déshabiller.

Une fois nu, il retira l'élastique au bout de sa tresse et se passa une main dans les cheveux pour les libérer en cascade d'ébène soyeuse contre son dos. Cody porta une main à son entrejambe tendu en le dévorant des yeux.

— Regarde-toi, tu es tellement maigrichon, ça donne l'impression que tu es monté comme un cheval.

— Ce n'est pas qu'une impression, répondit malicieusement Johnny. Tu veux venir voir de plus près ?

— Et si *tu* venais voir de plus près ? rétorqua Cody en ouvrant sa braguette.

— Et si nous regardions ça de plus près tous les deux en même temps ?

Cody parvint tout juste à lever ses hanches assez haut, et Johnny vint à son secours en attrapant son jean par la taille et en le tirant, jusqu'à mi-cuisses.

— Hé, doucement.

Johnny l'ignora et grimpa sur le lit pour s'installer à califourchon sur lui. Il l'embrassa sans préambule, un baiser passionné et impatient. Cody avait le goût de la bière et des chewing-gums à la menthe, il aurait pu passer des heures à simplement l'embrasser, mais Johnny savait pertinemment qu'il avait intérêt à accélérer les choses, étant donné l'état de Cody. La sensation du jean rêche sur sa peau nue lui donna la chair de poule. Cela l'excitait d'être complètement nu et vulnérable contre le corps habillé de Cody.

Toujours à quatre pattes sur lui, il se tourna pour placer son sexe au-dessus du visage de Cody et prit le sien en bouche sans attendre davantage. Il donna un coup de hanches involontaire lorsque les lèvres de Cody se refermèrent à leur tour autour de son érection. Il n'avait pensé qu'à ça tout le week-end, au goût, à la sensation de Cody dans sa bouche, aux muscles de sa mâchoire, tendus pour l'avaler aussi profondément que possible. Il n'y avait pas de connexion plus primaire ni plus intime.

Ses genoux se mirent à trembler sous l'effort et Cody lui caressa langoureusement les hanches et les fesses, comme un encouragement silencieux. En se contorsionnant légèrement, il fit monter sa main jusqu'au torse de Johnny et lui pinça un téton, lui arrachant un frisson de plaisir. Sous la surprise, il relâcha le sexe de Cody dans un bruit humide et obscène qui ne fit qu'attiser le feu de son excitation. Il prit alors ses testicules en bouche et gémit en sachant que la vibration du bruit rendrait Cody fou de désir. Il reporta ensuite son attention sur son sexe tendu en jouant de sa langue sur toute la longueur, il savait exactement ce qu'il faisait, il connaissait les faiblesses et les réactions de son amant par cœur.

Cody laissa échapper un grognement et le rythme de ses hanches s'accéléra. Johnny détendit sa gorge et le laissa aller et venir dans sa bouche en se concentrant sur sa respiration.

Submergé par son propre plaisir, Cody arrêta de le sucer et Johnny sentit son sexe glisser de sa bouche. Cela n'avait pas d'importance, tout ce qui comptait pour lui, c'était d'offrir à Cody son orgasme de la victoire. Cody l'attrapa fermement par les fesses et Johnny gémit en sentant la caresse de son pouce contre la peau vulnérable de son entrée. Il redoubla d'efforts pour faire jouir Cody, appliquant du plat de sa langue une pression contre la veine sensible sous son sexe à chaque va-et-vient. Il sentit le sursaut imperceptible de son érection juste avant qu'il se mette à jouir et avala jusqu'à la dernière goutte.

Il relâcha délicatement le sexe mou de Cody et redressa la tête pour prendre une grande inspiration. Il passa un genou par-dessus le visage de Cody pour se remettre dans le bon sens face à lui, déterminé à jouir à son tour, lorsqu'il entendit un léger ronflement.

— Dis-moi que je rêve. Saloperie de vieux paresseux égoïste, marmonna-t-il sans grande conviction.

Tendrement exaspéré, il commença à se masturber en regardant son compagnon endormi juste sous lui. Son tee-shirt relevé découvrait le dessin marqué de ses abdominaux et son sexe pendait hors de son jean. Profitant du spectacle, Johnny se mit à fantasmer en imaginant être rentré avec un beau cowboy hétéro et frustré, suffisamment enivré pour le suivre chez lui, complètement à sa merci pour une nuit, et qui se sauverait au petit jour. Dans l'idéal, le cowboy de son fantasme serait quand même assez réveillé pour participer, mais il ne pouvait pas tout avoir. La vision du corps débauché de Cody lui suffirait pour cette fois. Il accéléra le rythme de sa main et ferma les yeux. Le picotement familier de l'orgasme au creux de ses reins remonta sensuellement sa colonne vertébrale et termina sa course dans une explosion de plaisir derrière ses paupières closes. De son autre main, il stimula ses testicules, se cambra violemment et observa avec satisfaction les jets de son sperme sur le ventre de Cody. Il se laissa doucement retomber sur ses talons, savourant cet instant de détente parfait, ses muscles presque liquides, puis il se pencha pour lécher sa semence contre la peau de son amant.

Il s'allongea ensuite aux côtés de Cody et posa la tête dans le creux de son épaule en bâillant. Ils étaient tous les deux couverts de sperme et collants de sueur, mais cela lui était égal. Dans son sommeil, Cody se tourna instinctivement vers lui et passa un bras possessif autour de sa taille.

— Bonne nuit, champion, murmura Johnny.

II.
Retour au bercail

— J'ai hâte d'être à la maison, avoua Cody en balançant négligemment ses vêtements dans son sac de voyage.

Juste à côté de lui, Johnny pliait les siens avec soin et les rangeait minutieusement.

— Un jour de repos, un jour de plus pour ma hanche, et c'est parti pour un été complet d'entraînement, ajouta-t-il.

— Deux jours de repos, deux jours entiers ? Tu es sûr que ce n'est pas un peu trop ? demanda Johnny, moqueur, en écarquillant les yeux.

— Pas le temps de flemmarder, répondit Cody dans un grand sourire. Un ranch ne se gère pas tout seul.

— On a du pain sur la planche, enchaîna automatiquement Johnny en même temps que Cody.

— Tu me connais trop bien, c'est presque flippant ! lança Cody en éclatant de rire. Je ne peux pas rester assis à ne rien faire, tu sais comment je suis. Je dois préparer la finale, je dois entraîner les petits nouveaux et les aider à décrocher leurs premières compétitions, je suis engagé pour des démonstrations de bull riding sur plusieurs foires-expo. Sans compter les conventions avec les fans et les réunions avec les sponsors, la fin de l'année va être chargée, je n'ai pas le temps de pleurnicher sur une petite blessure inconséquente.

— N'exagère pas, l'activité du ranch est tranquille à cette période et tes parents ne sont pas du genre à te mettre la pression pour les aider.

— Quand ils avaient mon âge, ils ne s'arrêtaient jamais. J'ai hérité de l'esprit de compétition de ma mère et du perfectionnisme de mon père, je crois que j'aurais honte si je passais l'été à glander sur leur ranch.

— Je ne m'inquiète pas pour toi, je ne crois pas que tu sois physiquement capable de glander.

— Je descends à la réception leur demander de nous appeler un taxi, lui sourit Cody.

— Nous pourrions prendre la navette de l'hôtel, non ?

— Ne t'en fais pas pour cela, bébé, c'est moi, qui paie.

Cody pouvait parfois être condescendant, et il avait la fâcheuse manie de choisir les solutions les plus onéreuses, juste parce qu'il le pouvait. Johnny trouvait cela particulièrement énervant, mais il devait reconnaître qu'il était facile de s'habituer au train de vie de Cody. Il était évident que prendre un taxi serait mille fois plus confortable avec tout le matériel de bull riding qu'ils transportaient en permanence, mais cela voulait dire que c'était encore Cody qui payait.

Une fois arrivés à l'aéroport, ils enregistrèrent leurs bagages et se dirigèrent vers le contrôle de sécurité. Cody trouva le moyen de draguer la jolie petite agente chargée de leur passage, tout en retirant ses bottes. Il se donna en spectacle en retirant sa ceinture avec sa toute nouvelle boucle de champion, pendant que Johnny avançait silencieusement derrière lui. Il essaya de se consoler en songeant que cette fois-là, au moins, c'était une femme. Le charme Cody était un véritable vortex infernal, il suffisait qu'il sourie et personne n'y échappait. Personne.

— Contrôle de sécurité de mes deux, et puis ces maudites bottes, râla Cody une fois éloigné du portail de contrôle.

— Tu n'avais qu'à mettre des baskets, lui fit remarquer Johnny sans pouvoir imaginer sérieusement Cody avec autre chose aux pieds que ses bottes de cowboy.

— Il y a trop de lacets.

— C'est devenu un cauchemar de prendre l'avion avec les plans Vigipirate, soupira Johnny.

— Je voudrais déjà être arrivé, acquiesça Cody en fronçant les sourcils. Plus vite, nous serons au ranch, plus nous aurons de temps rien que tous les deux avant qu'ils arrivent, dit-il en marchant d'un pas pressé vers leur porte d'embarquement.

— Avant que… quoi ? Avant que qui arrive ? demanda Johnny en trottinant derrière lui pour le rattraper.

— Je ne te l'ai pas dit ? Sam Wells m'envoie quelques petits nouveaux pour des leçons particulières, il veut être sûr qu'ils soient au point pour la prochaine saison de la ligue professionnelle.

— C'est plutôt flatteur qu'il te fasse autant confiance.

— Qu'il *nous* fasse confiance, le corrigea Cody. Toi, moi et deux ou trois gars du ranch. Entre les leçons de bull riding et les gains des compétitions, je vais peut-être enfin réussir à vivre de ma passion.

— Donner des cours de bull riding, dit Johnny à voix haute, l'air songeur. C'est peut-être une bonne idée. Ou peut-être pas.

Il se garda bien de faire la moindre remarque sur les revenus de Cody. Comme beaucoup de sport, le bull riding n'était pas une solution professionnelle éternelle, mais Cody refusait d'entendre parler de retraite.

— Nous irons doucement, je ne vais pas laisser une bande de gamins approcher mes taureaux tant que je ne suis pas certain qu'ils sont prêts.

Johnny éclata de rire.

— Je m'inquiétais plutôt pour les gamins. Que fait-on si l'un d'entre eux se casse quelque chose ?

— Nous leur dirons que c'est le métier qui rentre, ricana Cody. Autant qu'ils s'y habituent avant de commencer les compétitions, nous ne faisons pas de bull riding si nous avons peur de nous casser quelque chose. Je ne suis pas inquiet, si Sam me les envoie, c'est qu'ils sont tous couverts par leur assurance.

— Quand arrivent-ils ?

— Dans trois jours. J'ai proposé à Sam de commencer avec un stage d'une semaine pour voir comment ils se débrouillent et s'ils tiennent le coup. Si tout se passe bien, il nous enverra d'autres gamins.

— J'envisageais de travailler aussi cet été. Vern m'a demandé si ça me disait de faire quelques dates avec eux sur la tournée estivale, le prévint Johnny. Il dit que nous formons une bonne équipe et que nous devrions en profiter pour…

— Tu ne devrais pas, le coupa Cody d'un ton autoritaire. Tu as besoin d'une pause, toi aussi, de faire quelque chose de différent. Reste au ranch avec moi. Tu ne le regretteras pas, ajouta-t-il en haussant les sourcils de manière suggestive.

— Laisse-moi le temps d'y réfléchir. Ce serait quand même une belle occasion pour ma carr…

— Très bien, conclut Cody. Dans ce cas, c'est réglé. Nous donnons des cours cet été, et ainsi, nous reviendrons en pleine forme au mois de septembre.

— En pleine forme pour que tu remportes la finale, clarifia Johnny.

— En tout cas, je vais tout faire pour, répondit modestement Cody. Je ne suis sans doute pas le seul qui va s'entraîner cet été, rien n'est gagné.

Le haut-parleur annonça l'embarquement de leur vol et ils se levèrent pour monter dans l'avion.

SUR LE chemin du retour, Johnny se détendit peu à peu. L'exposition médiatique quasi constante de Cody signifiait qu'il devait être très vigilant à chaque compétition. Il ne devait pas le toucher ni le regarder trop longtemps, c'était nerveusement épuisant. Il s'installa confortablement dans le petit avion de tourisme qui devait les conduire jusqu'à l'aéroport de Santa Barbara. C'était un vol court, la dernière étape de leur voyage, et personne ne leur prêtait attention. Il appuya son épaule contre celle de Cody en souriant. Quelqu'un du ranch était censé leur avoir laissé un camion à disposition sur la piste d'atterrissage, une fois arrivés, ils seraient en vacances pour de bon.

Comme souvent, ce fut Cody qui prit le volant. Il passait tellement de temps sur la route qu'il avait tendance à conduire comme un pilote de Formule 1 à qui le Code de la route ne s'appliquait pas. Il s'engagea sur la Route 101 en direction de Santa Rafael, avant d'emprunter une route sinueuse qui serpentait à flanc de montagne pour monter rejoindre le ranch. Il conduisait toujours une main sur le volant, l'autre pendue par la fenêtre ouverte. Johnny observa silencieusement le paysage, les fermes familiales avec leurs grands bâtiments agricoles, les kilomètres de flancs de montagnes boisés qui s'étendaient à perte de vue. Ils passèrent enfin le pont de bois juste avant le ranch, puis Cody se gara devant l'imposante maison de ses parents. Johnny et lui logeaient dans un petit chalet une centaine de mètres plus loin, mais Cody s'arrêtait toujours chez ses parents d'abord.

Johnny sortit du véhicule et s'étira longuement pour tenter de chasser l'engourdissement de leur long voyage.

— Je ne suis pas mécontent d'être arrivé chez toi, soupira-t-il en regardant autour de lui.

— C'est ta maison aussi, tu sais, lui rappela gentiment Cody en tendant une main vers lui.

Johnny ne la prit pas. Ils étaient ensemble depuis près de deux ans, mais il n'osait toujours pas toucher Cody en public.

— Je sais, répondit-il doucement. J'essaie encore de m'habituer à cette idée.

— Viens, je suis sûr que Maman a déjà préparé le dîner.

— Je dois reconnaître que ses petits plats m'ont manqué, sourit Johnny en se rapprochant de Cody pour lui donner un petit coup d'épaule.

Ils se dirigèrent ensemble vers la porte d'entrée et Johnny sentit les derniers points de tension se dénouer complètement dans son dos. Il était enfin en sécurité, il pouvait dire et faire ce qu'il voulait vraiment sans s'inquiéter d'être jugé. Même le père de Cody se fichait complètement de leurs démonstrations d'affection.

Il faisait doux, ce soir-là, et seule la porte grillagée était fermée. Johnny pouvait voir le long couloir de l'entrée, jusqu'à la porte de derrière qui était elle aussi grande ouverte. Une délicieuse odeur de chili et de pain de maïs flottait dans la maison, lui rappelant à quel point il avait faim.

Cody entra et laissa la porte grillagée claquer derrière eux. Alerté par le bruit, la grande silhouette longiligne de son père apparut dans le couloir.

— Val, les gamins sont arrivés ! lança-t-il en tournant la tête dans la direction d'où il arrivait.

— Pile à l'heure pour le dîner. Allez vous laver les mains, les garçons, sinon, pas de dessert ! répondit la voix de sa mère depuis la cuisine.

Cody sourit malicieusement et se pencha vers Johnny pour lui chuchoter :

— J'ai déjà hâte de savoir ce qu'est le dessert.

Puis il suivit son père dans la cuisine et serra ses parents dans ses bras.

« Les gamins ». C'était ainsi que les parents de Cody les appelaient. Cela réchauffait toujours un peu le cœur de Johnny. C'était affectueux, comme une acceptation silencieuse de sa présence et de leur relation. Il resta un instant en retrait pour observer le salon autour de lui. La décoration était typique d'un ranch, beaucoup de bois, de tons chauds et accueillants. Juste à côté de la cheminée trônait la selle d'or que la mère de Cody avait gagnée lors de sa dernière compétition de rodéo vingt ans plus tôt.

— Tu es tenté de t'agenouiller et de faire une petite prière, n'est-ce pas ? Le taquina Val en apparaissant derrière son épaule.

— Je croyais que vous ne vous en serviez que pour que Cody se tienne à carreau.

Val glissa ses petites mains à la pliure de son coude et sourit malicieusement en hochant la tête.

— Plus efficace que la Bible, je lui faisais promettre ce que je voulais, sur cette selle. C'est ainsi que je l'ai élevé.

— C'est un très beau trophée.

— Cela a toujours fait rire Cody que je l'expose dans le salon, et regarde-le maintenant, il fait la même chose avec ses boucles de ceinture.

Elle désigna d'un geste du bras la vitrine sur le mur d'en face dans laquelle brillaient des dizaines de boucles de bull riding.

— Je suis contente de vous voir tous les deux, ajouta-t-elle en lui tapotant le biceps avant de le relâcher. Le dîner est servi, viens vite avant que Cody et son père engloutissent tout.

La cuisine du ranch était immense et ensoleillée, c'était une pièce chaleureuse dans laquelle il faisait bon vivre et partager de longs repas sans faire de manière. Elle était un peu à l'image de Val, une grande et belle femme charismatique, au physique athlétique, sobrement vêtue d'un jean et de chemises en toile, ses longs cheveux attachés dans une simple queue de cheval.

Les lumières étaient allumées et baignaient la pièce d'un halo doré. Davis Grainger était assis en bout-de-table et ses deux ouvriers en chef étaient assis à sa droite, laissant les deux chaises sur la gauche pour Cody et Johnny.

Ils se lavèrent les mains ensemble en échangeant des regards complices et s'installèrent pour attaquer le repas. Johnny n'était jamais très bavard. Il était content de simplement écouter Cody et ses parents discuter. Val et Davis ne le forçaient jamais à parler, il appréciait beaucoup leur délicatesse.

Les deux ouvriers de Davis étaient aussi différents que le jour et la nuit. Ils avaient tous les deux une petite cinquantaine d'années, mais RJ était gigantesque et silencieux – il avait une carrure de bûcheron –, et Travis était aussi bavard que maigrelet. Les Grainger ne les traitaient pas du tout comme des employés, RJ et Travis étaient des membres de la famille. Cody les considérait comme ses deux oncles gays. Johnny n'avait jamais observé la moindre marque d'affection ouverte entre les deux hommes, mais il y avait entre eux une complicité et une harmonie qui était indubitablement celle d'un couple.

Val et Davis n'avaient jamais manifesté la moindre gêne vis-à-vis de leur couple. Johnny était presque certain que s'ils avaient si bien réagi au coming out de Cody, c'était parce qu'ils connaissaient l'histoire de RJ et Travis. Johnny aurait payé cher pour que sa famille soit aussi tolérante, hélas, on ne choisissait pas sa famille.

Il dévora en silence le contenu de son assiette en écoutant Davis parler avec fierté de la dernière victoire de son fils. C'était le seul sujet de conversation qui enthousiasmait Davis à ce point-là, il était d'ordinaire assez réservé de nature. Johnny avait du mal à déterminer si c'était vraiment la fierté qui l'animait autant ou l'immense soulagement de récupérer son fils en un seul morceau.

— À quoi pensais-tu le premier soir de la compétition ? C'est un sacré choc à la tête que tu t'es pris ! Combien de fois t'ai-je répété de choisir un taureau sur lequel tu es sûr de pouvoir rester, ce sont les seuls points qui comptent, inutile de risquer la mort à chaque virée !

— Je sais, papa, ce n'était pas vraiment non plus ce que j'avais prévu. Le taureau était énervé, impossible de trouver un rythme. Dans ces cas-là, il n'y a pas beaucoup d'autre choix que de s'accrocher en serrant les dents. Et puis, je refuse de choisir des taureaux trop faciles à monter au risque d'ennuyer le public.

— Ennuyer le public, qu'il dit…, grommela son père.

— J'aime l'adrénaline de l'imprévisible, le taquina Cody.

— J'espère que tu n'utilises pas de corde brésilienne ?

— Non, mais, même si c'était le cas, papa, elles sont aussi efficaces que les Américaines, elles sont juste d'une conception différente. Honnêtement, elles sont même plus efficaces dans les virages, elles offrent un point d'appui à l'intérieur du bras.

— Surveille aussi ta main gantée, si tu ne t'attaches pas correctement, un de ces jours, un taureau va t'arracher le bras tout entier, continua Davis en ignorant son éloge des cordes brésiliennes. Tu seras bien avancé si tu te démets l'épaule, ajouta-t-il en pivotant sa propre épaule et en tendant le cou.

— Tout s'est bien terminé, lui rappela patiemment Cody. J'ai réussi à me décoincer et j'ai remporté la victoire.

— Arrête ton char, je suis vieux, mais pas gâteux, j'ai bien vu que c'était Johnny qui t'avait décoincé.

— C'était quand même une très belle performance, intervint Travis. J'ai trouvé les jurés un peu sévères, c'était une virée qui valait au moins 90 points. Il faut dire que tu as tellement gagné cette saison, je pense qu'ils ont peur qu'on les accuse de favoritisme.

— Je n'ai pas gagné le dernier passage, ce jour-là, ajouta Cody. Le taureau était un vrai diable. Il gigotait dans tous les sens, je n'avais pas une seconde de répit.

— Tu t'es bien rattrapé le lendemain, ton dernier passage était parfait. Excellente synchro des hanches avec le taureau, positionnement du bras impeccable, excellente stabilité de la jambe intérieure, énuméra Travis.

— Pas un rider ne t'arrivait à la cheville, ajouta Davis.

— N'exagère pas, papa, Dub s'est sacrément bien défendu.

— Il n'était pas mauvais, concéda Davis, mais il n'était pas excellent non plus.

Cody et son père continuèrent d'analyser en détail chaque action de la dernière compétition, et RJ se tourna vers Johnny.

— Tu as fait de l'excellent boulot, lui dit-il, ses mots embourbés dans ce fort accent australien qui surprenait toujours Johnny.

— Merci, répondit-il en hochant la tête.

Ce n'était qu'une petite phrase, mais c'était toujours agréable à entendre. Cody était une véritable vedette du bull riding, et en tant que simple écarteur, Johnny avait l'habitude de se fondre dans son ombre.

Travis se joignit à leur conversation en lui lançant :

— Je vois que tu es toujours entier.

— Tout est à sa place, répondit Johnny en contractant les muscles de ses bras avec exagération.

— Ne risque pas ta vie pour ce crétin, Johnny, il a la tête dure. Nous tenons à toi et je ne veux pas que tu te blesses inutilement, lui dit Val en lui tendant la casserole de chili pour qu'il se resserve.

— Ne vous en faites pas pour moi, répondit Johnny dans un sourire. Je tiens trop à ma vie pour la risquer bêtement.

Elle lui sourit en retour, l'air étrangement inquiet. Johnny haussa un sourcil interrogateur, mais elle secoua la tête et se tourna vers Cody qui était encore en train d'exhiber sa boucle de ceinture.

Après le dîner, RJ et Travis rentrèrent chez eux et Davis glissa subtilement une main dans le dos de sa femme pour l'entraîner dans le salon, laissant la vaisselle à Cody et Johnny. Cody ne trouva même pas la force de protester, il était trop content d'être rentré.

— Si c'est le prix à payer pour être aussi bien nourri, bougonna-t-il en laissant son regard s'égarer sur les fesses de Johnny, debout devant l'évier.

— Tais-toi et viens essuyer la vaisselle, qu'on puisse filer au chalet.

Ils se mirent au travail en silence, côte à côte devant le petit coin de l'évier. À chaque mouvement, leurs bras ou leurs hanches s'effleuraient, et il n'en fallut pas davantage pour réveiller la libido de Johnny.

Il était en train d'essorer le torchon au-dessus de l'évier lorsqu'il sentit le corps de Cody contre le sien, la ligne tendue de son sexe contre ses fesses et son souffle chaud dans son cou.

— Tu crois qu'on devrait rester encore un peu avec mes parents ? demanda-t-il en l'embrassant dans le cou.

— Super idée, nous pourrions parler de la météo.

— Tu es en train de me dire que mes parents t'ennuient ?

— Je suis en train d'essayer de te faire comprendre qu'ils seront toujours là demain matin et qu'on pourrait profiter du reste de la soirée rien que tous les deux, expliqua Johnny avec un calme et un aplomb qui l'étonnèrent lui-même dans la mesure où Cody était en train de se frotter contre lui.

— Si tu savais tout ce que j'ai envie de te faire, murmura Cody en lui léchant sensuellement le cou et en glissant une main sur son entrejambe pour masser paresseusement son début d'érection.

— C'est terriblement gênant, nous nous connaissons à peine, plaisanta Johnny, le souffle court.

— Je n'ai pas pu résister en vous voyant, répondit Cody en le mordant légèrement à la jonction entre son cou et son épaule.

— Cody, je voudrais vérifier deux ou trois papiers avec toi, appela son père depuis le salon.

Ils s'immobilisèrent brusquement et Cody s'écarta en se passant une main dans les cheveux.

— Je vais voir ce qu'il veut, désolé, bébé, s'excusa-t-il. Pars devant, je te rejoins au chalet.

Il lui donna une petite tape sur les fesses et disparut dans le salon.

Johnny appuya du plat de sa paume contre son érection pour tenter de la décourager, et après quelques minutes de profonde respiration, il se sentit assez confiant pour quitter la cuisine sans traumatiser personne.

Il sortit discrètement de la maison et admira un instant la vue des montagnes qui se découpaient contre l'horizon à l'est. Le ranch des Grainger n'était pas très loin de la mer, même s'ils n'y allaient jamais. Ils semblaient souffrir de ce syndrome terrible des gens qui habitent sur la côte, mais qui sont toujours trop occupés pour aller en profiter. Il ferma les yeux et savoura la caresse du vent frais de fin de journée sur son visage.

Lorsqu'il entra dans le chalet, il y faisait une chaleur étouffante. Il ouvrit toutes les portes et fenêtres pour créer des courants d'air, en espérant que les pièces se seraient rafraîchies un peu avant l'arrivée de Cody. Il ouvrit la chambre en dernier, son tee-shirt imbibé de sueur, et le retira négligemment avant de le jeter dans la corbeille à linge au coin de la pièce. C'était une suite parentale avec une salle de bain ouverte. Il alluma la douche, et en attendant que l'eau chauffe, il se détacha les cheveux parce qu'il savait que Cody adorait ses cheveux lâchés. Enfin, il se glissa sous le jet en poussant un soupir de satisfaction et régla l'eau la plus tiède possible pour se rafraîchir un peu. Il se savonna rapidement, puis coupa l'eau et sortit de la cabine en cherchant à tâtons sa serviette. Il s'essuya sommairement, et lorsqu'il se retourna, il découvrit Cody debout juste derrière lui, entièrement nu, son sexe tendu dans une main.

— Laisse-moi au moins me sécher, protesta faiblement Johnny, la voix rauque.

— Pas la peine, rétorqua Cody en se penchant sur lui pour lécher une gouttelette d'eau qui dégoulinait sur son torse.

Il posa ses deux mains sur les épaules de Johnny et commença à les lui masser lentement. Johnny laissa retomber sa tête en arrière et ferma les yeux, savourant la sensation. Cody déposa une pluie de petits baisers tout le long de sa gorge offerte. Ses cheveux humides gouttaient dans son dos, le long de sa colonne vertébrale, jusqu'au creux de ses reins, comme la promesse d'une caresse.

Il sursauta légèrement lorsque Cody lui mordit un téton, et poussa un soupir de plaisir lorsqu'il le lécha pour calmer la morsure. Ses hanches avancèrent instinctivement en direction de Cody dans une prière silencieuse, mais Cody l'ignora. Il s'agenouilla devant lui et parcourut de sa langue la ligne creusée entre son abdomen et le haut de sa cuisse. Il fit voyager sa bouche jusqu'à l'intérieur de la cuisse de Johnny, qui frissonna à la sensation de sa barbe naissante contre la peau vulnérable de son entrejambe.

Enfin, Cody lécha ses testicules et Johnny sentit ses genoux faiblir. Cody l'attrapa par les hanches et le tourna face au lavabo pour qu'il se penche et prenne appui sur le bord. Le front appuyé contre le miroir, Johnny écarta les jambes. Les grandes mains puissantes de Cody glissèrent le long de ses flancs, jusqu'à ses fesses qu'il massa sensuellement avant de les écarter en douceur. Le sexe de Johnny, tendu à l'extrême, eut un sursaut contre son estomac lorsqu'il sentit la respiration de Cody tout contre son entrée. Le petit anneau de muscles se contracta instinctivement, et Cody y déposa un baiser délicat et humide. La sensation électrifia les sens de Johnny et remonta le long de sa colonne vertébrale comme une traînée de poudre. Il se cambra en serrant obstinément les lèvres pour ne pas faire de bruit.

— Je veux t'entendre, le réprimanda Cody d'une voix séductrice en continuant de masser ses fesses.

Johnny était tellement habitué à devoir faire attention à ce que personne ne les voit ou ne les entende, que lorsqu'il ouvrit la bouche, le gémissement qui s'en échappa fut presque douloureux, primaire.

Cody le récompensa en caressant son entrée du plat de sa langue et Johnny gémit de nouveau, perdu dans les affres du désir. La langue de Cody le lapa, plus insistante à chaque passage, jusqu'à ce que, de la pointe, il force doucement le petit anneau de muscles. Il imprima un léger mouvement de va-et-vient, presque taquin, comme s'il le butinait. Johnny peinait à respirer et tous ses muscles tremblaient. Sans les mains de Cody sur ses hanches, il doutait qu'il tienne encore debout. Le frisson de son corps encore humide de la douche et les lacets gelés de ses cheveux mouillés dans son dos ne faisaient qu'intensifier ses sensations. Il ne voulait pas jouir trop vite. Il tenta désespérément de garder le contrôle sur la vague de plaisir qui menaçait de le submerger, mais chaque fois que la langue de Cody le pénétrait, il sombrait un peu plus.

À travers le nuage épais du désir, il reconnut vaguement le son de sa voix qui suppliait Cody de le prendre maintenant, de le baiser sauvagement.

IL N'Y avait pas de sentiment plus jouissif pour Cody que de sentir le corps musculeux de Johnny devenir si souple et malléable entre ses doigts. Il pouvait faire de lui ce qu'il voulait, le mettre dans la position qu'il voulait, Johnny était entièrement abandonné au plaisir.

Les muscles de Johnny se détendirent peu à peu et il enfonça sa langue en lui de plus en plus profondément. Cody était plus dur que jamais dans son pantalon, le plaisir de baiser Johnny surpassait de peu celui de le dévorer ainsi, de goûter à l'endroit le plus secret de son corps. Cody songea que rien ne surpasserait sans doute jamais ce plaisir, il n'avait plus qu'une envie, se relever et prendre Johnny, s'enfouir et se perdre en lui.

Il redressa la tête, caressa avec révérence le corps tremblant de son amant qui semblait ne plus exister que pour faire un avec lui. Il ouvrit à l'aveugle l'un des tiroirs sous le lavabo en souriant contre la hanche de Johnny. Il savait très bien que le bruit attirerait son attention et qu'il comprendrait ce qui allait se passer ensuite. Il déchira l'emballage du préservatif en écoutant attentivement la respiration haletante de Johnny, et l'enfila sur son sexe. Il fit couler un peu de lubrifiant dans la paume de sa main, enduisit son érection et les doigts de son autre main. Puis il se releva en frôlant de ses lèvres toute la longueur du corps de son amant, et enfonça doucement deux doigts en lui, en l'embrassant dans le cou.

Johnny gémit de nouveau et se cambra pour s'empaler plus profondément sur les doigts de Cody. Il était si réactif, Cody adorait cela. Il recula légèrement pour admirer la cambrure dorée de son dos parfait et l'endroit où leurs deux corps se joignaient. Il n'avait jamais rien ressenti de semblable avec qui que ce soit auparavant.

Lorsqu'il sentit, aux petits bruits impatients qu'il poussait, que Johnny était prêt, Cody retira ses doigts et aligna son sexe tendu contre son entrée frémissante. Il appuya d'une main contre son épaule pour le stabiliser et posa l'autre sur sa hanche, puis il ondula des hanches et entra en lui. Il avait eu peu d'amants auxquels il pouvait faire l'amour debout de cette façon, mais le corps de Johnny semblait fait pour lui ; il avait la taille parfaite et leurs courbes s'emboîtaient comme un puzzle divin. Il s'enfonça lentement, très lentement en lui, savourant la mélodie de ses gémissements. L'étau bouillant de son corps autour de son sexe était délicieusement étroit. Il passa un bras autour de la taille de Johnny, et de son autre main, il lui tourna la tête pour échanger un baiser langoureux tandis qu'il s'enfonçait enfin complètement en lui.

Puis, il se retira lentement, et entra de nouveau profondément en lui d'un geste de hanche puissant. Il resta un instant ainsi et serra Johnny contre lui, puis il commença enfin un rythme de va-et-vient régulier. Il décala l'épais rideau noir et humide de ses cheveux pour couvrir sa nuque et ses épaules de baisers.

Il donna un nouveau coup de hanches pour s'enfoncer au plus profond de lui et rester là sans bouger, à savourer les palpitations du corps impatient de Johnny autour de lui, les petites pressions parfaites et délicieuses de ses muscles autour de son érection. Il ne savait pas si Johnny était conscient de ce qu'il faisait ou si c'était un talent instinctif, mais cela le rendait dingue. Au tout début de leur relation, il avait fallu qu'il soit patient et qu'il apprenne tant de choses à Johnny, mais très vite, le jeune homme avait dépassé toutes ses espérances.

Il y avait quelque chose de presque poétique d'avoir le corps masculin et dangereux de Johnny complètement à sa merci, vulnérable et ouvert sous l'assaut de ses hanches. Cette vulnérabilité réveillait en Cody une tendresse et un sentiment de possessivité presque incontrôlables. Il voulait que Johnny lui appartienne tout entier, il voulait le marquer comme un animal. Suivant aveuglément son instinct, il plongea ses dents à la naissance de son épaule et accéléra son va-et-vient. Il attrapa brusquement les hanches de Johnny et la tendresse céda la place à une sauvagerie et une passion primaires. À chaque pénétration, il ne pensait qu'à une chose, laisser sa marque afin que Johnny le sente encore en lui à chaque pas qu'il ferait le lendemain. Les gémissements de Johnny se changèrent en cris de plaisir, il écarta davantage les jambes et se cramponna de toutes ses forces au lavabo.

Cody attrapa la masse de ses cheveux et l'enroula autour de son poing pour tirer son crâne vers lui et l'embrasser brutalement. Il sentit le fourmillement de l'orgasme gagner le bas de son dos et ses jambes commencèrent à trembler sous l'effort. Johnny avait lâché le lavabo d'une main pour se masturber en rythme avec les coups de hanches de Cody.

Lorsque Cody sentit son corps convulser contre lui et les microcontractions de ses muscles autour de son sexe, il pencha la tête par-dessus son épaule juste à temps pour le voir jouir en longs traits blancs contre la faïence du lavabo, son membre serré dans l'étau de son poing.

Cody ralentit la cadence de ses hanches, s'enfonçant en lui plus doucement, et plus profondément, puis il jouit à son tour dans un grognement animal, ondulant imperceptiblement du bassin même après l'orgasme pour mouler son aine contre la délicieuse rondeur des fesses de Johnny. Il laissa retomber son front contre l'épaule de Johnny et attrapa ses mains pour entrelacer leurs doigts contre ses abdominaux tremblants.

— Je t'aime, souffla Johnny, la voix tremblante.

— Je sais, répondit Cody. À refaire ?

— J'espère bien, rit doucement Johnny.

— Demain matin, conclut Cody en se retirant lentement pour ôter le préservatif et le jeter.

Il s'essuya le sexe de son autre main, qu'il porta à sa bouche pour goûter sa semence. Il tira ensuite Johnny contre lui et ricana en passant ses doigts dans le sperme éclaboussé sur son abdomen.

— Et dire que tu sortais de la douche…

— Il ne te reste plus qu'à m'en donner une deuxième, répondit malicieusement Johnny.

— Demain matin, répéta Cody en bâillant, puis il se pencha sur le ventre de Johnny et lécha un filet de sperme, juste au-dessus du tatouage qui épousait la courbe de sa cage thoracique.

Cody avait d'abord cru que c'était un éclair, mais Johnny lui avait expliqué qu'il s'agissait d'une échelle céleste, un symbole spirituel. Cody était au moins sûr d'une chose, c'était son échelle vers le septième ciel.

Il se redressa, embrassa langoureusement Johnny juste pour le plaisir de mélanger leurs essences corporelles, et murmura à quelques millimètres de ses lèvres :

— Au lit.

Il le prit par la main et le tira jusqu'à la chambre. Ils ne mirent même pas la lumière, se laissèrent tomber sur les couvertures et s'endormirent paisiblement, bercés par le bruit de la brise dans les rideaux.

III.
PARLER DE TAUREAUX

CE N'EST pas comme être dans l'arène

Le lendemain, après le déjeuner, RJ et Travis fuirent la cuisine à une vitesse incroyable.

— Hé ! Nous ne sommes pas préposés à la vaisselle ! cria Cody dans leur dos.

Travis s'arrêta sur le pas de la porte avec un sourire narquois.

— Si tu veux, nous pouvons échanger. Tu préfères aller ramasser la bouse dans la grange ?

— Non. La vaisselle, merci, ça ira très bien, répondit Cody à la hâte.

— Profitez de votre matinée, offrit son père depuis le bout de la table. Vous venez juste d'arriver. Mais après cela, je compte sur toi, nous avons du pain sur la planche, les vacances sont finies.

— Les *vacances* ? Monter sur des taureaux en colère dans une arène, je n'appellerais pas exactement cela des vacances, papa.

— Ne me prends pas pour un imbécile, c'est ta passion, cela n'a jamais été une corvée pour toi. Tu as intérêt à assumer les cours que tu veux donner en plus du travail sur le ranch, je te préviens, le réprimanda Davis en faisant craquer ses cervicales. Allez, file te préparer, ta mère a besoin que tu l'emmènes en ville pour faire les courses. Nous allons tous mourir de faim à la vitesse à laquelle vous engloutissez ses plats. Quant à moi, je vous retrouve cet après-midi, les salua-t-il en se levant avec sa tasse de café, avant de disparaître par la porte du jardin.

— Pourquoi n'iriez-vous pas d'abord faire un tour à cheval pour repérer un terrain pour vos cours ? leur proposa Val. Il y a une clôture à réparer sur les collines derrière le ranch, vous pourrez en profiter pour y jeter un œil. Et n'oubliez pas d'aérer le dortoir pour vos petits élèves.

— Nos *petits élèves*, répéta Cody, amusé par l'idée.

Il devait reconnaître qu'il avait hâte de transmettre le savoir du bull riding à une nouvelle génération. Il avait l'impression de faire quelque chose d'important et de respecter une tradition ancestrale.

— Je vais m'occuper de sortir les draps et le linge de bain, si vous voulez, continua Val. Mais, je vous laisserai vous occuper du ménage et faire les lits. Faites en sorte que l'endroit soit un minimum accueillant, j'imagine que ce ne sont encore que des jeunots.

— Nous allons vous emprunter deux chevaux pour la matinée, répondit Cody en hochant la tête.

— Tu sais où ils sont, mais pas touche à mon petit Cajun Spice, le prévint sa mère en secouant l'index. Et ne t'imagine pas que j'ai oublié la vaisselle, Cody Grainger, tu as intérêt à la faire avant de quitter cette cuisine.

— À vos ordres, madame ! répondit Cody qui essayait de se sauver en douce.

— Brave bête, sourit Val en lui tapotant la joue avant de quitter la cuisine.

— Tu ne comptais quand même pas vraiment échapper à la vaisselle ? chuchota Johnny pour que, Val ne l'entende pas.

— Non, mais où est le fun si je n'essaie pas ? ricana Cody. Elle me connaît comme si elle m'avait fait.

Après la vaisselle, ils se dirigèrent ensemble vers les écuries pour seller deux chevaux. Cody fonça sans hésiter sur un magnifique hongre noir à l'air fier, et Johnny avança doucement vers un Sorraia gris souris qui tendit aussitôt le museau pour être caressé. Il sortit une carotte de sa poche et la lui offrit.

Après les avoir sellés, ils les sortirent de l'écurie et se mirent en selle.

— Ça m'a manqué, avoua Cody en poussant un grand soupir et en regardant le paysage autour de lui.

Il aimait l'adrénaline de son métier, mais c'était parfois agréable de prendre le temps de souffler.

— Tu préfères la vie sur le ranch à celle dans l'arène ? Le taquina Johnny.

Cody hésita avant de répondre.

— J'aime les deux différemment.

— J'aime le silence et la solitude de cet endroit, reconnut Johnny.

Cody ne pouvait pas voir ses yeux derrière ses lunettes de soleil, mais il souriait.

— On sait, Pocahontas, tu ne fais qu'un avec la terre, se moqua gentiment Cody.

— Mon peuple ne fait qu'un avec le Grand Esprit de la Nature, répondit solennellement Johnny en tournant la tête vers l'horizon.

Juste avant que Cody ne s'apprête à s'excuser de l'avoir offensé, le regard inquiet, Johnny éclata de rire.

— Ah, les blancs, zéro culture indienne, dit-il en secouant la tête.

— Ugh, répondit Cody en levant une main.

Il était probablement la seule personne dans l'entourage de Johnny à pouvoir faire ce genre de blague sans s'en prendre une. Ignorant son humour douteux, Johnny lui demanda avec sérieux :

— As-tu déjà envisagé de tout arrêter et de vivre au ranch ?

— J'adore cet endroit, mais l'ennui finirait par me rendre fou. Ce que j'aime avec l'arène, c'est que cela ne s'arrête jamais, la foule, la compétition, les voyages.

Il haussa les épaules, comme s'il ne trouvait pas d'autre façon d'expliquer, puis continua :

— Je suis un rider, c'est dans mon sang. Je ne peux pas m'empêcher de penser aux tout premiers cowboys qui domptaient des chevaux et des taureaux, à l'époque où il n'y avait pas encore tout cela, les routes, l'électricité, les exploitations agricoles…

— Tu fantasmes surtout sur une époque du rodéo où il n'y avait que des hommes.

- Coupable, répondit Cody en jouant des sourcils d'un air séducteur.

— Et quand tu prendras ta retraite, qu'est-ce que…

— Ma retraite ? Je ne suis pas encore grabataire !

— Tu sais ce que je veux dire, tu as trente-deux ans, Cody, personne n'est éternel dans le bull riding. Il arrivera un moment où les sponsors ne voudront plus de toi, ou bien ton corps te rappellera à l'ordre parce qu'il ne pourra plus suivre.

— Si j'avais le choix, je mourrais sur un taureau, répondit férocement Cody. Je refuse de prendre ma retraite !

Johnny esquissa un mouvement, comme s'il s'apprêtait à le réconforter, mais se retint au dernier moment.

— J'adore ce que je fais ! poursuivit Cody, enflammé par le sujet. J'aime entrer dans l'arène, j'aime me débattre avec ce gigantesque animal infernal et j'aime la satisfaction de le dompter. Est-ce que tu me vois travailler dans un bureau ? Cela me tuerait !

— C'est la malédiction des athlètes, acquiesça Johnny. Continuer à vouloir, mais ne plus le pouvoir physique…

— Tais-toi ! L'interrompit brusquement Cody.

— Le bull riding est l'un des sports les plus dangereux au monde, Cody. Les blessures s'accumulent et finissent par ne plus guérir correctement. Je suis tout aussi concerné, tu sais, que ferais-je le jour où je me ferais piétiner par un taureau ?

— Je sais, je sais, bébé, nous sommes dans la même galère, répondit Cody, l'air épuisé.

Son regard se perdit en direction des collines et il resta silencieux un long moment, incapable de poser des mots sur la douleur que créait en lui la seule pensée de devoir abandonner le bull riding.

— Je sais qu'un jour, il faudra que je m'arrête, dit-il très doucement. J'en suis conscient. Je vais me faire une blessure trop grave, ou bien je deviendrai trop vieux pour le rythme des compétitions. Mais je ne peux pas imaginer ma vie sans ce rush, sans cette conscience aigüe du danger et des risques que je cours chaque fois, c'est comme une drogue…

— Même après la blessure de l'an dernier ? Tu aurais pu y laisser la vie, Cody.

— Je sais ! dit-il en riant. Je sais bien, et c'est pour cette raison que c'est excitant, parce que nous ne pouvons pas prévoir ce qui va se passer, mais nous fonçons quand même !

— Ce n'est pas parce que tu prends ta retraite que tu es obligé de quitter le milieu. Tu peux devenir directeur d'élevage, commentateur, ce que tu veux. Je suis pratiquement sûr que la FNB paierait cher pour te garder.

— J'aurais l'impression de passer de la scène aux coulisses, je ne sais pas si je pourrais le supporter. Je suis bien content d'avoir encore quelques années devant moi avant de penser à tout cela.

Il aligna son cheval aux côtés de celui de Johnny et posa une main sur sa cuisse.

— Je pourrais venir me réfugier au ranch quand plus personne ne voudra voir ma vieille carcasse décrépie se secouer sur le dos d'un taureau.

L'amertume dans le ton de sa voix le surprit lui-même. Il était au sommet de sa gloire, mais il savait que cela ne durerait pas éternellement, et il n'était pas certain de survivre à cette chute.

— J'aurais toujours envie de la voir, moi, ta vieille carcasse.

— Heureusement que mes parents sont prêts à nous accueillir si nous décidons de revenir vivre ici.

— C'est un bel endroit, répondit Johnny d'une voix douce. Je me sens bien, ici.

Le cuir de sa selle grinça sous son jean lorsque Cody se pencha pour l'embrasser.

— Il y a au moins une chose que je préfère ici, murmura-t-il. Personne pour nous voir à des kilomètres à la ronde.

— À part tes parents.

— Mes parents se fichent pas mal de nous surprendre nous bécotant.

— Je sais, sourit Johnny.

Le soleil était déjà haut dans le ciel, il brillait dans leur dos et la chaleur était déjà presque insupportable. Lorsqu'ils entrèrent dans le sous-bois de sapins, la fraîcheur de la végétation fut un véritable soulagement. Cody les mena à travers les collines jusqu'au plateau depuis lequel on pouvait apercevoir les montagnes, à l'est, et l'océan à l'ouest.

Il s'arrêta au pied d'un gigantesque chêne dans les branches duquel étaient accrochés les restes d'une cabane qu'il avait construite avec son père quand il était petit. Il adorait cet endroit, et inconsciemment, chaque fois qu'ils rentraient, il y conduisait Johnny, comme si ce lieu faisait le lien entre toutes les choses importantes de sa vie. Ils mirent pied à terre et laissèrent les chevaux paître à l'ombre.

Il passa une main affectueuse contre le tronc du vieux chêne, puis se tourna pour y appuyer son dos et attirer Johnny contre lui, de dos également pour qu'ils puissent admirer le paysage ensemble.

De là où ils étaient, ils pouvaient apercevoir le ranch et la route 101 en direction de Santa Rafael, mais ils étaient suffisamment loin pour ne pas entendre un bruit. Ils pouvaient également deviner les petites silhouettes noires des ouvriers qui s'affairaient sur le ranch. Le lendemain, à la même heure, Johnny et lui seraient en bas avec eux, mais cette première matinée n'appartenait qu'à eux seuls, et ils étaient bien déterminés à en profiter.

JOHNNY POUSSA un soupir de contentement en savourant l'air chaud de la montagne sur son visage. Les bras de Cody se resserrèrent autour de lui.

— Tu sais ce que j'ai envie de faire ?

— J'en ai une vague idée, répondit Johnny, amusé.

Cody glissa une main sur son entrejambe et commença à le caresser lentement à travers son jean. Johnny appuya ses fesses contre l'érection derrière lui.

— Il y a comme un truc entre nous…

— Je ne laisserai jamais rien se mettre entre nous, bébé.

Johnny leva les yeux au ciel et laissa échapper un petit rire.

— Cette vue est à couper le souffle, murmura-t-il en regardant l'océan. Tu allais à la plage quand tu étais jeune, ou bien tu passais ta vie séquestré sur le ranch ?

— Je te signale que je surfais dans mes jeunes années. J'étais spectaculaire, sur une planche.

— J'ai peur de demander ce que tu entends par là.

— Je me suis pris beaucoup de gamelles, rit Cody. Mais j'ai aussi appris beaucoup de choses qui m'ont énormément servi. Comme le sens de l'équilibre. Ou comment tailler une pipe. J'étais un véritable petit obsédé quand j'étais ado, j'ai sans doute passé plus de temps dans les toilettes de la plage que sur les vagues.

— Sérieusement ? demanda Johnny en se tournant entre ses bras pour observer son visage, un sourire en coin.

— C'est que j'avais du succès à l'époque, tu sais

— Tu t'en sors encore pas trop mal, répondit Johnny avec une petite moue désintéressée.

— *Pas trop mal* ? J'étais et je reste absolument irrésistible !

— Comment faisais-tu pour rencontrer d'autres gays, à cet âge-là ?

— On ne se rencontrait pas vraiment, c'était la loi des toilettes. Je restais assis sur un cabinet, et puis parfois, un gars entrait dans la cabine d'à côté et tapotait du pied dans l'interstice sous la cloison qui nous séparait.

— Comme un code secret ?

— C'était une façon de faire comme une autre.

— Est-ce que tes parents savaient ce que tu faisais ?

Cody secoua vivement la tête.

— Pas au début. Et puis un jour, je me suis fait chopper par un flic qui m'a ramené au ranch et qui s'est senti obligé de leur expliquer exactement pourquoi il m'avait arrêté.

— C'est de cette manière qu'ils ont su que tu étais gay ? Comment ont-ils réagi ?

Cody fit une drôle de grimace, les yeux brillants. Presque comme s'il était ému, mais Cody Grainger ne pleurait jamais.

— Ils m'ont dit d'être prudent et m'ont serré dans leurs bras.

Johnny songea qu'il n'avait jamais autant respecté les parents de Cody qu'en cet instant.

— Ils n'étaient pas en colère ?

Cody secoua la tête.

— Je crois qu'ils savaient que cela ne servirait qu'à envenimer la situation. Leur réaction m'a tellement rassuré que j'ai compris qu'ils tenaient sincèrement à moi, et cela m'a responsabilisé comme aucune punition n'aurait pu le faire.

— Ils se fichaient que tu sois gay ?

— Complètement, ils ont fait Woodstock, ils ont déjà tout vu, sourit Cody. Comment l'as-tu annoncé à tes parents ?

Le cri perçant d'un aigle qui traversait le ciel juste au-dessus de leur tête retentit dans les collines.

— Qu'est-ce que je ne donnerais pas pour pouvoir voler comme ça…

— C'est déjà ce que tu fais, dans l'arène, répondit Cody, le regard brûlant.

Johnny se retourna dans ses bras et glissa une main dans son pantalon avec un baiser urgent. Cody déboutonna maladroitement le sien et ils se masturbèrent en s'embrassant comme si leurs vies en dépendaient.

Johnny se perdit dans le reflet verdoyant des arbres qui brillaient dans les yeux de Cody. Il le vit basculer la tête en arrière contre le tronc de l'arbre et il admira l'expression d'extase sur son visage lorsqu'il jouit enfin. À ce moment-là seulement, il s'abandonna à son propre plaisir et laissa Cody le conduire à l'orgasme.

IV.
ALORS COMME ÇA, TU VEUX FAIRE DU BULL RIDING, PETIT

JOHNNY SOUPIRA en regardant les quatre gamins alignés devant eux. Ils avaient l'air tellement jeunes, ils devaient être à peine majeurs. Pourtant, déjà trois d'entre eux se comportaient avec l'arrogance caractéristique des riders. Bien qu'il ne soit pas beaucoup plus vieux qu'eux, Johnny espérait sincèrement qu'il n'avait jamais été aussi insupportable. Mais à bien y réfléchir, entre sa passion pour le bull riding et la découverte de sa sexualité, il avait sans doute fait et dit son lot de conneries.

— Merci à tous d'être venus, lança Cody, l'air de ne pas y croire. Le dortoir est juste derrière vous. Vous allez chacun pouvoir choisir une chambre et ranger votre matériel. Pour ceux qui préfèrent, il y a un motel en ville et quelques endroits pas chers pour manger. Si vous décidez de rester ici, vous serez nourris, et croyez-moi, la cuisine de ma mère vaut le détour.

— Il faudra payer un supplément ? demanda l'un des jeunes.

Le voilà, il était là, songea Johnny. Il y avait toujours un fauteur de troubles en chef, le premier à parler sans réfléchir et à entraîner tout le monde dans ses plans douteux. Le gamin n'arrêtait pas de soupirer et de lever les yeux au ciel depuis qu'il était arrivé.

— Pas de supplément, répondit Cody, c'est compris dans votre stage. Rien ne rend ma mère plus heureuse qu'une tablée de cowboys affamés, sourit-il.

Johnny nota que le plus silencieux de la bande releva la tête avec espoir en entendant Cody les appeler des cowboys.

— Sur votre gauche, c'est la maison principale, celle où vivent mes parents. C'est là que vous prendrez vos repas. Il y a une cloche sur le porche, ma mère la fera sonner quand ce sera l'heure de manger. Les cours commencent demain matin à dix heures pile, rendez-vous devant l'enclos à bétail, ne soyez pas en retard. Si vous voulez descendre en ville, demandez-moi, quelqu'un vous emmènera en camion. Comment vous appelez-vous ?

Le petit malin prit la parole et les montra du doigt chacun à leur tour, en commençant bien entendu par lui-même.

— Je suis Bobby Blue Chandler, le meilleur rider du lot. Ça, c'est Aubrey Matthews, lui, c'est Tommy Benson, et lui Zane Winslow. On voudrait connaître le programme exact de la semaine.

Le plus silencieux, le gamin avec une coupe militaire très courte fronça les sourcils comme s'il désapprouvait que Bobby Blue prenne les devants sans demander son avis à personne. Johnny remarqua également que lorsque Bobby Blue c'était auto qualifié de « meilleur rider », Aubrey avait serré la mâchoire comme s'il n'attendait qu'une chance de lui mettre son poing dans la figure.

Debout derrière le groupe de gamins, RJ était impassible, un cure-dent au coin de la bouche, et Travis piétinait comme s'il ne tenait déjà plus en place. Bobby Blue se retournait régulièrement pour leur lancer des regards dédaigneux lorsqu'il ne soupirait pas en écoutant Cody. Johnny ne savait pas comment ce dernier parvenait à tenir son discours sans réprimander cette tête à claques.

— Demain matin, vous aurez l'opportunité de nous montrer un peu ce que vous savez faire, poursuivit Cody, imperturbable. Ce sera l'occasion pour nous de déterminer vos forces et vos faiblesses, en fonction desquelles nous établirons un programme. Vous aurez deux heures d'entraînement le matin, et quatre l'après-midi. Le soir, après dîner, si vous avez des questions, nous serons tous les quatre dans les parages, alors n'hésitez pas.

Bobby Blue fit une grimace de dégoût, comme s'il était beaucoup trop doué pour demander des conseils à qui que ce soit. Johnny se demandait comment Sam avait réussi à convaincre ce gamin prétentieux de venir faire un stage.

— Donc on est venu ici pour écouter vos conseils ? répéta Bobby Blue sur un ton insolent.

— Ferme-la un peu et prends ton sac, rétorqua Aubrey en lui donnant un coup dans l'épaule.

— Va te faire voir ! Je n'ai pas payé pour qu'une bande de péquenots me donne des conseils !

— Et c'est reparti, soupira Tommy en prenant son sac.

Zane ramassa le sien sans rien dire et se dirigea vers le dortoir.

Travis les attendait déjà à la porte.

— C'est la chambre avec le meilleur lit, chuchota-t-il à Zane en lui indiquant la dernière pièce au bout du couloir.

— Merci, répondit Zane en entrant.

Tommy le suivit, et Bobby Blue et Aubrey trouvèrent le moyen de se battre sur le pas de la porte pour savoir qui rentrerait en premier.

Cody peinait à se retenir de rire en les regardant faire, et Travis les poussa avec impatience à l'intérieur avant de refermer la porte derrière eux et de se frotter les mains.

— Ce gamin va nous faire vivre un cauchemar, conclut-il.

— Il me fait penser à moi au même âge, sourit Cody.

— Tu plaisantes, j'espère, il passe trop de temps à fanfaronner, il ne tiendra pas une seconde sur un taureau.

— Laisse-lui une chance, il changera peut-être d'attitude après s'être cassé la figure deux ou trois fois.

— Petit bourgeois qui se prend déjà pour un cowboy, grommela Travis. On va bien se marrer quand les choses sérieuses auront commencé et que son baratin ne lui sera plus d'aucun secours. Quel gamin prends-tu sous ton aile ? Je m'occupe de Tommy.

— Laissez-moi Bobby Blue, répondit Cody, s'il réussit à se concentrer sur autre chose que sa petite personne pendant deux secondes, je pense qu'il a du potentiel.

— Je parie sur Zane, intervint Johnny. Il ne dit pas grand-chose, mais il observe beaucoup. Il est malin, il a pris la meilleure chambre pendant que les trois autres étaient trop occupés à se chamailler.

Il se sentait irrationnellement énervé par l'intérêt de Cody pour Bobby Blue. Le gamin était séduisant, mais il était mauvais comme une teigne.

— Ce qui laisse Aubrey pour RJ, conclut Travis. Messieurs, bonne chance, et que le meilleur cowboy l'emporte.

— Allez vous préparer, ça va être l'heure de manger, annonça Cody. Et essayez de rester crédibles à table devant eux.

Travis ricana et Johnny suivit Cody jusqu'à la maison. Il nota distraitement que Cody boitait de nouveau et réalisa qu'il avait dû passer l'après-midi à se concentrer afin que les gamins ne le remarquent pas. Il ne boitait pas autant que dans l'arène, leurs quelques jours de repos avaient déjà dû faire effet, mais Johnny était tout de même décidé à l'empêcher de monter sur un taureau le plus longtemps possible. C'était inévitable, il le savait, le moment viendrait où Cody voudrait épater les gamins avec une démonstration, mais Johnny retarderait ce moment tant qu'il le pourrait.

Ils se lavèrent les mains en même temps, serrés devant l'évier de la cuisine, et le père de Cody entra avec un énorme pot à lait dans les mains.

— Alors, comment ça s'est passé ?

— Ça va être une semaine mouvementée, répondit Cody.

Dehors, Val sortit sur le porche pour sonner la cloche du repas.

— J'espère que Maman a prévu assez, ils ont tous l'âge fatidique des ados qui descendent leur nourriture à la pelleteuse.

— Tu connais ta mère. Au mieux, elle en aura préparé trop, et au pire, elle en aura préparé *beaucoup* trop. Personne n'ira se coucher le ventre à moitié plein, ne t'en fais pas pour cela.

RJ ÉTAIT assis sur la rambarde de la clôture, son cure-dent au coin de la bouche, l'air de s'ennuyer, et Travis était debout, accoudé à côté de lui, son chapeau de cowboy trop bas pour voir son visage. Johnny était quant à lui adossé à la rambarde, son corps longiligne offert au soleil, pour le plus grand plaisir des yeux de Cody.

Il avait aligné les quatre gamins devant eux depuis plusieurs minutes déjà, les laissant mariner au soleil pour les déstabiliser et voir qui serait le premier à gigoter inconfortablement.

— Vous voulez devenir des bull riders, annonça-t-il simplement, l'air peu convaincu.

— J'en suis déjà un, répondit aussitôt Bobby Blue en avançant légèrement. Je ne vois vraiment pas ce que vous pourriez m'apprendre.

Cody l'ignora et reprit son discours :

— Première leçon, il n'y a pas de taureau impossible à monter, et il n'existe pas de rider qui ne tombera jamais.

— Sans déc' ! Heureusement que vous êtes là pour nous apprendre des trucs aussi essentiels, railla Bobby Blue en croisant les bras sur sa poitrine et en lançant un regard mauvais aux trois autres hommes près de la rambarde.

— Tu ne veux pas la fermer ? demanda Aubrey, exaspéré.

— Fermez-la tous les deux ! intervint Tommy. Nous ne sommes pas venus pour vous écouter piailler.

Zane resta obstinément silencieux.

Bobby Blue ouvrit la bouche pour répondre à Tommy, mais Cody le devança.

— C'est plus important que vous ne le croyez. Vous devez comprendre que même le taureau le plus difficile finira par trouver son maître, et même le rider le plus talentueux mordra la poussière à un moment ou à un autre. C'est fondamental.

— C'est clair que nous t'avons tous vus mordre la poussière à la compet' de Toledo quand ce petit taureau de rien du tout t'a mis par terre, se moqua cruellement Bobby Blue.

Johnny se redressa brusquement en serrant les poings et en fusillant le gamin du regard.

Cody hocha la tête avec calme.

— C'est ce que j'essaie de vous expliquer, nous finissons tous par terre un jour ou l'autre, c'est ça aussi, le bull riding. Même les plus grands riders sont tombés. Votre but n'est pas de ne jamais tomber, c'est impossible. L'important c'est de savoir comment tomber pour rester sauf. Ce matin, nous allons passer en revue tout l'équipement du rider. Le matériel de sécurité, les différents types de cordes existants. Après cela, nous verrons ensemble comment descendre du taureau, comment vous positionner si vous vous faites éjecter, et l'attitude à adopter lorsque vous vous retrouvez suspendu.

Bobby Blue marmonna avec mécontentement et Aubrey ouvrit la bouche pour commenter. Cody leva une main pour l'arrêter tout de suite.

— Si vous n'êtes pas contents, vous aurez tout le loisir de vous plaindre à Sam à la fin de la semaine. Pour l'instant, c'est moi qui décide et nous avons du boulot. Chacun d'entre nous sera le tuteur attitré de l'un d'entre vous.

Johnny pointa Zane du doigt et lui fit signe de s'approcher. Le jeune homme ouvrit grand les yeux de surprise, mais s'approcha sans broncher.

— Je m'appelle Johnny Arrow, se présenta-t-il en lui tendant la main.

Zane la serra et sourit timidement.

— Moi, c'est Zane, Zane Winslow, mais j'imagine que vous le saviez déjà.

— Je le savais déjà, lui confirma Johnny en souriant. Parle-moi un peu de toi. Où est-ce que tu t'entraînes habituellement, quelle corde tu préfères.

Zane n'était pas très bavard, et Johnny et lui passèrent en revue tout le matériel de bull riding avant même que les autres n'arrivent à la moitié. Ils avaient déjà commencé à voir la position dans laquelle se mettre en cas de chute lorsque Cody attira l'attention de tout le petit groupe.

— Je voudrais que vous soyez tous attentifs un instant et que vous regardiez Johnny. Il va vous montrer comment rouler pour vous éloigner le plus vite possible du taureau après être tombé à terre. Ce sont généralement des chutes très violentes, il va falloir apprendre à en tirer parti pour rouler loin et ne pas essayer à tout prix d'arrêter la chute, ce serait le meilleur moyen de vous blesser.

Bobby Blue lâcha un reniflement amusé, mais Cody n'était pas dupe, il était intéressé.

— Tu t'es déjà cassé quelque chose dans l'arène ? demanda Bobby Blue

— Cela fait plus de vingt ans que je fais du bull riding, je ne compte plus mes blessures. Mais il n'y a encore pas très longtemps, je me suis fait une violente fracture du fémur. Ce n'était pas vraiment la faute du taureau, plutôt celle de la rambarde de sécurité, mais c'est une autre histoire, sourit Cody. Je préfère vous apprendre à vous faire le moins mal possible, plutôt que d'essayer de vous enseigner une formule magique qui n'existe pas pour ne jamais tomber de votre taureau.

— Et sinon, on va voir un vrai taureau à un moment, ou bien c'est juste un stage théorique ? demanda Aubrey, impatient.

— Oh, croyez-moi, vous allez en voir, mais pas avant que vous soyez prêts. Johnny ?

Johnny hocha la tête et répéta le geste qu'il était en train d'apprendre à Zane. Il tomba au sol, roula rapidement sur la gauche et se releva sans effort.

— Servez-vous de l'élan de la chute pour rouler, n'essayez pas de vous immobiliser pour la stopper. Quand un taureau vous éjecte, la puissance avec laquelle il envoie valser votre corps est terrifiante, servez-vous de cette puissance, expliqua Johnny.

— Votre premier instinct sera sans doute de tendre les mains devant vous pour amortir la chute. Résistez. Si vous le faites, vous vous retrouverez les deux bras dans le plâtre, ajouta Cody.

— Et si on n'arrive pas à rouler ? demanda Tommy.

— Tu t'entraînes jusqu'à ce que tu y arrives, répondit Johnny. Dis-toi que cela pourrait sauver ta peau, parfois même ta carrière.

— Même si vous n'arrivez pas à rouler et à vous redresser aussi vite et souplement que Johnny, souvenez-vous de vous détendre et d'épouser le mouvement. Si vous vous crispez, vous multipliez les chances de vous blesser. Allez, montrez-moi ce que vous avez retenu, dans la poussière, les jeunes !

Trois d'entre eux s'exécutèrent immédiatement, mais Bobby Blue resta en retrait, immobile.

— Ma chemise est neuve, dit-il simplement.

49

— Le bull riding est un sport salissant, gamin. La prochaine fois, garde ta chemise blanche pour ton rendez-vous du samedi soir. Maintenant, arrête de faire des manières et fais l'exercice.

Bobby Blue obéit à contrecœur. Après plusieurs répétitions de l'exercice, sa chemise neuve était couverte de terre et de sueur. Cody jubilait intérieurement. Après plus d'une demi-heure, il regarda sa montre et leur ordonna de s'arrêter.

— Ça ira pour ce matin, allez vous débarbouiller pour le déjeuner.

Aubrey se redressa, essoufflé, en frottant son pantalon.

— Ce stage est une torture.

— Tout le plaisir est pour moi, répondit malicieusement Cody.

Johnny se redressa sur ses pieds dans un salto parfaitement exécuté et leur fit un clin d'œil.

Bobby Blue fusilla ses quatre tuteurs du regard, puis se dirigea vers le dortoir avec Aubrey. Tommy et Zane restèrent en retrait quelques minutes, le temps de reprendre leur souffle et de profiter du calme offert par l'absence des deux autres trublions.

— Qu'est-ce que tu as retenu de ta leçon avec Johnny, ce matin ? demanda Cody en regardant Zane.

— Ne t'arrête pas et roule, répéta religieusement Zane.

— Excellent conseil, lui sourit Cody. Cela vaut aussi quand tu seras sur le taureau.

— Comment ça ?

— Tu verras bien. Allez, file.

— Eh ben, ce n'est pas gagné, lâcha Travis une fois que les quatre garçons furent partis pour de bon.

RJ cracha son cure-dent au sol en hochant la tête.

— Vous êtes durs, rétorqua Johnny. Mais vous n'avez pas complètement tort. Au moins, Bobby Blue ne vous dévisage pas, vous. Chaque fois que je tourne la tête vers ce gamin, il me fixe comme s'il voulait me tuer.

— C'est clair qu'il a les yeux revolvers, rit Cody en se rapprochant de lui. Nous n'avons pas fini de nous amuser.

Les vêtements de Cody étaient impeccables. Il n'avait pas fait l'exercice une seule fois, il s'était contenté de surplomber Bobby Blue les bras croisés, en lui ordonnant de faire le geste encore et encore.

— Tu dis juste ça parce que tu aimes torturer les petits nouveaux, espèce de sadique.

— Un peu mon neveu, il faut bien qu'il y ait des avantages à être l'adulte responsable.

Après le déjeuner, Cody rassembla les quatre garçons dans l'arène d'entraînement pour les observer un peu. Une bonne douche leur aurait sans doute fait du bien ; à l'exception de leurs mains, qu'ils avaient nettoyées pour le repas, ils étaient couverts de poussière de la tête aux pieds. Heureusement, ils n'avaient pas besoin d'être propres pour leur leçon de l'après-midi.

— Vous avez sans doute remarqué que cette arène est installée comme une véritable arène, elle est simplement plus petite…

— Et en extérieur, interrompit Tommy.

— Comme beaucoup d'autres arènes dans lesquelles tu concourras, au début. Les gigantesques arènes couvertes ne concernent, la plupart du temps, que les compétitions de ligue professionnelle.

— Ce ne doit pas être si compliqué non plus de concourir pour la ligue pro, grommela Bobby Blue comme s'il venait d'être personnellement vexé.

— La ligue professionnelle est réservée aux meilleurs riders et aux taureaux les plus coriaces. Il faut faire ses preuves pour y entrer, répondit sèchement Cody.

Puis il soupira et se radoucit, le gamin n'avait aucune idée de ce dont il parlait. Il pointa RJ du doigt, assis à quelques mètres.

— Là-bas, ce sont les cages de contention, c'est de là que sortent les taureaux pour entrer dans l'arène. RJ va vous montrer comment se passe la préparation avant l'ouverture des portes. Travis sera votre portier, d'un simple signe de tête, c'est vous qui lui signalerez quand vous êtes prêts. Faites attention, une fois les portes ouvertes, tout va très vite, soyez sûrs de vous avant de lui faire signe.

— Il est noir, fit remarquer Bobby Blue. Les cowboys noirs, ça n'existe pas.

Les trois autres gamins s'écartèrent instinctivement comme s'ils ne voulaient rien avoir à faire avec lui.

Travis baissa le regard sur ses mains et sursauta avec exagération.

— Mon Dieu, mais, il a raison ! Quand est-ce arrivé ? Vous auriez pu me prévenir, les gars !

RJ ricana autour de son cure-dent. Bobby Blue se mit à rougir et à bafouiller.

— Je suis désolé ! C'est juste que je n'ai jamais entendu parler de cowboys noirs !

— Isom Dart, rétorqua Cody, sans hésiter une seconde. Fais tes recherches, il est né esclave et a traversé l'ouest en se construisant une réputation de rider légendaire. Il était imbattable au lasso, et c'était également un célèbre dompteur de bronco. Une leçon d'humilité pour nous tous. Il était surnommé Black Fox, et crois-moi, c'est loin d'être le seul cowboy noir. Nat Love, Bose Ikard, Addison Jones et Bronco Sam pour n'en citer que quelques-uns.

— La prochaine fois, réfléchis avant de parler, cela t'évitera de passer pour un imbécile, lança RJ à Bobby Blue, son accent australien accentué par la colère.

— Johnny est votre écarteur, poursuivit Cody pour couper court au débat. C'est lui qui veillera à ce que vous restiez en un seul morceau, alors à votre place, je ne l'énerverais pas, ajouta-t-il avec un sérieux théâtral.

Il aimait tellement effrayer les petits nouveaux.

— C'est le clown, en gros, lança Aubrey, dans un élan contagieux de connerie.

En deux enjambées rapides, Cody s'approcha tout près de lui pour le toiser, se retenant tout juste de lui en coller une pour son insolence. Il était censé rester patient et pédagogue, et pas tabasser les mômes en s'offusquant pour son chéri.

— Non, j'ai bien dit *l'écarteur,* gros malin, répondit-il le plus calmement possible. La vie du rider se retrouve très souvent entre les mains de l'équipe d'écarteurs, fais preuve d'un peu de respect.

Il prit une grande inspiration, serra les poings, puis se détendit visiblement.

— Il y a aussi un clown dans l'arène pour distraire la foule, entre le passage des candidats. Ne faites pas l'amalgame entre les écarteurs et le clown, vous auriez l'air d'amateurs et vous risqueriez d'énerver quelqu'un.

— S'ils sont si doués que ça, pourquoi ne sont-ils pas devenus riders ?

Aubrey ne reculait devant rien, Cody devait au moins le lui reconnaître, mais comme bon nombre de personnes qui aimaient l'ouvrir, il n'était pas très futé. Cody chercha le regard de Johnny et ils échangèrent une conversation silencieuse qui échappa totalement aux gamins.

— RJ, est-ce que Perpet est prêt à entrer dans l'arène ?

— Yep, répondit RJ en se dirigeant vers l'enclos des taureaux.

— Travis ? questionna Cody.

— Tout est prêt, chef.

Cody et Travis aidèrent Johnny à enfiler la tenue de rider : gilet de protection, casque, gants, jambières et éperons. Cody profita de l'occasion pour éduquer un peu ses quatre étudiants.

— Les éperons sont toujours émoussés, de manière à ne pas blesser le taureau. Si vous parvenez à diriger le taureau avec l'éperon de votre jambe extérieure, vous gagnerez des points bonus. Le gilet ne vous empêchera pas de récolter des bleus, mais il amortira quand même beaucoup les chocs. Il ne vous protègera jamais des sabots du taureau, rien ne peut vous en protéger, alors si vous tombez, rappelez-vous des exercices de ce matin, il est temps de les mettre en pratique et de rouler. Et si vous n'y arrivez pas, priez le ciel qu'un écarteur vous ait repéré et qu'il vienne à votre secours. Le port du casque n'est pas obligatoire, mais si vous préférez entrer dans l'arène avec votre chapeau de cowboy pour le style, vous ne viendrez pas pleurer à la première commotion cérébrale.

— Mais le casque limite sacrément la visibilité, intervint Tommy.

— Il limite aussi sacrément les traumatismes crâniens, à toi de choisir. Tu dois tenir huit secondes sur un taureau énervé, tu penses vraiment avoir besoin d'une vision panoramique ?

— Et s'il m'éjecte, j'ai besoin de visibilité pour atterrir.

— Tu n'auras pas le temps de calculer l'endroit de ton atterrissage, crois-moi. Tu tombes, tu roules, c'est la seule règle. Quand tu es sur le taureau, rentre le menton dans la poitrine et concentre-toi sur les épaules du taureau, c'est le meilleur moyen de tenir jusqu'au sifflet.

— Et pourquoi les écarteurs ne portent-ils pas de casque ? demanda Bobby Blue en pointant Johnny du doigt.

— Parce que lui, en revanche, a besoin d'un maximum de visibilité pour observer tout ce qu'il se passe, et potentiellement pour te sauver, expliqua Cody. Mais c'est une bonne question, les écarteurs ne portent pas du tout la même tenue que nous parce qu'il leur faut une liberté de mouvement bien plus grande. Une fois de plus, je vous le répète, le port du casque n'est pas obligatoire pour les riders, je ne fais que vous donner mon avis.

— Sloan Robbins n'a jamais porté de casque et c'est un grand rider, rétorqua Bobby Blue en fronçant les sourcils.

— Après ce stage, vous prendrez vos propres décisions et vous ferez ce que vous voulez, mais tant que vous êtes sous ma responsabilité, vous porterez un casque.

RJ revint dans l'arène en traînant derrière lui un taureau et le conduisit jusqu'aux cages de contention. Avant même que les portes de la cage ne soient refermées, l'animal commença à s'agiter et à souffler avec force en donnant des coups de tête contre les barreaux.

Johnny grimpa sur la barrière avec sa corde et attendit que RJ le rejoigne, puis qu'il attrape fermement son gilet de sécurité pour l'aider à monter sur le taureau. Avec l'aide de Travis, il fit passer sa corde sous l'abdomen de l'animal et l'attacha entre ses épaules avant de l'entourer autour de sa main pour créer une poignée.

Cody fit sortir les garçons de l'arène en notant avec satisfaction que plus un seul d'entre eux n'osait faire le malin à présent. Il avait demandé à RJ d'aller chercher Perpet pour une bonne raison, ce n'était peut-être pas le meilleur taureau, mais il était coriace et gigantesque. Il ne s'inquiétait pas pour Johnny, il était plus qu'à la hauteur. Cody voulait que les gamins prennent l'écarteur au sérieux. Il se fichait pas mal de ce qu'ils pouvaient dire de lui, mais il supportait très mal la moindre critique envers Johnny.

Perpet jeta ses flancs de toutes ses forces contre les barrières et RJ réagit juste à temps pour éviter à Johnny de se cogner violemment. Johnny patienta quelques secondes, le temps que le taureau se calme un minimum, puis donna le signe à Travis.

Dès que la porte s'ouvrit, ce fut comme si un bâton de dynamite venait d'exploser. Perpet se jeta dans l'arène en se cabrant à une hauteur impossible, et l'espace d'un instant, le cœur de Johnny cessa de battre. Il n'était pas monté sur un taureau depuis près de trois mois. Il avait toujours été un excellent rider, mais il y avait toujours un risque que…

— Allez, Johnny ! Lève ton bras plus haut, sers-toi de ton coude pour diriger l'intérieur !

Johnny n'avait pas besoin de ces conseils élémentaires, mais le son de la voix de Cody le sortit de sa torpeur. Il trouva très vite un bon rythme et ses hanches se calèrent sur les à-coups du taureau. Cody admira la souplesse avec laquelle ses hanches épousaient les violents mouvements de l'animal, la ligne harmonieuse de ses cuisses puissantes autour de ses flancs. Jamais il ne se lasserait de ce spectacle.

— Excellent, Johnny, tiens bon !

Le taureau trébucha et tomba à genoux. Instinctivement, Cody avança, prêt à entrer dans l'arène, mais Johnny géra la situation avec une facilité déconcertante. Le taureau se redressa et enchaîna sur une ruade avant de changer brusquement de direction. Cody se détendit imperceptiblement et s'appuya contre la barrière pour profiter pleinement du spectacle. Johnny était un dur à cuire, mais il y avait quelque chose de presque poétique dans sa façon de monter, une fluidité et une souplesse quasi féminines. Il conservait son équilibre en ajustant ses hanches de manière gracieuse, ses muscles liquides, comme un leurre pour faire oublier au taureau le danger de sa force. La puissance avec laquelle il serrait l'animal entre ses cuisses était impressionnante, son corps ne se décollait jamais d'un centimètre de celui du taureau, peu importait la violence de ses gestes.

RJ le tira de sa contemplation en appuyant sur le buzzer pour signaler la fin des huit secondes. Johnny libéra sa main gantée de la corde, attendit que le taureau se cabre de nouveau, et profita de l'élan pour sauter au sol et atterrir parfaitement sur ses pieds. Il courut sans attendre jusqu'à la barrière de sécurité la plus proche et grimpa dessus. Puis il retira son casque, le jeta par-dessus la barrière et sauta de nouveau dans le sable de l'arène pour faire face au taureau qui lui fonçait droit dessus. Un sourire en coin, il laissa venir le taureau le plus près possible et feinta sur le côté au tout dernier moment. Lorsque l'animal se tourna pour lui foncer à nouveau dessus, il l'approcha par la droite et posa une main sur son front en lui criant de se calmer. Le taureau se calma, appuya son front contre la paume de sa main, et le suivit docilement jusqu'à l'enclos.

Les quatre garçons applaudirent en retournant dans l'arène, même Bobby Blue. Johnny les rejoignit, à peine essoufflé, et remit son chapeau de cowboy.

— J'avais presque oublié ce que cela faisait, rit-il en regardant Cody dans les yeux.

Cody lui rendit son sourire et se tourna vers les garçons.

— Vous venez d'assister à une virée qui vaut facilement 90 points.

— Pourquoi être devenu écarteur, si tu peux monter aussi bien ? demanda Tommy, dont le tour était visiblement venu de sortir une stupidité.

— Tu es sacrément doué ! s'exclama Zane avec admiration.

Cody laissa Johnny répondre lui-même, inexplicablement irrité par le compliment de Zane.

— J'aime ce que je fais, expliqua calmement Johnny en regardant Cody. La première fois que je suis entré dans l'arène en tant qu'écarteur pour protéger les riders, j'ai compris que c'était ma vocation.

— Mais qu'est-ce qui t'a poussé à essayer ?

— Un jour, pendant une compétition, je me suis fait éjecter par mon taureau. J'avais déjà passé ma journée à tomber, j'étais en colère, alors je me suis redressé et je lui ai fait face. La sensation est complètement différente quand nous sommes sur le taureau et quand nous sommes au sol. C'est comme un duel de la dernière seconde, tu ne sais pas si tu vas te faire piétiner ou si tu seras assez rapide pour l'éviter. Au final…

— Au final, nous avons tous réalisé que Johnny avait ce qu'il fallait dans le pantalon pour rester au sol et danser avec les taureaux. Mais vous n'êtes pas venus pour apprendre le métier d'écarteur, alors concentrez-vous un peu, interrompit Cody. Nous n'allons pas tous monter juste pour vous faire une démonstration, nous n'avons pas le temps. Nous savons monter, et mieux que vous, c'est tout ce que vous avez besoin de savoir, alors taisez-vous et écoutez attentivement nos conseils.

Au ton autoritaire de Cody, Bobby Blue se braqua immédiatement.

— Je n'ai pas besoin de vos conseils, mon père m'a déjà appris tout ce qu'il fallait. Ce que je veux, c'est la technique secrète.

— La technique secrète ? répéta Cody, incrédule.

— Ben oui, pour tenir les huit secondes sans tomber.

— La super glue, répondit Travis de but en blanc. Tu t'en étales plein les fesses et tu grimpes sur ton taureau. Ça marche à tous les coups.

Cody éclata de rire.

— Tu veux la « technique secrète » des bull riders ? L'ingrédient magique que nous nous passons secrètement de génération en génération entre grands riders ?

— Je n'ai besoin de rien d'autre, une fois que vous me l'aurez donnée, je pourrais me débrouiller tout seul.

— Très bien, répondit solennellement Cody. Tu es prêt ? demanda Cody en se penchant sur lui pour lui chuchoter à l'oreille. Ne tombe pas.

— Très drôle, grogna Bobby Blue, frustré.

— Voilà pourtant le secret.

— Vous vous foutez de moi ? demanda-t-il en fronçant les sourcils et en regardant ses quatre tuteurs qui se retenaient visiblement de rire.

— Le plus important, c'est de bien placer ta queue dans ton pantalon avant de monter. Achète peut-être même une coque de sécurité.

— Vous n'êtes pas sérieux ? s'écria Aubrey.

— On ne peut plus sérieux, répondit Cody.

— Je n'ai pas besoin de tout ça pour dompter un taureau, lança Bobby Blue en remontant les manches de sa chemise pour montrer ses muscles et en regardant les autres garçons de haut.

Il était le plus grand et le plus musclé, mais certainement pas le plus modeste.

— Tu peux être aussi musclé que tu le veux, tu seras toujours un moustique par rapport au taureau. L'animal que tu viens de voir pesait facilement 500 kilos de plus que toi. Regarde-toi, tu pèses, quoi ? 70 kilos à tout casser ? Comment veux-tu rivaliser avec une tonne de force brute ? Ce n'est pas en passant des heures à la salle de musculation que tu deviendras le meilleur rider.

— Il faut bien des muscles pour…

— Ce n'est pas une question de muscles, répéta Cody. Ta seule force, c'est d'anticiper les mouvements du taureau et de répondre en faisant les bons gestes, au bon moment.

— Quel ramassis de conneries !

À en juger par le visage rouge de colère de Bobby Blue et l'air renfrogné d'Aubrey, il était grand temps de changer de sujet. Au grand soulagement de Cody, sa mère arriva à cheval au portail de l'arène au même moment.

— Je venais voir comment ça se passait, les garçons. Est-ce que tout le monde va bien ?

Val attendit patiemment que RJ vienne lui ouvrir et avança jusqu'à eux. Elle avait l'air d'une adolescente, le dos bien droit sur sa monture, sa queue de cheval bien nette sous sa bombe ajustée à la perfection. Elle jeta un coup d'œil aux quatre adolescents, l'air déjà désapprobateur.

— Tu arrives juste au bon moment, maman.

Val mit pied à terre et tapota gentiment le museau de son cheval avant de remettre les rênes à Cody.

— Prends soin de mon bébé, allez-y doucement avec elle.

— Vous n'allez quand même pas nous faire monter sur un cheval ? demanda Aubrey, indigné. Ce n'est même pas un cheval, c'est une *jument* !

Bobby Blue fit un signe de tête dédaigneux en direction de Johnny et se plaignit :

— Alors lui, il peut monter sur un taureau, mais nous on n'est pas assez bien ?

— Cajun Spice n'est pas n'importe quel cheval, les réprimanda Val. Elle a remporté plus de prix que vous ne gagnerez de boucles de ceinture dans votre vie entière, dit-elle en allant rejoindre Travis à la sortie des cages d'un pas énergique.

— Il est hors de question que je vous laisse monter sur l'un de mes taureaux tant que je jugerai que vous n'êtes pas prêts. Si vous réussissez à tenir huit secondes sur le dos de Cajun Spice, nous en reparlerons peut-être.

— Huit secondes sur le dos de ce petit poney ? Les yeux fermés se vanta Bobby Blue en approchant et en essayant de prendre les rênes des mains de Cody.

— Tu ne poses pas de question sur le cheval ? demanda Cody en repoussant sa main. Tu ne veux pas connaître son tempérament ni les disciplines dans lesquelles il a concouru ?

— Je n'en ai rien à faire de tout ça, j'ai déjà monté des taureaux bien plus dangereux que ce vieux canasson.

Bobby Blue lui arracha les rênes des mains et monta en selle. Cajun Spice releva la tête et observa rapidement son environnement, comme pour s'assurer qu'il n'y avait personne sur son passage, et se transforma en véritable tornade. Elle vrillait et se ruait dans tous les sens à une vitesse incroyable que les taureaux, trop massifs, n'atteignaient jamais. Bobby Blue tomba presque immédiatement.

— Deux secondes et trois centièmes, annonça Cody en regardant le chronomètre dans sa main. Ça va ? Tu ne t'es rien cassé ?

Val observa la petite scène en souriant avec indulgence, elle savait très bien ce qui allait se passer. L'air hagard, Bobby Blue se redressa sur les fesses en se frottant la tête.

— Putain de merde, lâcha-t-il en se relevant et en frottant son pantalon.

— Vocabulaire ! Le reprit aussitôt Val.

— Pardon, madame.

Ce court échange fit jubiler Cody. Il était incapable de clouer le bec à Bobby Blue, mais il avait suffi d'un seul mot de sa mère pour le remettre à sa place.

— Cajun Spice est un bronco, champion de rodéo, Cody ne t'a pas prévenu ?

— Non, madame.

— Il a simplement dû oublier, s'excusa-t-elle en haussant les épaules. Sur ce, je vous laisse à vos occupations, les garçons, les salua-t-elle malicieusement en quittant l'arène.

— Comment a-t-elle pu arriver sur le dos de ce cheval infernal aussi calmement ? chuchota Aubrey.

— C'est son cheval, crétin, elle a probablement passé sa vie à l'entraîner, répondit Tommy.

— Ça ne reste quand même qu'un cheval, cracha Bobby Blue. Rien à voir avec un taureau.

— Ce qui ne l'a pas empêché de te mettre par terre en deux secondes, lui rappela Travis.

Cody prit les devants avant que la conversation dégénère.

— Ma mère a sans doute gagné plus de prix en rodéo et en bull riding que vous n'en gagnerez jamais tous les quatre réunis dans votre vie entière. Elle est célèbre dans le milieu.

— Personnellement, je n'ai jamais entendu parler d'une Val Grainger.

— Valérie Kimball, le corrigea Cody. Elle concourait sous son nom de jeune fille.

Les quatre garçons restèrent silencieux, les yeux écarquillés ; ils connaissaient tous ce nom.

— Tout à l'heure, vous me parliez de muscles et de force, l'un des meilleurs riders que je connaisse s'entraîne tous les jours sur un bronco pendant deux heures pour renforcer les muscles de ses cuisses. C'est sans doute le meilleur exercice que je puisse vous conseiller, dit-il en jetant un regard discret vers Johnny et ses cuisses puissantes. Aubrey, à ton tour.

Aubrey redressa les épaules et s'approcha prudemment de Cajun Spice.

IL A la langue bien pendue, ce Bobby Blue, fit remarquer Johnny avec une moue désapprobatrice.

Cody tourna la tête vers lui et explosa de rire en lisant l'expression sur son visage.

— J'étais pareil à son âge, arrogant, j'avais la gagne.

— J'espère que tu étais moins désagréable.

— Pour être honnête, j'étais sûrement pire que lui.

— Je confirme, intervint Travis. Si Cody avait été mon fils, il aurait passé sa vie à être puni et à couper du bois, et aujourd'hui, nous aurions probablement un problème de déforestation.

— Heureusement pour la forêt, il a été élevé par Val et Davis avec leur patience légendaire, ricana Johnny. Mais je suis sérieux, Bobby Blue m'inquiète, il est plus vantard qu'une arène entière de bull riders, c'est du jamais vu. Cajun Spice va bien dormir ce soir, après l'avoir mis par terre une dizaine de fois.

— Je pense sincèrement qu'il a du potentiel, répondit Cody. Il n'abandonne jamais.

— Parce qu'il est trop bête pour savoir quand il faut s'arrêter contra Travis en crachant dans la poussière.

— Imagine s'il apprenait que, en plus d'être noir, tu es gay, lança RJ.

— Une honte pour la communauté des cowboys, acquiesça Travis, l'air faussement sérieux avant de pousser un soupir dégoûté. Comme si le taureau en avait quelque chose à faire.

— Il n'empêche qu'il a tenu chaque fois un peu plus longtemps, insista Cody.

— C'est vrai, mais ce n'est que le premier jour. Voyons dans quel état il sera à la fin de la semaine.

Ils se dirigèrent chacun de leur côté, Johnny et Cody en direction de leur chalet pour se laver avant le dîner.

— Rassure-moi, tu n'étais pas aussi teigneux que ce gamin ? Je n'arrive toujours pas à croire qu'il a osé mentionner Sloan Robbins devant toi.

— Tout le monde n'est pas aussi adorable que toi, mon cœur, se moqua gentiment Cody en ouvrant la porte du chalet.

Il se dirigea vers la cuisine pour se laver les mains.

— Je ne suis pas *adorable*, rétorqua Johnny, indigné. J'aurais dû lui faire remarquer que Sloan n'a plus besoin de casque puisqu'il a déjà perdu tous ses neurones, grommela-t-il

— Crois-moi, bébé, que tu le veuilles ou non, tu es adorable, rit Cody. Et, je suis désolé, de te dire que non seulement Bobby Blue me fait penser à moi, mais il me fait aussi penser à tous les trous du cul arrogants avec lesquels je couchais à la chaîne quand j'avais son âge. Il est beau gosse et il le sait, il va faire des ravages quand il commencera à concourir.

— Tu le trouves beau gosse ? demanda Johnny, étonné.

— Presque aussi beau gosse que moi, mais pas aussi sexy, ricana-t-il avant de se passer la tête entière sous le robinet d'eau froide.

— Et où trouvais-tu des riders avec lesquels coucher au début de ta carrière ? Vous vous donniez rendez-vous dans des bars gays ?

— Pas la peine, répondit Cody en secouant la tête pour essorer les cheveux et en affichant un sourire séducteur. Quand je suis dans les vestiaires, parfois, je me sens presque nostalgique en pensant à tous les riders que je me suis tapés.

Abasourdi, Johnny cligna des yeux pendant plusieurs secondes, sans savoir quoi dire.

— Pardon ? demanda-t-il enfin.

— C'était open bar, bébé, ajouta Cody avec un petit rictus satisfait.

Il en faisait des tonnes, mais c'était plus fort que lui.

— Tu es en train de me dire que tu couchais avec des riders en tournée ? Pendant les compétitions ?

— C'est parfois solitaire, la vie sur la route, c'est difficile d'être loin de chez soi pendant des mois d'affilée, parfois on a juste besoin d'un peu de soulagement. Une petite branlette, par-ci, une petite pipe par-là, ce n'était pas non plus des grandes histoires d'amour.

— Mais la plupart des riders que nous connaissons sont mariés !

— Ils le sont maintenant, mais pas à l'époque, le corrigea Cody.

— Ne me dis pas que tu as couché avec Dub.

Cody détecta une pointe de jalousie dans la question et fit volontairement durer le suspense avant de répondre :

— Non, c'est un très bon ami, mais il ne s'est jamais rien passé.

— En gros, il n'y a aucune limite pour toi ? Tu peux te faire le rider que tu veux ? Si tu décidais demain de te faire Bobby Blue, tu n'aurais qu'à cligner de l'œil et l'affaire serait dans le sac ?

— Encore faudrait-il que j'en aie envie, mais oui. C'est plus facile que tu ne le crois, il suffit de les manipuler un peu. L'amitié masculine devient vite ambiguë. Tu veux que je te cite tous les exemples de l'Antiquité ? Avec un gamin comme Bobby Blue, joue la carte du mentor et c'est fait.

— C'est *fait* ? répéta Johnny, toujours aussi choqué.

— Les hommes ont des besoins à assouvir, et parfois, c'est aux grands maux les grands remèdes. Personne ne commettait de crime, on se faisait du bien et puis on passait à autre chose.

— Je n'arrive pas à croire à ce que j'entends. Tu n'as jamais eu peur que l'un de ces types te dénonce ?

— Non, parce qu'il serait obligé de se dénoncer en même temps.

— Quelqu'un pourrait très bien prétendre avoir entendu une rumeur, ou bien t'avoir surpris avec un autre homme !

— Cela ne m'a jamais vraiment inquiété, reconnut Cody en haussant les épaules. Tu te douches avant le repas ? demanda-t-il en ôtant son tee-shirt pour s'essuyer le visage.

Johnny le dévora des yeux en s'attardant sur ses abdominaux parfaits.

— Oui.

Une douche froide s'imposait.

V.
VAL ET JOHNNY

APRÈS LE dîner, Johnny descendit à la boîte postale en bas du chemin qui menait au ranch pour poster du courrier. Il n'était pas pressé de rejoindre les autres. La journée avait mis sa patience à rude épreuve et il ne savait pas s'il était plus frustré par Cody ou par l'attitude des garçons. Il n'arrêtait pas de repenser aux sordides révélations que Cody lui avait faites. Il l'entendait encore qualifier Bobby Blue de « beau gosse ».

Il n'était pas fâché après les garçons à cause de leur lenteur d'apprentissage, ils étaient jeunes et ils avaient encore beaucoup de choses à comprendre, mais il ne supportait pas la manière dont ils traitaient Cajun Spice. Zane semblait être le seul à avoir saisi l'importance de cet exercice. Tomber de cheval pouvait être dangereux, mais ce n'était qu'un avant-goût de ce qu'ils risqueraient en tombant d'un taureau. Bobby Blue, Aubrey et Tommy se comportaient comme s'ils étaient trop bien pour le cheval, et ils ne prenaient pas l'exercice au sérieux. Ils agissaient comme s'ils n'en avaient pas besoin et qu'ils sauraient instinctivement comment dompter le taureau.

— Tu en fais une tête, mon Johnny.

Johnny redressa la tête et sourit à Val. Son chapeau de cowboy pendait dans son dos, retenu par la cordelette en cuir autour de son cou.

— Je ne me plains pas, j'ai un toit au-dessus de la tête et je suis bien nourri, répondit-il sans trop de conviction.

— Ce n'est pas bon signe quand on se raccroche à cela pour se rappeler que l'on est heureux. Tout va bien avec Cody ?

Val lui sembla plus soucieuse que de raison. Il essaya aussitôt de la rassurer.

— Ne vous en faites pas, ce sont les gamins qui m'épuisent. La moitié d'entre eux ont trop confiance en eux, et l'autre moitié pas assez, je ne sais plus sur quel pied danser.

— Ils n'ont pas été trop durs avec ma petite Cajun Spice, j'espère.

Johnny laissa échapper un petit rire amusé.

— Vous auriez dû rester pour voir le spectacle, Val, elle leur a donné une bonne leçon, cela vous aurait plu.

— Je ne suis pas inquiète pour eux, Cajun Spice est énergique, mais c'est une gentille fille, dit-elle en s'asseyant sur un vieux tronc d'arbre et en tapotant à côté d'elle pour inviter Johnny à la rejoindre. Tu sais, Johnny, je ne veux pas être indiscrète, mais si tu as le moindre problème, tu peux toujours te tourner vers nous, ne l'oublie pas. Ça va, financièrement ?

Touché par son attention, Johnny s'assit tout près d'elle.

— Je vais bien, tout va bien, Val. Vous me nourrissez déjà bien plus que je n'en ai besoin et vous me laissez vivre au chalet avec Cody sans rien demander en échange.

— Nous tenons à toi, Johnny, tu n'es pas un locataire, tu fais partie de la famille.

Enhardi par la gentillesse de Val, il décida de s'ouvrir un peu.

— Comment avez-vous réagi quand Cody vous a annoncé qu'il était gay ? Tout a toujours l'air tellement naturel entre vous.

— Je ne suis pas née de la dernière pluie, Johnny, et crois-le ou non, l'homosexualité n'est pas une découverte récente, le réprimanda-t-elle gentiment. Je connais Travis depuis le lycée, c'est mon meilleur ami, tu sais. La question de l'acceptation ne s'est jamais posée pour moi.

— Je ne savais pas que vous vous connaissiez depuis si longtemps, admit Johnny.

— Nous avons passé beaucoup de temps ensemble sur la route à l'époque des compétitions. Je faisais du rodéo, et lui, du bull riding, nous avions une sacrée réputation à l'époque, pourtant, je vais te dire, ce n'était pas facile pour un cowboy noir à l'époque.

— Vous l'avez engagé sur votre ranch quand vous avez tous les deux arrêté les compétitions ?

— Si l'on veut. C'est plus simple que cela, là non plus, la question ne s'est jamais posée, Travis faisait partie de la famille. Puis il a rencontré RJ, et on l'a adopté aussitôt.

À en juger par son petit sourire mystérieux, Johnny se doutait que l'histoire était un peu plus compliquée que cela, mais il n'insista pas.

— Travis a été le premier à comprendre pour Cody, avoua Val. Il nous a fait remarquer que Cody n'avait pas l'air de porter un grand intérêt à la gent féminine, alors c'est vrai, quand cet officier de police l'a ramené à la maison, nous n'étions pas complètement surpris.

— C'est pour cela que vous ne l'avez pas puni ? Parce que vous vous y attendiez ?

— Je ne vais pas te mentir, ça a été un choc. Ce n'est jamais facile de découvrir que ton fils a des rapports clandestins dans les toilettes de la plage. Il était très jeune et nous étions morts d'inquiétude.

Elle poussa un énorme soupir.

— Écoute-moi un peu jouer les mères poules. Je sais bien que tous les adolescents expérimentent à cet âge-là, quoi qu'en disent leurs parents, le jour où ils se sentent prêts, ils foncent sans se poser de question. Mais quand on est parents, on a l'impression qu'ils ne seront jamais prêts. On voudrait les protéger du monde extérieur éternellement.

Les mots de Val heurtèrent Johnny de plein fouet. Elle posa une main sur la sienne et il se concentra de toutes ses forces sur ce point de contact.

— Comment a réagi ta maman quand tu le lui as dit ? demanda-t-elle doucement.

— Je ne le lui ai jamais vraiment dit. Elle sait qu'il y a quelque chose qui cloche chez moi, mais elle m'a bien fait comprendre qu'elle ne voulait pas connaître les détails.

— Je suis désolée de l'entendre, Johnny, dit-elle en serrant sa main. Et ton père ?

— Mon père est un alcoolique, il nous a abandonnés il y a très longtemps, je ne l'ai jamais revu depuis. Mon frère ne vaut pas beaucoup mieux, et ma sœur vit toujours chez notre mère avec son bébé. Je leur envoie un peu d'argent tous les mois, ma mère est femme de ménage, mais elle ne gagne pas très bien sa vie.

— Cela ne doit pas être facile pour toi, c'est très gentil de ta part de les soutenir comme tu le fais.

Val resta silencieuse un instant, laissant à Johnny le temps de respirer et de reprendre une contenance.

— Tu as déjà parlé de tout ça à Cody ? demanda-t-elle enfin d'une voix douce.

— Non, pas vraiment.

— Peut-être que tu le devrais, lui conseilla-t-elle en posant une main sur sa joue.

Puis elle se leva de leur tronc d'arbre.

— Nous devrions y retourner, je crois que nous avons tous les deux des choses à faire.

— Qu'est-ce que vous faisiez dans les parages, au fait ? demanda Johnny, curieux.

Val lui sourit.

— Je passais aux écuries voir Cajun Spice et je t'ai aperçu.

Johnny l'observa, l'air de ne pas y croire, mais lorsqu'elle lui prit le bras pour marcher avec lui jusqu'au ranch, il se détendit et décida de ne pas poser de questions. Arrivés devant la maison, elle posa de nouveau une main sur son visage et lui sourit.

— Il n'y a absolument rien qui cloche chez toi, mon garçon.

Johnny la regarda entrer dans la maison et porta une main à sa joue, là où Val avait posé la sienne.

VI.
EN SELLE

RJ OBSERVAIT silencieusement la leçon du jour pendant que Travis s'amusait à critiquer patiemment chaque exercice de Bobby Blue et d'Aubrey pour essayer de les provoquer.

Debout dans son coin, Johnny fulminait. Cody avait passé la matinée à flirter ouvertement avec Bobby Blue ! Il savait bien, au fond de lui, que Cody ne coucherait pas avec le gamin, mais il ne pouvait pas empêcher la colère irrationnelle qui l'envahissait chaque fois qu'il imaginait le joli petit couple typiquement américain qu'ils auraient formé ensemble. Avec leurs mâchoires carrées, leurs cheveux blonds et leurs derrières pour pub de jeans. Non pas que Johnny ait reluqué le derrière de ce petit crétin de Bobby Blue, cependant il avait surpris Cody le regardant, et cela le mettait hors de lui.

Le seul bon côté de cette histoire de stage, c'était que Val forçait les gamins à faire la vaisselle. Après le dîner ce soir-là, Johnny rentra directement au chalet et claqua la porte derrière lui. Afin d'éviter de casser quoi que ce soit sous le coup de l'énervement, il sortit sur le perron derrière le chalet. Le pire dans tout cela, c'était que s'il essayait d'en parler à Cody, il se moquerait sans doute de lui en lui disant qu'il se faisait des idées.

Après quelques minutes à respirer calmement en regardant l'horizon, il sentit une paire de mains se poser sur ses épaules.

— Je suis désolé de t'avoir fait monter hier, je sais que cela faisait longtemps, s'excusa Cody.

— Tu ne m'as rien fait faire du tout, répondit sèchement Johnny, je pouvais très bien refuser.

— Merci quand même de leur avoir donné cette petite leçon. J'étais fatigué de les entendre te critiquer, expliqua-t-il en commençant à lui masser les épaules. Tu es toujours aussi doué, tu sais, tu pourrais te faire beaucoup plus d'argent en reprenant le bull riding.

Johnny sentit ses cervicales se détendre malgré lui sous la pression des mains magiques de Cody.

— Je sais que tu aimes ce que tu fais, poursuivit Cody, mais sérieusement, bébé, il n'y a rien de plus torride que de te voir monter. Peut-être que je devrais uniquement te faire monter pour mon plaisir personnel, complètement nu.

— Sois sérieux une minute.

— Je suis terriblement sérieux, Johnny, pour quelqu'un qui n'était pas monté depuis des mois, c'était une virée digne d'un professionnel.

— Alors, pourquoi t'es-tu senti obligé de me crier des conseils pour débutant ?

— De quoi parles-tu ?

— Pendant que je montais, tu n'arrêtais pas de crier « fais ceci avec ton bras, ne fais pas cela, tiens bon, mon garçon ». Je ne suis pas ton stagiaire, Cody.

— C'était simplement pour t'encourager, se défendit Cody, surpris par la véhémence de l'attaque. Tu me connais, je le fais avec tout le monde. Je pense sincèrement que ta performance était au top, si nous avions été en compétition, tu serais en train d'essuyer les confettis de tes épaules.

Johnny se mordit la lèvre inférieure. Cody était de bonne humeur, il essayait de se montrer compréhensif, ce n'était sans doute pas le moment d'amener ce sujet, mais il ne put s'en empêcher.

— À ton avis, quel âge à Bobby Blue ?

— Je te l'ai déjà dit, l'âge n'a aucune importance. Bon, c'est vrai qu'étant plus vieux, je suis aussi plus intelligent, plus beau, plus... Aïe !

Johnny leva un sourcil satisfait en le regardant se frotter douloureusement l'épaule dans laquelle il venait de mettre un coup de poing.

— Je vais te dire quel âge il a, moi, il est beaucoup, beaucoup plus jeune que toi !

— Du calme, j'étais venu en paix pour te complimenter sur ta performance et savoir comment tu allais, pourquoi me sautes -tu à la gorge de cette manière ?

— Je voudrais que tu arrêtes de me prendre de haut et de me couper la parole tout le temps, Cody, commença Johnny en croisant les bras et en regardant la nuit tombante. Je voudrais aussi que tu arrêtes de prendre des décisions à ma place et que tu me dises sans arrêt quoi faire, et comment le faire.

— Promis, je suis désolé.

Johnny soupira, incapable de rester furieux devant un Cody si conciliant, même s'il était presque sûr qu'il s'excusait sans réfléchir, pour expédier leur dispute.

— Tu espères régler ça sur l'oreiller, pas vrai ?

— Faites l'amour, pas la guerre ? proposa Cody en souriant de toutes ses dents.

— Tu n'as pas plus subtil ?

— C'est quoi le dicton, déjà ? Sauvez un cheval, montez un cowboy ?

Johnny ne put s'empêcher d'éclater de rire.

— C'était lamentable, tu t'en rends compte, au moins ?

— Moi, ce que je vois, c'est que ça a l'air de fonctionner, bébé, murmura Cody en se penchant sur lui. Si tu savais comme cela m'excite, quand tu te mets en colère.

— Quel séducteur, railla Johnny en se tournant pour rentrer à l'intérieur.

— C'est l'apanage de la maturité et de l'expérience, répondit Cody. Un jour, mon enfant, tu atteindras toi aussi ce niveau de sagesse.

Johnny commença à se dévêtir en levant les yeux au ciel, tout en jetant des petits regards en coin pour observer Cody qui se déshabillait aussi de l'autre côté du lit. Il ne faisait pas de manières, il était sûr de lui et de chacun de ses gestes, c'était précisément ce qui le rendait si sexy. Ils se firent face, de part et d'autre du lit, et Cody commença à se masturber.

— J'ai tellement envie de toi, souffla-t-il.

— Couche-toi sur le dos, ordonna Johnny.

Cody se laissa tomber sur le matelas et Johnny grimpa à sa suite, à quatre pattes au-dessus de ses jambes, il se pencha pour lécher son érection tendue contre son ventre.

— Parfait, bébé, continue comme ça.

Johnny réprima son agacement, s'il voulait que tout le monde reste dans l'ambiance, mieux valait sans doute ne pas recommencer à râler maintenant. Il prit le sexe de Cody tout entier dans sa bouche et lui massa les testicules d'une main. Quelques minutes plus tard, il se redressa.

— Préservatif, dit-il simplement en s'asseyant sur ses talons et en s'essuyant la bouche.

Il tendit la main pour que Cody lui passe le lubrifiant et il le regarda enfiler un préservatif en pressant deux doigts dans son anus pour se préparer rapidement. Il ne s'attarda pas, il voulait que Cody le baise, et il voulait pouvoir le sentir le lendemain. Il n'était pas inquiet pour l'entraînement, Cody ne le ferait pas remonter.

Johnny se leva pour se positionner au-dessus de lui et Cody prit son sexe en main pour l'aligner contre son entrée. Les premiers centimètres furent douloureux, Johnny serra la mâchoire en laissant passer la sensation de brûlure, et s'assit très lentement jusqu'à être entièrement empalé sur Cody.

Il ne rouvrit les yeux qu'à ce moment-là et se pencha sur Cody pour l'embrasser, faisant tomber autour d'eux le rideau soyeux de ses cheveux noirs.

LE CONTRASTE entre la fournaise du corps de Johnny et la fraîcheur de la pièce prit d'assaut les sens de Cody.

Il s'agrippa à ses hanches en contemplant le ballet d'émotions sur le visage de son amant qui était lentement en train de descendre sur son sexe. Il reconnut sur ses traits le moment exact où la douleur céda la place au plaisir, et sentit le spasme du petit anneau de muscles autour de lui. Johnny avait commencé à débander sous le coup de la douleur, alors Cody le masturba jusqu'à ce que son érection revienne, en lui murmurant des paroles d'encouragement.

Cody songea que ce que les autres avaient vu en observant Johnny dans l'arène cet après-midi-là, c'était un athlète au meilleur de sa forme ; ce que Cody avait vu, c'était l'amant fougueux qui ondulait à présent au-dessus de lui. Il l'avait imaginé nu, il avait imaginé ses cuisses puissantes serrées autour de ses propres hanches. Cody observa la chorégraphie hypnotique de son bassin et de ses abdominaux qui travaillaient sous l'effort, et fit remonter ses mains le long des côtes de Johnny en le caressant. C'était le même homme, la même force liquide et surnaturelle, le même corps victorieux qui chevauchait à présent son sexe sans aucune retenue.

Il plia les genoux et posa les pieds à plat sur le matelas pour prendre appui et calquer le va-et-vient de ses hanches aux mouvements de Johnny. D'ordinaire, il aurait changé Johnny de position, il l'aurait fait se retourner à quatre pattes pour faciliter les choses, mais pas ce jour-là. Il refusait de manquer une seule seconde de ce spectacle.

Johnny renversa la tête en arrière, la bouche ouverte sur un cri d'extase silencieux, et porta ses mains à son sexe. Incapable de faire autre chose que de s'accrocher à lui et de donner des coups de hanches désordonnés, Cody se contenta de laisser Johnny le chevaucher et de profiter du voyage. Ils ne tiendraient pas longtemps, ils étaient tous les deux déjà couverts de sueur. Johnny baissa de nouveau la tête, quelques mèches de cheveux glissèrent sur son épaule et il accéléra son rythme, puis poussa un cri et éjacula à grands jets sur le torse de Cody.

La contraction soudaine des muscles de Johnny autour de lui le fit jouir à son tour avec une telle puissance que des taches de lumière brouillèrent sa vision. Johnny retomba de tout son poids contre lui et Cody entendit la foule les acclamer dans sa tête. En se concentrant très fort, il parvint même à imaginer une pluie de confettis. Il passa ses bras tremblants autour de Johnny pour le serrer contre lui.

— Encore une virée qui valait facilement 90 points, marmonna Cody.

— Tu plaisantes, j'espère, j'en veux au moins 100, j'ai fait trembler le monde en serrant les fesses.

Cody gloussa.

— En tout cas, tu as fait trembler *mon* monde.

— Excellent. Prêt pour le deuxième round ?

— Pas avant demain, se lamenta Cody en jetant un œil à son sexe flasque. Tu m'as mis hors service.

Johnny roula sur le côté et posa une main sur son front en ricanant.

— Je crois que j'ai la tête qui tourne.

— Je ne veux rien savoir, j'ai ouvert et j'ai mis le préservatif, c'est toi qui l'enlèves et qui le jettes. Partage équitable des tâches.

— Pas ce soir, cowboy, rétorqua Johnny, les yeux fermés, avec un petit sourire narquois.

Cody se leva maladroitement et se rinça rapidement dans la salle de bain avec un gant, trop épuisé pour prendre une douche.

En revenant dans la chambre, il prit une minute pour observer le corps endormi de Johnny. Puis, il se pencha pour l'embrasser sur le front.

VII.
L'ENTRÉE DANS L'ARÈNE

— AUJOURD'HUI, je vais vous apprendre comment entrer et sortir de l'arène le plus vite possible.

L'expression de mépris sur le visage de Bobby Blue était tout simplement épique.

— Quand est-ce qu'on va enfin monter un taureau ?

— Je ne sais pas, Bobby Blue, pourquoi tu ne nous fais pas une petite démonstration.

— Je vais chercher Killer dans son enclos, annonça RJ avec un sourire qui ne rassura pas Bobby Blue.

— Va te mettre en tenue, ordonna Cody.

— Quoi, maintenant ?

Il était évident que le gamin avait senti que quelque chose se tramait et qu'il essayait de retarder l'inévitable.

— Tu vas enfin pouvoir nous montrer ce que tu sais faire, sourit Johnny en se hissant sur la barrière de sécurité pour s'y asseoir.

À côté de lui, Travis mit une main devant sa bouche pour cacher son rire.

Les trois autres garçons se reculèrent de plusieurs mètres pour bien montrer qu'ils n'avaient aucune intention de subir le même sort, quel qu'il soit.

— Tu veux de l'aide pour te préparer, peut-être ? proposa Cody.

— Non merci, c'est bon, grogna Bobby Blue en se débattant avec son gilet de sécurité.

RJ sortit de l'enclos en tirant un magnifique taureau brun foncé et l'installa dans la cage d'entrée dans l'arène. Bobby Blue parvint tant bien que mal à finir de se harnacher et Cody lui fit signe d'avancer vers le portail.

— La scène est à toi, champion.

Bobby Blue balança sa corde sur son épaule et escalada la cage de contention dans laquelle se trouvait Killer. RJ l'attrapa par la veste pour l'aider, mais le jeune se secoua brusquement pour le chasser.

— Je n'ai pas besoin d'aide.

RJ rattrapa sa veste plus fermement et le tira pour approcher son visage tout près du sien.

— Ordres du chef, même traitement pour tout le monde.

Bobby Blue s'installa avec prudence sur le dos de l'animal en gardant appui sur les barreaux de la cage avec ses bottes pour attacher le taureau. Au sol, de l'autre côté de la barrière, Travis attrapa le bout de corde pour l'aider, le fit passer sous l'abdomen de l'animal et le lui rendit.

Aussitôt, Killer commença à s'agiter. Bobby Blue serra le nœud, enroula la corde autour de sa main et termina de s'installer correctement. Killer donna des coups de sabot colériques contre les parois de la cage.

Perché sur la barrière de sécurité, Cody croisa les bras et sourit en l'observant.

— C'est quand tu veux, Bobby Blue, tu as trente secondes pour te décider et sortir des cages. Passé ce délai, tu seras disqualifié.

— Ce n'est pas une vraie compétition ! protesta-t-il.

— La vie est une compétition, philosopha Cody. Bouge-toi un peu.

Killer plia impatiemment les pattes en avant, l'arrière du corps en arrière, comme s'il voulait donner une ruade.

— Tu es prêt ? demanda Cody.

— Le taureau ne veut pas se redresser ! cria Bobby Blue en secouant la tête.

— Je vais t'aider, intervint Travis en jetant une corde autour des cornes de l'animal avant de tirer brusquement.

Le taureau se redressa dans un sursaut qui faillit désarçonner Bobby Blue.

— Plus que quelques secondes avant la disqualification ! chantonna Cody.

— Maintenant ! cria Bobby Blue.

Travis ouvrit les portes d'un grand geste net et précis, et Killer se propulsa dans l'arène, abandonnant Bobby Blue derrière, les fesses sur le sol.

Cody sauta dans l'arène sans s'inquiéter une seconde du taureau. Johnny porta deux doigts à sa bouche, siffla, et l'animal le suivit docilement en trottant derrière lui. Johnny le ramena à son enclos sans même avoir à l'attacher.

Cody ramassa la corde de Bobby Blue, qui gisait au sol à quelques mètres du portail, et la lui rendit sans faire de commentaire. Bobby Blue était en train de s'épousseter avec de grands gestes énervés, le visage renfrogné. Derrière les barrières de sécurité, ses trois camarades étaient hilares.

— Qu'est-ce qui vous fait rire ? cria-t-il, en colère.

— C'était une vache ! hoqueta Aubrey entre deux crises de rires. Tu es monté sur une vache et tu n'as même pas tenu une seconde.

Bobby Blue se tourna vers Cody, l'air révolté.

— Une vache ?

— Ouaip, Killer est une vache. Mais si cela peut te rassurer, c'est une vache très caractérielle.

— C'était quoi le plan ? Me foutre la honte ?

— Tu n'as pas eu besoin de moi pour cela, répondit Cody en lui donnant une grande tape dans le dos et en l'entraînant avec lui vers le reste du groupe. Allez, le spectacle est terminé, Bobby Blue est le seul d'entre vous qui a eu le courage de relever ce défi, alors vous pouvez arrêter de vous moquer. Je doute que vous ayez fait beaucoup mieux.

Les trois autres garçons essayèrent en vain de contrôler leurs rires, mais Cody sentit Bobby Blue se détendre légèrement à ses paroles.

— Vous le félicitez parce qu'il s'est porté volontaire ? demanda Tommy.

— Il n'y a bien que ça qu'il a fait correctement, ricana Aubrey.

Cody retint Bobby Blue par sa veste de sécurité juste à temps pour l'empêcher de se jeter sur Aubrey.

— C'est en faisant des erreurs que l'on apprend, leur rappela Cody. Que pouvez-vous me dire sur le passage de Bobby Blue ? Où s'est-il trompé ?

— En loupant les mamelles, gloussa Tommy.

Cody passa un bras autour des épaules de Bobby Blue pour l'immobiliser et l'empêcher une fois de plus de foncer sur l'un de ses camarades.

— Très spirituel, Tommy, merci. Pour votre information, Killer est ma meilleure vache, c'est la mère de mes meilleurs taureaux, et elle est au moins aussi coriace que certains d'entre eux. Retenez bien que, à partir du moment où vous êtes dans la cage, les jurés vous observent et le chronomètre est lancé. Plus vite, vous sortez, mieux se passera votre virée. Le taureau n'aura pas eu le temps de trop s'exciter, et vous, de trop vous angoisser.

— Le taur… je veux dire la vache, elle s'est agenouillée, qu'est-ce que j'étais censé faire ?

Cody offrit un grand sourire à Bobby Blue.

— Excellente question. Les taureaux sont entraînés, ils savent très bien ce qui les attend. S'ils s'agenouillent quand même, mais que vous êtes correctement installés, ne vous en souciez pas, ils se redresseront à l'ouverture des portes. Au pire, le taureau trébuchera, le tour sera déclaré nul et vous aurez l'opportunité de recommencer. S'il s'assoit sur ses pattes arrières ou s'il se couche complètement, ne tentez pas le diable, attendez que les juges le remarquent et qu'ils annoncent un temps mort. S'il vous coince une jambe entre les barreaux, descendez immédiatement, il vaut mieux perdre que de se casser une jambe.

— Pourquoi n'a-t-on que trente secondes pour sortir ? demanda Zane.

— C'est une très bonne question, Zane. Les cages de contention sont dangereuses. C'est souvent là que se blesse la majorité des riders. Le taureau est comme vous, juste avant d'entrer dans l'arène, il a les nerfs en pelote. Prenez toujours le temps de vous calmer le plus possible, de bien attacher votre corde et de vous asseoir comme il le faut, et dès que vous êtes prêts, foncez.

Il relâcha enfin Bobby Blue et lui serra brièvement l'épaule.

— Tu as du cran, gamin, tu t'es bien défendu, aujourd'hui.

Pour la première fois depuis qu'il était arrivé au ranch, Bobby Blue sourit.

— Merci, chef. Quand est-ce qu'on vous verra monter ? demanda-t-il, excité.

Cody chercha le regard de Johnny qui le fixait déjà en fronçant les sourcils.

— Dès que vous aurez tous réussi à sortir des cages sans tomber, promit-il en se tournant vers RJ pour lui signaler d'amener un véritable taureau cette fois-ci.

Il était temps de les mettre à l'épreuve. Cody ne les laisserait monter que de très jeunes taureaux pour commencer, ce qui promettait déjà sûrement d'être intéressant.

— Je n'aime pas quand il ne suit pas ma main directrice, se plaignit Tommy en se relevant et en lançant un regard mauvais au taureau qui venait de l'éjecter.

— Tu n'as pas à aimer ou à ne pas aimer, quand tu auras compris cela, tu verras que tu tomberas déjà beaucoup moins souvent. Tu dois être capable de t'adapter, quelle que soit la direction dans laquelle t'emmène le taureau. Si tu t'obstines à toujours vouloir tourner dans le sens de ta main directrice, tu vas prendre de mauvaises habitudes et tu n'entreras jamais en ligue pro.

— Il y a trop de trucs techniques à retenir, je n'y arriverai jamais.

— Bien sûr que si, ça va finir par rentrer, crois-moi, le rassura Johnny. À force de répéter les mêmes gestes jour après jour, tu développes une mémoire musculaire, cela devient instinctif et tu ne…

— Johnny a raison, le coupa Cody sur un ton impérieux. Vous avez déjà pratiqué d'autres sports ? Du foot ? Du basket ? C'est la même chose. On parle très exactement de mémoire procédurale, votre corps fait les gestes machinalement.

— Est-ce que vous prenez du temps pour visualiser une virée avant d'entrer dans l'arène ? demanda Bobby Blue.

Depuis sa dernière leçon, son comportement avait radicalement changé. Il écoutait désormais chaque conseil que lui donnait Cody comme s'il s'agissait de la parole divine, au grand agacement de Johnny

— Cela peut être utile, répondit Johnny juste pour voir si le gamin écouterait quelqu'un d'autre. Mais, tu ne peux pas tout prév…

— Tu ne peux pas tout prévoir, le coupa de nouveau Cody. Je me souviens d'une compétition où je croyais avoir cerné le taureau, commença Cody avant de se lancer dans un nouveau récit épique de ses aventures de jeunesse, encore une compétition qu'il avait gagnée, bien entendu.

Exaspéré, Johnny l'écouta d'une oreille. Cody était insupportable depuis qu'il avait réalisé que Bobby Blue avait le béguin pour lui. Johnny n'avait jamais réalisé à quel point il pouvait être vantard, c'était un véritable tue-l'amour. Cody termina son histoire en éclatant de rire, sous le regard plein d'étoiles de Bobby Blue, et Johnny gratta la terre du bout de sa botte en serrant les dents.

— RJ, va chercher Dementia, tu veux ?

Johnny sentit le regard de Cody posé sur lui, mais il détourna la tête. Il n'avait absolument pas envie de se retrouver pris dans le projecteur de son attention, il en connaissait trop les effets ; ébloui par son regard intense et séducteur, il oublierait instantanément toutes les raisons pour lesquelles il était en colère. Et dès que Cody se serait lassé et qu'il reporterait son attention sur quelqu'un d'autre, sur Bobby Blue sans doute, Johnny se retrouverait seul avec cet horrible sentiment d'abandon et de solitude.

— Pourquoi l'avez-vous appelé Dementia ? demanda Aubrey.

— À ton avis ? répondit Cody avec un sourire en coin. Johnny est le seul rider que je connaisse qui a réussi à le monter sans tomber.

— À part vous, n'est-ce pas ?

Johnny écouta attentivement, curieux de savoir si Cody allait encore en profiter pour se mettre en avant.

— Ça, c'est un secret entre Johnny et moi, répondit-il, mystérieux.

Johnny n'était pas dupe, il essayait de se rattraper. Il alla enfiler sa tenue de protection sans rien dire. Cody aurait l'air bien bête si Johnny était trop énervé pour monter correctement et qu'il tombait de Dementia. Il ne comprenait pas pourquoi Cody s'était mis en tête de leur faire une démonstration avec lui et ce taureau, il était presque impossible de tenir huit secondes sur le dos de cette sale bête. Mais Johnny n'avait pas du tout l'intention de tomber devant Bobby Blue, le gamin passait son temps à le regarder de haut et à dénigrer le métier d'écarteur. Cody ne l'aidait pas vraiment non plus, chaque fois que Johnny prenait la parole, il se sentait obligé de le couper ou de le reprendre. Il était conscient qu'il se montait la tête, il savait qu'il était inutile de s'énerver pour si peu, mais il ne pouvait pas s'en empêcher.

Il posa inconsciemment une main contre son tatouage, trouva un peu de réconfort dans ce geste, et se calma considérablement. Il n'allait pas risquer de se blesser pour si peu. Il n'y aurait plus que lui et le taureau une fois dans l'arène, tous les soucis et toutes les rancœurs insignifiantes du quotidien s'envoleraient. Il sortit Bobby Blue et les autres gamins de son esprit, il cessa même de penser à Cody. L'espace de huit secondes, il ne serait plus concentré que sur une chose, ne faire qu'un avec le taureau et emprunter sa force. Il ferma les yeux et offrit une prière silencieuse au dieu Coyote pour lui permettre de manipuler la gravité et le taureau.

Il grimpa dans la cage de contention sans un regard pour Cody, concentré sur la sensation de son propre corps et sur sa respiration. Dementia l'attendait calmement, ce n'était pas un taureau nerveux dans les cages, il ne se déchaînait qu'une fois dans l'arène. Il était intelligent et extrêmement bien entraîné.

Une fois sûr de sa position, Johnny fit signe à Travis d'ouvrir la porte. RJ lâcha aussitôt sa veste de sécurité et Dementia explosa littéralement dans l'arène, c'était comme être assis sur une bombe. Johnny resta concentré sur le point entre les épaules du taureau et s'accrocha de toutes ses forces. Le dieu Coyote sembla intervenir en sa faveur, car il trouva rapidement son rythme et épousa avec dextérité chaque ruade de l'animal. Imprévisible et déterminé à le mettre par terre, Dementia se contorsionnait dans tous les sens en se cabrant à une hauteur terrifiante.

Lorsque le taureau retomba lourdement au sol, ses genoux ployèrent sous le choc et Johnny manqua de peu d'être projeté par-dessus sa tête baissée. Il se cambra in extremis vers l'arrière en se servant de son bras libre pour maintenir son équilibre. Il était en symbiose avec l'animal, son corps semblait se positionner toujours exactement comme il le fallait, au moment où il le fallait. Le bruit du buzzer perça le voile de sa concentration et il se libéra de la corde. En sautant du taureau, il trébucha et roula dans le sable de l'arène sur plusieurs mètres, avant d'atterrir sur le ventre. Les bottes rouges de Travis apparurent dans son champ de vision et il l'entendit distraire le taureau pour le tenir éloigné.

RJ le rejoignit et, ensemble, ils calmèrent Dementia avant de le ramener dans son enclos. Johnny se releva, étourdi par la chute et l'adrénaline. Il entendit vaguement Cody le féliciter avec enthousiasme derrière lui, mais il n'y prêta pas attention. Il se fichait pas mal de Cody ou de la réaction des quatre garçons en cet instant. Il savourait la satisfaction personnelle d'une bonne virée, rien d'autre n'avait d'importance.

— Vous venez d'assister à une virée parfaite en tous points ! entendit-il Cody crier. Johnny vient de dompter un coriace, et il l'a fait avec talent. Sa main directrice était toujours au bon endroit, il a trouvé son rythme à la seconde où il est entré dans l'arène. Vous devez toujours tenir votre corde bien courte et garder la tête rentrée dans la poitrine. Que le taureau décolle l'avant ou l'arrière de son corps, c'est à vous de contrebalancer votre poids pour ne pas tomber, inutile d'être un génie pour le comprendre.

Johnny releva brusquement la tête. Est-ce que Cody venait de sous-entendre qu'il était simple d'esprit ? Alors qu'il venait de monter avec succès l'un de ses meilleurs taureaux ? Le calme et la sérénité qui l'avaient envahi le temps de sa virée cédèrent leur place à une colère débordante. Il venait de comprendre pourquoi Cody insistait pour le faire monter. Parce qu'il n'avait aucune intention de leur parler du métier d'écarteur, ces gamins n'en avaient strictement rien à faire. Il n'avait de crédibilité à leurs yeux qu'à partir du moment où il montait sur un taureau, en tant qu'écarteur, il n'existait pas pour eux, il ne faisait même pas partie du même monde. Johnny arracha son casque de sécurité à la hâte et déboucla ses jambières comme si sa tenue le brûlait.

— Tu as été incroyable, lui cria Cody en faisant quelques pas vers lui. Viens expliquer aux gamins comment tu as fait.

Sans un regard pour Cody, Johnny rejoignit leur petit groupe au milieu de l'arène.

— N'essayez pas de tout prévoir, ne réfléchissez pas trop. Tenez-vous prêts. Vous devez rester dans l'instant présent et ne penser qu'au taureau et à la manière dont il bouge. N'essayez pas d'en faire trop.

— Et c'est tout ? demanda Bobby Blue en haussant un sourcil.

— Qu'est-ce que tu veux de plus ? demanda Johnny d'un ton agressif. Cela va faire une semaine que Cody vous répète la même chose jour après jour, c'est lui le champion de bull riding, je ne vois pas ce que je pourrais ajouter. Trouvez votre équilibre, votre rythme, le reste, c'est superflu.

Il sentit que Cody était pris de court par la véhémence de ses propos, mais bien entendu, il ne laissa rien paraître et reprit très vite le devant de la scène.

— Ce que Johnny essaie de vous dire, c'est qu'il est inutile de penser, à l'après. Huit secondes, ça passe très vite, vous devez être très conscients de ce qui est en train de se passer pour anticiper les mouvements de votre taureau.

Zane choisit ce moment pour s'autoriser l'une de ses rares interventions.

— On a déjà vu Johnny monter deux fois et le stage se termine demain, est-ce qu'on vous verra aussi monter ?

Cody lança un petit sourire complice à Johnny et se tourna vers Zane en le pointant de ses deux index, comme s'il s'agissait de pistolets.

— Y a intérêt, gamin. Je me retenais pour ne pas vous décourager, c'est tout. RJ ! Va me chercher Chagrin d'Amour !

Lassé de son petit numéro, Johnny se détourna en attachant ses cheveux et en les calant sous son chapeau. Il était temps d'endosser à nouveau le rôle d'écarteur. Il se dirigea vers la barrière de sécurité en écoutant vaguement Cody déblatérer sur le taureau qu'il s'apprêtait à monter et qu'il avait entraîné lui-même, profitant du sujet pour ajouter qu'il était aussi un excellent éleveur et qu'il espérait bien que plusieurs de ses animaux obtiennent des contrats avec la ligue professionnelle.

— Avec un peu de chance, vous finirez tous par monter l'un de mes taureaux, conclut-il avec son sourire de vendeur de voitures. Je compte sur vous pour me faire honneur, si cela arrive.

Travis lui apporta son équipement et Cody l'enfila sans même le remercier, en continuant de se faire mousser auprès des gamins.

Johnny grimpa sur le portail de la cage pour jeter un œil au taureau. Il n'avait pas l'air d'humeur et RJ dut tirer sur son harnais de toutes ses forces pour le faire entrer. Une fois enfermé, l'animal se vautra paresseusement sur le sol. Il ne semblait pas disposé à faire grand-chose ce jour-là. Johnny soupira, c'était à lui que reviendrait la responsabilité de motiver et de diriger le taureau. Il n'était peut-être pas « un génie », mais il connaissait bien le bétail. Au cours de sa carrière d'écarteur, il avait développé avec les taureaux un instinct qu'un rider ne comprendrait jamais.

Chagrin d'Amour semblait aussi motivé qu'une vache à lait. Il était important pour Cody de faire bonne impression auprès de ses quatre élèves. Ils l'avaient probablement déjà tous vu monter au moins une fois à la télévision et Cody tenait à sa réputation. Il n'était pas du genre à monter un taureau facile pour être sûr de gagner, il préférait les challenges, et avec l'humeur de Chagrin d'Amour ce jour-là, il ne risquait pas de faire des miracles.

Johnny avait intérêt à faire ce qu'il fallait pour créer un peu de spectacle. Les riders n'avaient pas à se soucier de ce genre de choses, ils prenaient pour acquis que chacun de leur passage créerait l'évènement, ils étaient les stars de l'arène et tout devait être prêt pour leur entrée en scène. Un rider ne voyait en moyenne que 4 ou 5 taureaux sur deux jours de compétition, contre une quarantaine pour un écarteur. Les écarteurs passaient leur vie dans l'arène, ils ne se réfugiaient pas derrière la barrière de sécurité après huit secondes, ils ne prenaient pas de pause dans la cage à requins, ils faisaient face aux taureaux en permanence, candidat après candidat.

Toute la subtilité du métier d'écarteur résidait dans sa relation au taureau, sa capacité à le faire aller où il voulait et à le faire se cabrer quand c'était nécessaire. Johnny avait appris à se placer stratégiquement dans le champ de vision du taureau, à le faire changer de direction rapidement, et à sentir quand il fallait sortir de son chemin.

Il commença à énerver Chagrin d'Amour directement dans la cage de contention pour le réveiller un peu. Lorsque Travis ouvrit la porte pour Cody, le taureau avait déjà l'œil plus alerte et il soufflait par le nez. Johnny s'appliqua à rester dans le chemin du taureau en faisant de grands gestes pour le forcer à charger.

Excité et agacé par l'être humain sur son passage et l'autre sur son dos, le taureau se cabrait à présent dans tous les sens, tordant sa colonne vertébrale selon des angles impossibles, dans l'espoir de se débarrasser de l'un d'eux. Mais peu importait la direction dans laquelle il allait, Johnny était toujours là pour le narguer. À bout de nerfs, Chagrin d'Amour se mit à tourner sur lui-même à toute vitesse, entraîné par la gravité du tourbillon. Cody glissa tellement sur le côté que son éperon extérieur ne lui était plus d'aucune utilité. Johnny s'autorisa un bref sourire. Peut-être, que le public ne le remarquait jamais, mais le taureau savait à qui il avait à faire.

Cody rétablit rapidement son équilibre sans trop de difficulté. Il était doué. Non seulement il s'était redressé en quelques secondes à peine, mais il l'avait fait avec panache et Johnny entendit les gamins applaudir en criant sur le bord de l'arène. Cody avait un don pour donner un sens du spectacle au moindre de ses mouvements. Là où un autre rider aurait pu commettre l'erreur d'ennuyer le public en lui laissant voir que le challenge était trop facile, Cody savait insuffler du drame et du suspense dans tous ses gestes. C'était un talent qui lui avait souvent donné l'avantage au moment des notes du jury.

RJ fit sonner le buzzer et Cody descendit du taureau en parvenant pour une fois à retomber parfaitement sur ses deux pieds. Il venait de faire rêver les quatre gamins qui l'acclamaient à s'en casser la voix. Johnny se retint de se cacher la tête entre les mains en entendant Cody crier :

— C'est qui, le patron ?

Pour lui, le plus dur restait à venir. Il fallait maintenant réussir à calmer Chagrin d'Amour et à le ramener dans son enclos. Il courut à la rencontre de l'animal, un bras tendu en avant pour essayer de lui poser une main sur le front. Le taureau s'arrêta en cours de route, les flancs secoués par sa respiration laborieuse, l'air de décider de quel côté il allait attaquer Johnny.

— Surprends-le par la gauche, Johnny ! cria Cody. Non, de l'autre côté ! Fais-lui une feinte !

Johnny pria silencieusement pour qu'il la ferme, il n'avait jamais eu besoin des conseils de Cody pour ramener un taureau à l'enclos. Il inspira profondément pour se calmer et se concentra sur son travail. Il chercha le regard du taureau, et lorsqu'il captura ses grands yeux injectés de sang, il le fixa avec intensité. Commença alors le tango entre taureau et écarteur, le jeu de contrôle et le dialogue de mouvements qui permettrait à Johnny de faire rentrer Chagrin d'Amour.

Ce n'était pas toujours une danse gracieuse, mais c'était un véritable jeu de pouvoir. Le taureau pesait près d'une tonne, Johnny ne faisait littéralement pas le poids. Il devait s'en remettre à sa rapidité et à son agilité. C'était le combat ancestral de la matière et de l'esprit.

Après un long face-à-face durant lequel aucun ne céda, Johnny plongea sur la droite, le taureau le suivit et Johnny bifurqua aussitôt sur la gauche. Désorienté, le taureau s'immobilisa de nouveau, ses oreilles tressautant nerveusement, comme s'il cherchait où avait bien pu passer l'insupportable humain qui lui tournait autour comme une mouche. Johnny entra de nouveau dans son champ de vision. Il entendit Cody lui crier de nouveaux conseils, mais, il prit le parti de faire abstraction. Il savait ce qu'il faisait.

Le risque zéro n'existait pas dans l'arène, Johnny avait assisté à suffisamment de blessures graves pour le savoir, mais Johnny s'y sentait à sa place comme nulle part ailleurs. Il perçut l'instant exact, où Chagrin d'Amour baissa sa garde. Il profita de cette faille pour passer devant lui à toute vitesse, le taureau hébété le suivit machinalement et Travis, qui ne les avait pas quittés des yeux une seconde, leur ouvrit la porte pile au bon moment. Johnny se décala et bondit sur la barrière au dernier moment, laissant le taureau retourner dans la cage de contention. RJ serait sans doute obligé d'attendre un peu qu'il se calme avant de le ramener à l'enclos.

Johnny entendit les gamins applaudir et la voix de Cody qui était encore en train de leur sortir de grandes phrases sur l'importance d'avoir confiance en soi pour entrer dans l'arène. Il le laissa finir sa tirade en lui lançant des regards mauvais.

— Dans un sport avec un jury, il ne faut pas hésiter à se donner un peu en spectacle, lança Cody en gonflant la poitrine. Vous avez moins d'une minute pour faire vos preuves, chaque seconde compte.

— C'est une question de timing, ajouta sèchement Johnny, puis il quitta l'arène pour rejoindre le chalet.

Il avait eu sa dose de pédagogie pour la journée.

LORSQUE CODY entra dans le chalet, Johnny était en train de faire des abdominaux, assis sur le sol. Il était couvert de sueur. Cody n'était pas contre ce genre d'accueil, mais il comprit rapidement que son petit ami n'était pas d'humeur séductrice et qu'il était en train de s'épuiser pour évacuer sa colère.

— Tu es censé te détendre, tu es en vacances.

— Plus pour longtemps, grogna Johnny entre deux abdos.

— Comment ça ?

— J'ai décidé d'aller rejoindre Vern et Reese à Chicago la semaine prochaine.

— Je croyais que nous avions décidé que tu resterais au ranch tout l'été.

— Non Cody, ça, c'est ce que *tu* avais décidé.

— Sois raisonnable, nous avons beaucoup de jeunes taureaux à entraîner. Je sais bien que j'ai dit que le bull riding était toute ma vie, mais je ne peux pas abandonner l'élevage, c'est ma roue de secours.

— C'est ton problème, j'ai encore du temps devant moi avant de penser à ma « roue de secours », répondit Johnny en se relevant et en se dirigeant vers la barre de traction dans l'embrasure de la porte du couloir.

Blessé par la remarque, Cody tenta de dissimuler sa peine avec une blague.

— Les riders sont sensés arriver à péremption à 30 ans, j'en ai 32, peut-être que je suis éternel.

— Et moi, j'ai 23 ans, Cody, c'est le début de ma carrière, je viens juste d'entrer en ligue pro, je ne peux pas tourner le dos à ce genre d'occasions pour préparer ta retraite. J'ai de la chance que Vern m'ait pris en remplacement, mais si je veux durer, je dois faire mes preuves, lui dit Johnny tout en faisant ses tractions, à peine essoufflé.

— Tu peux bien prendre trois mois de vacances sans mettre toute ta carrière en jeu, Vern te reprendra à la rentrée. Tu es doué avec le bétail, j'ai besoin de ton aide sur le ranch. Et puis, pour une fois que nous sommes seuls tous les deux…

— Je me doutais que tu dirais ça. Je ne suis pas qu'un cul à ta disposition.

Choqué par ses mots, Cody fit un pas vers lui en serrant les poings.

— Parce que tu n'y prends aucun plaisir, peut-être ?

— Je ne vais pas te mentir, je suis étonné que tu puisses encore bander à ton âge, concéda cruellement Johnny en lâchant la barre. Tu es tellement fantastique, Cody, tu ne te lasses jamais de te le répéter.

Le visage rouge de colère, Cody lui lança un regard mauvais. De la sueur commençait à perler à son front.

— Je fais tout pour assurer notre futur, quand nous sommes sur la route, c'est moi qui paie pour tout parce que tu n'es…

— Qu'un petit écarteur ? C'est ça ? Et arrête de te donner le beau rôle, je paie ma part aussi.

— Tu ne sais même pas combien nous coûte la location d'une chambre pour un week-end de compétition ! lança Cody, excédé, avant d'être frappé par un éclair de lucidité. Attends une minute, tout cela, c'est à cause de Bobby Blue, n'est-ce pas ? Tu es jaloux.

— Ne sois pas ridicule, cracha Johnny en croisant les bras.

— Tu es jaloux parce que le gosse a du potentiel et qu'il va devenir un grand rider alors que tu resteras un simple écarteur, un élément du décor !

Cody réalisa qu'il venait peut-être d'aller trop loin et se mit à rire pour tenter de dédramatiser la situation.

— Tu dramatises tout, ne prends pas les choses autant à cœur.

— Je ne suis qu'un simple écarteur ? Tu es un vieux rider ringard, Cody. Tu te raccroches désespérément à Bobby Blue comme à une seconde jeunesse. J'espère pour toi qu'il va devenir célèbre, tu pourras te consoler en te vantant partout de l'avoir entraîné. Ou, mieux encore, en te le tapant, si ce n'est pas déjà fait.

— C'est ça ton problème ? Tu crois que je veux coucher avec ce gosse ? Tu es complètement cinglé !

— Je t'ai vu lui mater le cul chaque fois qu'il avait le dos tourné.

— Je suis en couple, pas un moine ! cria Cody en l'attrapant par les épaules pour lui faire face. Pourquoi te comportes-tu comme un con ?

— *Je* me comporte comme un con ? Est-ce que tu t'es entendu me parler dans l'arène ?

Cody l'embrassa violemment, entrechoquant leurs dents dans la manœuvre. Il voulait faire entendre raison à Johnny et c'était le seul moyen qu'il avait trouvé. Lorsqu'il recula son visage pour le regarder, Johnny secoua tristement la tête en riant.

— Qu'est-ce qui te fait rire ?

— Toi. Pourquoi est-ce que même quand je suis en colère contre toi, je ne peux pas m'empêcher d'avoir envie de toi ? demanda-t-il, la voix éraillée, en arrachant les boutons de la chemise de Cody pour l'ouvrir. Tu es insupportable, mais qu'est-ce que tu es sexy.

— Parce que tu crois que tu es facile à vivre ? Espèce de…

— Ferme-la, ordonna Johnny. Ce soir, c'est moi qui te baise.

Johnny glissa ses deux mains dans le pantalon de Cody pour caresser son sexe.

— Qu'est-ce qu'on est en train de faire là ? On s'engueule, ou on se réconcilie sur l'oreiller ?

— Tu veux lancer un débat ? Quelle importance ? demanda Johnny entre ses dents avant de le pousser sans ménagement sur le lit.

Cody décida de ne pas lancer de débat. Il croisa les jambes autour de la taille de Johnny et le laissa le baiser en savourant l'intensité de chaque coup de hanches et en laissant la frustration et la colère s'évaporer.

Plus tard, allongés l'un à côté de l'autre, essoufflés et leurs jambes emmêlées, Cody soupira :

— Je crois que je ne m'en lasserai jamais.

— De quoi parles-tu ? De la baise ou de donner des stages à des gamins insupportables ?

— D'avoir le temps d'être avec toi, sans être obligé de nous cacher ou de nous dépêcher.

Cody était conscient d'être maladroit avec les mots, il ne savait pas parler de sentiments. Il n'était jamais resté en couple avec quelqu'un suffisamment longtemps pour avoir besoin d'en parler. Il n'était jamais tombé amoureux.

— Je me souviens, la première fois que je t'ai vu, je me suis dit « il me le faut ».

À moitié endormi, mais vexé par cette idée, Johnny répondit :

— Comme un chiot dans une vitrine ? J'étais mignon, tu as eu pitié, alors tu m'as ramené à la maison avec toi ?

Cody fronça les sourcils en réfléchissant aux mots de Johnny. Il n'avait jamais pensé à lui de cette manière.

— Reste avec moi cet été, s'il te plaît. J'ai vraiment besoin de toi.

— Tu n'es pas tout seul, RJ et Travis sont là, murmura Johnny.

— Promets-moi d'attendre que les gamins soient partis avant de prendre une décision définitive.

Johnny ne répondit pas et Cody se redressa sur ses coudes pour scruter son visage. Ses longs cheveux bruns étaient éparpillés sur l'oreiller, ses cils charbonneux jetaient des ombres sur ses pommettes saillantes et un petit pli soucieux se creusait entre ses sourcils. Il s'était endormi.

À LA fin de la semaine, au moment de dire au revoir aux quatre garçons, Cody ne put s'empêcher de remarquer que le seul d'entre eux auquel Johnny offrit un mot gentil était Zane. Il ne prit même pas la peine de regarder Bobby Blue dans les yeux en lui serrant brièvement la main. Bobby Blue ne fit pas beaucoup plus d'effort ni avec Johnny ni avec qui que ce soit d'autre. Seul Cody semblait être assez important pour mériter un au revoir poli. Il salua vaguement le père de Cody et se montra un peu plus éloquent avec Val, parce que, malgré toute sa bravade, il était galant et bien élevé. Ou peut-être parce qu'elle le terrorisait. Chaque fois que Val lui demandait quelque chose, il se tenait très droit et répondait automatiquement « oui, madame ».

Cody était prêt à parier que ce gamin allait devenir un excellent rider. Il était encore trop jeune et arrogant. Après une ou deux bonnes chutes, ses chevilles désenfleraient sans doute, il était appliqué, il travaillait dur et il avait un très bon instinct. Cody devait l'admettre, il n'avait pas beaucoup prêté attention aux trois autres gamins, et sans doute fallait-il qu'il évite ce genre de favoritisme s'il voulait continuer à donner des cours.

Le soir à table, Cody s'installa à côté de Johnny comme d'habitude. Son petit ami s'était muré dans un silence glacial et Cody craignait presque de se retrouver congelé s'il posait, ne serait-ce qu'un doigt sur lui. Il tenta de briser la glace en lançant la conversation.

— Bobby Bluc a vraiment fait de très grands progrès cette semaine.
— Si tu le dis.

Johnny était tellement distant, c'était presque comme s'il était déjà parti. Cody sentit son estomac se serrer, il avait tellement l'habitude que le jeune homme cherche son contact, qu'il le regarde, les yeux brillants, et qu'il boive ses paroles comme s'il était la seule personne qui existait.

Travis sauva l'ambiance en donnant tour à tour aux quatre garçons une analyse pointue de leurs forces et de leurs faiblesses à l'issue de cette semaine d'apprentissage. Dans la manœuvre, il parvint à faire rire tout le monde, excepté Johnny et Cody, assis l'un à côté de l'autre, mal à l'aise.

Ils n'avaient jamais su communiquer, Cody allait devoir s'en remettre à sa bonne vieille technique de séduction. Première étape : le distraire sous les draps, deuxième étape : profiter que sa garde soit baissée pour lui faire faire ce qu'il voulait. Ce n'était pas la première fois que Cody avait recours à ce stratagème, cela fonctionnait à tous les coups.

Il ne pouvait pas concevoir de passer l'été au ranch sans Johnny. Il voulait se lever le matin avec lui, s'entraîner avec lui et revenir en pleine forme à la rentrée pour une nouvelle saison de bull riding avec lui.

Cody était habitué à toujours obtenir ce qu'il voulait. Il voulait que Johnny reste, et Johnny resterait.

VIII.
TOUT LE MONDE DESCEND

JOHNNY AVAIT besoin de calme et de temps pour réfléchir. Pendant toute la durée du stage, l'attitude de Cody avait complètement changé. Ils avaient passé très peu de temps seuls tous les deux, et chaque fois que Johnny avait essayé de parler pour enseigner quelque chose aux gamins, Cody lui avait coupé la parole, comme s'il ne supportait pas de ne pas être le centre de l'attention pendant plus de deux secondes.

Il alla marcher un peu sur le terrain autour du ranch pour tenter de se vider la tête. Il s'arrêta devant une clôture qui offrait une vue dégagée sur les collines derrière la propriété et s'y appuya en soupirant. Quelques minutes plus tard, un bruit de pas le sortit de ses pensées. Il releva la tête et aperçut Davis Grainger.

Il s'accouda à la barrière juste à côté de lui sans rien dire. Le silence entre eux était naturel, et la présence de Davis presque réconfortante. Mis à part lorsqu'il s'agissait de débattre avec Cody sur les techniques de bull riding, Davis était un homme de peu de mots.

Johnny avait toujours trouvé très amusant que Val soit la championne de rodéo, et Davis le donneur de conseils.

— Pas mécontent de les voir rentrer chez eux ? demanda Davis.

Johnny hocha lentement la tête.

— Un groupe de quatre, c'était peut-être trop pour commencer.

— Je crois que le problème venait seulement de la personnalité de certains d'entre eux, rit doucement Davis. Ce petit Bobby Blue, c'était un bel emmerdeur. J'ai donné mes premiers stages à des groupes de six, et je te rassure, ce n'est pas toujours aussi épuisant. J'imagine que Cody ne t'en a jamais parlé, mais j'ai donné beaucoup de cours durant ma carrière. Le seul avantage avec les gamins de cet âge-là, c'est qu'ils veulent jouer aux caïds, mais cela ne dure jamais longtemps. Généralement, après leur première rencontre en tête à tête avec un taureau, ils sont beaucoup plus réceptifs.

— Vous les laissiez monter tout de suite ? s'étonna Johnny.

— Des génisses, sourit malicieusement Davis. Ils n'ont jamais remarqué.

— C'est aussi de cette manière que Cody a commencé ?

Davis éclata de rire en se remémorant les premiers pas de Cody dans le bull riding.

— Je n'ai jamais rencontré de gamin aussi déterminé que Cody. Quand il avait trois ans, nous l'avons surpris essayant de faire du rodéo sur un mouton. Il n'avait peur de rien. Ce qui lui a souvent joué des tours. La toute première fois qu'il est monté sur un vrai taureau, il s'est cassé le bras. Quand nous sommes rentrés des urgences, son premier réflexe a été de réessayer. Et il s'est entraîné jour après jour avec son plâtre au bras.

— Je le soupçonne parfois de ne pas connaître la peur. Il prend beaucoup trop de risques.

— Il est accro à l'adrénaline, il a encore beaucoup de choses à apprendre.

— Je n'arrive pas à croire qu'il ne m'ait jamais parlé de votre carrière.

— C'est sa mère, la vedette. Quand je l'ai rencontrée, c'était la meilleure dans le métier, la plus belle aussi. Elle a pratiqué et concouru pendant plus de quinze ans, et à une époque où les sponsors ne se battaient pas vraiment pour représenter une candidate féminine. Elle a remporté tellement de prix que nous avons été obligés d'acheter une maison plus grande, sourit tendrement Davis. Je me débrouillais sur un taureau, mais je n'aurais pas pu gagner ma vie avec les compétitions. Et puis, le jour où je me suis fêlé une vertèbre, j'ai complètement arrêté.

Il en parlait avec recul et sérénité, il était fier de sa femme et n'éprouvait aucune rancœur envers son succès.

— C'est à ce moment-là que vous avez commencé à donner des cours ?

— L'un des membres du comité de la FNB a eu pitié de moi après ma blessure, et quand je me suis remis sur pieds, il m'a régulièrement envoyé des jeunes pour les entraîner.

— Je parie que vous étiez un excellent professeur.

— Je me débrouillais. J'ai entraîné cinq champions nationaux et pas mal de riders de ligue pro. Et puis Cody, bien entendu. Il est sans doute le meilleur rider que j'ai vu de ma vie. S'il s'applique et qu'il remporte les championnats à la fin de l'année, il sera le premier champion national sur deux années consécutives. J'ai hâte de voir cela.

Davis se redressa et se tourna vers Johnny.

— Tu as un peu de temps pour m'aider avec la clôture abîmée ?

— Vous savez que je ne peux rien vous refuser.

— J'y compte bien, mon plan diabolique est de te faire réparer la clôture entière avant même que tu ne t'en rendes compte.

— Autant m'y mettre maintenant, alors. Où dois-je commencer ?

— La clôture du pré, au sud-ouest, à une quinzaine de kilomètres. Mon camion est garé derrière la grange, tout le matériel est déjà dedans et les clés sont sur le contact, il n'attend plus que toi.

— Alors, c'est parti.

Johnny songea brièvement qu'il devrait peut-être prévenir Cody, puis il se dit que c'était l'occasion parfaite pour prendre un peu distance et être seul un moment. Sa conversation avec Davis lui donnait à réfléchir, il ne pouvait pas s'empêcher de remarquer les similarités entre son couple et celui des parents de Cody. Val était la star de son couple, et Cody la star du leur. Davis n'avait pas l'air contrarié d'être relégué au second plan, mais il avait eu des années pour s'y habituer, et sa blessure à la colonne vertébrale ne lui avait pas non plus laissé le choix. Pourtant, ils semblaient s'aimer sincèrement, pas d'un amour animé par la passion des premières années, mais d'un amour constant et solide, qui se lisait dans chacun des regards qu'ils échangeaient.

Johnny descendit vers la grange récupérer le camion et conduisit jusqu'à l'endroit indiqué par Davis. Les dégâts étaient minimes, il n'en aurait pas pour très longtemps. Il coupa les fils de fer cassés et retira soigneusement tous les poteaux de bois endommagés. Il était en train de les remplacer lorsqu'il entendit un bruit de sabot de cheval. Il se redressa en essuyant la sueur sur son front et plissa les yeux pour tenter de deviner qui était le cavalier. C'était Cody.

Lorsqu'il arriva à sa hauteur, ce dernier descendit de cheval et accrocha les rênes à un pilier de clôture que Johnny n'avait pas encore enfoncé dans la terre, et auquel il n'avait pas encore rattaché de fil.

— Te voilà, je te cherchais partout.

— Ton père m'a demandé de m'occuper de la clôture, répondit Johnny, exaspéré, en déplaçant les rênes à un endroit où la clôture n'était pas abîmée.

— Ces histoires de clôtures défoncées sont une véritable perte de temps, quand le ranch sera à moi, je remplacerai tout cela par du fil barbelé.

Il était parfaitement normal que Cody se projette et pense à ce qu'il ferait du ranch une fois propriétaire, mais Johnny se sentit inexplicablement irrité par sa désinvolture.

— Le bétail risque de se blesser, lui fit-il remarquer sèchement.

— Les barbelés dissuaderont les cerfs de la forêt, je ne veux pas qu'ils défoncent nos clôtures pour venir manger dans nos prairies.

Cody prit le maillet des mains de Johnny.

— Laisse-moi finir, ça ira plus vite.

— Ce n'est pas la peine, j'ai presque fini, merci, répondit Johnny en tendant la main pour récupérer l'outil.

Cody leva le bras pour le tenir hors de sa portée en riant.

— Laisse-moi faire, je te dis, tu es comme mon père, tu prends trop de précautions pour enfoncer les poteaux parce que tu as peur de les fendre.

Pour illustrer ses mots, il s'approcha du poteau dont Johnny était en train de s'occuper et frappa de toutes ses forces dessus avec le maillet.

— Écoute, ton père m'a demandé de m'en occuper, et j'ai bien l'intention de faire mon travail correctement, s'énerva Johnny en essayant une nouvelle fois de récupérer le maillet. Si tu tapes dessus aveuglément comme une brute, tu les excentres et ils sont plus faciles à arracher !

— Mais qu'est-ce qui te prend ? demanda Cody dans une grimace perplexe. Plus vite, nous en aurons fini avec cette histoire de clôture, plus vite nous pourrons rentrer au ranch juste tous les deux. Les gamins sont enfin partis.

— Alors, pars devant, je voudrais finir ce que j'ai commencé. De toute façon, je suis en camion, même si tu pars maintenant j'arriverai sans doute avant toi et ton vieux canasson.

— C'est ce que nous allons voir, répondit Cody avec un sourire en coin.

Il enfourcha son cheval d'un mouvement fluide et sans effort.

— J'ai bien l'intention d'arriver le premier. Je prévois même d'avoir le temps de me déshabiller. Ne traîne pas trop, Johnny-boy !

Puis il disparut au galop. Johnny le regarda s'éloigner en secouant la tête. C'était presque trop facile, Cody était incapable de refuser un défi. Il se remit au travail, déterra le poteau que Cody avait planté et le jeta sur le côté. Il était déjà fendu. Il termina patiemment et minutieusement ce qu'il avait commencé, puis rangea ses outils sans se presser.

En retournant au ranch, il jeta un œil distrait au compteur kilométrique et réalisa qu'il roulait bien en dessous de la limite autorisée. Il se demanda à quel point son inconscient avait participé à cette décision. Mais à la pensée de Cody qui l'attendait, allongé nu dans leur lit au ranch, il sentit le tiraillement familier dans son bas-ventre. Il appuya sur l'accélérateur. Son inconscient et lui semblaient avoir une divergence d'opinion.

LORSQUE JOHNNY rentra, il ne fut pas déçu de découvrir Cody, allongé nu sur leur lit, exactement comme il l'avait imaginé. La lumière de l'après-midi jouait à cache-cache sur les méplats de son corps musclé, soulignant les courbes parfaites de ses abdominaux, de ses cuisses et de son sexe qu'il était en train de caresser, un sourire satisfait aux lèvres. Il savait très bien l'effet qu'il avait sur Johnny. En observant l'arrogance de son expression, l'arrogance même de son langage corporel, Johnny sentit la colère monter en lui en comprenant enfin quelque chose de primordial. Cody vivait dans la certitude qu'il obtiendrait toujours exactement ce qu'il voulait, qu'il aurait toujours raison et que personne ne lui résisterait jamais. Il sentit la flamme du désir s'éteindre brusquement en lui, comme soufflée par un vent glacial.

Pour la première fois depuis qu'ils avaient entamé cette relation, Johnny réalisa qu'il était plus malheureux qu'amoureux. Il se sentait prisonnier de cette relation, et s'il n'agissait pas maintenant, elle le détruirait.

— Tu aimes ce que tu vois ? demanda Cody d'un ton lascif.

Mais Johnny ne se sentit pas séduit par ses mots, il se sentit provoqué, comme si Cody le mettait au défi de se refuser à lui.

— Tu as envie de ma queue, pas vrai ? Tu la veux dans ta bouche, tu la veux en toi, tu as envie que je te baise. Tu en as toujours envie et tu sais que c'est ce qui va se passer.

— Merci, mais non merci, répondit Johnny dans un haussement de sourcils en notant avec satisfaction que l'érection de Cody sembla presque immédiatement affectée.

Peut-être que Cody allait enfin l'écouter, cette fois-ci.

Mais visiblement, Cody n'était pas enclin à écouter quoi que ce soit d'autre que ses propres désirs. Après une brève grimace de surprise comique, il recouvra très vite son célèbre petit sourire en coin et se remit à caresser son sexe.

— Tu veux me faire croire que tu n'en as pas envie ? Tu sais très bien que tu la veux, je le lis dans tes yeux. Supplie-moi.

— Oh, oui, maître, laissez-moi toucher votre queue toute puissante. Voulez-vous que je m'agenouille et que je la suce, ou bien préféreriez-vous que je m'installe à quatre pattes le cul en l'air ? Descends de ton Olympe, tu n'es pas l'amant du siècle et ta queue n'a rien de sensationnelle.

— Qu – Quoi ? Mais qu'est-ce que tu me fais, là ?

Cette fois, Cody s'énerva. Mais sous la colère qui brillait dans ses yeux planaient l'inquiétude et la peur. L'espace d'une seconde, Johnny sentit l'ombre de la culpabilité le hanter. Mais cela ne dura qu'une seconde. Il avait enfin toute l'attention de Cody, c'était le but de la manœuvre, et sa réponse le surprit sans doute autant qu'elle surprit Cody :

— J'arrive à peine à me souvenir de la dernière fois où j'ai été heureux avec toi.

APRÈS S'ÊTRE rhabillé, Cody resta debout à côté du lit, les poings serrés le long du corps, observant avec impuissance. Johnny faisait ses valises et il avait l'air déterminé.

— Je ne comprends pas ce qui t'arrive, est-ce à cause de Bobby Blue ? Qu'est-ce que j'ai fait ?

Johnny ne se sentait pas la patience de lui expliquer en détail les raisons de sa décision. Il n'aimait pas parler de ses sentiments, et à ce stade, il n'était même pas certain que cela aurait changé quoi que ce soit.

— Je suis fatigué que tu programmes sans arrêt ma vie à ma place sans me demander mon avis. J'ai besoin d'avoir mes propres projets.

— Tu as tout l'été pour préparer tes projets ! Nous pouvons en parler ensemble, si tu veux, et tu pourras prendre tes décisions.

Cody grimaça en réalisant que ce n'était peut-être pas la meilleure chose à lui dire.

— Je veux mon indépendance, Cody, je veux gagner ma vie sans l'aide de personne.

— Mais pourquoi ? Tu as déjà un salaire, et tu es logé et nourri gratuitement, pourquoi veux-tu compliquer les choses ? Qu'est-ce qu'il te faut de plus ?

— Je veux rester dans l'équipe d'écarteurs de la ligue pro, je veux aller aux finales de Las Vegas.

— Et tu iras ! Avec moi !

— Tu n'écoutes pas ce que je te dis. Tu es un rider, tu es déjà qualifié pour les finales. Tu y vas parce que tu es attendu là-bas, tu y as déjà ta place. Je ne suis qu'un écarteur, je n'obtiendrai une place que si les riders votent pour moi, ce sont eux qui décideront si je suis digne de protéger leur vie dans l'arène.

— Ne t'en fais pas pour cela, je les convaincrai ! Ils voteront pour toi, ils me le doivent bien.

Heureusement pour Cody, pour une fois dans sa vie, cette réplique ne s'accompagna pas de son célèbre sourire en coin. S'il avait souri, Johnny lui aurait probablement mis son poing dans la figure. Non, pour la première fois de sa vie, Cody avait l'air de douter, de son charme, de son influence. C'était à la fois une victoire et un déchirement pour Johnny de lire la confusion sur son visage.

— Je te l'interdis, répondit-il très calmement. Je perdrais toute crédibilité, et tu le sais.

Il rangea son ordinateur portable dans sa pochette. C'était sans doute le seul objet de valeur qu'il possédait et qu'il avait payé lui-même.

— Je plaisantais !

— Vraiment ? Ouvre les yeux, Cody, je ne peux pas passer ma vie à te suivre partout en portant ton équipement comme un valet de pied. Où est l'égalité dans notre couple ? Je rampe dans ton ombre comme un moins que rien, et cela ne t'interpelle même pas. Est-on vraiment un couple, au moins, à tes yeux ? En as-tu déjà parlé à quelqu'un ? Même Dub, ton meilleur ami n'a aucune idée de ce que je représente pour toi. Et subitement, tu voudrais lui demander de voter pour moi aux finales ?

— Alors, tu préfères passer ton été à te rouler dans la poussière avec Vern et Reese plutôt que de rester ici avec moi ?

— Je viens juste d'entrer en ligue pro, si je veux y rester, il faut que je travaille. Si je ne vais pas les rejoindre à Chicago, Vern me remplacera à la rentrée.

— Leur avis est plus important que le mien, si je comprends bien, lâcha Cody en croisant les bras et en fronçant les sourcils.

— Cody, tu sais mieux que personne que ce que je dis est vrai. Les riders de la ligue pro ne me connaissent pas assez, je ne tourne avec vous que depuis quelques mois. Si je ne fais pas mes preuves rapidement, ils voteront pour le retour de Chris Bellow. Ce qui serait normal ! Ils le connaissent, ils ont confiance en lui.

— Les compétitions d'été n'attirent que les riders de petite ligue qui ont peur de se mesurer aux pros, ce n'est pas ainsi que tu feras tes preuves, renifla Cody avec dédain.

— Tu fais erreur, ce ne sont pas toutes des vedettes de ton niveau, mais beaucoup des riders de la ligue pro tournent l'été pour se maintenir en forme avant la rentrée. C'est humble et courageux, tu pourrais en prendre de la graine au lieu de les rabaisser ainsi.

— Sois raisonnable, quand j'aurai remporté les finales, nous aurons assez d'argent afin que tu n'aies plus jamais à t'inquiéter.

— Tu ne comprends rien. Je ne le fais pas pour l'argent, Cody ! J'aime mon métier, mais ma carrière ne fait que commencer. Je veux me faire une place en ligue pro, et si je m'en sors bien à Chicago cet été, j'ai peut-être une chance d'être qualifié pour les finales de ma catégorie !

— Il y a un classement aussi pour les écarteurs ?

— Tu t'entends ? Cela fait plus de dix ans que tu concours et tu ne savais même pas que les écarteurs devaient se qualifier aussi.

— Je blaguais !

Il se mordit la lèvre pour se retenir de sourire. Il voulait détendre un peu l'atmosphère, mais ce n'était sans doute pas le bon moment. Johnny ne releva même pas.

— Je veux vivre de mon métier. Avec de la chance et si je ne me blesse pas, j'ai encore 20 ou 30 ans devant moi.

— Les écarteurs gagnent un salaire de misère et il te faudra encore payer ton assurance maladie. Alors oui, bien sûr, si tu travailles non-stop toute l'année, tu auras un revenu régulier, mais…

— C'est tout ce dont j'ai besoin, Cody, un revenu régulier. Je veux avoir les moyens de pouvoir continuer à soutenir ma mère financièrement tous les mois.

— Je ne t'ai jamais laissé manquer de rien, et si tu restes cet été, tu seras payé, exactement comme RJ et Travis.

— Je ne veux pas être entretenu ! S'emporta Johnny. Je ne suis pas ta poule de luxe ! Comment peux-tu me proposer ça ? Ne vois-tu pas où est le problème ?

— Non, répondit Cody, frustré. Tu n'auras pas de traitement de faveur, si c'est ce qui t'inquiète, je te ferai travailler autant qu'eux.

— Super, merci Cody, et peut-être que je devrais emménager dans le dortoir aussi, juste pour être sûr que personne ne me soupçonne de coucher avec le patron !

— Cela peut très bien s'arranger, répondit sèchement Cody.

— Ça ira, merci. Je te le dis et je te le répète, j'ai déjà trouvé un travail pour l'été.

Il attrapa ses sacs et sortit de la pièce. Sur le pas de la porte, il hésita un instant. Il était incapable de mettre des mots sur la confusion de ses sentiments, mais il ne voulait pas partir ainsi.

— Je ne suis plus heureux, Cody, dit-il finalement d'une voix fatiguée.

— C'est normal, tous les couples ont des passages à vide ! Nous pouvons surmonter cela, je ferais ce que tu voudras. Je vais venir à Chicago avec toi, je te soutiendrai, c'est moi qui m'occuperai de ton équipement, je…

— C'est trop tard, Cody. Je m'en vais. Ce soir.

Il n'avait pas beaucoup d'effets personnels, juste le sac qui contenait son équipement d'écarteur et une petite valise.

— Qu'est-ce que je peux faire ? Qu'est-ce que je peux dire afin que tu changes d'avis ?

Johnny le regarda longuement, prêt à lui expliquer tout ce qui n'allait pas, mais trop en colère pour le faire. Il ne devrait pas avoir à le lui expliquer, c'était le cœur du problème.

— Rien.

— Tu as l'air sacrément pressé de partir, s'énerva Cody.

— Je dois y aller, j'ai promis à Vern et Reese de les retrouver à Chicago.

— Alors ça y est, c'est fini ? Comme ça ?

— Je ne peux pas rester ici.

— Tu nous sépares pour des raisons insignifiantes !

— Elles ne sont pas insignifiantes à mes yeux.

Johnny quitta le chalet et Cody le suivit. Il se força à se tourner une dernière fois pour lui faire face. Son éternel petit sourire en coin avait disparu, il avait l'air perdu et vulnérable. Une partie de Johnny mourrait en quittant cet homme, il le savait. Il n'avait jamais cru en l'amour, et jamais il n'aurait imaginé tomber amoureux d'un homme tel que Cody. Cody était beau, intelligent et talentueux, il fallait être fou pour s'éloigner de lui. Le soleil brillait sur ses cheveux clairs et sa peau bronzée, lui donnant des airs tragiques de déité. Un dieu parmi les hommes, et Johnny était en train de le quitter.

— Je t'en prie, prends soin de toi, implora Cody doucement, la voix brisée, les yeux brillants.

Johnny écarquilla les yeux. De tous les derniers mots qu'il avait imaginés venant de Cody, jamais il n'aurait cru entendre ceux-là. Mais aussi sincère soit-il, cela ne résolvait rien.

— Promis, acquiesça Johnny.

Il ne demanda pas à Cody de l'emmener en ville, il préférait encore marcher ou faire du stop. Après quelques minutes de marche, la colère céda la place à la culpabilité. Il avait claqué la porte sans remercier Val et Davis. Johnny serra la mâchoire et la colère reprit le dessus. Il n'allait pas faire machine arrière maintenant. C'était précisément la raison pour laquelle il partait ; il était fatigué d'être le petit jeune irresponsable qui avait tout le temps besoin d'aide et qui passait sa vie à devoir se montrer reconnaissant.

Le bruit d'un moteur de voiture retentit au loin et il se tourna dans le sens de la circulation en levant le pouce. Le véhicule se rapprocha, c'était le vieux pick-up de Travis. Johnny hésita une seconde à lui tourner le dos en continuant à marcher, mais c'était décidément trop puéril. Le pick-up se gara sur le bas-côté dans un nuage de poussière et Johnny fut soulagé en regardant par la fenêtre et en réalisant que c'était RJ qui était au volant.

— Je vais en ville, je te dépose ?

— Je veux bien, merci, répondit-il en lançant ses sacs à l'arrière.

Ils roulèrent sur plusieurs kilomètres sans échanger un seul mot. Johnny risqua un regard dans la direction de RJ, mais il resta silencieux. Johnny avait toujours apprécié sa retenue. S'il était tombé sur Travis, il lui aurait sûrement cassé les oreilles en essayant de le convaincre de rester avec Cody.

RJ le conduisit jusqu'à la gare sans rien dire. Johnny ne put s'empêcher de se demander si Cody lui avait parlé. Cette seule pensée suffit à raviver le feu de sa colère, mais si c'était vraiment du fait de Cody, c'était la dernière fois qu'il avait le pouvoir d'influencer la vie de Johnny, et ce pauvre RJ n'y était pour rien.

— Merci de m'avoir conduit jusqu'à la gare, déclara Johnny en lui serrant la main. Dis au revoir à Travis de ma part.

Il n'osa pas transmettre ses adieux pour les parents de Cody, il n'aurait pas su quoi dire.

— Prends soin de toi, Johnny.

Il récupéra ses sacs et regarda le pick-up s'éloigner, jusqu'à ce qu'il ne soit plus qu'un petit point noir à l'horizon et qu'il disparaisse.

Il se rendit au comptoir d'accueil pour acheter un billet. Il ne s'était jamais senti aussi libre et aussi triste de toute sa vie.

CODY AURAIT voulu que tout le monde la ferme. Il repoussa distraitement ses œufs brouillés du bout de sa fourchette en s'agrippant de l'autre main à sa troisième tasse de café de la matinée. Il espérait secrètement que celle-ci guérirait le terrible lendemain de cuite dont il souffrait.

Ses parents, RJ et Travis n'arrêtaient pas de piailler comme si de rien n'était, comme s'il ne venait pas de se faire arracher le cœur.

Pourtant, RJ devait être au courant, c'était lui qui avait conduit Johnny à la gare, mais il se comportait comme si c'était un jour normal. Peut-être préférait-il rester discret par respect pour Johnny et lui, peut-être même n'en avait-il parlé à personne d'autre.

Travis lui jetait des regards de commisération paternaliste, l'air à la fois déçu et inquiet. C'était le souci, quand vous habitiez 24 h sur 24 avec les mêmes personnes, vous ne pouviez pas leur cacher quoi que ce soit. Ils avaient sans doute déjà tous remarqué que Johnny et lui s'étaient disputés, et ils le regardaient comme si c'était de sa faute. Ce qui était ridicule. Cody avait tout fait pour sauver leur couple jusqu'à la dernière minute, il avait proposé à Johnny de le payer pour l'été.

Sans l'aide de Cody, Johnny serait forcé de voyager en train et de dormir dans des motels bas de gamme. Cela lui servirait de leçon.

RJ et Travis terminèrent leur petit-déjeuner plus vite que d'ordinaire et quittèrent la cuisine sans un mot.

Ah, ils voulaient jouer à ce jeu-là ? Très bien, Cody leur prouverait qu'il était le plus mature et se comporterait avec un professionnalisme irréprochable toute la journée. Il allait s'entraîner et s'occuper de ses taureaux tout l'été, devenir le meilleur rider *et* le meilleur éleveur de tous les temps, et monter jusqu'à 70 ans, si cela lui chantait ! Mais personne ne le forcerait à se justifier.

Il plongea le nez dans sa tasse de café en ruminant, jusqu'à ce que la voix de sa mère le tire de ses pensées.

— RJ nous a dit qu'il avait conduit Johnny à la gare hier. À en juger par ta tête, tu n'étais pas d'accord avec ce départ soudain.

— Non, grogna-t-il. Il a juste…, commença Cody en haussant les épaules. Il a fini par se lasser, j'imagine.

— Il a peut-être besoin d'un peu de liberté pour mieux revenir ? proposa maladroitement son père.

— Je ne crois pas que ce soit le cas. Cela n'a plus d'importance, il est parti, de toute façon. Ne t'inquiète pas, papa, je m'en remettrai.

— Très bien, très bien. Au travail alors, nous avons du pain sur la planche.

Davis quitta la cuisine, trop heureux de fuir une situation sans doute trop sentimentale à son goût.

— Vas-y, dis-le ! s'énerva Cody en levant les yeux vers sa mère. Tu penses que tout est de ma faute, c'est ça ?

Val était restée étrangement silencieuse pendant toute la durée du déjeuner. Elle le regardait avec le même air que lorsqu'il était petit et qu'il disait des gros mots sans en connaître le sens, simplement parce qu'il savait qu'ils étaient interdits et parce qu'il voulait que l'on fasse attention à lui. Mais, à l'époque, son attitude finissait toujours par la faire sourire. Elle ne souriait pas ce matin-là, elle le regardait presque avec pitié.

— Tu es un adulte, Cody.

La déception était palpable dans sa voix. Il espérait bien qu'elle était destinée à Johnny.

— Lui et moi, c'est terminé. Quand il reviendra en pleurnichant et en me suppliant de le reprendre, je lui rirai au nez.

— Si c'est vraiment terminé, concentre-toi sur ta vie, pas sur son éventuel retour, répondit-elle d'un ton neutre.

Cody attrapa son chapeau de cowboy, le vissa sur sa tête avec des gestes énervés et alla rejoindre RJ et Travis dans l'arène. Ce qui s'avéra très vite être une mauvaise idée. Il fit défiler tour à tour tous les jeunes taureaux qu'il avait l'intention d'entraîner, mais il se retrouva incapable d'en monter un seul correctement. Il fut maladroit, hésitant et il passa la matinée à tomber comme un débutant.

Il se releva pour la énième fois en époussetant ses jambières et en serrant les dents.

— Ça fait cinq fois d'affilée que tu tombes, champion, lança Travis. Tu devrais peut-être faire une pause.

— Non. Ramène-le dans la cage de contention, on recommence, ordonna Cody.

— Je vais chercher un autre taureau si tu veux, mais tu ne remontes pas sur celui-ci. Tu ne lui apprends rien, tu t'en sers pour passer tes nerfs. Si tu veux te défouler, tape dans un mur, ne t'en prends pas au bétail.

Cody lui lança un regard noir sans répliquer. Travis avait raison, son attitude était pitoyable. Ce qui ne l'empêchait pas de vouloir lui en coller une.

Si Johnny avait été là, il n'aurait pas pris de gants pour lui faire remarquer qu'il se comportait comme un abruti. Il le lui aurait dit en pleine face, ils se seraient disputés, puis ils auraient réglé cela sur l'oreiller. L'idée de ne plus jamais pouvoir faire l'amour à Johnny le détruisait. Il jeta son casque de sécurité au sol et tourna le dos à RJ et Travis pour ne pas avoir à les regarder dans les yeux.

— J'ai changé d'avis, on arrête là pour aujourd'hui.

— Il vaudrait mieux, ouais, répondit RJ d'une voix sèche.

Cody se retourna brusquement vers lui, la rage au ventre.

— Pourquoi ne m'as-tu rien dit après l'avoir emmené à la gare ?

— Ce n'étaient pas mes affaires.

— Tu aurais pu l'en empêcher, tu aurais pu le convaincre de…

— Johnny n'est pas un enfant. Ce n'était pas à moi de lui dire quoi faire et ne pas faire.

— Qu'est-ce que tu sous-entends ? Que *je* lui disais quoi faire ?

— Cody, il faut être deux pour se disputer. Tu ne penses qu'à toi en permanence, tu ne penses qu'à ce que tu veux et tu ne te poses jamais la question de savoir si cela convient aux autres, intervint Travis.

Cody tourna la tête vers lui, indigné. Ce n'était pas parce que Travis le connaissait depuis qu'il était bébé que cela lui donnait de droit de le juger.

— Toutes les décisions que j'ai prises, je les ai prises pour lui ! Je ne pourrais pas monter des taureaux toute ma vie, si je me concentre autant sur l'élevage, c'est pour assurer notre futur à tous les deux ! Qu'y a-t-il d'égoïste là-dedans ?

— Lui as-tu déjà demandé son avis ? Lui as-tu demandé ce qu'il en pensait ?

— Il a choisi de devenir écarteur, il sait très bien que cela paie mal. S'il veut de l'argent et de l'indépendance, pourquoi ne remonte-t-il pas sur un taureau ?

— Ce n'est pas à moi qu'il faut poser la question, c'est à lui.

— J'ai déjà essayé de lui en parler !

— Vous en avez parlé, ou bien tu as parlé et il n'a pas eu d'autre choix que d'écouter ?

— Tu ne sais pas ce qui s'est passé entre nous ! hurla Cody.

Travis ouvrit la bouche pour rétorquer, mais RJ posa une main sur son épaule et répondit à sa place.

— Tu as raison. Personne ne sait ce qui s'est passé entre vous. Mais il est évident que vous vous êtes gravement disputés et que vous ne vous êtes pas quittés en très bons termes.

— La ferme ! Tu ne sais pas de quoi tu parles.

De colère, il quitta l'arène pour aller s'enfermer dans le chalet. Le chalet vide, sans Johnny, sans ses affaires. Et cela lui convenait très bien ainsi. Il avait vécu tout seul pendant une bonne partie de sa vie, il s'y réhabituerait très vite.

En cherchant la télécommande de la télévision dans un tiroir, sa main cogna un cadre rangé face vers le bas, tout au fond. Il le sortit pour le regarder. C'était une photo de Johnny. Il était à cheval, ses longs cheveux noirs détachés, torse nu. Il était penché vers l'arrière, une main tenant les rênes, l'autre sur le pommeau. Son visage était tourné vers la gauche et il riait à quelque chose. Sans doute à une blague de Travis, il avait le don de faire rire Johnny.

Cody réalisa soudain qu'il ne l'entendrait plus rire, qu'il n'aurait plus le droit de l'avoir à ses côtés de cette façon-là, insouciant, à demi nu. Bientôt, quelqu'un d'autre aurait ce privilège. Johnny était beau et jeune, il rencontrerait très vite quelqu'un d'autre. Peut-être était-ce déjà fait. Cette seule pensée l'emplit de rage.

Il prit sa douche et décida de sortir. Il était hors de question qu'il passe un repas de plus à une table où tout le monde le jugeait en silence. Cody savait que tout était de sa faute, il n'avait pas besoin qu'on le lui rappelle.

Il ne voyait qu'une seule alternative, se saouler et baiser. Il retournerait sur son ancien terrain de chasse, il trouverait bien quelqu'un pour le sucer dans les toilettes de la plage. Et dire que, quelques jours plus tôt, il avait pensé emmener Johnny voir l'océan avec lui.

Déterminé à se trouver un coup d'un soir pour oublier ses ennuis, Cody se rasa et enfila une chemise propre. Il quitta le ranch et descendit l'allée jusqu'à la grande route en laissant son camion au point mort sans allumer le moteur pour ne pas alerter ses parents. Il avait droit à une vie privée.

En se rapprochant de la côte, l'odeur iodée et la fraîcheur de l'océan lui parvinrent, amenant avec elles la nostalgie de ses jeunes années. Lorsqu'il arriva à destination, le soleil n'était plus qu'une ligne rouge qui embrasait l'horizon. Cody se gara et fonça droit jusqu'aux cabines de toilettes au bord de la plage. Il n'y avait personne d'autre sur le parking. Mais un piéton ou un cycliste pouvait très bien passer par là, il n'avait jamais eu à attendre bien longtemps à l'époque.

Mais tout lui semblait si différent. Les cabines en bois étaient décrépies, couvertes de graffitis, de numéros de téléphone et de commentaires salaces. Il attendit près d'un quart d'heure, puis finit par sortir et s'installer à une table de pique-nique.

Le ciel était déjà presque entièrement noir et les rayons de la lune jetaient des reflets pâles sur l'eau. Cody plaça son menton dans ses mains. Le plus difficile, depuis le départ de Johnny, c'était qu'il ne pouvait pas arrêter de penser à lui. Il aurait donné n'importe quoi pour pouvoir le sortir de sa tête. Il n'avait aucune envie de penser à Johnny, à son ingratitude et à son égoïsme. À bien y songer, il commençait à se demander si Johnny ne s'était pas simplement servi de lui pour son argent.

Il ne le pensait pas vraiment. Et il espérait que les fois où Johnny lui avait dit qu'il l'aimait, il le pensait sincèrement. Peut-être n'était-il tout simplement plus amoureux. Ces choses-là arrivaient parfois. Cody n'avait pas beaucoup d'exemples autour de lui, mais il connaissait quelques couples qui avaient divorcé. Il n'avait jamais imaginé vivre un jour le drame d'une séparation. Il n'avait jamais imaginé non plus qu'il tomberait amoureux de Johnny…

— Bonsoir, monsieur. Puis-je vous demander ce que vous faites ici ?

Cody sursauta et, en relevant la tête, il aperçut un officier de police debout de l'autre côté de la table de pique-nique, sa main droite à la hauteur de son arme de service, comme s'il prévoyait de devoir s'en servir. Cody était tellement perdu dans ses pensées qu'il n'avait pas entendu la voiture de police.

— Rien, je… Je me suis assis un instant, c'est tout.

— Est-ce que tout va bien avec votre véhicule ? Avez-vous besoin d'une dépanneuse ?

Cody se détendit en reconnaissant enfin le visage de l'officier de police.

— Jake ? Jake Woods ? Tu as fini par y arriver, alors.

— Arrivé à quoi, monsieur ? demanda le policier, suspicieux.

— À entrer dans la police, c'était ton rêve depuis l'école primaire. Tu ne te souviens pas de moi ? Cody Grainger.

Il lui tendit une main. Le policier sourit et se rapprocha, mais il était toujours prudent. Il ne prit pas la main qui lui était offerte.

— Je me souviens de toi, maintenant. Que fais-tu ici, tout seul, à cette heure-ci, Cody ?

— J'étais nostalgique. Je parlais de cet endroit à un ami l'autre jour et cela m'a rappelé l'époque où je venais pour surfer, j'ai eu envie de voir ce que c'était devenu.

— Très bien. Je vais te demander de m'attendre ici juste une minute, Cody.

L'officier de police avança jusqu'aux cabines de toilettes et les ouvrit toutes une à une pour les inspecter, en gardant une distance de sécurité, puis il revint vers Cody.

— Est-ce que tu attends du monde ?

— Non, personne, répondit Cody en fronçant les sourcils. Pourquoi ai-je l'impression d'être interrogé ?

— Un couvre-feu a été instauré il y a quelques années. L'accès aux plages est interdit après vingt-et-une heures. Nous avons eu de gros problèmes de drogue et de prostitution, des fêtes qui ont dégénéré, des noyades et des feux de camp qui ont provoqué des incendies.

— Ici ? demanda Cody, choqué.

Il savait qu'il n'était pas le seul à avoir profité de quelques parties de jambes en l'air dans les toilettes, mais de la drogue et de la prostitution ? Il ne se rappelait même pas avoir vu quelqu'un fumer un joint sur la plage lorsqu'il était gamin.

— Les choses ont beaucoup changé depuis notre époque, j'en ai bien peur, nous ne sommes plus tout jeune, Cody. Je vais te demander de te lever pour une fouille au corps, si tu n'y vois pas d'inconvénient ?

Hébété, Cody se leva et laissa l'officier Woods le palper pour s'assurer qu'il ne portait pas d'arme dangereuse ni de drogue. Il s'exécuta avec des gestes rapides et professionnels.

— J'aurais également besoin de vérifier ton véhicule.

— Il est ouvert, répondit Cody, un peu vexé par tant de suspicion.

— Tu devrais vraiment penser à le fermer à clé quand tu viens ici, Cody.

Il ne jeta qu'un bref coup d'œil par la fenêtre côté conducteur avec sa lampe de poche. Lorsqu'il se pencha, Cody nota avec une satisfaction cruelle que l'officier Woods devait beaucoup aimer les donuts et qu'il n'était pas au top de sa forme physique. Il se demanda si Jake s'était senti jaloux en découvrant tous les muscles de Cody durant la palpation.

— Satisfait ? ne put-il s'empêcher de demander lorsque Jake revint vers lui.

— Je suis obligé de demander, mais tu n'as pas l'intention de te faire du mal ?

C'était tellement inattendu que Cody éclata de rire malgré lui.

— Je ne suis pas descendu à la plage pour me suicider, non, je m'aime bien trop pour cela.

— Je ne fais que mon travail, Cody, je dois demander. Nous avons déjà eu plusieurs suicides depuis le début de l'année.

— Oui, et bien, pas avec ces chaussures, elles m'ont coûté bien trop cher.

— Très bien. Je n'ai pas senti d'odeur de drogue ni d'alcool, tu n'as pas d'armes dans ton véhicule.

— Non, monsieur l'officier. Je viens en paix, répondit Cody en contrôlant l'ironie dans le ton dans sa voix.

Jake se détendit imperceptiblement et lui sourit.

— Que deviens-tu, Cody ?

— Champion de bull riding, déclara-t-il avec son célèbre sourire en coin.

— Sérieusement ? Remarque, je ne sais pas pourquoi je suis étonné, tu as toujours eu le goût du danger.

Cody fut surpris de constater que Jake n'avait visiblement jamais entendu parler de lui ou de sa carrière au sein de la FNB.

— Le goût du danger, répéta-t-il en pinçant les lèvres. C'est moi tout craché.

— Et tes parents ? Ils travaillent toujours sur leur ranch ?

— Toujours, ils entraînent des chevaux pour les compétitions de rodéo.

— Ah oui, c'est vrai, le rodéo. C'était le truc de ta mère. Bon, Cody, je vais être obligé de te demander de quitter les lieux. Il nous faut montrer l'exemple aux jeunes générations, si nous voulons faire respecter ce couvre-feu. Je ne te mets aucune amende pour cette fois, disons que c'est un avertissement, mais, à l'avenir, évite de venir traîner ici aussi tard, tu risques de t'attirer des ennuis.

— Je ne reviendrai pas, acquiesça Cody. Cela a trop changé.

— Comme beaucoup de choses, répondit Jake en se levant.

Il attendit que Cody se lève également et le raccompagna jusqu'à son véhicule. Ce fut seulement une fois qu'il fut installé derrière son volant et après qu'il eut allumé le moteur que Jake lui souhaita une bonne soirée.

Visiblement, avoir été à l'école ensemble ne signifiait pas que Cody était au-dessus de tout soupçon.

— Rentre bien, Cody.

— Toi aussi.

— Ne t'inquiète pas pour moi, répondit Jake en gonflant un peu la poitrine, avec un métier dangereux comme le mien, j'ai l'habitude.

Cody quitta le parking et vit dans son rétroviseur que Jake l'observait pour s'assurer qu'il s'en allait bien. Cette rencontre avec son ancien camarade lui avait laissé le même goût amer que lorsqu'il croisait une vieille conquête qu'il n'avait absolument pas envie de revoir. Il conduisit jusqu'à Santa Rafael et se gara devant un bar pour boire une bière. Il avait perdu toute envie de trouver quelqu'un avec qui passer la nuit. Pourtant, le destin en décida autrement.

Après avoir descendu sa première bière, il se rendit aux toilettes. Un autre homme entra quelques secondes plus tard, mais Cody lui prêta à peine attention. Lorsque l'homme en question s'installa à l'urinoir juste à côté de lui, qu'il tendit le bras et attrapa son sexe, en revanche, il attira toute l'attention de Cody. Pris de court et un peu secoué, ce dernier se tourna pour faire face à son admirateur entreprenant, mais l'homme fixait obstinément le mur devant lui, comme si de rien n'était. L'homme commença lentement à le masturber et Cody ferma les yeux.

Il n'était pas du genre à faire ce genre de choses dans un endroit aussi public que les toilettes d'un bar de ville, mais le danger de la situation l'excitait et il ne lui fallut que quelques secondes pour avoir une érection.

Cinq minutes plus tard, il ressortait des toilettes, décoiffé, en sueur, mais la libido satisfaite. Il ne se souvenait même pas si l'autre gars avait joui aussi, cela lui était égal. C'était à la fois excitant et très impersonnel. Il s'en remettrait.

Après tout, tout ça, c'était la faute de Johnny.

IX.
Vern

S'entraîner dans l'arène de Chicago sans Cody fut une drôle d'expérience pour Johnny. Même s'ils ne se voyaient jamais vraiment lorsqu'ils étaient dans l'arène ensemble, ils savaient qu'ils n'étaient qu'à quelques mètres l'un de l'autre et qu'ils se retrouveraient pour boire un verre après, ou directement dans leur chambre d'hôtel.

Il appréciait énormément Vern et Reese, il n'aurait pas pu rêver de meilleurs coéquipiers, mais ils ne se connaissaient pas vraiment. Plus que jamais, il ressentait la pression de devoir s'entraîner et de ne pas avoir droit à l'erreur. Quelque chose avait changé et il avait perdu la candeur et la joie avec laquelle il entrait dans l'arène.

Il essaya de se souvenir de l'époque précédant sa rencontre avec Cody. Il s'amusait tellement au début, mais à présent, chacun de ses gestes était teinté d'amertume. L'arène et Cody étaient si intimement liés dans son esprit que Johnny ne parvenait plus à faire la part des choses. Il lui faudrait du temps pour se réapproprier sa vie, pour réapprendre à être seul, dans l'arène et dans son cœur.

Après leur première compétition, à la fin de leur débriefing, Vern lui demanda distraitement, sans le regarder :

— As-tu un moyen de transport pour Columbus ?

— Je prends le train, répondit brièvement Johnny en rangeant ses affaires.

— Tu peux monter avec moi, si tu veux, j'ai largement la place dans le camion.

— Ou avec moi, intervint Reese.

— Tu peux monter tour à tour avec chacun d'entre nous, ainsi, personne ne sera vexé, plaisanta Vern en faisant une moue dans la direction de Reese.

— Je veux bien, c'est gentil, répondit Johnny, touché par leur proposition.

Il espérait que ce n'était pas par pitié.

— J'aiderai à payer l'essence, ajouta-t-il.

— Cela ne change rien pour nous, il faut quand même que nous fassions le voyage, dit Vern en haussant les épaules. Et de toute façon, c'est déductible de nos impôts. Par contre, je ne fais pas de pause bière, ajouta-t-il, l'air extrêmement sérieux.

— Je ne bois pas beaucoup, le rassura Johnny en se retenant de sourire avec indulgence.

— C'est bien petit, le félicita Vern en lui donnant une tape dans le dos. Je suis garé derrière, nous partons dès que tu es prêt.

Johnny hocha la tête et regarda Vern et Reese quitter le vestiaire. Il avait tellement l'habitude de rentrer avec Cody qu'il ne s'était jamais posé la question de savoir ce que faisaient ses deux coéquipiers après une compétition. Il vida et referma son casier en pensant malgré lui à Cody. Il se demandait s'il avait déjà trouvé quelqu'un d'autre que lui. Cela ne faisait que trois jours, mais Cody pouvait séduire qui il voulait, il était irrésistible. Et insatiable.

Johnny se secoua. Ce n'étaient plus ses affaires. Il attrapa son sac et sortit rejoindre Vern à son camion.

Vern refusa catégoriquement de le laisser conduire.

— Ne te vexe pas, petit, j'ai l'habitude de faire comme ça. Je fais la route d'une traite avec deux ou trois pauses pour me reposer sur des aires d'autoroute, cela me permet d'économiser une chambre d'hôtel.

— Aucun problème, acquiesça Johnny.

— Je me doutais que tu dirais ça, sourit Vern. Tu t'es fait virer de ton job d'été ?

— J'ai démissionné.

— Un peu risqué par les temps qui courent, non ?

— Le patron ne voulait pas me laisser partager mon temps de travail avec mon entraînement d'écarteur.

Johnny craignait que Vern finisse par penser qu'il était à la rue et qu'il avait besoin de sa charité. Il ne voulait pas que son entraîneur le prenne en pitié, mais il ne pouvait pas non plus lui expliquer la situation dans le détail. Et, techniquement, il était à la rue. Être en couple avec Cody lui avait permis un niveau de vie qu'il avait fait l'erreur de ne jamais trop remettre en question, un niveau de vie qu'il ne pouvait, à présent, absolument pas s'offrir.

— Tu es sûr que tu ne veux pas que je te relaie ? demanda-t-il pour changer de sujet.

— Non, c'est bon, nous arrivons à une station avec des douches, nous allons pouvoir faire une bonne pause.

— N'hésite pas à me le dire, si tu changes d'avis.

Vern lui lança un drôle de regard, mais Johnny avait déjà tourné la tête vers la vitre côté passager. Dehors, il faisait nuit noire et il ne pouvait pas apercevoir grand-chose d'autre que le défilé flou des bosquets sur le bas-côté. Il ne put s'empêcher de penser à Cody.

— Si nous décidons de faire la route ensemble souvent, il y a quelques règles qu'il va falloir respecter, annonça Vern. Première règle, quand je suis sur la route, c'est parfois difficile de trouver une réunion AA, alors quand je sais que ce ne sera pas possible, j'appelle mon parrain dès le matin au saut du lit, après quoi, je fais mes prières. Le soir, je téléphone à ma femme. Ce sont les seuls moments durant lesquels je te demanderai de me laisser un peu d'intimité.

— Aucun souci, répondit Johnny.

Il se demandait si la règle valait pour lui et s'il aurait aussi droit à des moments d'intimité.

— Deuxième règle, si tu n'es pas à l'heure pour partir, je pars sans toi et tu devras te débrouiller. Je ne suis pas ton père. Si tu bois trop après une compétition, je ne viendrai pas te chercher au bar. Tu gères ta vie comme tu l'entends, du moment que tu es à l'heure et frais comme un gardon pour entrer dans l'arène.

Johnny acquiesça de nouveau. Pour la première fois depuis très longtemps, il avait retrouvé son libre arbitre. Il dépendait de personne et il était seul responsable de ses choix.

Une quinzaine de kilomètres plus loin, Vern se déporta pour entrer sur une aire d'autoroute. Il y avait déjà beaucoup d'autres véhicules sur le parking malgré l'heure tardive. Des semi-remorques, des pick-up et quelques voitures étrangères de luxe. Johnny reconnut quelques camions d'éleveurs qu'il connaissait et qui couvraient les compétitions d'été.

Vern se gara sous un arbre, à côté d'une aire de pique-nique. Ils sortirent pour s'étirer et Vern attrapa sa trousse de toilette sous son siège.

— Je te propose qu'on y aille chacun notre tour, cela m'évitera de mettre l'alarme.

Johnny hocha la tête et s'assit à la table de pique-nique en chassant un moustique qui lui tournait autour. Le fond de l'air était tiède et humide, une météo à laquelle il n'était pas habitué, très différente de la chaleur sèche et du vent de la montagne au ranch des Grainger. Ce n'était pas une sensation désagréable. Au ranch, il aurait sans doute dû porter une veste, ici, son tee-shirt lui suffisait amplement. Bercé par le chant des cigales, il leva la tête pour contempler les étoiles. Il y avait si peu de lumière sur l'aire d'autoroute qu'il pouvait presque discerner la Voie lactée.

Le camion de Reese se gara près du leur, et lorsqu'il sortit, Johnny le salua d'un geste de la main.

— Vern est à la douche ?

— Je surveille le camion, j'irais après lui, acquiesça Johnny.

— Peux-tu jeter un œil au mien quelques minutes ? Je reviens tout de suite.

Reese fit craquer ses vertèbres et se dirigea vers les toilettes. Même si Cody lui manquait cruellement, Johnny devait admettre que cette nouvelle aventure était excitante. Il y avait quelque chose de libérateur à conduire toute la nuit sans avoir prévu d'endroit précis où dormir. Des bruits de pas sur le gravier le tirèrent de ses pensées et il quitta la table de pique-nique pour retrouver Reese et Vern devant les camions.

— Tu peux y aller, lui lança Vern.

Lui et Reese montèrent chacun dans leur camion après un bref signe de tête en guise de bonne nuit. Johnny les imaginait facilement répéter cette routine soir après soir, chaque fois qu'ils étaient sur la route. La majorité des riders avait adopté ce train de vie.

Il récupéra son sac et se dirigea vers les cabines de douche. Elles sentaient la javel et étaient étonnamment propres. Un long couloir bordé d'urinoirs d'un côté et de lavabos de l'autre menait aux cabines de douches. Johnny posa ses affaires de toilettes sur l'un des lavabos et se tourna vers les urinoirs. Un homme en costume était déjà affairé devant l'un d'eux. Johnny se demanda distraitement ce qu'un homme habillé ainsi faisait à cette heure de la nuit sur une aire d'autoroute, puis il haussa les épaules et s'occupa de son affaire.

En redressant la tête, il accrocha le regard de l'homme en costume dans le miroir au-dessus des urinoirs. L'homme baissa délibérément les yeux pour regarder le sexe de Johnny. En temps normal, Johnny aurait remonté sa braguette et déguerpi, mais il était électrifié par sa nouvelle vie de célibataire, par la route, et il décida de rester pour voir si c'était un hasard ou si l'homme lui faisait vraiment des avances. Il pensa malgré lui à Cody et à ses aventures de jeunesse dans les toilettes de la plage. L'homme en costume avait l'air tellement normal, il ressemblait à Monsieur Tout-le-Monde. Johnny n'était pas un champion de la communication, et il avait toujours eu du mal à interpréter l'attitude des gens, mais lorsque l'homme leva de nouveau le regard vers lui et fit un signe de tête en direction des cabines de toilettes juste à côté, il comprit rapidement ce qu'il suggérait.

À sa grande surprise, Johnny sentit son sexe durcir dans sa main. Il n'arrivait pas à croire qu'il se tenait la queue à l'air dans les toilettes d'une aire d'autoroute, à décider si oui ou non il devait suivre cet homme. Il était plus âgé, une quarantaine d'années sans doute, il avait le crâne rasé et une masse musculaire impressionnante sous la coupe de son costume de designer. Il devait facilement faire dix kilos de plus que lui, mais Johnny n'était pas inquiet, il savait se défendre si besoin était. Il était simplement indécis. Une petite pipe clandestine n'était pas vraiment son genre. Et si quelqu'un entrait ? Et si Vern ou Reese revenaient ? Ils refuseraient sans doute de le laisser monter avec eux dans leur camion après cela. Ils refuseraient sans doute de se retrouver dans une arène avec lui.

Le cerveau de Johnny turbinait à mille à l'heure lorsqu'il entendit une porte de cabine claquée et la voix de l'homme en costume.

— Alors, tu te décides ? On ne va pas y passer la nuit, grogna-t-il à voix basse.

Comment résister à une demande aussi séduisante ? songea Johnny avec ironie. Mais il était trop excité pour faire marche arrière. Il entra dans la cabine et trouva l'homme déjà assis sur le siège des toilettes, le pantalon aux chevilles, une main sur son sexe en érection. De son autre main, il ferma le verrou derrière Johnny, puis la posa sur ses fesses et le tira plus près de lui.

— Tu es clean ? Moi oui, lança l'homme, en se léchant les lèvres et en regardant l'entrejambe de Johnny.

— Je… quoi ? Oh, oui. Je…

Mais sans attendre davantage, l'homme engloutit le sexe de Johnny dans sa bouche et ferma les yeux en gémissant. Il le prit le plus profond possible, jusqu'à manquer de presque s'étouffer, et le relâcha, haletant.

Johnny posa instinctivement ses deux mains sur les parois de la cabine pour se soutenir, en priant pour que personne n'entre et n'ait l'idée de regarder sous les portes. L'homme lécha son sexe de bas en haut, avant de l'engloutir à nouveau. La sensation de sa courte barbe contre la peau du ventre de Johnny était étrange.

Johnny commença à bouger les hanches, conscient que l'homme était en train de se masturber en même temps qu'il le suçait. Il sentit les ongles de la main qui le tenait par les fesses s'enfoncer dans sa peau, comme si l'homme avait peur que Johnny ne s'enfuie. Il laissa le sexe de Johnny sortir de sa bouche et le frotta contre sa joue. Johnny avait presque de la peine pour lui, il avait l'air désespéré d'un homme qui n'a pas souvent l'occasion de faire cela. Puis il le reprit en bouche et se remit à le sucer avec enthousiasme, et Johnny cessa de penser. Il voulait jouir rapidement, c'était tout ce qu'il voulait. L'homme l'avala plus profondément et l'étau serré des muscles de sa gorge poussa Johnny au bord du précipice. Incapable de se retenir plus longtemps, il essaya de prévenir l'autre homme.

— Je vais…

Juste avant qu'il ne finisse sa phrase, l'homme le relâcha et finit de le faire jouir avec sa main. Johnny lui éjacula sur le visage.

— Bel engin, offrit l'homme d'une voix rauque en s'essuyant avec du papier toilette.

Hébété, Johnny baissa les yeux pour découvrir la flaque de sperme sur le carrelage et sur les chaussures de l'homme qui avait joui aussi. Il s'essuya rapidement et se rhabilla avec des gestes fébriles.

— Tu baises ?

— Quoi ?

— Avec un engin pareil, est-ce que tu baises ? répéta l'homme en se levant pour fermer son pantalon. Tu pourras peut-être me baiser une prochaine fois.

— Peut-être, bafouilla Johnny en sortant de la cabine à la hâte pour récupérer ses affaires.

— Je suis là tous les mercredis, lui lança l'homme au moment où Johnny sortait.

Johnny se fit la promesse de ne jamais revenir ici un mercredi et alla retrouver Vern dans le camion. Il espérait sincèrement que le type penserait à nettoyer ses chaussures aussi avant de sortir. Puis il réalisa qu'il venait d'avoir une rencontre de nature sexuelle avec un parfait inconnu. Cody avait raison, ce n'était pas si compliqué que cela. C'était bien l'une des seules choses sensées qu'il lui avait dites pendant leurs derniers jours.

Vern était assis sur le siège conducteur, sa portière grande ouverte, une cigarette aux lèvres. Johnny grimpa dans le camion sans rien dire, rangea ses affaires et se demanda, pendant un instant de panique, s'il sentait le sexe. Puis il chassa son inquiétude en essayant de se rassurer. Vern devait se masturber aussi, comme tout le monde, Johnny pouvait très bien avoir profité de l'intimité des douches pour en faire autant.

— Prêt à dormir ? demanda Vern.

— Quand tu veux, mentit Johnny.

Il était loin d'être prêt à dormir. Il avait les jambes qui tremblaient et, comble de l'ironie, il aurait bien aimé prendre une douche. Il faudrait qu'il se réveille plus tôt le lendemain.

Vern descendit, referma la portière et contourna son camion.

— Il y a des couchettes dans la remorque, expliqua-t-il. Je te prête une couverture pour cette nuit, nous tâcherons de te trouver un sac de couchage demain. Bonne nuit.

Johnny le suivit dans la remorque et s'installa en scrutant l'obscurité par la fenêtre arrière. Après quelques minutes, il vit l'homme en costume sortir des toilettes, regarder autour de lui comme s'il cherchait Johnny, puis grimper dans sa Mercedes et quitter l'aire d'autoroute. Il se détendit enfin et ferma les yeux.

Le lendemain matin, en se faufilant dans la douche, il trouva un billet de cent dollars glissé dans la poche arrière de son jean. D'abord révolté à l'idée que ce type l'avait pris pour un gigolo, il finit par rire malgré lui. Au moins, si sa carrière d'écarteur tombait à l'eau, il venait de trouver une roue de secours.

CODY SE serait sans doute senti mal pour le gamin si coucher avec lui n'avait pas été aussi thérapeutique. Il l'avait prévenu d'entrée de jeu, il ne cherchait rien de sérieux. Il se leva et se rhabilla, abandonnant le jeune homme nu sur le lit, allongé à l'envers, la tête sur le bord du matelas. Il n'avait même pas joui, son érection était encore tendue contre son estomac. Ce n'était sans doute pas très galant de la part de Cody, mais il n'en avait rien à faire.

— Est-ce que je peux te revoir ? demanda le gamin, essoufflé.

Cody ne voulait pas être cruel, mais il serait malhonnête s'il lui répondait oui. Il n'avait rien à lui offrir, il ne se souvenait même pas de son prénom. Cody l'avait baisé avec une sauvagerie qui le surprenait lui-même. Cette semaine de coucheries anonymes avait ouvert en lui comme une boîte de Pandore dont il craignait le résultat.

Toutes ces rencontres n'avaient rien d'intime, elles n'étaient en rien comparables à ce qu'il avait vécu avec Johnny, ce n'était qu'un moyen pour arriver à ses fins. Il avait satisfait son appétit sexuel, et il ne le regrettait pas, mais à chaque nouvelle rencontre, des flashes de son histoire avec Johnny s'immisçaient dans sa tête. Le souvenir de ses longs cheveux noirs sur l'oreiller, les courbes musclées de son corps parfait, les bruits qu'il faisait au lit, la douceur de sa peau. Et chaque fois qu'il couchait avec l'un de ces jeunes hommes qu'il choisissait avec soin, c'était le visage de Johnny qu'il voyait.

En rentrant au ranch et en se garant devant le chalet, il réalisa que ce qui le hantait, ce n'était pas tant le souvenir de Johnny que l'idée qu'un autre homme pose ses mains sur lui. Qu'un autre homme tombe amoureux de lui, apprenne à le connaître, voilà ce qui le torturait, et il n'avait aucun moyen d'empêcher cela.

Il resta sous le jet de la douche jusqu'à ce qu'il n'y ait plus d'eau chaude, dans l'espoir vain d'effacer ce qu'il venait de faire. Ce n'était pas comme s'il venait de tromper Johnny. C'était lui qui l'avait quitté en disant qu'il n'était pas heureux.

Cody s'assit sur le porche devant le chalet avec un pack de bières, les descendit une à une, et jeta à chaque fois sa bouteille vide dans la nature dans un geste d'humeur. Il serait obligé de les chercher et de les ramasser le lendemain, mais sur l'instant, il n'en avait rien à faire. Tout ce qu'il voulait, c'était noyer la tristesse et la solitude dans le brouillard rassurant de l'alcool. Mais peu importait le nombre de bières qu'il s'enfila, il ne réussit qu'à se sentir plus mal et à remplir sa vessie.

Il finit par rentrer et tituber jusqu'à son lit. Il s'écrasa contre le matelas, la tête tournée vers la fenêtre. Il ne tiendrait pas tout l'été au ranch, prisonnier de ses souvenirs avec Johnny. Le lendemain, il appellerait Dub et lui demanderait de faire les démonstrations en foires-expo avec lui.

Incapable de rester allongé à ruminer plus longtemps, il se redressa et décida de mettre un peu d'ordre dans le chalet. En rangeant l'armoire, il tomba sur la vieille tenue de bull riding de Johnny. Il attrapa son gilet de protection et enfouit sa tête entre les plis de cuir en prétendant pouvoir encore sentir l'odeur de son seul amour.

— Quand as-tu prévu de te raser ?

— À quoi bon ? grogna Cody en portant une main à sa tête.

La bière de la veille était en train de le rattraper.

— Ce n'est pas parce que Johnny est parti que tu dois te laisser aller, remarqua Val en posant une assiette devant lui.

— Ça n'a rien à voir.

— Bien sûr que si, tu n'as pas bu un pack de bière entier par gaieté de cœur.

— Ce n'était pas un pack entier ! s'énerva Cody en redressant la tête. Et arrête avec Johnny, il est parti, il est parti, le sujet est clos.

— Ce n'est pas la peine de crier, je ne suis pas sourde, répondit calmement Val en s'asseyant à côté de lui avec une tasse de café. Pourquoi l'as-tu laissé partir, Cody ?

— Il est adulte, il fait ce qu'il veut.

— Mais pourquoi n'as-tu pas essayé de le retenir ?

— Que voulais-tu que je fasse ? Que je l'attache et que je m'asseye sur lui ?

— Tu aurais pu lui dire que tu l'aimais.

— Je le lui ai dit ! se défendit Cody avant de plonger son visage dans ses mains. Il n'en avait rien à faire, après tout ce que j'ai fait pour lui, il est parti comme si nous étions deux étrangers ! J'ai tout fait pour lui, je l'ai soutenu, je l'ai aidé dans chacune de ses décisions, et il m'a quitté.

— T'es-tu déjà demandé s'il ne voulait peut-être pas moins d'aide, mais plus d'équité dans votre relation ?

— Quoi que je dise ou quoi que je fasse, il prenait toujours tout de travers. Il peut se la carrer où je pense, son équité. J'avais des projets pour nous.

Il leva les yeux vers sa mère avec un regard implorant.

— Qu'est-ce que je dois faire ?

— Qu'est-ce que tu *veux* faire ?

— Je veux qu'il revienne, répondit Cody entre ses dents, comme si l'admettre était douloureux.

— Alors, va le chercher.

— Je lui cours après et je le ramène dans ma grotte par les cheveux ? C'est ça, l'idée ?

— Laisse-lui un peu de temps seul de son côté pour réfléchir. Peut-être que tes chances seront meilleures une fois qu'il se sera calmé.

— Quand il est parti, nous nous sommes… Disons qu'il était très énervé.

— Je ne pense pas qu'il était très énervé. Je l'ai vu peu avant son départ, il avait l'air de remettre beaucoup de choses en question, mais il n'avait pas l'air en colère.

— Comment ça, tu l'as vu ? Pourquoi ne m'as-tu rien dit ? demanda Cody, accusateur.

— Je te l'ai déjà dit, Cody, tu n'es plus un petit garçon et ce ne sont pas mes affaires. Ce n'était pas mon rôle de te rapporter ma conversation avec Johnny.

— Tu as sans doute raison… Tout cela ne me dit pas ce que je suis censé faire maintenant.

— Je ne comprends pas pourquoi tu ne commences pas simplement par décrocher le téléphone. Tu as toujours son numéro, non ? Appelle-le, demande-lui comment il va, dis-lui qu'il te manque.

— C'est hors de question, répondit aussitôt Cody en repensant aux derniers mots qu'ils avaient échangés. Il a été clair quand il est parti, il ne veut plus rien avoir à faire avec moi.

Sa mère secoua tristement la tête.

— Alors, il est temps de faire ton deuil et de passer à autre chose.

— Combien de temps ? demanda-t-il la voix tremblante. Combien de temps encore est-ce que je vais souffrir comme ça ?

— Le temps qu'il faudra.

— On dirait un proverbe de biscuit chinois, se plaignit Cody

— Non, je crois que j'ai trouvé celui-ci dans une papillote.

Cody ne put s'empêcher de rire. Il pressa les paumes de ses mains contre ses yeux en grognant.

— Je déteste cela. J'ai toujours critiqué les gays qui faisaient toute une montagne de leurs peines de cœur et regarde-moi. Je veux savoir quand je me sentirais normal à nouveau.

— Je ne peux pas te donner de date précise. Tu vas souffrir pendant un temps, et puis un matin, en te levant, tu réaliseras que tu as un peu moins mal, jusqu'à ce que tu n'aies plus mal du tout. C'est comme une fracture, ça fait très mal sur le coup, mais ça guérit

En laissant une cicatrice qui ne s'effacera jamais, songea Cody.

— Je ferais bien de me mettre au travail, dit-il finalement.

Trente-deux ans et en train de pleurer dans les jupons de sa mère, il était plus que temps qu'il se mette au travail.

Val ne dit rien, elle se contenta de l'attirer contre elle et de le serrer fort dans ses bras.

X.
Le Passage à l'Acte

Après sa mésaventure dans les toilettes sur l'aire d'autoroute, Johnny devint tout à coup beaucoup plus conscient de tous les signes qu'il avait ignorés à l'époque où il était avec Cody. Il apprit à les reconnaître et à stopper les avances d'un homme avant qu'elles ne deviennent ouvertement sexuelles lorsque son instinct le mettait en garde.

C'était comme découvrir toute une dimension parallèle à laquelle il n'avait jamais eu accès. Il avait songé à faire le premier pas, repérer un homme qui lui semblait gay et le suivre dans l'espoir de coucher avec, mais après réflexion, il craignait d'avoir plus de chance de finir en prison pour racolage que dans le lit de quelqu'un. Il faudrait qu'il trouve une autre technique.

En surfant sur Internet, il avait découvert les joies des sites de rencontre gays, une véritable jungle de torses nus et de queues en érection à la portée d'un simple clic. Il suffisait de s'inscrire et de créer un profil. Il découvrit que, si un homme précisait être actif plutôt que passif, il recevait beaucoup plus de messages.

Il testa toute une panoplie de rencontres virtuelles, le sexe par webcams interposées, le sexe via messages, les applis de géo localisation. Puis il testa rapidement les rencontres en tête-à-tête. Dans un endroit de son choix, chez des inconnus, même sous un pont. Les possibilités qui s'offraient à lui étaient à la fois étourdissantes et écœurantes. Il était presque aussi facile d'échanger ses fluides corporels avec un parfait inconnu que de faire ses courses. Johnny réalisa très vite qu'il n'aimait pas cette banalisation anonyme de l'acte sexuel et il se sentait coupable de laisser une trace de toutes ses recherches sur son ordinateur portable. S'il finissait à l'hôpital à cause de son métier, il ne pouvait pas prendre le risque que Vern et Reese rassemblent ses affaires, trouvent son ordinateur et découvrent cette facette de sa personnalité.

Il était plus curieux d'explorer les rencontres dans la vie réelle. Il dénicha les adresses de plusieurs bars gays aux endroits où ils s'arrêteraient pour les compétitions. Il tomba également sur quelques adresses de bains publics, mais il ne se sentait pas encore prêt pour cette expérience.

Il décida donc de commencer avec un bon vieux bar, en se promettant de rester loin des toilettes. Sauf s'il avait besoin de les utiliser de façon traditionnelle.

JOHNNY N'ÉTAIT jamais entré dans un bar gay de toute sa vie. Il fut surpris d'en trouver si facilement un à Toledo. Et presque choqué, en entrant, de découvrir l'ambiance libertine qui y régnait. Des hommes plus ou moins habillés dansaient de manière indécente sur la piste, des gens baisaient dans les couloirs et d'autres se faufilaient dans les toilettes, laissant à Johnny le soin d'imaginer ce qu'ils pouvaient bien y faire.

C'était à la fois terrifiant et excitant. Johnny se tourna instinctivement pour dire quelque chose à Cody, et il dut se rappeler pour la énième fois qu'il n'était pas avec lui. Il se secoua et avança jusqu'au bar pour commander une bière. Le serveur lui tendit sa commande en quelques secondes à peine, avant tout le monde. Il haussa les épaules en se disant que c'était sans doute parce qu'il était le plus grand et le plus voyant.

Il emporta sa bière avec lui jusqu'à une table contre le mur au bord de la piste et s'installa pour observer.

Il se sentait étrangement seul, mais il n'était pas mal à l'aise. C'était sans doute dû à l'effet d'être pour la première fois de sa vie dans un endroit public où être gay était la norme. Il n'aurait sans doute jamais le cran d'entraîner un inconnu dans un couloir pour se faire sucer, mais être dans un bar, entouré de tous ces hommes qui étaient si ouvertement sexuels, avait quelque chose de libérateur.

Malgré la pénombre du bar, il observa avec satisfaction les gestes qu'échangeaient tous les couples autour de lui et qui auraient été considérés comme indécents dans d'autres circonstances. « Indécent », songea-t-il, amusé – il était devenu trop politiquement correct, il fallait décidément qu'il sorte davantage.

— Salut, Johnny, ça ne t'ennuie pas si je m'assois avec toi ?

Johnny leva la tête et fut surpris de reconnaître le jeune homme debout devant sa table. Il se leva pour lui serrer la main.

— Zane Winslow, c'est ça ?

— C'est ça, acquiesça le jeune homme en souriant. Mais tout le monde m'appelle Z. Je n'étais pas sûr que tu me reconnaîtrais.

— Bien sûr que si, voyons, le rassura Johnny en se rasseyant et en l'invitant à faire de même.

Le regard plein d'espoir que lui lança le gamin mit Johnny légèrement mal à l'aise. Il était mignon, mais il était jeune. Et il n'était pas Cody.

— Je n'avais pas réalisé que tu étais majeur.

— J'ai vingt-deux ans, je me suis mis au bull riding sur le tard, j'étais le plus âgé de notre groupe.

— Ne t'en fais pas pour cela, il n'y a pas de règle qui dit qu'il faut commencer au berceau. Comment ça se passe pour toi, depuis ton stage ?

— Très bien ! J'ai vraiment appris beaucoup de choses, je ne vous remercierais jamais assez pour tous vos conseils.

— C'étaient surtout les conseils de Cody, c'est lui qui a organisé tout le stage.

— Mais tu étais mon tuteur et tu m'as beaucoup aidé. Je t'en suis vraiment reconnaissant.

Quelque chose disait à Johnny que Zane devait avoir l'habitude d'être ignoré ou mis de côté à cause de sa discrétion. Il savait ce que c'était. Mais quelque chose lui disait aussi que le gamin n'aurait pas été contre une séance de tutorat d'un autre genre, ce soir-là.

— Tu as du talent. Je le pense sincèrement. Tu vas t'en sortir.

— J'espère, répondit Zane en laissant son regard vagabonder sur la piste de danse. Je ne t'avais jamais vu ici, avant.

— C'est ma première fois dans un bar gay, admit ouvertement Johnny en riant à l'expression d'incrédulité sur le visage de Zane.

— Quel âge as-tu ?

— Vingt-trois ans.

— C'est dingue ! Et tu es venu avec Cody ?

— Non.

— Ah non, c'est vrai, la ligue pro ne tourne pas pendant l'été. Il ne monte jamais avec les petites ligues, si j'ai bien compris ?

— Il est trop bon pour cela, sourit Johnny.

— Il sait que tu es là ?

— Nous nous sommes sépa… Merde !

Après toutes ces années à garder le secret de leur sexualité aussi férocement, il n'arrivait pas à croire qu'il venait de déraper en face de l'un de leurs jeunes stagiaires.

— Écoute, Zane, oublie ce que je viens de dire. Cody n'est pas…

— Ne t'inquiète pas.

Zane sourit avec indulgence.

— Je dois faire attention à ce que personne n'apprenne pour moi non plus. Je ne viens dans ce genre de bars que sur la tournée d'été, et je fais très attention à ne donner ni mon nom ni ma profession.

En l'observant attentivement, Johnny réalisa que, en effet, le jeune homme portait un simple tee-shirt d'un groupe de rock et un jean avec des baskets. Pas de bottes ni de chapeau de cowboy. Il aurait sans doute intérêt à faire de même, s'il avait l'intention de faire ce genre de sorties plus régulièrement.

— Merci, je ne sais pas ce qui m'a pris de te le dire.

— Je suis désolé d'apprendre que vous avez rompu. Vous aviez l'air d'un couple solide.

— Comment as-tu su que nous étions ensemble ? demanda Johnny mal à l'aise.

— Ne t'en fais pas, les autres n'ont rien remarqué pendant le stage. Je repère les gays à des kilomètres à la ronde, cela fait des années que je m'entraîne à observer ce genre de petites subtilités. Pas le choix, si nous voulons survivre dans ce métier.

— Tu as revu les autres depuis la fin du stage ?

— Nous avons fait quelques compétitions de petite ligue ensemble. Ils seront sûrement à celle de demain, tu risques de les croiser. Que s'est-il passé entre Cody et toi ?

Johnny secoua silencieusement la tête. Il n'avait absolument pas envie d'en parler.

— Excuse-moi, je ne veux pas me mêler de ce qui ne me regarde pas. Je trouve que c'est triste, c'est tellement rare d'observer un couple d'hommes qui tient, dans notre milieu, expliqua Zane en quittant la piste de danse des yeux pour lui faire face. Je n'ai pas de petit ami, avec les compétitions, ce sont surtout des coups d'un soir. Est-ce que tu...

Il laissa sa question en suspens, l'air incertain.

— Non, je suis désolé, sourit gentiment Johnny. Tu es mignon, mais j'ai été ton tuteur pendant une semaine, j'aurais l'impression de faire quelque chose de mal.

— Je comprends ce que tu veux dire. Ça m'a fait plaisir de te revoir, en tout cas. Bon courage pour la compétition de demain.

— À toi aussi.

Zane lui offrit un petit clin d'œil et disparut dans la foule des corps qui se mouvaient lascivement devant eux pour rejoindre un séduisant homme en costume qui lui faisait de l'œil.

Johnny était un peu secoué d'avoir croisé quelqu'un qu'il connaissait ici. Il ne s'attendait pas à devoir parler de Cody alors qu'il était en train de tout faire pour l'oublier. Il se sentait triste, frustré et en colère. Il était venu ici pour baiser et il espérait bien parvenir à ses fins. L'espace d'une seconde, il regretta d'avoir dit non à Zane. Il était beau, gentil et il travaillait dans l'arène. Mais cela aurait été se servir de lui, et c'était mal.

— Bonsoir, cowboy.

Johnny leva le nez de sa bière et se retrouva face à un homme rasé de près, bien coiffé, plutôt beau gosse, mais pas trop sûr de lui. Il portait un costume, mais il avait retiré sa cravate et ouvert plus de boutons de chemise que nécessaire. Il avait l'air détendu de quelqu'un qui avait déjà bu plus d'une bière, mais il était sexy. Il avait des yeux bleus rieurs et un sourire sympa. Il n'était pas le plus bel homme que Johnny avait vu de sa vie, mais il avait du charme.

— Bonsoir, répondit-il en levant un sourcil.

L'homme posa la bière qu'il avait dans la main et se mit à faire de grands gestes désordonnés avec ses bras. Johnny le dévisagea d'un air perplexe.

— Est-ce que tout va bien ?

— YMCA ? Les Village People ?

— Jamais entendu parler.

— Ça arrive, répondit l'homme en haussant les épaules, puis il s'assit à la table de Johnny. Tu es indien, non ?

— Amérindien, corrigea aussitôt Johnny. Dineh, pour être exact.

— Di quoi ? demanda bêtement l'homme.

— Navajo, clarifia Johnny en soupirant.

— Je suis désolé, s'excusa son nouveau compagnon. Je suis généralement plus poli, laisse-moi recommencer.

Il quitta la table, fit quelques pas, puis fit demi-tour et revint vers Johnny avec un petit sourire contrit.

— Bonsoir, cowboy. Il y a du monde ce soir, hein ?

— C'est le moins que l'on puisse dire. Même les couloirs sont encombrés, fit remarquer Johnny en désignant les corps qui se pressaient contre les murs du couloir d'un pouce par-dessus son épaule.

— Ce n'est pas très classe, acquiesça l'homme. J'ai une grande chambre d'hôtel avec un grand lit confortable qui n'attend que nous, cela te semble plus attrayant ?

Johnny hésita brièvement, puis il hocha la tête. Après tout, pourquoi pas ? Il avait des préservatifs dans son portefeuille et c'était la raison pour laquelle il était venu ici ce soir-là. Son sexe fit un bond dans son jean lorsque l'homme posa une main ferme en haut de sa cuisse. Johnny écarquilla les yeux en apercevant l'alliance à son annulaire. Puis il se reprit, ce n'était pas ses affaires.

— Tu es clean ?

— Oui, mais, je ne baise pas de toute façon. Je peux te sucer si tu veux, tu n'auras pas à me rendre la pareille.

— Alors qu'est-ce qu'on attend ?

L'homme éclata de rire.

— Rien, si je bois un verre de plus, il faudra appeler une grue pour me remettre sur pieds. Le viagra, c'est bien, mais ça ne tient pas éveillé.

Lorsque Johnny quitta la chambre de Jeff sur la pointe des pieds, il était deux heures du matin. Au moins, il se souvenait de son nom. Cela n'avait pas grande importance, il ne le reverrait sans doute jamais. Et même s'ils se croisaient, à en juger par l'alliance au doigt de Jeff, Johnny était prêt à parier qu'il ferait semblant de ne pas le reconnaître.

Johnny avait l'impression désagréable de sortir du couvent depuis quelques jours. Entre son expérience dans les toilettes de l'aire d'autoroute et le bar gay, jamais il n'aurait imaginé qu'il était aussi facile de trouver autant d'hommes en manque de sexe.

Johnny avait baisé Jeff, le pantalon à peine baissé, avec des gestes pressés et désespérés, et Jeff l'avait sucé deux fois. Entre chaque performance, ils avaient discuté un peu, et Johnny avait vite compris qu'une vie dans le placard pouvait être très sombre et très solitaire. Il avait sucé Jeff à son tour, parce qu'il estimait qu'il lui devait au moins cela, mais ça n'avait pas duré longtemps. Il était évident que Jeff n'avait pas souvent l'occasion de faire ce genre de choses et qu'il avait profité d'un voyage d'affaires pour laisser enfin libre cours à ses désirs. Johnny se sentait triste pour lui, il ne connaissait pas toute sa vie, mais le peu qu'il avait compris lui laissa un arrière-goût de mélancolie.

Johnny regagna la petite chambre du motel qu'il avait réservée et resta longtemps allongé sur son lit à regarder le plafond. Il sourit en pensant à ce que dirait Vern s'il savait qu'il était sorti boire un verre un soir de compétition. Heureusement, Johnny connaissait ses limites et il savait que ce n'était pas une simple bière qui l'empêcherait de protéger la vie des riders dans l'arène le lendemain. Il se promit malgré tout de ne pas recommencer trop souvent, il ne tenait pas à devenir le gay sans ami qui passe ses soirées à écumer les bars pour trouver un plan cul.

Il ferma les yeux en refusant de penser à Cody.

Cette nuit-là, il fit un rêve dérangeant dans lequel Jeff et Zane se mettaient à coucher ensemble au beau milieu d'une piste de danse.

XI.
BOBBY BLUE MORD LA POUSSIÈRE

DEBOUT DEVANT la barrière de sécurité, aux côtés de Vern et de Reese, Johnny était enfin à sa place. Il savait que les acclamations de la foule ne leur étaient pas destinées, mais cela n'avait pas d'importance. Il s'était tellement habitué aux compétitions de ligue pro en arène intérieure qu'il en avait oublié le plaisir de courir après les taureaux sous le ciel nocturne de l'été. L'air était frais et les applaudissements ne résonnaient pas de manière entêtante contre les murs.

Le commentateur présenta les riders, énonçant leur nom tour à tour pour les faire entrer dans l'arène à cheval et saluer la foule. Il y avait plus d'une trentaine de compétiteurs ce soir-là, cela risquait de prendre un moment. À chaque passage, le rider présenté passait devant les écarteurs, et très souvent, les plus jeunes ne leur jetaient pas même un regard, alors que les riders expérimentés leur tapaient dans la main ou leur faisaient un signe de tête. Lorsque Johnny avait rejoint l'équipe de Vern, ce dernier lui avait suggéré de coincer sa tresse dans son chapeau pour ne pas risquer de l'accrocher et de se retrouver étranglé par ses propres cheveux. Sans ses cheveux longs, et avec son chapeau de cowboy baissé sur son visage, il n'était pas étonnant qu'Aubrey et Tommy ne le reconnaissent pas en passant. Zane lui offrit un petit sourire et lui tapa dans la main en passant au trot à côté de lui.

Le nom de Bobby Blue Chandler fut annoncé et Johnny serra les poings. Bien entendu, Vern, qui avait l'habitude d'observer ses coéquipiers de près, le remarqua immédiatement.

— Tu connais ce gamin ?

— Un diamant brut, mais arrogant. Il a le potentiel de devenir un excellent rider si sa tête n'explose pas, admit Johnny à contrecœur.

— Génial, soupira Reese en levant les yeux au ciel. Un nouveau rider avec l'égo plus gros que le taureau. Pile ce qu'il nous fallait. C'est à cause de ce genre de petits malins que nous finissons blessés.

— Il a raison, acquiesça Vern, il faut se méfier des riders trop confiants. Restez sur vos gardes, ce soir.

Johnny était rentré très tard de chez Jeff, mais il ne se sentait pas particulièrement fatigué. Bien souvent, les simples gestes familiers d'enfiler sa tenue de sécurité suffisaient à faire monter l'adrénaline. Il n'était pas inquiet pour ce soir-là, il savait qu'il serait à la hauteur.

Le niveau de petite ligue était nettement moins impressionnant, il fallait le reconnaître. Même les taureaux étaient moins bons. Mais il ne s'agissait pas non plus de compétitions amateurs, et Johnny fut surpris de voir Aubrey et Tommy sur la liste des riders. Spontanément, il leur aurait plutôt conseillé de commencer par les concours de foires régionales, mais il était prêt à leur laisser le bénéfice du doute. Peut-être que l'enseignement de Cody avait fait des miracles.

Aubrey tomba au bout de trois secondes, et Tommy, malheureusement, à sept secondes et des poussières. Johnny ne pouvait pas s'empêcher de compatir, il se souvenait encore trop bien de ses débuts dans le bull riding. Aucun d'eux ne le reconnut lorsqu'il entra dans l'arène pour les aider avec le taureau durant leur passage.

Machinalement, Johnny se surprit à relever les forces et les faiblesses de chaque jeune taureau pour en parler avec Cody, il savait qu'ils étaient presque tous issus de son élevage. C'était comme si son cerveau refusait d'accepter qu'ils ne se parlaient plus, et c'était terriblement frustrant.

Les taureaux de petite ligue ne représentaient pas le même défi que ceux auxquels Johnny avait pris l'habitude de se confronter en entrant dans l'équipe de Vern, mais il fallait malgré tout garder l'œil ouvert.

Ce fut seulement lorsque Bobby Blue entra dans les cages de contention que Johnny réalisa que ça allait être son tour. Le taureau sur lequel il était en train d'essayer de s'installer n'était pas très coopératif. Il se cabrait déjà dans la cage et se jetait contre les barreaux pour essayer de broyer les jambes de Bobby Blue.

— Le taureau a le même instinct que toi, plaisanta Reese en donnant un petit coup d'épaule à Johnny. Il a flairé la connerie de ce gamin.

— Et bien entendu, il ne porte pas de casque, le crétin, marmonna Johnny.

— C'est bizarre, acquiesça Vern, d'ordinaire ce taureau est beaucoup plus calme. Préparez-vous à intervenir.

Ils observèrent tous les trois attentivement l'entrée dans l'arène de Bobby Blue. Le taureau fonça hors des cages à une telle vitesse que Bobby

Blue se retrouva aplati contre son dos. Il parvint à se redresser, mais le taureau baissa brusquement la tête, manquant de peu de faire tomber le gamin tête la première. Ses mouvements étaient encore maladroits et il n'avait aucun rythme, il rebondissait douloureusement sur le dos de l'animal sans aucune souplesse, mais il réussit à tenir huit secondes sans tomber et sans commettre de faute. Lorsque le buzzer retentit, le taureau baissa de nouveau l'avant du corps dans un geste violent, Bobby Blue bascula, et l'une de ses jambières se coinça dans une corne du taureau. L'animal releva brusquement la tête, éjectant le gamin comme un vulgaire frisbee en plastique.

— Et merde, grinça Johnny en se mettant en position avec ses deux coéquipiers.

Il sauta dans le champ de vision du taureau pour tenter de détourner son attention de Bobby Blue. Le gamin heurta le sol avec une violence terrible et un silence de plomb tomba sur l'arène. Il ne se releva pas et la respiration énervée du taureau paraissait incroyablement bruyante dans le silence des gradins. Johnny essaya de diriger l'animal pour le faire rentrer dans les cages, mais le taureau n'était pas d'humeur à suivre les ordres de qui que ce soit. Johnny était désormais le seul obstacle entre cet animal en furie et le corps inconscient de Bobby Blue, quelques mètres derrière lui. Pendant ce temps, Vern et Reese couraient en faisant de grands gestes et en criant, chacun sur un flanc du taureau, dans l'espoir d'attirer son attention.

Le taureau fit quelques pas dans la direction de Johnny, puis, sans prévenir, il se mit à charger. Il arriva sur lui à une telle vitesse que Johnny sentit le souffle chaud de ses naseaux sur son visage. Reese fonça sur eux et, de surprise, le taureau donna un coup de tête, accrochant l'une de ses cornes dans le gilet de Johnny et l'envoyant valser dans les airs. Johnny atterrit sur le dos, tout l'air de ses poumons expulsé par le choc, mais il n'attendit pas une seconde pour se redresser sur ses pieds et courir dans la direction de Bobby Blue pour le protéger. Il arriva devant son corps étendu en même temps que le taureau, et la tête de l'animal le percuta au plexus. Johnny l'attrapa par les cornes et le taureau secoua violemment la tête dans tous les sens pour tenter de se dégager, soulevant Johnny de ses pieds par la force du mouvement et l'envoyant de nouveau dans les airs.

Johnny roula dans la poussière sur plusieurs mètres, cherchant avant tout à s'éloigner le plus possible du taureau pour ne pas finir sous ses sabots. Reese courut dans sa direction en criant comme un dément, détournant l'attention de l'animal pendant une fraction de seconde, suffisamment pour que Vern intervienne et dirige enfin le taureau dans sa direction. Reese et lui joignirent leurs efforts pour le ramener aux cages, mais le taureau ne voulait rien savoir. Il fonça droit sur Vern et tenta de l'encorner juste avant que Vern se mette à l'abri, en hauteur sur la barrière de sécurité.

Johnny se redressa à toute vitesse en dérapant dans la poussière et se jeta sur le corps inerte de Bobby Blue avant que le taureau le charge. Le cowboy de l'arène arriva juste à temps sur son cheval et jeta un lasso autour des cornes du taureau qui se calma quasi instantanément. Le cowboy le ramena aux cages et la foule explosa dans un tonnerre d'applaudissements.

— Est-ce que ça va ? demanda Johnny, essoufflé, en s'agenouillant au-dessus de Bobby Blue sans oser le toucher de peur d'aggraver une éventuelle blessure.

Le jeune homme roula complètement sur le dos en poussant un grognement de douleur, mais ses yeux étaient grand ouverts, ses pupilles de taille normale et son premier réflexe fut de cracher la poussière qu'il avait dans la bouche. Il leva vers Johnny un regard brillant de reconnaissance et d'admiration. Si Johnny avait eu assez de souffle pour cela, il aurait éclaté de rire.

— Merci, Johnny, tu viens de me sauver la vie.

— Non, juste deux ou trois os, pas ta vie entière. Mais ne t'en fais pas, c'est mon job, c'est normal. Tu risques d'avoir une légère commotion cérébrale, cela ne t'empêchera pas de continuer la compétition, mais je préfère que tu attendes l'arrivée de l'équipe médicale, d'accord ?

Bobby Blue se redressa en se frottant la nuque et en tournant lentement la tête de droite à gauche. La foule était extatique, leur enthousiasme renouvelé en voyant le jeune cowboy conscient, sain et sauf. Bobby Blue leva une main dans leur direction, comme pour les remercier, et se tourna vers Johnny.

— Vous faites un job de cinglés.

— Question d'habitude, crois-moi. Tu ne devrais peut-être pas gigoter autant avant l'arrivée des secours.

— Je crois que j'ai perdu mon quota de neurones pour la journée, de toute façon, plaisanta Bobby Blue.

Ils échangèrent un regard complice, et en cette seconde, ce fut comme s'ils étaient des amis de longue date. Johnny se releva et offrit une main à Bobby Blue pour l'aider à faire de même. Le jeune homme accepta, et une fois sur pieds, la foule redoubla d'applaudissements et de cris de joie.

— La cavalerie arrive, ça y est, indiqua Johnny en désignant l'équipe médicale qui se précipitait sur eux.

— Si tu veux mon avis, la cavalerie, c'était toi, Johnny-boy, lui sourit malicieusement Bobby Blue en lui serrant la main. Je te dois une fière chandelle.

— Fais-moi plaisir, la prochaine fois, porte un casque de sécurité.

— Promis, je crois que je viens enfin de comprendre pourquoi vous avez insisté aussi lourdement pendant le stage. Merci encore, et dis à Cody que ses conseils m'ont beaucoup servi.

Johnny hocha la tête en silence et alla rejoindre ses deux coéquipiers.

— Merci d'avoir assuré mes arrières, les gars, j'ai eu chaud à plusieurs reprises, sur ce coup.

— Nous sommes une équipe, répondit simplement Vern.

— Un pour tous, et tous pour un, ajouta Reese.

— Le moins que l'on puisse dire, c'est que ce gamin est coriace, remarqua Vern en désignant Bobby Blue d'un geste de la tête, et venant de lui, c'était un sacré compliment. Il va sans doute être un peu confus pendant une heure ou deux, ajouta-t-il en le regardant serrer la main de l'équipe médicale et les laisser le soutenir par les bras pour l'aider à sortir de l'arène.

— Je crois que cette virée lui a servi de leçon, dit Johnny en refoulant le désir d'appeler Cody pour lui raconter les progrès de son protégé.

Bobby Blue semblait plus humble, ce qui n'était pas peu dire, et il avait même l'air plus mature et plus poli que lorsque Johnny l'avait rencontré la première fois. Mais en ce qui concernait la politesse, c'était sans doute Val qu'il fallait appeler pour le remercier.

— Je crois que tu n'es pas près de l'oublier non plus, sourit gentiment Vern. Ce n'est pas la peine de te tenir droit comme ça, je vois bien que tu as mal aux côtes. Tu as de la chance que nous n'ayons pas d'autre compétition avant la semaine prochaine.

— Je vais bien, rétorqua Johnny.

— À vos postes, les gars, le prochain rider entre dans l'arène, les prévint Reese.

Perché dans l'échafaudage VIP, au-dessus des cages de contention, Cody se rassit à côté de Dub en se détendant considérablement. Il savait que c'était le métier de Johnny, mais il ne supportait pas de le voir risquer sa vie pour une cervelle d'oiseau comme Bobby Blue. Il avait passé les cinq dernières minutes cramponné au bord de son siège, condamné à assister, impuissant, à ce qui se passait en bas, dans l'arène. La simple idée que Johnny puisse se blesser le rendait fou de rage. Il s'était retrouvé si souvent à l'hôpital, il ne savait que trop bien les dommages que pouvait infliger l'arène. Il se souvenait encore de la fois où Johnny s'était déboîté l'épaule et cassé la clavicule, il s'était senti blessé dans sa propre chair. En regardant Johnny se jeter dans la trajectoire du taureau pour protéger Bobby Blue, Cody avait réalisé, le cœur serré, qu'il ne l'avait jamais autant aimé, et qu'il était prêt à prier tous les Dieux existants afin que rien ne lui arrive.

Et Johnny s'en était miraculeusement sorti. Cody inspira profondément et se força à rester calme. Si Dub remarquait son changement de comportement, il n'aurait pas fini de s'expliquer. Il ne savait pas si Dub se doutait de ses préférences sexuelles, mais lorsqu'il l'avait appelé pour lui demander s'il faisait quelque chose cet été, Dub lui avait semblé étonnamment conciliant, presque trop gentil, comme s'il avait senti sa détresse. Cody s'en voulait d'avoir besoin de compagnie comme un caniche éploré, mais il ne se voyait pas passer l'été tout seul sans devenir fou. Surtout s'il devait croiser Johnny régulièrement.

— Voilà une virée que Bobby Blue Chandler n'est pas près d'oublier ! lança le commentateur. C'est sa toute première année de compétition, Mesdames et Messieurs, et je crois que nous nous accorderons tous à dire que c'est déjà un dur à cuire ! Nous attendons des nouvelles de l'équipe médicale pour vous informer sur son état, mais en attendant, je voudrais un tonnerre d'applaudissements pour l'équipe d'écarteurs qui lui a sauvé la vie ! Vern Crocker, Reese Brent, et le petit nouveau en rouge qui a récemment rejoint leur équipe. Je vais demander son nom et…

— Johnny Arrow ! cria Cody par-dessus la clameur de la foule, le cœur battant, les épaules tendues.

— Ah ! Je viens d'apprendre que le jeune écarteur qui a protégé Bobby Blue s'appelle Johnny Arrow. Je vous invite tous, à aller faire un tour sur notre site Internet et à voter pour lui et l'élire écarteur de la semaine.

Il annonça ensuite le nom du rider et du taureau suivant, et Cody se laissa aller dans le fond de son siège. Sam Wells, le directeur d'élevage de la FNB, que Cody était venu rencontrer spécialement ce jour-là, se pencha sur lui pour lui dire :

— C'est toi qui as entraîné Bobby Blue Chandler ? Joli travail, avant que je te l'envoie en stage, il n'était même pas capable de tenir huit secondes sur un taureau mécanique à l'arrêt.

— J'ai fait ce que j'ai pu, répondit humblement Cody, soulagé par le compliment de Sam.

Il se secoua et se concentra sur le sujet de leur rencontre. Il ne pouvait pas passer la soirée à rêvasser en admirant Johnny de loin, même s'il était plus séduisant que jamais. Il avait bien fait d'emmener Dub avec lui, son ami lui servirait de garde-fou.

— Peu de riders expérimentés ont la patience de transmettre leur savoir aux plus jeunes, c'est admirable, Cody.

— Cody a toujours eu un très bon contact avec les jeunes, ajouta Dub. Il les prend sous son aile sans paternalisme et les gamins écoutent ce qu'il a à dire.

— C'est un élément-clé de notre sport. Je suis impressionné par le travail des plus vieux riders, je vous félicite vraiment, les gars. Toi aussi, Dub, je t'ai vu dans l'arène, et tu te défends sacrément bien.

Cody grimaça discrètement en s'entendant être qualifié de « vieux », il supportait très mal ce mot. Il n'était pas vieux, il avait à peine plus de trente ans !

— Je ne sais pas si tu as fait attention, mais son taureau était...

— Allons, allons, Cody, tu ne vas quand même pas vanter les mérites de tes propres bêtes, le réprimanda Sam avec un sourire sardonique.

C'était exactement ce que Cody comptait faire, mais en constatant la réaction de Sam, il décida de rester sobre dans ses commentaires.

— Ils sont encore jeunes, concéda-t-il. Mais ils ont d'excellents géniteurs qui descendent de grandes lignées. La plupart d'entre eux ont été conçus par Killer et Midas.

— Excellent ADN, reconnut Sam en hochant la tête. Mais j'ai besoin de les voir un peu plus dans l'arène, la composition génétique ne fait pas tout, encore faut-il qu'ils soient bien entraînés.

— Cody a un diplôme de génétique et de développement de l'élevage à l'université, fit remarquer Dub. Et je l'ai vu entraîner ses jeunes taureaux, c'est impressionnant. Honnêtement, je ne serais pas contre les essayer moi-même.

Cody espérait qu'ils n'avaient pas l'air trop désespéré.

— Je ne prends pas de taureaux qui n'ont pas encore concouru en ligue pro. Je peux vous proposer de les faire tourner sur quelques foires régionales cet été. La tournée s'étale sur dix semaines, un passage par semaine. Je ne fais jamais travailler un taureau dans l'arène plus d'un jour par semaine, à moins d'être en effectif très réduit. La rémunération est au quart de celle de la ligue pro. Nous pouvons envisager une augmentation s'ils ont d'excellents scores, et à ce moment-là, je les ferais passer en petite ligue pour un salaire à la moitié de celui de la ligue pro. Qu'est-ce que vous en dites ?

Cody aurait été prêt à lui confier ses taureaux gratuitement rien que pour l'avoir l'occasion de les faire travailler avec la FNB, mais bien entendu, il n'allait pas le dire à Sam. Il fit mine de réfléchir à son offre.

— Nous devrions pouvoir nous arranger, dit-il finalement. Je pense que tu seras agréablement surpris par leurs scores.

— Alors, marché conclu, approuva Sam en lui tendant une main.

Cody la serra en se forçant à le regarder dans les yeux, mais toute son attention était concentrée sur ce qui se passait dans l'arène et sur Johnny. Il était content et satisfait d'avoir décroché un contrat pour ses taureaux, mais s'il voulait garder la tête froide, il savait qu'il devrait éviter les compétitions de petite ligue cet été. Même si ses bêtes parvenaient à y entrer. Il avait encore besoin de temps pour digérer leur rupture s'il voulait être capable de croiser Johnny et de se comporter comme un adulte cordial et responsable.

L'arène lui manquait, et il avait hâte de remonter, mais les compétitions de ligue pro ne reprendraient pas avant la rentrée. Il ne lui restait plus que la démonstration de foires-expo avec Dub pour le satisfaire. Il demanderait à RJ et Travis de couvrir la petite ligue pour accompagner les taureaux, si besoin était.

Mais sa priorité pour l'instant, c'était de s'envoyer en l'air le plus vite possible pour oublier le doute et la confusion de ces dernières heures. Il allait falloir qu'il trouve une excuse pour se débarrasser de Dub après l'avoir supplié de l'accompagner, ce n'était pas très poli, mais il n'avait pas d'autre choix s'il voulait rester sain d'esprit.

Sam Wells quitta la tribune et Dub se tourna vers Cody avec un gigantesque sourire.

— Te voilà dans la cour des grands !

— Attendons de voir comment se débrouillent mes bêtes avant de sabrer le champagne, sourit Cody. Sam n'envisage pas la ligue pro pour l'instant. Ce qui n'est pas plus mal, je ne pourrai pas monter mes propres taureaux, ce serait contraire à l'éthique.

— Il faudra bien songer à la retraite un de ces jours, après quoi, tu n'auras plus de problème d'éthique, répondit Dub en lui donnant une tape dans le dos.

— Ce n'est pas vrai ! Qu'est-ce que vous avez tous à me casser les oreilles avec la retraite ? Je ne suis pas encore grabataire, à ce que je sache.

— Tu ne monteras pas des taureaux toute ta vie, sois lucide, lui dit Dub avec une grimace pleine de compassion qui donna à Cody l'envie de lui casser les dents.

— Et pourquoi pas ? Je suis en excellente forme physique et…

— Cody, écoute-moi, tu es mon meilleur ami, et tu es un excellent rider, alors oui, tu as sans doute ce qu'il faut pour monter jusqu'à la quarantaine sans t'inquiéter, mais à quel prix ? Tu es en tête des scores ces dernières années, mais tu n'iras pas plus haut. À partir de là, c'est la descente assurée. Qu'est-ce que tu veux : partir en pleine gloire ou sombrer dans l'oubli avec des scores médiocres parce que tu es trop vieux pour faire mieux ?

— Mes scores ne deviendront jamais médiocres, se défendit Cody, buté.

— Pas pour l'instant, acquiesça Dub. C'est ton année, tout le monde le sait, et tu vas remporter la finale, c'est une certitude, mais les choses changent.

— Pourquoi changeraient-elles ? Cela va faire deux années consécutives que je remporte les championnats, pourquoi pas une troisième ?

Il se raccrochait à des excuses bidon, il le sentait. C'était le même sentiment de perte de contrôle que lorsque Johnny lui avait annoncé qu'il le quittait.

— Tu te voiles la face, soupira Dub. Fais attention, Cody, la limite entre le talent et l'arrogance est très mince.

— Tu sais quoi ? Va te faire mettre.

— Non merci, pas maintenant. Écoute, tu es têtu comme une mule, c'est l'une des choses que je préfère chez toi, mais l'heure est venue de tirer ta révérence, Cody. Tu n'es pas obligé de quitter l'arène, donne des cours, prépare la prochaine génération, décroche des contrats pour tes bêtes. C'est le meilleur moyen de quitter la scène et de garder ta réputation. Tu es déjà entré dans l'histoire, avec des scores comme les tiens, on citera ton nom en exemple pendant des décennies. Ne te raccroche pas à ton titre de champion comme un désespéré. Tu veux devenir la légende qui n'a pas su s'arrêter et qui a fini en fauteuil roulant ?

— J'ai l'impression d'avoir une épée au-dessus de la tête, soupira Cody.

— Comme tous les riders de notre âge, mon pote, c'est le temps qui nous rattrape. Je veux pouvoir te serrer la main en pleine possession de tes capacités le jour où je te battrai, ajouta-t-il dans un clin d'œil.

— Ne prends pas tes rêves pour des réalités. Bande de perdants, je suis sûr que vous avez lancé des paris pour savoir quand je finirai par passer l'arme à gauche.

— Ne sois pas si théâtral. Tu sais que je serai toujours de ton côté, lui rappela sérieusement Dub en l'attrapant par l'épaule. Allez, viens, allons boire une bière.

Cody ne regrettait pas d'avoir appelé Dub pour lui remonter le moral. Ils partirent ensemble à la recherche d'un bar, et Cody se demanda si, parfois, son ami ne se doutait pas qu'il était gay. Lorsqu'ils sortaient ensemble, il ne faisait jamais de commentaires sur les filles, il ne le taquinait jamais en lui demandant avec laquelle il avait l'intention de repartir. Pourtant, Cody l'avait entendu le faire avec d'autres riders.

Après avoir rencontré Johnny, Cody avait nettement ralenti la fréquence de ses visites au bar, il préférait largement rentrer retrouver son petit ami. Mais il fut content de sortir se vider la tête avec Dub ce soir-là, même si cela voulait dire qu'il devrait attendre avant de trouver son escapade sexuelle de la soirée.

Il jeta un dernier coup d'œil dans l'arène, pour voir où était Johnny, puis il suivit Dub hors de la tribune. La moitié de la foule profitait de l'entracte pour aller se chercher à manger ou à boire. Il y avait beaucoup de monde dans tous les sens, mais pas une trace de l'équipe d'écarteurs. Ils étaient sans doute dans les vestiaires. L'estomac de Cody se serra, comme chaque fois qu'il quittait l'arène. L'arène était sa maison, son centre de gravité. Pendant les huit secondes sur le dos du taureau, il se sentait exister aux yeux du monde.

Il songea qu'il était peut-être temps de voir ce que la vie avait à lui offrir en dehors de ces huit secondes de gloire.

Il songea qu'il était peut-être temps d'avancer. Sans Johnny à ses côtés.

— SUCE-MOI, C'EST tout.

C'était tristement devenu son mantra, ces dernières semaines. Il ne voulait pas des mains d'un inconnu sur lui, il ne voulait même pas leurs culs à sa disposition, il se contentait de l'étau chaud et humide d'une bouche anonyme et prête à servir.

— Tu ne veux pas me baiser ? Allez, avec une queue comme la tienne…

— Je préfère le sexe oral, inventa-t-il sans réfléchir.

L'homme à genoux devant lui haussa les épaules et se remit à lécher son sexe. Cody prit appui contre le mur et ferma les yeux. Il était incapable de jouir les yeux ouverts depuis que Johnny l'avait quitté. La vision du corps nu d'un autre homme que lui le faisait désormais débander à la vitesse de la lumière.

Les mots de leur dernière dispute résonnaient dans sa tête. Il se souvenait encore parfaitement de la froideur, de la cruauté des mots de Johnny ce jour-là. Chaque fois qu'il y pensait, le doute et l'insécurité écrasaient son désir et il perdait toute envie.

L'homme devant lui le suçait avec attention, presque avec dévotion. Cody aurait dû être capable de mettre toutes ses pensées parasites de côté, de se laisser aller au plaisir, mais la voix de Johnny refusait de disparaître.

« Tu n'es pas l'amant du siècle et ta queue n'a rien de sensationnel. »

Personne ne lui avait jamais dit cela avant. Aucun amant ne s'était jamais plaint, et il n'avait jamais perdu son érection. Mais il n'avait jamais été amoureux non plus, avant, et il ne s'était jamais remis en question. Il n'avait jamais douté de sa performance.

Et c'était là le cœur du problème, que ce soit au lit, ou dans l'arène, il ne supportait pas l'idée de faire une mauvaise performance.

Son orgasme le prit par surprise et il donna un coup de hanches qui cogna la tête de l'homme contre le mur. Il ne se plaignit même pas, il continua à sucer Cody jusqu'à la dernière goutte avec des gémissements appréciateurs.

Lorsqu'il le relâcha enfin en s'essuyant la bouche, Cody l'attrapa par les hanches et inversa leur position.

— À mon tour.

XII.
SŒUR CHRISTIAN

À CHAQUE bar, Johnny gagnait en confiance en lui. Suivant l'exemple de Zane, il modifia sa tenue pour passer plus inaperçu, même s'il savait que son attirail de cowboy aurait pu l'aider à draguer. Il avait pris le temps d'aller voir sur Google les Village People pour ne pas mourir bête, et découvert l'obsession de la communauté gay pour les clichés de l'ouvrier de chantier ou du flic à moustache. Il aurait bien laissé pousser la sienne, mais il était presque imberbe et il n'osait même pas imaginer la réaction de ses collègues de l'arène.

Il acheta un débardeur noir tout simple, qu'il mettait avec un jean et une paire de Converses. Il portait ses longs cheveux en tresse et laissait le chapeau de cowboy derrière lui. Il avait toujours la démarche et les attitudes d'un cowboy, mais c'était suffisamment subtil pour rester discret, et juste ce qu'il fallait de séduisant pour les amateurs de clichés. Il aurait voulu que Cody soit présent pour voir cela, il avait un succès fou. Il avait l'impression de prendre sa revanche sur la vie *et* sur Cody. Lui aussi, il était capable de faire tourner des têtes.

Depuis sa rencontre avec Zane, il n'avait croisé qu'un seul autre visage connu. Un rider, qui avait longé les murs et était resté dans l'ombre, avant de s'arrêter devant un jeune homme blond et de commencer à le draguer. Cela l'avait un peu secoué, jamais il ne l'aurait suspecté d'avoir ce genre d'inclination, et l'avait également mis sur ses gardes. Après cette découverte, il redoubla d'efforts pour ne pas être reconnu. Cette nuit-là, après avoir aperçu le rider, il était sorti du bar précipitamment et était rentré chez lui directement.

Il l'avait souvent recroisé dans l'arène après cela, et le type jouait son rôle d'hétéro à la perfection, alors qu'il était évident qu'il appréciait autant la compagnie féminine que masculine. C'était intéressant de connaître cette information et de pouvoir l'observer dans le cadre du travail. C'était aussi un peu triste, c'était le rappel que, dans le monde du bull riding, les mentalités n'avaient pas beaucoup évolué.

Le soir suivant la compétition qui lui avait valu une rangée de bleus sur les côtes, et alors que Johnny avait bien l'intention de rentrer se reposer, Zane réussit à le convaincre de l'accompagner dans un bar. Il était ressorti de l'arène avec une belle petite somme d'argent et un classement dans les dix premiers ; il voulait à tout prix fêter cela.

— Déjà, pendant notre stage, chaque fois que tu étais dans l'arène, j'avais de meilleurs scores, tu es mon porte-bonheur.

Johnny sourit avec indulgence et se laissa entraîner. Il s'était senti bizarre pendant toute la durée de la compétition, comme si quelqu'un l'observait. Peut-être se faisait-il des idées, peut-être était-il simplement déstabilisé d'avoir revu tous ses jeunes stagiaires dans l'arène le même soir. Peut-être était-il simplement encore un peu secoué par ses retrouvailles musclées avec Bobby Blue. C'était étrange de se jeter sur le corps de quelqu'un pour lui servir de bouclier, cela créait une intimité inexplicable.

Johnny laissa Zane se lancer sur la piste de danse et resta assis à une table dans un coin du bar. Après quelques minutes seulement, il reconnut facilement ce qu'il aimait appeler Le Regard. Il savait même comment y répondre pour manifester son intérêt ou son désintérêt maintenant, il avait fait beaucoup de progrès. Quelques hommes pleins de muscles, torses nus, lui faisaient de l'œil depuis la foule, ainsi qu'un petit blond avec de l'eye-liner et un débardeur à paillettes, maniéré à l'excès. Johnny détourna le regard, le jeune homme était un peu trop extravagant à son goût.

Un bras musclé passa autour de ses épaules et le fit sursauter. Il tourna la tête trop vite, et Zane profita de sa surprise pour l'embrasser brièvement sur les lèvres. C'était un baiser très chaste, presque amical, surtout en comparaison de ce qui se passait partout autour d'eux, mais Johnny prit bien soin de garder les lèvres étroitement serrées. Il ne tenait pas à donner de faux espoirs à Zane.

— Tu as vu un peu les scores que j'ai faits aujourd'hui ? demanda-t-il, excité. Je n'avais jamais aussi bien monté !

Johnny se pencha vers lui et lui répondit à voix basse pour le forcer à se rapprocher.

— J'ai vu, Z, tu t'es très bien débrouillé. Le jury n'a pas été très clément avec toi, tu aurais dû finir en tête du classement.

— C'est la faute de ce crâneur de Bobby Blue, il a volé la vedette à tout le monde avec ses cascades. Mais je suis dans le top 10 quand même, ça aide toujours pour se faire un nom, les jurés vont me surveiller de plus près, maintenant, ajouta-t-il en parcourant le bar du regard. Tu as repéré quelqu'un, ce soir ?

Johnny tourna de nouveau la tête vers le jeune blondinet qui le dévorait des yeux avec insistance et qui fusillait Zane du regard. Il fit de la peine à Johnny. La moitié du bar l'ignorait, et l'autre moitié se moquait ouvertement de son accoutrement.

— Lui, là-bas, il me regarde depuis plus d'une demi-heure.

Zane le balaya d'un revers de main.

— La petite crevette en strass et talons, là-bas ? Laisse tomber, trop gay pour toi.

Les mots de Zane heurtèrent Johnny et il regretta aussitôt sa propre réaction qui avait été presque la même. Il y avait dans son regard bordé de noir quelque chose de triste et de fragile, qui attirait l'attention de Johnny. Soit cela, soit les paillettes de son haut.

— Je n'ai jamais laissé sa chance à une petite crevette à paillettes avant, cela vaut peut-être le coup d'essayer.

Zane le dévisagea avec des yeux ronds.

— Tu plaisantes, j'espère ? Dans notre métier, nous n'avons pas souvent l'occasion d'être qui nous sommes ouvertement, ne gâche pas l'une de tes rares soirées de liberté. Tiens, regarde le beau gosse là-bas, il te mate avec insistance depuis tout à l'heure.

— Qu'est-ce que tu en sais ? Peut-être que cette crevette suce comme un pro, rétorqua Johnny en offrant un sourire au petit blond qui écarquilla les yeux de manière comique, l'air sur le point de jouir dans son slim, ou de s'évanouir de bonheur.

Le DJ changea de chanson, et tout le petit groupe de jeunots maquillés, vêtus de pantalons serrés et qui se tenaient autour de la crevette, se jeta sur la piste de danse en criant pour entamer une chorégraphie compliquée. On aurait dit une crise d'épilepsie collective.

— Qu'est-ce qu'ils crient ? C'est qui, Lady Gaga ? demanda Johnny.

Zane éclata de rire.

— Tu vis dans une grotte ou quoi ? C'est le nom de la chanteuse, ils font la chorégraphie de son clip vidéo. Tu la connais forcément, c'est la folle qui a porté une robe en morceaux de viande, elle est très populaire dans le milieu gay. Enfin, très populaire si l'on suit l'actualité musicale et que l'on est assez jeune, ajouta Zane avec un petit sourire supérieur.

Johnny se retint de lui faire remarquer qu'il n'avait qu'un an de moins que lui.

— Je préfère les histoires de douleur et de plaisir, lança-t-il mystérieusement.

— Quoi ? Mec, je t'aime bien, mais on ne se connaît pas assez pour que, tu me sortes ce genre de détails !

— Mais non, je fais référence à une chanson de country, « *Sometimes I think I Get Off on the Pain* », de Gary Allan ? C'est ce que j'écoutais avec C…, commença-t-il avant de s'interrompre brutalement, et de se corriger : C'est ce que j'écoutais avant.

— Je serais toi, je ne parlerais pas si fort, d'une part parce que la country n'a pas vraiment la cote dans ce bar, et d'autre part, parce que tu ne sais jamais les tordus que tu vas attirer en disant que tu préfères la douleur, se moqua Zane.

— La seule douleur que je supporte volontairement, c'est celle de l'arène.

— Bien vu, c'est notre spécialité à nous. Chacun son truc, dit-il en tordant la bouche sur le côté et en regardant le groupe de danseurs improvisés finir leur chorégraphie sur la dernière note de la chanson dans une pose dramatique.

Le jeune homme blond se remit aussitôt à faire de l'œil à Johnny en secouant la tête avec exagération pour décaler la mèche de cheveux qui lui cachait la moitié du visage. Johnny avait beau faire face à des taureaux en colère de plus d'une tonne dans la vie de tous les jours, il n'osait pas aller lui parler. Puis, dans un accès de courage, il se leva.

— Qui ne tente rien n'a rien, marmonna-t-il.

— Tu ne vas quand même pas faire ça ? s'écria Zane, avant d'ajouter : S'il est bon au pieu, il faudra me prévenir !

— Va te faire voir, répondit Johnny sans aucune malice. Un gentleman ne parle pas de ses conquêtes.

Il ignora le rire de Zane et avança jusqu'au jeune homme qui le regardait s'approcher, les yeux pleins d'étoiles.

— Est-ce que je peux t'offrir une bière ? demanda Johnny en réalisant trop tard qu'il avait déjà un verre dans la main avec un liquide très coloré et une petite ombrelle en papier.

— J'ai ce qu'il me faut, mais laisse-moi *te* payer un verre, beau gosse, répondit-il avec un immense sourire.

Johnny indiqua maladroitement sa bouteille de bière, avant de lui tendre une main pour se présenter.

— Je m'appelle Johnny.

Le jeune homme ignora ouvertement sa poignée de main et se pencha tout contre lui pour lui faire la bise la plus maniérée que Johnny n'avait jamais vue, une bise dans les airs, sans toucher ses joues.

— Moi, c'est Christian, et j'ai largement assez bu pour la soirée ! Je ne tiens pas l'alcool, et pour être honnête, je préfèrerais tenir autre chose.

— Tu ne perds pas de temps, répondit Johnny en se demandant vaguement s'il était prêt pour cette nouvelle aventure.

Le jeune homme portait un trait d'eye-liner bleu électrique et du mascara. Ses jolies lèvres pulpeuses et bien dessinées étaient couvertes de gloss rose. Sa peau était aussi lisse que celle d'un bébé, et Johnny se demanda s'il avait également du fond de teint.

— Je préfère te prévenir, je ne baise pas dans les toilettes. Mais je loue une maison avec des amis pas très loin d'ici.

— Tu ne baises pas dans les toilettes, répéta bêtement Johnny.

— Je ne trouve pas cela très hygiénique, surtout les toilettes de bar, dit-il avec une petite moue en posant sa main sur la boucle de ceinture de Johnny.

Ce dernier se décala juste à temps pour ne pas finir avec une main au paquet et attrapa le poignet de Christian au vol pour le tirer avec lui vers la sortie.

— Tu as parfaitement raison, allons trouver un endroit plus hygiénique.

— Minute, l'homme des cavernes, j'arrive ! jubila Christian en le suivant. Moi, ça m'excite, le genre primitif. J'ai trouvé un homme, les filles, cria-t-il en direction de son groupe d'amis, on se voit plus tard !

Embarrassé par les petits cris excités et les sobriquets ridicules que Christian échangea avec son groupe en passant, Johnny les fit traverser la foule et sortir le plus rapidement possible.

— Où allons-nous ? demanda-t-il abruptement une fois qu'ils furent dehors.

Christian se cramponnait à lui comme une héroïne de couverture de Harlequin et Johnny se retint de lever les yeux au ciel. Ce serait difficile de rester discret avec ce jeune homme.

— Ce n'est pas très loin à pied, j'habite dans l'une des vieilles maisons victoriennes du centre-ville historique. Tout seul, je n'aurais jamais pu me le permettre, mais je la loue avec un groupe d'amis. On s'entend super bien ! La plupart du temps. Ils vont être verts de jalousie quand ils te verront.

— Ils ne viennent pas déjà de me voir au bar ?

— Oh non, ce n'est pas eux ! Mes colocataires n'étaient pas de sortie ce soir, ils sont restés pour organiser un strip Monopoly.

— Pour l'amour du ciel, marmonna Johnny en se demandant dans quoi il venait de se fourrer.

Sur toute la durée du chemin, Christian fit la conversation tout seul, mais Johnny dut admettre qu'il n'était pas intéressant, et lorsqu'ils arrivèrent devant sa maison, il réalisa qu'il n'avait pas vu le temps passer.

Le motel dans lequel Johnny avait réservé était à l'autre bout de la ville, ce qui n'était peut-être pas une si mauvaise chose s'il décidait de se sauver le plus loin possible. Il jeta un regard en coin à Christian. Il portait peut-être de très jolies baskets roses, mais il n'avait pas l'air de les avoir achetées pour courir.

Johnny avait secrètement espéré que Christian le ferait entrer en toute discrétion, il aurait dû se douter que ce ne serait pas si simple. Christian claqua la porte d'entrée derrière eux et déboula dans le salon, où un groupe de jeunes hommes plus ou moins habillés les accueillit avec un air très intéressé.

— Tu l'as amené pour nous ? Est-ce que c'est une surprise ? Chérie, présente-le-nous sur-le-champ !

— Bas les pattes, les filles ! Celui-là, il est tout à moi, et rien qu'à moi, les prévint Christian en se suspendant au bras de Johnny avec exagération. Je vous avais dit de venir avec moi, le bar était plein à craquer de testostérone, si vous voulez votre spécimen, il n'est pas trop tard pour y aller.

— Regarde-moi un peu le paquet qu'il a entre les jambes ! s'exclama l'un d'entre eux.

— C'est moi qui gagne, je n'ai pas droit à une petite récompense ? demanda un autre.

Johnny était embarrassé de l'admettre, mais le groupe de jeunes éphèbes à demi nus en train de le complimenter ne le laissait pas indifférent, et son entrejambe le lui faisait savoir. Il fut presque soulagé que Christian le tire avec lui à l'étage avant que quelqu'un suggère l'idée d'une orgie.

— Amusez-vous bien avec vos jeux de société, lança Christian en gravissant les marches. Nous, on monte pour une séance de sexe triple X, interdiction d'écouter à la porte ! Suis-moi, dit-il plus bas en montrant le chemin à Johnny.

Aussitôt la porte de la chambre fermée, Christian s'agenouilla aux pieds de Johnny et lui caressa les cuisses.

138

— Tu dois faire vachement de sport, tu es tellement musclé, c'est sexy. Tu es clean ? Moi oui. J'ai des préservatifs dans la table de nuit. Tu veux me baiser ?

— Je ne baise pas.

— Laisse-moi deviner, tu es l'un de ces hétéros qui veut bien être curieux jusqu'au moment de passer à l'acte ?

— Oh ! non, je suis on ne peut plus gay, répondit Johnny avec un sourire de prédateur.

— Tu as fait vœu de chasteté alors, peut-être ? Est-ce que c'est ça, Sœur Johnny ? demanda très sérieusement Christian en joignant les mains comme s'il s'apprêtait à prier, les yeux brillant de malice. Ne vous en faites pas, votre sainteté, vous êtes entre de très bonnes mains, je suce très bien, et tout le monde dit qu'une pipe ce n'est pas sexuel, vous ne briserez pas votre vœu.

— J'ai fait vœu de sucer autant de queues que je le voulais sans culpabiliser, le corrigea malicieusement Johnny. Tu es entre de très bonnes mains aussi, Sœur Christian.

Christian éclata de rire et Johnny ouvrit sa braguette pour lui présenter son sexe. Leur petite discussion était très sympa, mais il n'était pas venu pour parler. Christian ouvrit docilement ses lèvres couvertes de gloss et Johnny entra en lui d'un mouvement de hanches fluide, en prenant garde de ne pas l'étouffer.

Le gamin avait une grande gueule, mais il n'avait pas menti, il était vraiment très doué pour sucer. Quelques minutes plus tard, Johnny se retrouva allongé sur le lit en étoile, étourdi par l'orgasme monumental qu'il venait d'avoir. Il avait hâte de le raconter à Zane. Il s'autorisa un sourire épuisé en songeant que c'était agréable de s'être fait un ami auquel il pouvait raconter ce genre de choses sans avoir peur d'être jugé. Il revint lentement à la réalité et réalisa que Christian était en train de lui parler. Il lui demandait si cela lui avait plu.

— Tu as la meilleure queue que je n'ai jamais goûtée. C'est bizarre de dire ça, mais je m'en fous, c'est important que tu le saches. Je pourrais te sucer toute la journée non-stop. Tu es indien, non ? J'ai lu un truc sur votre concept de la bispiritualité, c'est complètement accepté d'être gay, chez vous, pas vrai ?

Johnny n'aimait pas lorsque les gens commençaient à lui servir des généralités en le qualifiant « d'indien », ça ne voulait rien dire.

— Je suis Navajo, Dineh très exactement, corrigea-t-il. Et non, on ne peut pas dire que l'homosexualité soit acceptée dans toutes les tribus. Nous n'avons pas de cérémonie autour du feu durant laquelle sont contées de grandes légendes indiennes homoérotiques. La bispiritualité est un concept qui a probablement été inventé par un blanc que les plumes et les légendes indiennes faisaient fantasmer.

Christian resta silencieux un instant, surpris par la véhémence de sa réponse.

— Je suis désolé, dit-il enfin. Je ne voulais pas être irrespectueux.

— Ça ne fait rien, soupira Johnny qui regrettait déjà de s'être emporté.

— J'espère que cela ne t'a pas coupé l'envie…

Pour le rassurer immédiatement, Johnny se tourna sur le lit pour se retrouver au-dessus de lui et se mit à tirer sur son jean pour le lui retirer.

— Laisse-moi faire ! Tu vas l'abîmer, c'est un jean de marque.

Johnny attendit patiemment qu'il retire son jean de marque et le ridicule string qu'il portait en dessous, puis il descendit pour s'appuyer contre ses jambes et commençât à le sucer à son tour. Pendant les premières minutes, Christian poussa des cris et des gémissements exagérés, sans doute pour impressionner ses amis au rez-de-chaussée, mais très vite, il n'eut plus besoin de faire semblant. Il glissa ses doigts dans les cheveux de Johnny et commença à donner des coups de hanches d'une puissance qui rappela très vite à Johnny que, malgré le maquillage et les vêtements moulants, Christian était définitivement un homme qui savait ce qu'il voulait. Johnny ne trouva aucune raison de se plaindre, il n'avait rien contre un peu de fermeté, et la queue de Christian n'était pas désagréable à sucer.

Après que Christian eut éjaculé, Johnny attrapa une poignée de mouchoirs dans la boîte dorée à strass sur la table de nuit et recracha dedans. Christian était allongé, immobile sur le lit, tous les muscles délassés. Puis il roula sur le côté pour prendre quelque chose dans le tiroir : un peigne et un tube de gloss. Tout en se remaquillant, il fit remarquer :

— Je n'avais jamais mangé indien avant.

— Je n'avais jamais mangé de crevettes à paillettes, rétorqua Johnny avec un haussement de sourcils.

— Bien vu, ma poule ! Quelle répartie, et quel humour. Alors, dis-moi maintenant, qu'est-ce qui t'a décidé à venir me parler au bar, ce soir ? Je connais les gros durs dans ton genre, d'habitude, vous n'accordez même pas à un regard aux crevettes comme moi, dit-il en glissant une main séductrice sous le tee-shirt de Johnny.

— Gros dur ? répéta Johnny, amusé.

La plupart du temps, il était considéré comme le maigrichon de l'arène.

— Tu sais très bien ce que je veux dire, les cowboys et les indiens, les jambières en cuir et les muscles saillants. Je ne suis qu'une petite folle grassouillette, alors je suis curieux de savoir ce qui t'a pris.

— Pour commencer, de quoi parles-tu ? Tu es maigre comme un clou, Christian.

— Pas selon les standards de la communauté gay, mon ange, bouda-t-il en soulevant son débardeur à paillettes et en tapotant son estomac. Je vendrais mes parents pour avoir un corps comme le tien.

— J'ai un métier très physique, je suis tout le temps dehors et je bouge beaucoup. Que fais-tu dans la vie ?

— Je suis directeur artistique pour une agence de pub, tout l'exercice que je fais, c'est bouger la souris de mon ordinateur et stresser pour respecter mes deadlines. Et toi, qu'est-ce que tu fais dans la vie ?

— Je travaille dans le bâtiment, répondit vaguement Johnny pour ne pas prendre de risque.

— Et voilà ! Un métier de… gros dur, termina-t-il d'une voix rauque en soufflant sur le sexe encore sorti de Johnny pour le faire frissonner.

— N'exagérons rien, rit Johnny en se tortillant. Je ne cours pas non plus dans la jungle tropicale avec des peintures de guerre et une mitraillette.

— Non, mais ne me dis pas que tu n'as pas remarqué que nous étions aux antipodes de l'échelle gay. Je parie que tu n'avais jamais vu un gars qui se maquille et qui met du vernis de toute ta vie, n'est-ce pas ?

— Pas d'aussi près, avoua Johnny.

— Et que t'a dit ton charmant petit ami tout à l'heure au bar, quand tu lui as annoncé que tu allais me parler ?

— Comment sais-tu qu'il a dit quelque…

— Je passe ma vie dans les bars, Johnny, je sais très bien reconnaître quand un mec essaie de dissuader son copain d'aller parler à quelqu'un.

— Il a dit que tu étais trop féminin, répéta Johnny, honteux.

Zane et lui s'étaient montrés étroits d'esprit et bourrés de préjugés. Il s'en voulait et il espérait ne pas avoir blessé Christian.

— Ne t'inquiète pas, gloussa Christian. Je suis féminin et je l'assume. Et toi, qu'as-tu pensé en me voyant ?

— Que tu étais très courageux, dit doucement Johnny.

— Oh, arrête ! Le rabroua Christian, puis, il étudia son visage, et en voyant qu'il était sérieux, son regard s'illumina. Vraiment ? demanda-t-il, l'air sincèrement touché par le compliment. Tu le penses vraiment !

— Bien sûr que je le pense. Je n'aurais jamais le courage de sortir habillé ainsi. Tu affiches ouvertement qui tu es, sans rien cacher, c'est comme si tu prenais toutes les balles en première ligne.

— Je suis magnifique ! se défendit Christian en baissant les yeux vers sa tenue.

— Tu es fabuleux, approuva Johnny en lui souriant. Et tu es très mignon, je ne t'aurais pas approché si je ne le pensais pas sincèrement, c'est juste que tu… Disons que tu es difficile à louper. Je serais terrifié d'attirer l'attention qu'il ne faut pas et de me faire tabasser par un groupe d'homophobes dans une ruelle.

— C'est un risque, acquiesça Christian. Mais imagine que tu attires l'attention d'un beau Navajo musclé qui travaille dans le bâtiment ? Parfois, ça vaut le coup de se faire remarquer.

Il posa sa tête sur l'épaule de Johnny et se blottit contre lui.

— Tu as un petit ami ? Il est partageur ? Si vous êtes partants pour une relation à trois, je suis volontaire. Il pourrait me baiser pendant que tu regardes. Tu restes en ville longtemps ? Je pourrais te faire visiter un peu, je connais tous les endroits qui valent le coup.

Johnny admirait sincèrement Christian, mais il était soulagé de devoir partir le lendemain matin à la première heure, il n'était pas prêt pour quoi que ce soit de plus intime et de plus personnel. Pour tenter de détourner, et surtout d'alléger, la conversation, il raconta à Christian sa toute première mésaventure dans les toilettes de l'aire d'autoroute.

— Je sais bien que dans le folklore gay, les toilettes sont le lieu de rencontre ultime, mais quand même ! Est-ce que ce n'est pas un peu glauque ? Je suis presque tenté d'essayer, après ton histoire.

Après avoir remis le couvert une deuxième fois, Johnny s'extirpa des bras de Christian en lui expliquant qu'il devait vraiment rentrer dormir un peu. Il ne pouvait prendre le risque d'arriver en retard et que Vern soit parti sans lui. En passant par le salon, il dut supporter les sifflements et les questions crues des colocataires de Christian.

— Alors, Christian, raconte ! On t'a entendu crier comme une fillette jusqu'ici !

— Un peu de tenue, les filles, laissez au moins mon rencard quitter les lieux avec un peu de dignité, les gronda Christian, avant d'ajouter dans

142

un chuchotement théâtral : Je vous raconterai les détails croustillants dès qu'il sera parti !

Johnny rougit malgré lui, et Christian le tira dans l'entrée pour l'embrasser. Le premier et le seul baiser de leur soirée.

— Merci pour cette soirée, mon ange, je ne suis pas près de l'oublier.

— Moi non plus.

Christian se détacha de lui avec un petit pas de danse, et rentra dans la maison sans fermer complètement la porte. En descendant les marches du perron, Johnny l'entendit dire :

— Les filles, ma conquête vient de me donner toutes les bonnes adresses pour chopper de l'hétéro marié qui veut expérimenter avec le côté obscur ! Toutes en voiture !

Les piaillements aigus qui suivirent évoquèrent à Johnny l'image d'une décapotable rose pleine à craquer de grandes folles avec des lunettes de soleil et des boas à plumes. Il sourit en imaginant le groupe de colocataires de Christian, débarquer dans les toilettes d'une aire d'autoroute sous une pluie de paillettes. Il fallait une sacrée dose de caractère et de courage pour vivre comme ils le faisaient. Ils menaient leur vie avec bonheur et exubérance, sans se soucier un instant de ce que pensait le reste du monde. Leur joie de vivre à toute épreuve lui fit penser à Cody. De toute façon, tout lui faisait penser à Cody, ces derniers temps.

— Fabuleux, soupira-t-il en prenant le chemin du retour.

Une chose était certaine, il n'était pas près d'oublier Sœur Christian.

— Si seulement Johnny était encore là, se lamenta Travis, il connaît bien le bétail, il pourrait le gérer pendant toute la durée du contrat sans problème. Peut-être que quelqu'un devrait l'appeler, suggéra-t-il sur un ton provocateur.

— Fais-toi plaisir, répondit sèchement Cody. Mais s'il débarque, prévenez-moi vingt-quatre heures avant que je déguerpisse.

— Ne fais pas semblant, tu meurs d'envie qu'il revienne. Je pourrais juste l'appeler pour…

— Tu ne sais pas de quoi j'ai envie, alors ferme donc ton clapet au lieu de parler de ce qui ne te regarde pas ! cria Cody en claquant la porte du lave-vaisselle et en quittant la cuisine à grandes enjambées.

Il était tellement en colère qu'il en tremblait. Il sortit de la maison et s'appuya contre le mur pour respirer profondément avant de casser quelque chose. Il était sur le point de repartir voir ses bêtes, mais la fenêtre de la cuisine était entrouverte et il entendit la voix de RJ.

— Pourquoi est-ce que tu le cherches comme ? demanda-t-il tendrement à Travis.

— Il faut bien que quelqu'un lui secoue les puces ! Il s'imagine que Johnny va revenir vers lui en rampant et en le suppliant de le reprendre, mais cela n'arrivera pas. Johnny a sa fierté, et Cody en possède assez pour dix, si personne ne fait rien, ils ne s'adresseront plus jamais la parole.

— Cody a encore besoin d'un peu de temps pour comprendre ce dont il a vraiment besoin, intervint Val.

— Il a besoin d'un coup de pied aux fesses.

Cody n'aimait pas le tournant que prenait cette discussion, mais il mourait d'envie de savoir ce que pensaient ses parents.

— Et c'est à moi de les distribuer, lui rappela gentiment Val.

— Et vous le faites très bien, Val, mais vous ne croyez pas qu'il est temps de lui en coller un ?

— Il n'a pas du tout la tête sur les épaules, en ce moment, ajouta Davis, inquiet. Il est tout le temps en colère et il fait n'importe quoi, il risque de prendre de mauvaises décisions pour le bétail.

— Et tout cela parce qu'il est trop fier pour faire le premier pas ! s'énerva Travis.

— Dis donc, toi, le réprimanda Val, si je me souviens bien, quand RJ et toi vous êtes sépa…

— Il y a prescription ! L'interrompit, Travis. Et ce n'est pas pareil, RJ a fini par entendre raison et il s'est excusé.

— C'est marrant, ce n'est pas ce dont je me souviens, répondit RJ.

— Tout ce qui compte, c'est que, aujourd'hui, nous sommes ensemble ! bafouilla maladroitement Travis. Nous avons toujours su nous arrêter à temps, Cody a fait la bêtise d'aller trop loin, il a fait fuir Johnny.

— C'est le moins que l'on puisse dire, soupira Val, il a franchi la limite sans s'arrêter et, à cent à l'heure, comme tout ce qu'il fait dans la vie.

— Je devrais peut-être aller lui parler, proposa Davis, inquiet.

— Non, chéri, il doit régler cela tout seul. Peu importe le temps que ça prendra, ça ne serait pas lui rendre service que de nous en mêler.

— Je ne l'ai jamais vu dans cet état.

— J'espère qu'il va vite se réveiller, Johnny me manque.

Cody se prit la tête entre les mains en souriant tristement – au moins, il n'était pas le seul.

— J'ai peur qu'il finisse par se faire mal en montant un taureau dans cet état d'esprit.

— Ne vous inquiétez pas trop, il est monté presque tout l'été et il ne s'est pas fait mal. Il est trop doué pour cela

— Il ne s'est peut-être pas fait mal, mais ses scores sont mauvais, fit remarquer Travis.

— Laissez-moi juger du moment où il faudra lui mettre ce fameux coup de pied aux fesses, les interrompit Val. Ce dont il a besoin, c'est de la subtilité et de la délicatesse d'une femme pour l'aider dans cette affaire.

Ils changèrent de sujet et Cody s'éloigna sans faire de bruit. Au moins, il était prévenu et il savait ce qui l'attendait. Il avait presque hâte que sa mère vienne lui parler. Il avait trop de fierté pour lui demander son aide, mais elle était sans doute la seule personne sur cette Terre à qui il pouvait se confier entièrement.

XIII.
Le Charme de l'Expérience

Lorsqu'il était dans l'arène, il arrivait parfois à Johnny de jeter un regard aux gradins par curiosité, pour s'occuper entre le passage de deux riders. Ce n'était, la plupart du temps, qu'une masse anonyme de chemises et de chapeaux de différentes couleurs, personne ne se démarquait vraiment et il ne lui serait jamais venu à l'idée de chercher sa prochaine conquête dans la foule. Même si le plus sexy des cowboys gays y était assis, il y avait tellement de monde que Johnny ne le remarquerait sûrement pas.

Ce soir-là, pourtant, quelqu'un accrocha son regard. Ce fut sans doute l'éclair argenté de ses cheveux, épais, brillant et juste assez longs pour attirer le regard, même au beau milieu de la foule. Il fallait dire que l'homme n'était pas non plus désagréable à regarder, et lorsqu'il se leva pour crier des encouragements, Johnny ne put s'empêcher de remarquer qu'il était grand et musclé. Plus que Cody. Mais lorsque l'homme arrêta son regard sur Johnny pour le fixer droit dans les yeux, Johnny tourna brusquement la tête.

Mais il était trop tard. Après cela, Johnny fut incapable d'ignorer le poids brûlant du regard de cet homme posé sur lui. Qu'il plonge dans l'arène pour aider un rider, ou qu'il attende avec son équipe sur le côté, Johnny était péniblement conscient que l'homme ne le quittait pas des yeux. Ça le rendait nerveux. Peut-être était-il journaliste. Peut-être avait-il croisé Johnny dans un bar gay et l'avait-il reconnu. Peut-être était-ce une vieille connaissance dont il ne se souvenait pas. Quelle qu'en soit la raison, l'homme passa la soirée le regard rivé sur l'équipe des écarteurs, ce qui n'arrivait jamais. Personne ne faisait attention à eux très longtemps. À plusieurs reprises, Johnny tenta de lui faire baisser les yeux ou détourner le regard en le dévisageant d'un air mauvais, mais rien n'y fit, l'homme était tenace, et à chaque fois, il rendait son regard à Johnny avec un sourire carnassier qui disait *« tu seras dans mon lit avant la fin de la nuit »*. Johnny devinait sa voix rauque comme s'il venait de le lui souffler à l'oreille.

Il était si insistant que Johnny finit par être déconcentré, ce qui faillit lui coûter très cher. Le taureau le percuta de plein fouet contre la barrière de sécurité. Johnny parvint tout juste à amortir le choc en se mettant dans la bonne position, mais après cela, il serait sans doute couvert de bleus. Il avait connu pire, mais, c'était humiliant, et c'était entièrement de sa faute. Vern allait lui passer un savon pendant le débriefing, et ce serait amplement mérité.

Après le passage du dernier candidat, Johnny alla rejoindre Vern et Reese pour discuter de leurs performances, et il ne fut pas surpris lorsque Vern le pointa du doigt, l'air sévère.

— Tu as passé la soirée la tête dans les nuages, à regarder distraitement dans les gradins. Toute ta concentration doit être dans l'arène, Johnny, c'est ton travail. Tu risques ta vie, celle de tes coéquipiers et celle des riders, si tu te laisses distraire.

— Nous sommes là pour assurer tes arrières, mais nous devons pouvoir te faire confiance pour assurer les nôtres, ajouta Reese. Ton salaire se gagne dans l'arène, pas dans les gradins.

Johnny était conscient d'avoir fait n'importe quoi. Si même Reese se sentait le devoir de le lui faire remarquer, c'est qu'il devait beaucoup les avoir déçus.

— Je suis désolé, je vous promets que cela ne se reproduira jamais.

— Si une jolie fille dans le public te fait de l'œil, tant mieux pour toi, mais ça doit toujours attendre la fin de la compétition, tu m'entends ? demanda Vern. Tu es payé pour protéger les riders de ligue pro, et je suis ton capitaine, il est de ma responsabilité de m'assurer que tu fais bien ton travail. Ne me fais pas regretter de t'avoir engagé.

Johnny hocha solennellement la tête. Il ne s'excusa pas davantage, il savait que ce n'était pas ce que Vern attendait.

— J'ai merdé ce soir, ça n'arrivera plus jamais, promit-il.

Vern lui fit un signe de tête approbateur.

— Tu reconnais tes erreurs avec humilité, et je le respecte, Dieu sait que, dans notre métier, c'est un miracle. Mais que je ne te reprenne plus jamais à faire les yeux doux à une gonzesse du public en pleine compétition. Reese, excellent travail ce soir.

Johnny avait tellement honte de son attitude qu'il les laissa sortir sans les suivre. Il prit une longue douche dans les vestiaires et laissa l'eau bouillante couler longtemps contre son dos meurtri. Il aurait pu se justifier auprès de Vern, mais il se voyait mal lui expliquer qu'un homme étrange dans les gradins le dévisageait et qu'il ne savait pas s'il voulait le tuer ou s'il essayait de le séduire. Il n'avait aucune excuse. Il ne s'était pas trompé de photocopie, il n'avait pas mal rangé un dossier ; il venait de mettre en péril la vie de plusieurs hommes parce qu'il n'était pas concentré sur ce qu'il faisait.

Aussi, lorsqu'il quitta enfin l'arène et trouva l'inconnu aux cheveux argentés nonchalamment appuyé contre le mur, un cigare aux lèvres, sa colère était justifiée.

— Qu'est-ce que vous foutez là ?

— March Avery se présenta l'homme en ignorant sa question et en lui tendant une main. À qui ai-je l'honneur ?

— Cela ne vous regarde pas, grogna Johnny en ignorant sa main et sa voix rauque qui était exactement telle qu'il l'avait imaginée.

Pas découragé pour autant, l'homme continua, imperturbable.

— J'avais dans l'idée de vous inviter à dîner.

— Vous pouvez toujours essayer.

— Non, je n'aime pas poser de questions quand je sais que la réponse sera négative. L'art de la négociation, c'est de ne demander que lorsque nous savons avec certitude que la réponse sera oui.

Il rit, et son rire sombre, grave, effleura les sens de Johnny comme du velours.

— Vous ne me connaissez pas encore, et j'ai l'impression de vous avoir déjà énervé, cela doit être un record.

— Bravo, alors, record battu. Bonne soirée, le salua Johnny en se tournant pour reprendre son chemin.

L'homme le rattrapa rapidement pour marcher à ses côtés.

— Laissez-moi au moins essayer de vous convaincre, acceptez de venir boire un verre avec moi.

— Vous êtes persévérant.

— Qui a dit que c'était une mauvaise chose ? demanda March en riant de nouveau. Je sais que vous êtes encore là pour la compétition de demain soir, pour quoi ne pas accepter ? Qu'avez-vous à perdre ?

— Qu'est-ce qui vous dit que je n'ai pas tout un harem de filles qui m'attend quelque part, à l'heure qu'il est ? demanda Johnny en regardant sa montre.

— Je sais que ce n'est pas le cas, répondit-il dans un sourire mystérieux.

— Vous êtes bien sûr de vous.

Johnny ne savait pas encore s'il était énervé ou séduit par la confiance inébranlable de March. Par certains côtés, il lui faisait penser à Cody, son charme, sa détermination et son incapacité à essuyer un refus. Son physique aussi. Il était terriblement séduisant, le salaud.

— Et si je me trompe, je vous autorise à me coller un coup de poing. Mais je sais que j'ai raison.

— Je ne suis pas très disposé à vous donner raison ce soir, mon équipe n'est pas très satisfaite de mon travail à cause de vous.

— Vraiment ? Vous m'avez pourtant paru irréprochable.

— Je n'étais pas assez concentré sur ce qui se passait dans l'arène, j'ai sans doute passé trop de temps à essayer de comprendre pourquoi vous me dévisagiez comme si je courais nu après les taureaux, expliqua sèchement Johnny.

— Que vous importe ce que je pensais de vous ? Nous ne nous connaissons pas, il ne fallait pas laisser un parfait inconnu vous détourner de votre passion.

Johnny resta bouche bée un instant, puis il décida de ne pas laisser cet homme arrogant le déstabiliser davantage.

— Vous étiez difficile à ignorer.

— Peut-être que je prenais beaucoup de plaisir à vous imaginer courir nu après les taureaux, sourit malicieusement March. C'est mon imagination, cela ne devrait pas vous concerner.

— Et c'est mon corps, alors si vous pouviez vous abstenir de vous en servir pour vos fantasmes bizarres.

— Mais j'espère bien m'en servir dans la réalité, rétorqua March sur un ton séducteur.

— C'est ridicule, vous ne me connaissez même pas.

— Non, mais je suis perspicace. Si vous étiez hétéro ou que vous n'étiez pas intéressé, vous n'auriez même pas remarqué un vieux croulant comme moi en train de vous faire les yeux doux.

— Un vieux croulant avec un corps de rêve, marmonna Johnny, contrarié.

March éclata de rire.

— Vous voyez, vous venez de me donner raison.

Il s'arrêta à côté d'une Jaguar décapotable couleur vert d'eau.

— Je loge à l'hôtel Winget Arms, est-ce que je vous retrouve directement là-bas, ou est-ce que je peux vous proposer de vous y emmener ?

Johnny n'avait jamais vu de voiture de sport d'aussi près. Il était tellement habitué aux camions, aux pick-up et aux véhicules agricoles qu'il se sentait un petit peu émerveillé par les courbes aérodynamiques de la splendide voiture. Même si Cody gagnait les championnats dix ans d'affilée, il ne pourrait jamais s'offrir une voiture de ce calibre. Quant à Johnny, avec son salaire d'écarteur, ce n'était même pas un rêve envisageable. Il n'aurait peut-être plus jamais l'occasion, dans sa vie, de monter dans une voiture comme celle-ci.

Il lui fallut ravaler sa fierté pour accepter, d'autant plus qu'il savait que March y verrait là le triomphe de sa technique de séduction.

— Très bien, mais juste une bière. Je ne peux pas me permettre de boire la veille d'une compétition. Surtout après mon dérapage de ce soir, mon capitaine ne me laisserait plus jamais entrer dans l'arène.

Johnny n'était pas dupe, ils prétendaient tous les deux qu'il ne s'agissait que d'une bière innocente, mais à en juger par le petit sourire satisfait qu'affichait March, la soirée ne faisait que commencer.

— Allez-y, montez, je vais baisser la capote.

Il déverrouilla le véhicule et, au grand soulagement de Johnny, il ne fit pas le tour pour lui ouvrir la porte comme un chevalier servant.

Le soleil se couchait à l'horizon, teintant la silhouette de la ville d'un halo rose-orangé. Johnny ôta son chapeau de cowboy pour savourer l'air frais de la fin de soirée sur son visage. Il fut soulagé, et peut-être un peu secrètement déçu aussi que March ne tente rien pendant le trajet, pas même un effleurement de main.

Ils passèrent devant son motel, mais Johnny ne lui accorda même pas un regard. Ils arrivèrent très vite dans la partie de la ville où se trouvaient les casinos et les hôtels de luxe.

Ils se garèrent devant un gigantesque bâtiment luxueux devant lequel attendait un valet en uniforme. Johnny baissa les yeux sur sa tenue, son jean troué et ses vieilles santiags, puis il haussa les épaules en souriant. Si March n'avait rien dit, alors, il n'avait pas à s'inquiéter. Ils sortirent de la voiture et Johnny remarqua que March était vraiment beaucoup plus grand que lui.

Il le regarda avec amusement confier ses clés et un pourboire d'un montant révoltant au jeune valet.

— Après vous l'invita March en ouvrant l'une des doubles portes en verre de l'entrée.

Nous y voilà. Le numéro du chevalier servant. Un autre homme en uniforme accourut pratiquement vers eux pour leur tenir la porte, sans doute dans l'espoir de gagner également un pourboire indécent.

Une fois à l'intérieur, March le conduisit jusqu'à une rangée d'ascenseurs dorés dans un couloir en marbre. Lorsque l'un d'eux s'ouvrit, Johnny fut à peine surpris d'y trouver un liftier. March lui montra un pass qu'il avait dans sa poche, et le liftier les fit entrer dans la cabine.

— Salon Derbyshire, s'il vous plaît.

L'ascenseur monta jusqu'au deuxième étage et s'ouvrit sur un immense couloir, en marbre vert foncé, cette fois-ci. March le conduisit jusqu'à un bar à l'ambiance feutrée, beaucoup de boiseries et de cuir. Ils s'installèrent l'un en face de l'autre à une table.

— Que buvez-vous ?

Johnny lui donna le nom d'une bière d'exception qu'il n'aurait jamais osé commander en temps normal, et March fit signe au serveur de leur en apporter deux.

— Je ne pensais pas qu'un homme comme vous buvait de la bière.

— Et que pensiez-vous que buvait un homme comme moi, alors ? demanda March, amusé.

— Je ne sais pas, un brandy de cent ans d'âge qui coûte les yeux de la tête ?

March éclata de rire, découvrant une rangée de dents parfaitement droites et parfaitement blanches.

— Si vous aviez déjà goûté du brandy, vous comprendriez sans doute mieux pourquoi je préfère la bière. Le brandy est un goût qui s'acquiert, je n'y suis jamais parvenu. Je n'ai sans doute pas le palais assez raffiné.

— Je ne veux pas me mêler de ce qui ne me regarde pas, mais le reste de votre vie me semble largement assez raffinée.

— Je suis riche, c'est vrai, reconnut ouvertement March. Mais je ne suis pas héritier, c'est de l'argent que j'ai gagné à la sueur de mon front, je n'ai pas toujours été aussi aisé. J'étais entrepreneur, heureusement pour moi, j'ai changé de voie professionnelle juste avant la crise. Je suis dans le bâtiment, aujourd'hui.

Le serveur revint avec deux chopes de bière sur un plateau et les plaça devant eux. Johnny les regarda avec suspicion, il n'avait jamais vu une bière servie dans autre chose que sa bouteille d'origine.

— Pas mal du tout, déclara March, étonné, après une première gorgée. Je n'avais jamais goûté ce type de bière.

— Vous pouvez vous offrir tout ce qui vous passe par la tête, j'imagine ? demanda Johnny, grincheux.

— Ne vous offusquez pas de la situation, je ne cherche pas à réaliser un fantasme à la *Pretty Woman*, le rassura March en souriant avec indulgence. Je pense sincèrement que nous pourrions passer un très bon moment ensemble, mais je n'ai pas pour habitude de payer des jeunes hommes pour réchauffer mon lit. Si vous décidez de rester avec moi cette nuit, ce sera parce que vous en avez envie aussi.

— C'est embarrassant, j'aurais bien besoin de cet argent, répondit Johnny, l'air soucieux.

L'espace d'une seconde, le visage de March se figea d'effroi, puis il éclata à nouveau de rire.

— Vous avez failli m'avoir. Je suis un excellent juge des caractères et je prédis habituellement assez bien les réactions des gens, mais vous venez de me surprendre.

— Parce que, jusqu'ici, j'étais facile à cerner ?

— Absolument pas, non. Je dirais que vous êtes un jeune homme intelligent et sûr de vous, mais également vulnérable et complexe. Vous avez le goût de l'aventure, et très bon goût en matière d'hommes. Je peux vous proposer une aventure sexuelle qui saura vous surprendre et vous satisfaire, et c'est bien ce que j'ai l'intention de faire. Après vous avoir offert le dîner.

— Vous trouvez que j'ai l'air sûr de moi ?

— Beaucoup de gens le sont, mais de différentes façons. Chez vous, c'est votre façon de vous mouvoir et de vous approprier l'espace. Il y a quelque chose de félin et de séducteur dans votre démarche. Je ne connais toujours pas votre nom, êtes-vous enfin prêt à me le donner ?

— Johnny Arrow.

— Vraiment ? Je n'avais jamais entendu un nom pareil, on dirait presque un nom de héros de fiction, sourit March.

— Je suis amérindien, se surprit à expliquer Johnny. Arrow signifie flèche, j'ai trouvé que c'était approprié pour un écarteur, alors je l'ai conservé.

Il scruta le visage de March. Il aimait vraiment beaucoup son apparence. Il était clairement plus âgé que lui, la cinquantaine sans doute, mais il était en excellente condition physique et il portait ses cheveux gris à merveille. C'était surtout son visage qui séduisait Johnny. Il avait un grand sourire chaleureux, et des yeux pétillants, un regard vif. Il n'avait pas cette aura désespérée que Johnny avait pris l'habitude de discerner chez ses conquêtes d'un soir.

Pour la première fois depuis qu'il avait quitté le ranch, Johnny était plus attiré par cet homme que par l'idée de simplement tirer son coup. Si attiré par cet homme, en fait, qu'il avait baissé sa garde et oublié toute l'hostilité de leur première rencontre.

— Et si vous me faisiez visiter votre chambre ?

March ne sembla surpris que pendant une fraction de seconde. Il se ressaisit aussitôt, laissa une liasse de billets sur la table et se leva.

— Mais avec plaisir, jeune homme.

TANDIS QUE Johnny essayait désespérément de défaire ses bottes avec des gestes maladroits, March se déshabilla avec une élégance et une économie de gestes qui n'auraient pas dû être possible. Une fois March nu, Johnny fut surpris de découvrir qu'il était plus poilu et moins musclé qu'il ne l'avait imaginé, mais il n'en était pas moins séduisant.

March tapota son estomac avec une expression à la fois séductrice et amusée.

— Il y a des abdos quelque part en dessous, je le jure, mais, peu importe, le temps que je passe à la salle de sport, mes poignées d'amour sont toujours là. Et puis, avec un nom pareil, pourquoi vouloir s'en débarrasser ?

— Personnellement, je suis très satisfait de ce que je vois, le contredit Johnny avec un regard appréciateur.

Et il était sincère. Bien sûr, March n'avait plus le corps de ses vingt ans, mais il était évident qu'il faisait du sport et qu'il prenait soin de lui. Il avait de larges épaules très musclées, et des biceps à faire pâlir tous les riders que Johnny connaissait. Il avait le physique d'un homme qui avait travaillé dur pendant toute sa vie, pas la musculature calculée d'un bodybuilder. Son torse était couvert de poils de la même couleur que ses cheveux, et progressivement, de plus en plus foncé, jusqu'à la ligne de poils parfaitement noirs qui conduisait à son entrejambe. Son sexe était long, épais et déjà complètement dur.

Johnny termina de se déshabiller à son tour et laissa March l'étudier également. C'était la première fois depuis sa rupture avec Cody qu'il se mettait complètement nu devant un autre homme. Il se sentait un peu incertain, mais la lueur d'appréciation dans le regard de March le rassura très vite. Il se rapprocha de Johnny et lui murmura à l'oreille :

— Tu es absolument parfait, Johnny Arrow, et j'ai bien l'intention d'en profiter.

Johnny ouvrit la bouche pour lui expliquer qu'il avait des conditions, et qu'il ne baisait pas, mais March le prit de court avec un baiser passionné. Il ne lui fourra pas brusquement sa langue dans la bouche comme beaucoup d'hommes avaient l'habitude de le faire, son approche fut beaucoup plus sensuelle. Il lécha, effleura et mordilla longuement les lèvres de Johnny, avant de glisser lentement sa langue contre la sienne dans une caresse soyeuse. Johnny frissonna lorsque leurs deux corps entrèrent enfin en contact et que March glissa ses mains sur ses hanches.

Il recula en laissant échapper un rire rauque et tremblant.

— Encore mieux que je l'avais imaginé.

— Tu ne te débrouilles pas mal non plus, sourit Johnny.

— Oh, je sais, répondit malicieusement March. Le sexe est bien plus qu'une simple affaire d'érection et de corps parfait, pourtant, je dois admettre que tu remplis tous les critères, jeune homme. Et je ne dis pas cela à la légère, murmura-t-il en effleurant du doigt le tatouage sur les côtes de Johnny. Magnifique. J'ai croisé beaucoup de tatouages ridicules, mais la façon dont les lignes du tien épousent les courbes de ton corps est époustouflante. Il faudra m'en expliquer la signification, jeune homme, mais pour l'instant…

Assez étrangement, Johnny ne trouvait pas vexant qu'il l'appelle jeune homme. Dans la bouche de March, ce n'était pas condescendant, c'était une simple remarque sur leur différence d'âge. L'attention que lui portait March était excitante et addictive. March n'était pas désespéré de coucher avec le premier homme venu, il n'était pas un homme marié ou un rider dans le placard, non, il avait repéré Johnny, l'avait séduit et appréciait sa compagnie et sa conversation.

March s'agenouilla devant lui, l'attrapa par les fesses pour le rapprocher et commença à le sucer. Il était efficace et agressif dans son assaut. En quelques minutes à peine, Johnny se retrouva tremblant et couvert de sueur.

Puis, aussi vite qu'il était descendu sur ses genoux, il se releva et inversa leur position, conduisant son sexe en érection contre les lèvres de Johnny. Johnny se mit à l'ouvrage avec autant d'attention que possible. Il repéra avec grand soin les points sensibles de March, le rythme de sa respiration et les gémissements qu'il poussait. Lorsqu'il glissa la langue contre la veine sensible sous son sexe, March l'attrapa par les cheveux pour immobiliser sa tête et se servir de sa bouche à sa convenance, s'enfonçant lentement et profondément jusque dans sa gorge. Johnny savoura chaque minute.

Puis, March l'aida à se relever, le poussa sur le lit et grimpa sur lui. Le poids de son corps contre celui de Johnny était un véritable délice. Johnny réalisa qu'il n'avait pas laissé un autre homme le toucher depuis si longtemps qu'il en avait oublié le plaisir. March appuyé tout contre lui, Johnny se sentit enveloppé par son impressionnante force physique et par le halo rassurant de sa personnalité. Il ne s'était pas senti aussi bien et en sécurité dans les bras de quelqu'un depuis très longtemps.

March n'avait pas menti, il était terriblement perspicace. Il repéra très vite les zones érogènes de Johnny et se fit un plaisir de s'attarder sur ses tétons jusqu'à ce que Johnny ne sache plus où donner de la tête. Puis, il prit son sexe en main pour le masturber tout en l'embrassant sensuellement. Perdu dans un nuage de plaisir, l'orgasme de Johnny le prit par surprise et l'envoya sur orbite.

Lorsqu'il rouvrit les yeux quelques minutes plus tard, encore essoufflé, il trouva March appuyé sur un coude, en train de se masturber paresseusement en le regardant.

— Waouh.

March éclata de rire.

— Comme quoi, il est possible de ne pas avoir d'abdos et d'être un dieu du sexe, plaisanta-t-il en jouant des sourcils. Tu as un cul magnifique, j'ai hâte de découvrir ce que je vais pouvoir en faire, réactif comme tu es.

— Je ne baise pas, répondit machinalement Johnny.

— Si tu as peur parce que tu ne l'as jamais fait, tu peux me faire confiance, je t'offrirai la plus belle première fois de ta vie, le rassura March en l'attrapant par les hanches pour le tourner sur le ventre. Je suis clean, je mets toujours un préservatif et je suis extrêmement patient.

— Ce n'est pas le problème. Je ne suis pas vierge, répondit Johnny en repoussant ses mains. J'ai déjà baisé, actif et passif, mais, je ne le fais plus, c'est un choix, c'est tout.

March roula sur le dos appuyé sur ses coudes et étudia attentivement l'expression sur son visage.

— Tu as des limites, si je comprends bien.

— Des limites que tu respecteras, répondit fermement Johnny.

— Je les respecterai, répéta clairement March en le regardant droit dans les yeux. Mais laisse-moi t'avouer que j'aurais adoré te faire l'amour et te faire crier de plaisir.

March essaya de nouveau de le tourner sur le ventre, et cette fois-ci, Johnny se laissa faire. Il n'aurait pas su dire pourquoi, mais il lui faisait confiance, et lorsque March posa ses mains sur ses fesses et commença à les masser, Johnny ne se tendit même pas. Il grimaça lorsqu'il effleura un bleu dans le creux de ses reins et se retourna sur le côté en inspirant brusquement.

— Qu'y a-t-il ? demanda March.

— Je te rappelle gentiment que je me suis fait écrabouiller par un taureau il y a moins de deux heures. Je dois être couvert d'hématomes.

— Si tu veux quelques marques supplémentaires pour assortir, je peux arranger cela, le taquina March en l'embrassant sur la hanche et en commençant un mouvement de succion.

Il se recula, embrassa la marque rouge de sa bouche, et repoussa Johnny sur le ventre.

— Ou bien ici, si tu préfères, proposa-t-il en posant ses lèvres contre l'une de ses fesses et en aspirant la peau avec assez d'insistance pour que Johnny sache qu'il aurait une trace le lendemain. Ou ici, poursuivit-il en faisant descendre sa bouche jusqu'à la peau tendre de l'intérieur de sa cuisse.

Lorsque March eut fini ce suçon et qu'il recula pour admirer son travail en effleurant du doigt la marque qu'il venait de laisser, Johnny frissonna.

— Je vais être beau à voir demain, rit faiblement Johnny. Ne laisse pas de marques sur des endroits visibles, s'il te plaît.

— Nous pourrions passer la journée entière au lit demain, tu n'aurais pas à t'en inquiéter.

Johnny tourna brusquement la tête pour le regarder avec de grands yeux.

— Je travaille dans une arène de bull riding, on ne prend pas de jour de congé à moins de s'être cassé les deux jambes, les deux bras et d'avoir une hémorragie interne.

March éclata de rire.

— J'aurais dû m'en douter, c'est pareil dans le bâtiment. Laisse-moi prendre soin de toi alors, dit-il en l'invitant à se rallonger.

Johnny se détendit et March s'installa à califourchon sur son dos pour prendre le temps de le masser. Il dénoua patiemment les nœuds de stress entre ses épaules. Johnny pouvait sentir son érection contre le bas de son dos, mais March ne tenta rien de plus. Lorsqu'il retira l'élastique de ses cheveux, Johnny faillit protester, mais il lui caressa tendrement le cuir chevelu et il abandonna toute résistance pour ronronner comme un gros chat.

— Tu portes très bien les cheveux longs. C'est étrangement masculin sur toi.

Johnny offrit un vague bruit d'assentiment en se laissant fondre sous les mains expertes de March. Il se sentait presque coupable. Il n'avait jamais laissé un autre homme que Cody voir ses cheveux lâchés pendant l'amour. March lui faisait oublier ses règles et ses limites. Johnny se ressaisit un peu, et au moment où il s'apprêtait à se retourner pour reprendre un peu de contrôle sur la situation, March l'attrapa par les hanches et le redressa à quatre pattes. Un éclair de panique traversa Johnny, puis la sensation humide d'une langue contre son anus et il poussa un long soupir.

Il se tortilla de plaisir entre les mains de March qui passa de longues minutes à le dévorer avec attention. Johnny n'avait pas été aussi raide depuis très longtemps.

Lorsque March le retourna enfin sur le dos, il rit malgré lui en constatant qu'il était dans le même état.

— Tu m'excites tellement. J'ai toujours été exclusivement passif, mais je serais prêt à te chevaucher jusqu'à ce que tu vois des étoiles, susurra malicieusement March avec un clin d'œil.

— Je ne baise pas, lui rappela Johnny.

— J'espérais que tu aurais changé d'avis. Tu ne peux pas m'en vouloir d'essayer de te tenter.

— Et Dieu sait que tu es tentant, grommela Johnny en se redressant. Si c'était toi qui avais proposé la pomme à Adam, il n'aurait pas hésité une seule seconde.

Il posa une main au centre de son torse et le poussa contre le matelas pour le sucer à nouveau, bien déterminé à lui faire perdre son petit sourire et sa raison. Lorsque March se mit à pousser des cris incohérents, Johnny s'autorisa un sentiment de triomphe. Il éjacula dans sa bouche sans prévenir, mais Johnny continua de le sucer, imperturbable, tandis que March se cambrait sur le lit, la tête rejetée en arrière.

Lorsqu'il le repoussa enfin gentiment, Johnny se leva pour recracher discrètement dans un mouchoir avant de le rejoindre dans le lit, et de s'asseoir à califourchon sur lui. Il se pencha et ils échangèrent un long baiser langoureux, libéré de toute urgence et de la poursuite frénétique de l'orgasme.

— Regarde-toi, dit March dans un soupir d'admiration en baissant les yeux. Tu es encore dur. Je sais bien que tu as sans doute déjà entendu ça, mais la jeunesse ne sait pas la chance qu'elle a, ajouta-t-il l'air envieux, mais amusé.

— Ne me fais pas croire que la nuit va s'arrêter là pour toi, le taquina Johnny en ondulant des hanches contre lui.

— Si je ne peux te garder dans mon lit que pour une nuit, j'ai bien l'intention de profiter de chaque seconde, le rassura March en se retournant brusquement pour inverser leurs positions. Tu es sûr que tu ne veux pas changer d'avis ?

Johnny sourit, mais secoua la tête.

— Je te propose une alternative.

March attrapa une bouteille de lubrifiant sur la table de nuit, en appliqua généreusement sur son sexe qui était de nouveau déjà en érection, puis pressa les cuisses de Johnny serrées l'une contre l'autre et glissa son sexe dans le creux étroit, juste sous son érection tendue contre son ventre.

C'était l'une des expériences les plus torrides de la vie de Johnny. Il se demanda distraitement pourquoi il résistait aussi obstinément à cet homme, capable de le rendre fou de désir avec de simples gestes, de simples mots.

March imprima un lent et sensuel mouvement de va-et-vient entre ses jambes, heurtant délicieusement ses testicules du bout de son sexe à chaque mouvement. Johnny ferma les yeux en imaginant ce qu'il ressentirait si March le pénétrait vraiment. Il était à un doigt d'envoyer promener ses convictions et de lui céder.

Au-dessus de lui, March lui glissait des choses indécentes à l'oreille, lui demandait s'il aimait cela, en pressant son corps le plus possible contre lui, créant une friction contre le sexe de Johnny coincé entre eux. Puis, soudain, March se redressa et Johnny regretta aussitôt la fournaise de son corps.

— Mets-toi sur le côté, ordonna-t-il de sa voix de velours.

Johnny obéit, il se tourna sur le côté, son dos face à March qui effleura la raie de ses fesses d'un doigt taquin, avant de presser un doigt léger contre son entrée. Johnny sursauta à la sensation, mais avant qu'il puisse protester, March glissa de nouveau son sexe entre ses cuisses serrées, par derrière cette fois.

Johnny contracta les muscles de ses cuisses pour offrir à March un maximum de sensations. En réponse, March poussa un grognement guttural et passa un bras autour de son torse pour le serrer tout contre lui et attraper son sexe.

Johnny inspira, surpris, et pressa ses fesses contre l'aine de March en gémissant. Il le laissa contrôler le rythme de leurs mouvements jusqu'à ce qu'il sente March jouir entre ses jambes. La combinaison de la sensation humide, des à-coups erratiques des hanches de March et du resserrement de son poing autour de son sexe conduisirent à son tour Johnny à l'orgasme, et il se laissa emporter en fermant les yeux.

Il pouvait sentir la respiration haletante de March contre sa nuque. Leurs deux corps étaient si intimement enlacés que Johnny se blottit contre lui sans un instant de doute. Il ne voulait plus jamais sortir des bras de cet homme.

Il dut s'endormir, car lorsqu'il rouvrit les yeux, il était allongé seul dans le grand lit. Il cligna des yeux en regardant autour de lui, et trouva rapidement March assis nu à la table du coin salon, en train de prendre le petit-déjeuner en lisant le journal.

Johnny s'étira longuement en savourant la sensation de chaque marque et de chaque courbature. Le mouvement attira l'attention de March qui leva les yeux de son journal.

— J'ai appelé le service de chambre, j'espère que tu as faim.

— Pourquoi ? Tu veux m'engraisser avant de me manger ?

— Je veux seulement que tu reprennes des forces, la nuit n'est pas finie, dit-il avec un regard prédateur qui ne fut pas pour déplaire à Johnny et à son goût du risque.

Son ventre gargouilla et March lui sourit en lui faisant signe de le rejoindre.

— Pas la peine de te rhabiller, viens manger quelque chose, puis nous retournerons au lit pour passer au dessert.

Johnny hocha la tête dans une petite moue. C'était sans doute lui le dessert et cela ne le dérangeait pas tellement.

Il sortit du lit sous le regard appréciateur de March.

— J'aime beaucoup ta façon de bouger, jeune homme, on dirait un loup en chasse.

— Un loup affamé, acquiesça Johnny en s'asseyant à une chaise.

March souleva une cloche qui protégeait une assiette.

— Je n'ai pris que du froid, je ne savais pas combien de temps tu resterais endormi. Il y a du homard, des fruits, du vin, du fromage et du pain frais. Si tu as envie de quoi que ce soit d'autre, tu n'as qu'à me demander.

— Tout ceci était proposé sur le menu ? demanda Johnny, émerveillé.

— Je n'ai pas regardé le menu, j'ai appelé et je leur ai demandé ce dont j'avais envie.

— Je n'ai jamais mangé de homard de ma vie, confessa Johnny.

— J'espère que tu vas aimer, alors. C'est l'un de mes mets préférés.

— C'est délicieux ! s'extasia Johnny après la première bouchée, vaguement gêné de manger nu devant un homme qu'il avait rencontré le soir même.

Comme s'il avait senti son embarras, March changea de sujet pour lui occuper l'esprit.

— Parle-moi de ton tatouage, si ce n'est pas trop personnel.

— C'est une échelle céleste. Dans la légende Navajo, c'est l'échelle qu'utilise l'Homme de Feu pour accrocher les étoiles dans le ciel.

Johnny baissa les yeux et passa instinctivement la main sur son tatouage.

— Quand je suis parti chercher du travail après l'école, je voulais un tatouage qui me rappellerait toujours d'où je venais.

March hocha la tête.

— Les tatouages sont aussi une façon silencieuse d'entrer dans la marge.

— C'est vrai. J'ai très vite réalisé que, dans le milieu dans lequel j'évoluais, je ne pourrais jamais être ouvertement gay. Je suis Navajo et je suis gay. C'est celui que je suis, et même si personne ne le sait, même si personne ne me voit tel que je suis, ce tatouage est un peu comme un rappel constant, un réconfort.

— Oh ! crois-moi, je t'ai vu, tu n'es pas aussi invisible que tu voudrais le croire, Johnny Arrow.

Johnny tapota son nez cassé avec un rire timide.

— Je ne suis pas vraiment un mannequin non plus, plaisanta-t-il.

— Si j'avais mon mot à dire, tu serais en couverture de tous les magazines, répondit très sérieusement March en le regardant avec intensité.

Johnny fut surpris de constater qu'il n'était pas gêné ni par ses mots ni par son regard. Il était flatté et fier que March le trouve aussi séduisant. La tension entre eux était presque palpable, et Johnny sentit son sexe durcir à nouveau. Et à en juger par la façon dont March le dévorait des yeux lorsqu'il s'excusa pour aller à la salle de bain, il n'était pas le seul.

Lorsqu'il ressortit, March lui bondit dessus et le plaqua contre le mur, avant d'attaquer ses tétons avec sa bouche, jusqu'à ce que les genoux de Johnny se mettent à trembler et ne le soutiennent plus.

Lorsqu'il se réveilla pour la seconde fois, la pièce était plongée dans l'obscurité. Il était dans les bras de March qui ronflait très légèrement. Johnny sourit. C'était le premier signe de faiblesse qui prouvait que March était humain et qu'il ne contrôlait pas chaque aspect de chaque situation, à toute heure du jour et de la nuit. C'était presque rassurant.

Malgré la sensation du sexe de March contre ses fesses et l'étau impitoyable de ses bras musclés, Johnny ne se sentait pas menacé. Bien au contraire, il se sentait en parfaite sécurité. S'il ne voulait pas quelque chose, il lui suffirait de le dire, il n'aurait pas à user de la force, March le lui avait maintes fois prouvé depuis le début de la nuit.

Johnny se tortilla entre ses bras pour lui faire face et découvrit que March était également réveillé. Johnny l'embrassa sans rien dire, savourant simplement le contact de leurs peaux l'une contre l'autre.

March entrelaça leurs mains et les plongea sous la couverture pour attraper leurs deux sexes et les frotter lentement l'un contre l'autre. Ils s'embrassèrent ainsi paresseusement en se caressant sous les couvertures, jusqu'à jouir presque en même temps.

— Trois fois dans la même nuit, haleta Johnny, amusé, tout contre la bouche de March. Pas mal, pour un homme de ton âge.

— Pas mal non plus pour un gamin de ton âge, lui retourna malicieusement March en lui caressant les flancs. Quel âge as-tu ?

— J'ai vingt-trois ans. Et toi ?

— Mon Dieu, que tu es jeune… J'ai soixante-deux ans, admit-il doucement.

Pour la première fois depuis qu'ils s'étaient rencontrés, Johnny perçut une lueur de doute dans son regard, comme s'il s'attendait à ce que le jeune homme se sauve, horrifié.

— Et je parie que tu as toujours été aussi sexy, dit-il spontanément.

— Toujours, sourit March. Mais encore plus en ta présence. Ta beauté naturelle semble être contagieuse.

Johnny éclata de rire, c'était sans doute la technique de drague la moins subtile qu'il n'avait jamais entendue.

Puis March soupira en secouant la tête.

— J'ai la sensation de t'avoir attiré dans mon lit avec de l'esbroufe. Je t'annonce que j'ai plus de soixante ans et je ne t'ai même pas offert à dîner.

— Ne t'en fais pas pour ça, tu m'as bien nourri, dit-il en baissant les yeux vers le sexe de March avec un regard lourd de sens.

March sourit et passa une main dans ses longs cheveux noirs.

— Tu devrais dormir un peu si tu ne veux pas donner à ton capitaine une nouvelle raison de te crier dessus.

Johnny se blottit contre lui et s'endormit presque instantanément.

Dès les premières lueurs du jour, March et Johnny se jetèrent l'un sur l'autre, affamés comme s'ils ne venaient pas déjà de passer la nuit entière à se découvrir. Ils luttèrent en riant pour savoir qui aurait le dessus, et Johnny parvint à immobiliser March et à s'asseoir sur lui. Très vite, March le fit basculer et le coinça sous son corps pour l'embrasser.

— Tu es très bien, ici, conclut March avec un sourire prédateur en plaquant ses poignets contre l'oreiller de part et d'autre de sa tête. Remets-toi comme hier, les jambes serrées.

Johnny s'exécuta aussitôt.

— Je suis désolé de ne pas pouvoir t'offrir plus. Dans d'autres circonstances, j'aurais…

— Je ne veux pas t'entendre t'excuser, mon garçon. Ce que tu m'offres me satisfait amplement et il y a toujours un bon côté à tout, murmura-t-il tout en immisçant son sexe dans le creux créé par les jambes Johnny. Tu vois ? Pas besoin de préservatif. Point positif.

Johnny se cambra pour aller à la rencontre des mouvements de hanches de March qui le tenait fermement allongé contre le matelas. Cette nuit avait permis à Johnny de découvrir qu'il n'était pas contre un peu de domination, ce qui le fit malgré lui penser à Cody. Il resserra les muscles de ses cuisses et se concentra sur le visage de March au-dessus du sien.

Les mouvements de March s'accélérèrent et il éjacula avant de s'effondrer contre Johnny et d'enfouir son visage dans ses cheveux en inspirant profondément. Johnny mourait d'envie de jouir à son tour, et il espérait sincèrement que March ne comptait pas s'endormir ainsi.

March le rassura très vite en se redressant et en lui offrant un baiser rapide.

— Ne t'en fais pas, nous sommes loin d'avoir fini.

— Tu es insatiable, rit Johnny en se laissant fondre contre les draps du lit.

— Si tu savais à quel point tu as raison…

March se redressa et quitta le lit avec des mouvements rapides, laissant Johnny interloqué derrière lui. Mais avant qu'il puisse faire le moindre mouvement, March l'attrapa derrière les genoux, le tira jusqu'au bord du matelas et gronda d'une voix chargée de désir :

— Si tu m'avais laissé te baiser, je serais enfoui en toi et tu me supplierais de te laisser jouir à l'heure qu'il est. Mais puisque nous devons improviser…

Et sur ces mots, il attrapa fermement Johnny par les fesses, souleva ses hanches et avala son sexe tout entier d'un seul coup. C'était sans conteste la fellation la plus mémorable, la plus agressive et la plus intense de toute l'histoire de la vie sexuelle de Johnny. March le suçait comme si sa vie en dépendait et que lui donner un orgasme était le seul but de son existence. Il entraîna Johnny jusqu'au bord du plaisir, et au moment où Johnny sentit le picotement familier de l'orgasme au creux de ses reins, March le lâcha et recula. Il mit deux doigts dans sa bouche pour les humidifier, puis effleura délicatement l'entrée de Johnny du bout de son index mouillé tout en embrassant son sexe sur toute la longueur. En sentant l'intrusion contre son anneau de muscles, Johnny se crispa d'abord instinctivement, mais lorsque March fit lentement entrer son doigt en lui, il s'abandonna au plaisir. Il ne fallut pas plus d'une minute à March pour trouver la prostate de Johnny et lui faire voir des étoiles. Johnny ouvrit la bouche dans un cri silencieux, bougea les hanches à toute vitesse comme pour chasser la sensation de plaisir et se laissa emporter par l'extase de son orgasme pour la énième fois en moins de quelques heures.

Épuisé et satisfait, Johnny se laissa mollement retomber sur le lit. March le réinstalla correctement contre les oreillers, s'allongea à côté de lui, et le prit dans ses bras.

— Je voulais t'offrir la plus belle nuit de ta vie, mais j'ai l'impression étrange que c'était la plus belle nuit de la mienne, sourit March. Tu viens de me laisser toute une réserve de souvenirs torrides pour me tenir compagnie durant mes longues soirées d'hiver.

— Comme si tu avais besoin de compagnie.

— Pas souvent, mais elle est rarement d'aussi bonne qualité, avoua gentiment March en lui caressant la joue.

— En tout cas, je n'oublierai jamais cette nuit, répondit Johnny en le regardant, l'air presque trop sérieux.

— Moi non plus, Johnny Arrow. Moi non plus...

APRÈS LEUR dernière performance, ils s'accordèrent tous les deux à dire qu'ils étaient trop fatigués pour tenter de remettre le couvert. Ce qui ne les empêcha pas de prendre leur douche ensemble et de s'embrasser sensuellement en se caressant jusqu'à ce qu'il n'y ait plus d'eau chaude. Johnny profita de l'excuse de la douche pour dissimuler quelques larmes incontrôlées. Jamais il n'aurait imaginé passer une nuit aussi romantique, auprès d'un homme aussi extraordinaire. Dire adieu à March n'allait pas être facile. Johnny n'avait plus quinze ans, il n'était pas tombé amoureux au bout d'une nuit, mais cette rencontre lui avait rappelé qu'il pouvait prétendre à plus que quelques parties de jambes en l'air anonymes dans les toilettes d'un bar.

Jusqu'ici, l'idée de reconstruire sa vie avec quelqu'un d'autre que Cody l'avait terrifié, et il avait préféré ne pas y penser, mais March venait d'ouvrir une porte et de lui montrer qu'il avait encore beaucoup de choses à découvrir.

Ils sortirent de la douche, se séchèrent et se rhabillèrent, et March surprit Johnny en l'invitant à prendre un vrai petit-déjeuner.

— Ce n'est pas un rendez-vous. Considère cela comme un simple repas entre amis, le rassura March.

— Il faut vraiment que j'y aille, il est déjà tard et...

— La compétition n'a lieu que ce soir. Et il faut bien que tu manges, de toute façon, insista March en le prenant gentiment par le bras. C'est moi qui paie. Nous nous sommes tellement bien entendus au lit, je te parie que nous nous entendrons aussi bien à table, ajouta-t-il avec son petit sourire espiègle.

Il lui rappelait parfois tellement Cody. Les bons côtés de Cody. Il était suffisamment mature pour avoir acquis cette confiance en soi des gens qui ne se sentent pas obligés de prouver leur valeur en permanence, c'était apaisant. Il s'intéressait sincèrement à Johnny et ne lui donnait pas l'impression de se servir de lui uniquement pour le sexe. À cette pensée, Johnny laissa malgré lui échapper un reniflement amusé.

— Qu'est-ce qu'il y a ? demanda March, curieux.

Les portes de l'ascenseur s'ouvrirent sur un restaurant aux lueurs tamisées avec des draperies dispendieuses partout sur les murs. Johnny cligna des yeux en songeant qu'il était, pour une fois, bien content de ne pas avoir à payer sa part.

— Rien, j'étais en train de me dire que c'était quand même nettement plus classe que mon aventure d'un soir dans les toilettes d'une aire d'autoroute.

Surpris, March rejeta la tête en arrière et éclata de rire, ce qui réchauffa le cœur de Johnny. Il savait que March saurait apprécier l'humour de la situation.

— J'espère bien, même si je respecte complètement les jeunes gens des toilettes sur les aires d'autoroutes. J'en ai croisé de très intéressants. Je garde un excellent souvenir d'un camionneur qui écrivait de la poésie. Il était obsédé par Shakespeare, il m'a demandé si je pouvais le baiser au rythme d'un sonnet en pentamètre iambique.

— Tu te fiches de moi.

— Je te jure que c'est vrai. Et j'ai accepté. Un bon amant essaie toujours de satisfaire son partenaire dans la mesure de ses capacités.

Après un long silence agréable, Johnny dit doucement :

— Tu es quelqu'un de bien, March. J'aurais voulu te rencontrer dans des circonstances différentes.

Le sourire mélancolique que March lui offrit serra le cœur de Johnny.

— C'est aussi pour cela que je t'ai invité à prendre le petit-déjeuner. Ce sera plus facile de nous dire au revoir dans un lieu public. À moins, bien sûr, que nous ne parvenions pas à contrôler l'attirance phénoménale que nous avons l'un pour l'autre et que nous décidions d'offrir à toutes les charmantes personnes ici présentes le spectacle de leur vie.

Presque malgré lui, Johnny retrouva sa bonne humeur et ne put s'empêcher de rire.

— Ton charme est une arme de destruction massive, dit-il en secouant la tête.

— Et il n'a pas fini de faire des victimes, répondit fièrement March avec un clin d'œil. Johnny, tu devrais aller le retrouver, ajouta-t-il sérieusement, mais d'une voix très douce.

— Retrouver qui ? demanda Johnny, paniqué.

Il ne se souvenait pas avoir parlé de Cody. Mon Dieu, il espérait ne pas avoir gémi son prénom dans le feu de l'action. De tous les hommes avec qui il avait passé une nuit, s'il y en avait bien un auquel il ne voulait pas faire subir cet affront, c'était March.

— L'homme auquel ton cœur appartient encore, qui qu'il soit. J'ai été impressionné que tu insistes pour que nous n'allions pas jusqu'au bout, alors qu'il était évident que tu en avais envie. La constance et la détermination avec laquelle tu as refusé de franchir cette limite ont parlé d'elles-mêmes. Il est évident que tu respectes encore trop cet homme pour te laisser aller complètement dans les bras d'un autre. Je ne le connais pas, mais je crois t'avoir cerné un peu, et tu es un jeune homme très intelligent. Trop intelligent pour tomber amoureux de quelqu'un qui ne te mérite pas. J'imagine qu'il a dû te faire du mal pour que tu en sois là aujourd'hui, mais si tu te refuses à offrir ton cœur à un autre, c'est pour une bonne raison. Va le retrouver, donnez-vous une autre chance. Je suis désolé du cliché, mais la vie est trop courte pour perdre du temps bêtement ainsi.

— J'ai l'impression d'être chez un psy, grogna Johnny en contractant la mâchoire, l'estomac noué.

— Eh bien, puisque tu abordes le sujet, il s'avère que j'ai un diplôme en psychologie. Après quelques années sur différents chantiers, j'avais mis assez d'argent de côté pour m'offrir le luxe d'aller à l'université. Autant t'avouer tout de suite que c'était une source intarissable de jeunes hommes avides de faire des expériences. Je n'ai jamais su choisir entre le charme des muscles et celui de l'esprit, ajouta March, pensif. Écoute, je ne suis pas en train de te faire la leçon, et je ne suis pas en train de chanter les louanges de la monogamie, mais je pense que, pour certaines personnes, c'est la clé du bonheur. Et je crois sincèrement que tu es l'une de ces personnes.

— Je ne sais pas, peut-être…

— J'ai rencontré beaucoup d'hommes dans ma vie, mais l'amour ? Très rarement. Des partenaires sexuels avec lesquels s'installe une belle complicité oui, mais l'amour, c'est une créature en voie de disparition. Quand nous l'avons trouvé, il ne faut pas le lâcher.

— Tu n'as pas de petit ami ?

— Pas en ce moment. J'ai été amoureux il y a longtemps, mais j'ai fait l'erreur de le laisser partir. Il était plus jeune que moi, beaucoup plus jeune, et parfois, nous ne nous comprenions pas. Je l'ai déçu et il en a eu assez de faire des efforts, alors il est parti. Nous étions tous les deux trop fiers pour nous excuser, le temps a passé, et puis c'était trop tard.

— Ça me fait penser à moi et Co… Enfin, à moi et mon ex.

— Ne fais pas la même erreur que moi. Si tu as trouvé la bonne personne, ne laisse pas bêtement passer le bonheur.

— Comment sais-tu que nous avons rompu et que nous ne sommes pas tout simplement dans une relation ouverte ?

March sourit en secouant la tête.

— Tu n'es pas le genre à accepter d'être dans une relation ouverte.

— Je pense sans arrêt à lui, admit Johnny.

— Est-ce qu'il te manque ?

Johnny hocha la tête en baissant les yeux, le nez plongé dans son verre de jus d'orange.

— Pourquoi avez-vous rompu ?

— Tout un tas de petites choses stupides. Sa façon de toujours tout prévoir et tout programmer sans me demander mon avis, de parler de ses anciennes conquêtes avec fierté…

— Ah, le poids du passé. Cela t'embêtait-il tant que cela ?

— Je n'avais jamais été avec un autre homme avant lui, je crois que quelque part, j'étais jaloux de son expérience.

— Il était ton premier amant ? Il a dû se faire un plaisir de t'introduire aux joies du sexe gay.

— Non, je ne le lui ai jamais dit. Il s'amusait sans arrêt à me rappeler que j'étais plus jeune, je ne voulais pas lui donner une autre excuse de me traiter avec condescendance. Je sais que ce n'était pas tout le temps, et qu'il ne le faisait pas pour être cruel, je ne suis même pas sûr qu'il s'en rendait compte. Mais un jour, j'en ai eu assez et je suis parti.

— Tu as le droit. Un abus, aussi insignifiant soit-il, peut pousser à bout la personne la plus patiente, s'il est suffisamment répété. Dans une relation sérieuse, il est primordial de trouver un pied d'égalité. Si l'un des deux partenaires se sent écrasé par l'autre, et s'il n'y a pas de communication, la relation va droit dans le mur. Mais tu ne peux pas baisser les bras avant d'avoir essayé. Tu risques de passer ta vie dans le doute, à refuser de donner ton cœur à un autre, sans trop savoir si ton ex et toi auriez pu vous offrir une seconde chance.

— Je vais y réfléchir, répondit Johnny en penchant la tête sur le côté.

— Prends le temps de te demander ce qui est important pour toi, pas ce qui est important pour lui. Il est adulte, il peut prendre soin de lui. Mais dis-lui ce que tu as sur le cœur, n'aie pas peur de te montrer vulnérable. Tu devrais lui dire qu'il était ton tout premier amant.

— Je ne sais pas si ça compte vraiment maintenant. Le moins que l'on puisse dire, c'est que j'ai rattrapé le temps perdu, ces dernières semaines. Mais toutes ces rencontres m'ont laissé un étrange sentiment de…

— Solitude ? proposa March. Un sentiment de solitude que tu n'as pas ressenti cette nuit ?

— Oui, répondit Johnny avec prudence.

— Ne fais pas cette grimace, ce n'est pas parce que nous sommes tombés amoureux, c'est tout simplement parce que nous avons pris le temps de discuter, et que nous étions sincèrement, humainement attirés l'un par l'autre, et, pas simplement un corps chaud dans lequel fourrer sa queue pour oublier son désespoir pendant cinq misérables minutes. Ça ne veut pas dire pour autant que nous allons nous marier, ou que ton ex compte subitement moins à tes yeux. Retrouve-le, insista March avec, dans le regard, toute une vie de regrets pour ce qu'il n'avait pas eu le courage de faire.

Puis, la tristesse disparut de son visage comme elle était arrivée, et dans un haussement de sourcils séducteur, il ajouta :

— Et si ça ne fonctionne toujours pas entre vous, tu sais où me trouver.

— Tu seras le premier sur la liste.

— N'hésite pas à passer me voir après la compétition de ce soir, si tu t'ennuies.

— J'aimerais beaucoup, mais je fais la tournée en covoiturage avec Vern, mon capitaine, et il n'aime pas traîner après le spectacle.

Il aurait sincèrement voulu le revoir. Ignorant complètement les quelques rares autres personnes dans le restaurant, il prit la main de March dans la sienne.

— J'ai passé une très belle nuit. Tu vas me manquer.

— Tu vas me manquer aussi, gamin. Et puis, je t'avais promis de te faire passer la plus belle nuit de ta vie, non ? le taquina-t-il en commençant à lui faire du pied sous la table.

Il remonta le bout de sa chaussure le long de la jambe de Johnny, jusqu'à l'intérieur de sa cuisse, et lui demanda très sérieusement :

— Dis-moi la vérité, as-tu déjà batifolé avec Vern ?

Johnny manqua recracher son jus d'orange par le nez.

— Vern est l'hétéro le plus hétéro que je connaisse, il ne sait même pas que je suis gay. Le bull riding est un milieu très, très conservateur. L'aigle, le drapeau américain et Dieu, oui, mais les homos, non.

— Pas aussi conservateur qu'on le pense, crois-moi. Je ne viens pas assister aux compétitions que pour le spectacle, certains de ces cowboys sont aussi sauvages au lit que les taureaux de l'arène.

— Tu vas dire des trucs cochons pendant tout le petit-déjeuner ?

— Tu veux que j'arrête ?

— Surtout pas.

Et, par un miracle auquel même Johnny n'aurait pas cru après la nuit qu'il venait de passer, March réussit à lui provoquer une nouvelle érection au beau milieu du restaurant.

Après le déjeuner, March le raccompagna jusqu'à son motel et lui dit adieu avec un baiser digne des plus grands films romantiques hollywoodiens. Juste avant de s'éloigner, il pressa quelque chose au creux de sa paume en chuchotant :

— Je serai dans les gradins ce soir, alors rends-moi fier, Johnny Arrow. Et ne m'oublie pas, je serais triste de perdre un ami comme toi.

Johnny s'attendait à trouver un billet dans sa main, et il s'apprêta à protester de colère, jusqu'à ce qu'il baisse les yeux et découvre une carte de visite. March Avery, Entrepreneur en immobilier.

— Il y a mon numéro de portable au dos, si jamais un jour tu as besoin de parler...

— Je n'hésiterai pas. Et je ne t'oublierai pas, March. Je ne veux pas non plus perdre un ami comme toi.

Johnny se blottit contre lui, savourant pour la dernière fois l'étreinte musclée et réconfortante de ses grands bras.

Il venait de passer une nuit très intéressante, dans les bras d'un homme tout aussi intéressant, et dans d'autres circonstances, il se serait très bien imaginé commencer une relation avec quelqu'un comme March. Mais chaque fois que le nom de Cody avait été prononcé à table ce matin-là, son cœur avait fait un petit bond. Et, s'il était honnête, Johnny devait reconnaître que ce qu'il voyait en March, c'était ce qu'il espérait un jour retrouver en Cody avec de l'amour et de la patience.

APRÈS UN détour par la salle de gym et une longue sieste bien méritée, Johnny s'extirpa de son lit juste à temps pour retrouver Vern sur le parking du motel et se rendre dans l'arène. Dans la douche, il découvrit l'étendue des marques que March lui avait laissées, mais conformément à sa promesse, une fois habillé, plus aucune n'était visible.

Il portait les marques de March avec fierté. Il lui en avait laissé quelques-unes aussi, et il savait que March les découvrirait avec le même sentiment de satisfaction. Depuis leur dernière conversation, Johnny n'arrêtait pas de penser à Cody. Il était enfin prêt à mettre son égo de côté et à admettre qu'il était malheureux et que Cody lui manquait cruellement.

Ce soir-là, il offrit au public et à son équipe une performance irréprochable. Il savait que March était dans la foule et qu'il l'observait sans doute encore, mais cette fois-ci, cette pensée l'aida à se concentrer, et il ne tourna pas la tête vers les gradins de toute la soirée.

Bien entendu, il restait malgré tout un simple écarteur, et le public ne vit probablement pas la différence, mais Vern et Reese oui, et c'était le plus important. Lorsque le rider qui avait remporté la compétition monta sur le podium pour récupérer sa boucle de ceinture, Johnny s'autorisa enfin un regard vers le public, et trouva presque immédiatement celui de March. Il lui sourit, et March lui fit un signe de la main.

Quoi qu'il advienne dans le futur, il était heureux de savoir que la petite carte de visite avec le numéro de March l'attendait dans le placard de son vestiaire.

Une fois l'arène vidée, et après un dernier regard échangé avec le beau gentleman aux cheveux d'argent, Johnny suivit Vern jusqu'à son camion pour reprendre la route, un petit sourire perpétuellement collé aux lèvres. Reese était déjà parti depuis plus d'une dizaine de minutes. Vern s'engagea sans tarder sur la voie rapide et Johnny regarda l'Oklahoma disparaître dans son rétroviseur.

— Tu étais en forme, ce soir, qu'est-ce qui t'a réveillé comme ça ? demanda Vern.

— J'ai rencontré quelqu'un hier soir.

— La bimbo qui te reluquait au premier rang ?

— Non, j'ai mangé avec un type. Un type d'une cinquantaine d'années qui m'a donné quelques conseils existentiels.

— Du genre ? demanda Vern abruptement, presque comme s'il se sentait personnellement vexé que Johnny ne soit pas venu chercher des conseils auprès de lui.

— Il me disait qu'il ne fallait pas laisser les distractions parasites du quotidien se mettre en travers de ce qui comptait vraiment.

— Pas bête, acquiesça Vern en pinçant les lèvres. À mon avis, ce qu'il essayait de te faire comprendre, c'est qu'il ne faut pas laisser l'alcool et les gonzesses te détourner du bull riding.

— Peut-être, répondit Johnny en tournant la tête vers sa fenêtre pour sourire discrètement.

— C'est un très bon conseil. Tu devrais peut-être songer à te caser, tu sais. C'est ce qui m'a sauvé, moi. Si je n'avais pas rencontré ma femme, je n'aurais jamais rejoint les Alcooliques Anonymes et je vivrais sans doute dans un carton, derrière un V & B. Parfois, je me dis même que, sans elle, je serais mort.

— C'est bien que tu l'aies rencontrée, répondit maladroitement Johnny.

Il n'avait pas l'habitude que Vern partage des informations aussi personnelles.

Il sentit son téléphone portable vibrer dans sa poche et le sortit pour jeter un coup d'œil. C'était un texto de March.

Joli travail dans l'arène, ce soir. Prends soin de toi, et appelle-moi un de ces quatre. M.

Johnny sourit et lui répondit.

Merci. Je penserai à toi, ce soir. J.

Des pensées coquines, j'espère.

Absolument indécentes. Encore merci pour tout.

Johnny s'apprêtait à ranger son téléphone lorsqu'il vibra à nouveau. Il sentit son cœur s'arrêter en voyant qu'il s'agissait d'un message de Cody. Il cliqua dessus pour l'ouvrir, les doigts tremblants.

Tu as été excellent, ce soir ! J'ai vu la compétition sur YouTube. J'espère que le coup que tu t'es pris hier ne t'a pas trop amoché.

Johnny décida de répondre tout de suite avant de perdre tout courage.

Merci. Je n'étais pas dans mon assiette, hier.

Ne t'inquiète pas, tu t'es largement rattrapé, ce soir. On se voit dans deux semaines.

Plus que deux semaines, déjà. D'ici deux semaines, les finales de la ligue professionnelle commenceraient, et Cody et lui devraient à nouveau apprendre à cohabiter dans l'arène. Johnny devrait le protéger avec la même attention et la même impartialité que le reste des riders. Tous leurs amis communs les observeraient et attendraient d'eux qu'ils se comportent comme si tout allait bien.

Les yeux perdus dans le vague, Johnny réalisa qu'il n'avait pas répondu à Cody. Il rouvrit l'application des messages.

À dans deux semaines.

LE BRAS suspendu à la vitre du côté passager, Johnny se pencha à l'extérieur pour profiter de l'air qui s'écrasait à toute vitesse contre son visage. La fin de l'été était caniculaire, mais le vent permettait de survivre sans se liquéfier totalement. Johnny avait grandi dans le désert, il lui en fallait bien plus pour le mettre hors service. Ni Vern ni Reese ne l'avaient laissé conduire une seule fois, et il s'était habitué à la place du passager.

La chanson préférée de Johnny passait à la radio. *I Get off on the Pain*, de Gary Allan. Le couplet qui décrivait la sensation nostalgique de se réveiller et de se sentir déraciné, à des milliers de kilomètres de chez soi, serra le cœur de Johnny. Il ne leur restait plus que deux jours de compétitions, après quoi ils auraient deux semaines de pause. Johnny avait couru à travers le pays tout l'été, et pour la première fois, il n'aurait aucun endroit précis où aller, aucun refuge. En quittant Cody et le ranch, il avait tourné le dos à ce qui avait été comme sa maison pendant plus de deux ans. Il n'avait aucune idée de ce qu'il allait bien pouvoir faire pendant ces deux semaines de vacances forcées. Il fallait qu'il trouve du travail, et vite.

Tout autour de lui lui rappelait douloureusement Cody. Un champ de blé lui rappelait la couleur de ses cheveux, le bruit du vent lui rappelait ses soupirs pendant l'amour. Cody lui manquait plus que jamais.

Lorsque March lui avait conseillé d'aller retrouver Cody et de lui donner une seconde chance, Johnny s'était senti libéré d'un poids immense. Depuis, il ne vivait plus dans le déni et les rencontres scabreuses d'un soir, mais il était torturé par les souvenirs de leur histoire. Même les mauvais souvenirs lui donnaient envie de retrouver Cody.

Il était tellement absorbé par ses pensées que Reese fut obligé de répéter plusieurs fois sa question avant qu'il l'entende.

— Où est-ce que tu vas aller pendant le break après la compétition de Bâton Rouge ?

— Je ne sais pas trop encore, admit Johnny en secouant la tête.

— Tu vas rendre visite à ta mère.

— Non.

— Tu pourrais peut-être partir en vacances dans un endroit sympa.

— Je ferais mieux de trouver du travail, j'ai besoin d'argent.

— Tu sais, si tu n'as vraiment aucun plan, tu peux venir avec moi. Je rentre sur mon ranch pour faire quelques petits travaux, et ce n'est pas le travail qui manque. J'ai promis à ma femme de rentrer un peu avant les championnats de fin d'année. Si ça te dit de donner un coup de main, tu seras nourri et logé à l'œil. Ma femme est une cuisinière hors pair. Ce ne sera pas un salaire de prince, mais tu serais en terrain connu.

Johnny hésita. Il craignait que Reese le lui ait proposé par pitié, et il ne supportait pas l'idée d'être une œuvre de charité. Mais il avait déjà fait suffisamment de choix stupides à cause de sa fierté depuis le début de l'été. Il avait besoin de l'aide de Reese, s'il voulait survivre à ces deux semaines sans devenir fou et envoyer un peu d'argent à sa mère à la fin du mois.

— Ce serait super, Reese, merci, dit-il sans parvenir à sourire.

— Tu ne verras pas le temps passer tellement il y a de travail. Et puis Vern habite à seulement quelques kilomètres.

Il donna un léger coup de poing dans l'épaule de Johnny.

— Détends-toi, tu as besoin d'une coupure. Nous en avons tous besoin, nous ne pouvons pas passer notre vie à courir dans l'arène, ce n'est pas sain.

— Tu as sans doute raison, concéda Johnny en se laissant aller contre son siège et en essayant de ne pas penser à Cody et aux finales de la rentrée.

JOHNNY ÉTAIT soulagé que le break ne dure pas plus deux semaines. Il faisait trop chaud, les journées sur le ranch de Reese étaient exténuantes, et il devait cohabiter dans un mobile home avec deux autres ouvriers qui étaient là tout au long de l'année et qui ne savaient pas trop quoi faire de lui.

Il avait l'habitude de partager sa vie en permanence avec Reese et Vern sur la route, mais il avait toujours bénéficié d'un minimum d'intimité. Dans le mobile home il se sentait étouffer et il avait l'impression d'être sur le qui-vive en permanence. Les deux ouvriers de Reese se contentaient de leur quotidien de dur labeur, se saoulaient invariablement le week-end et descendaient en ville plusieurs soirs par semaine pour chercher un peu de compagnie féminine. Johnny voulait bien faire un effort pour s'intégrer, mais il refusait d'y aller avec eux et de supporter cela, alors il restait seul sur le ranch.

À son grand soulagement, il ne croisa ni Vern ni aucun autre rider vivant dans le coin. Force était de constater que, sorti du bull riding, il n'y avait pas grand-chose d'autre dans sa vie. Et Cody lui manquait terriblement.

Il comptait les jours jusqu'à la reprise de la saison de ligue pro comme un prisonnier avant sa libération. Et il était en manque. Deux semaines de célibat forcé, il allait exploser.

Le dernier jour avant leur départ pour les finales, la météo changea de manière drastique, et des trombes d'eau leur tombèrent sur la tête, comme si le ciel s'était décousu. Johnny pensa avec mélancolie à son imperméable qui était sans doute resté accroché dans l'entrée de leur petit chalet, sur le ranch des parents de Cody. Il réajusta la capuche de son poncho en plastique, qu'il avait acheté pour deux sous dans une boutique pour touristes, et frissonna. Malgré la ridicule capuche mal découpée, son chapeau de cowboy faisait gouttière, et une rigole de pluie tombait dans son cou chaque fois qu'il penchait la tête trop en arrière. Ses santiags étaient couvertes de boue et il mourait d'envie de rentrer se mettre au sec. Mais il devait encore nourrir le bétail et traire les vaches.

À la fin de la journée, il alla rejoindre Reese à la porte de la grange, et ensemble, ils regardèrent en silence la pluie tomber à verse sur le ranch. Ils étaient tous les deux si fatigués qu'ils n'avaient même plus le courage de courir jusqu'à la maison.

— L'automne arrive, lança finalement Reese en forçant sur sa voix pour être entendu par-dessus le bruit de la pluie. C'est bon pour les taureaux, ils seront plus alertes, ça nous fera de l'action dans l'arène.

— Es-tu content de retourner dans l'arène ? lui demanda Johnny, sincèrement curieux.

— Oui. Je suis content aussi quand je rentre sur le ranch et que je retrouve ma femme, mais l'arène me manque. Et puis, je suis pressé que les finales commencent, c'est le meilleur moment de l'année.

Il s'étira et donna une tape dans le dos de Johnny.

— Le dîner doit être prêt, nous devrions rentrer.

À table, Johnny ne participa pas beaucoup aux conversations. Il aida à faire la vaisselle après le dîner et s'éclipsa pour rejoindre le mobile home tout seul, sous la pluie.

Son portable vibra dans sa poche. Il espérait que c'était Cody.

XIV.
La Chute

Cody ne pouvait plus attendre, c'était insupportable. Il ne pouvait plus se contenter de regarder les compétitions sur la chaîne YouTube de la FNB en espérant apercevoir un bras ou une jambe de Johnny dans un coin de l'écran. Il n'arrivait à se concentrer sur rien, ni sur l'élevage ni sur son entraînement. Il finit par décider qu'il était lâche de se cacher derrière des excuses et qu'il était grand temps de faire quelque chose.

Il envoya un message à Johnny. Il n'osa pas lui écrire qu'il lui manquait, c'était se rendre plus vulnérable qu'il n'en était capable, mais il laissa entendre qu'il était dans les parages pour la soirée de clôture des compétitions d'été et qu'il n'avait rien à faire après.

À sa grande surprise, Johnny lui répondit qu'il voyageait avec Vern et qu'il repartait tôt le lendemain, mais qu'il était d'accord pour boire un verre après le spectacle. Cody lui répondit aussitôt, pour savoir où et quand il voulait qu'ils se retrouvent, et la proposition de Johnny le figea.

Un bar gay. Johnny lui donnait rendez-vous dans un bar gay. Ce message confirmait ses pires craintes. C'était la preuve que Johnny n'était pas resté célibataire pendant leur séparation. Vert de jalousie, il jeta son téléphone en poussant un cri de rage et ne répondit pas. Johnny n'avait pas le droit de lui faire ça !

Il était hypocrite. Johnny avait le droit de faire ce qu'il voulait.

Il s'était tellement appliqué à cacher sa sexualité pendant toute sa vie, il n'avait jamais compris le besoin que Johnny avait de vouloir dire au monde entier qu'ils étaient ensemble. Cody avait tellement d'autres priorités, et puis Johnny était parti, parti chercher un peu de la clarté et de la sincérité que Cody refusait de lui offrir. Dans un bar ouvertement gay. Cody avait abandonné l'idée de sortir du placard longtemps auparavant, il avait préféré se concentrer sur sa carrière. Mais Johnny était jeune et il voulait s'ouvrir au monde maintenant. On en revenait toujours à leur différence âge.

Il était conscient que ce n'était pas juste de demander à Johnny de sacrifier ses choix et ses convictions pour la carrière de Cody, mais ce n'était pas juste non plus d'attendre de Cody qu'il se dévoile maintenant, à la veille des finales. Il gagnerait sans doute quand même, mais le nombre de fans qui criaient son nom dans la foule diminuerait de manière drastique, et les sponsors le fuiraient. Il perdrait peut-être même les contrats de son élevage.

Il regarda nerveusement son portable, à quelques mètres de lui. Et s'il s'agissait d'un test que la vie faisait passer ? Risquait-il de perdre Johnny à tout jamais en ne répondant pas ? Leur futur tout entier dépendait-il d'un seul petit message ? C'était tellement ridicule, il était déjà incapable de communiquer en face à face, les chances de dire ce qu'il ne fallait pas se multipliaient sans doute via texto. Il prit une profonde inspiration, ramassa son téléphone et répondit :

On se retrouve là-bas.

Il attendit quelques minutes, mais Johnny ne renvoya aucun message après cela. Peut-être avait-il cru que Cody ne lui répondrait plus et avait-il éteint son portable. Toute cette incertitude était insupportable. Il ne savait même pas si Johnny avait seulement lu son message. Il ne pouvait pas rester assis devant son téléphone à se torturer toute la journée.

Six heures plus tard, après une journée d'entraînement, il avait reçu un message.

Super. On se retrouve directement sur place.

Il ne lui restait plus qu'à passer chercher Dub et prendre un avion pour Yakima.

CODY N'AVAIT jamais été du genre à se creuser la tête pour savoir quoi porter. Il savait qu'il était séduisant, et il avait suffisamment confiance en lui pour ne pas se poser de questions ou se sentir obligé de faire attention à son apparence. Et voilà qu'il était en train d'angoisser en hésitant entre la chemise bleue et la chemise noire comme si le futur de l'humanité en dépendait. Il ferma les yeux en soupirant et attrapa la chemise bleue. Elle avait intérêt à faire revenir Johnny. Il ne se posa pas de question en enfilant son jean, il savait que Johnny avait un faible pour son derrière dans une bonne paire de jeans. Il avait nettoyé et ciré ses bottes, il s'était rasé, coiffé, et ses mains étaient impeccables. Il avait l'impression dérangeante d'être une adolescente avant son premier rendez-vous. Il se demandait si Johnny était dans le même état.

Il avait regardé sur Internet où se trouvait le bar exactement, il n'avait aucune envie d'être obligé de demander son chemin à un passant. Il fut soulagé de constater que c'était loin de l'arène, ils ne risquaient pas de croiser quelqu'un qu'ils connaissaient. Il regrettait de ne pas avoir invité Johnny à dîner avant, ils auraient pu discuter tranquillement, installés à une table sans avoir à crier par-dessus le brouhaha et la musique, et il aurait pu le convaincre de rentrer à la maison, où était sa place, sans avoir à s'inquiéter qu'un mec débarque et commence à le draguer.

Il redressa les épaules et quitta sa chambre d'hôtel. Il était arrivé jusqu'ici, il n'allait pas faire demi-tour. Il avait tellement l'habitude d'obtenir tout ce qu'il voulait par la force brute qu'il craignait de faire fuir Johnny à nouveau. Il savait qu'il devrait surveiller la moindre de ses paroles ce soir-là s'il voulait le ramener avec lui.

Il acheta un hot-dog à un vendeur dans la rue et le mangea en se dirigeant vers le bar, l'estomac noué. Il vérifia sa montre une bonne centaine de fois, pour être sûr de ne pas arriver ni trop tôt ni trop tard, et poussa un grognement frustré en réalisant qu'il était ridicule.

Lorsque l'heure arriva enfin et qu'il s'approcha du bar, tous ses sens étaient en ébullition. Il se sentait comme un taureau dans les cages de contention. Il prit soin de ne pas dévisager les autres hommes qui se dirigeaient également vers le bar, et enfin, il entra.

Un nuage de fumée de cigarette flottait dans la salle, l'odeur était désagréable, mais au moins, le voile opaque permit à Cody de scruter la foule sans être vu. Puis, il aperçut Johnny. Son cœur s'accéléra comme lorsqu'il s'apprêtait à entrer dans l'arène. Le reste du monde disparut autour de lui, il n'y avait plus que Johnny, baigné d'une lumière divine, un halo qui éclipsait tout le reste du bar. Son Johnny. Son magnifique Johnny.

Il releva la tête, leurs regards se croisèrent et toute une conversation se joua dans le silence et la distance qui les séparait. Leurs respirations s'accélérèrent, leurs pupilles se dilatèrent et leurs lèvres s'entrouvrirent, le désir entre eux était déjà presque palpable.

Cody traversa la foule des danseurs sans se soucier de savoir qui il bousculait sur son passage et s'arrêta devant la table à laquelle Johnny était assis. En redécouvrant son visage après tout ce temps, Cody se sentit comme un homme assoiffé dans le désert qui venait enfin de trouver une oasis. Il scruta avec un plaisir indescriptible ses grands yeux expressifs, la ligne sexy de son nez cassé, ses pommettes saillantes et ses longs cheveux noirs brillant sous les lumières du bar, et Johnny.

Un homme séduisant s'approcha de la table dans l'intention évidente de draguer Johnny, et Cody se retint de lui aboyer dessus avec beaucoup de difficulté. Il se contenta de lui lancer un regard meurtrier, et l'autre homme battit en retraite en levant les mains en signe d'excuse.

Johnny lui sourit et Cody lui tendit une main.

— Tu danses ? proposa-t-il, la voix rendue rauque par l'émotion.

Une expression de surprise et de bonheur immense éclaira le visage de Johnny, et il se leva sans l'ombre d'une hésitation pour atterrir dans les bras de Cody.

On pouvait sans peine dire de Cody qu'il était exhibitionniste. Il avait couché avec des inconnus dans les endroits publics les plus incongrus, participé à des plans à plusieurs durant lesquels il avait regardé, ou été regardé, mais jamais, jamais de sa vie il n'avait dansé en public avec un autre homme.

Il enfouit le corps de Johnny dans sa grande silhouette avec un sentiment de soulagement inégalable, et commença à se balancer doucement au rythme de la musique. Il ne l'avait pas serré dans ses bras depuis si longtemps que le bonheur de poser ses mains contre son dos, de sentir la chaleur de sa peau et le glissement de ses muscles sous le tissu de son tee-shirt le fit presque suffoquer. Il inhala l'odeur familière de Johnny et une cascade de souvenirs défila derrière ses paupières. Leurs fous rires, leurs disputes, leurs baisers, tendres ou passionnés, leurs nuits d'amour, leurs conversations sous les étoiles.

Il se mit à trembler légèrement. Ou bien peut-être était-ce Johnny qui s'était mis à trembler. Peut-être tremblaient-ils tous les deux. Cody ne dansait, certes, pas souvent, mais il savait que c'était sans doute la métaphore la plus poétique de l'acte sexuel. Deux corps pressés l'un contre l'autre qui se mouvaient en rythme pour ne faire qu'un.

Il avait peur de parler et de rompre le charme. Il était évident que Johnny était aussi perdu dans l'instant que lui. Alors, il ferma les yeux et appuya tendrement sa joue contre le sommet de son crâne, et continua simplement à danser sans poser de question.

Lorsque la chanson se termina, Cody se recula légèrement et plongea ses yeux dans ceux de Johnny. Ce qu'il lut dans son grand regard noir le rassura, et il sauta le pas.

— Rentre à l'hôtel avec moi, s'il te plaît ? demanda-t-il d'une toute petite voix qu'il reconnut à peine.

Johnny sourit et hocha simplement la tête.

Dehors, le vent de la nuit était plus frais que d'habitude. C'était la fin de l'été. Ils marchèrent côte à côte sans se toucher. Cody n'osait pas tourner la tête pour regarder Johnny. Il se sentait inexplicablement timide, comme s'ils étaient deux étrangers qui s'apprêtaient à passer leur première nuit ensemble. Johnny marchait d'un pas décidé, avec une assurance qui étonna Cody qui se sentait si peu sûr de lui, pour une fois. Il décida que, ce soir-là, il confierait les rênes à Johnny. Il le suivrait sans s'inquiéter de tout contrôler.

Une fois arrivé à l'hôtel, il ouvrit la porte à Johnny et le mena jusqu'aux cabines d'ascenseur. Il appuya sur le bouton du neuvième étage en se mordant la lèvre inférieure, et les portes se refermèrent sur eux. Presque aussitôt, Johnny se tourna vers lui et le plaqua gentiment contre le mur du fond de la cabine. Cody espérait qu'il allait l'embrasser.

Lorsque leurs lèvres se rencontrèrent enfin, Cody ferma les yeux et posa ses mains à plat sur le miroir derrière lui, dans l'espoir vain de se retenir à quelque chose. Johnny l'embrassa avec une assurance surprenante et terriblement excitante. Perdu dans leur baiser, Cody fut presque surpris lorsque l'ascenseur s'arrêta. Ils étaient déjà arrivés.

Johnny s'écarta de lui en souriant et sortit de la cabine comme si de rien n'était. Cody le suivit, étourdi, le souffle court et les jambes tremblantes. Un simple baiser et déjà tous ses sens étaient enivrés. Il pensait, il respirait Johnny, plus rien d'autre n'existait.

Il parvint tant bien que mal à retrouver la clé de sa chambre et à rattraper Johnny pour leur ouvrir la porte. Une fois à l'intérieur, il retira sa veste, la laissa négligemment tomber au sol, se blottit contre Johnny et le poussa à reculons jusqu'au lit, sur lequel ils tombèrent ensemble. Il s'installa à califourchon sur Johnny et se pencha pour l'embrasser en se demandant comment il avait pu survivre si longtemps sans ses baisers.

Il entrelaça ses doigts à ceux de Johnny et leva ses mains pour les appuyer contre l'oreiller, de chaque côté de sa tête, sans jamais cesser de l'embrasser. Sa vie était une course, une course contre le chronomètre de l'arène, une course à la victoire, une course à l'orgasme. Avoir Johnny de retour entre ses bras était la plus douce des victoires, c'était comme retrouver une part de lui qui lui avait été arrachée. Il était de nouveau lui-même, il avait retrouvé son équilibre.

C'était à la fois incroyablement romantique et incroyablement excitant. Son sexe était tellement dur dans son jean que c'en était presque douloureux. Leurs baisers se firent de plus en plus désespérés, et chaque fois que la langue de Johnny entrait dans sa bouche, Cody ne pouvait réprimer un gémissement. Pourtant, il n'osait pas prendre davantage d'initiative, il n'osait même pas bouger les hanches.

Johnny le fit rouler sur le dos pour inverser leurs positions sans jamais rompre le contact de leurs lèvres. Ils s'embrassèrent ainsi pendant de longues minutes, en se pressant l'un contre l'autre avec urgence, mais ni l'un ni l'autre ne retira ses vêtements.

Lorsque Cody trouva enfin le courage de faire lentement glisser sa main jusqu'à la braguette de Johnny, ce dernier l'arrêta en lui serrant le poignet.

— Pas ce soir, dit-il dans un souffle. Pas tout de suite.

Cody se sentit à la fois déçu et doublement excité. Il y avait, dans la voix de Johnny, une promesse irrésistible, et Cody savait qu'il ne regretterait pas d'attendre.

Il fit basculer Johnny sous lui pour reprendre le dessus et se glissa contre lui jusqu'à pouvoir épouser avec ses lèvres les contours de son sexe tendu derrière son jean. Johnny donna un coup de hanche involontaire, et Cody remonta pour l'embrasser.

Lorsqu'il recula la tête et que Johnny lui sourit, son cœur s'arrêta. En cherchant son regard, il sut, il sut que Johnny lui pardonnait. Le poids immense qui lui écrasait la poitrine et l'avait empêché de respirer correctement pendant des semaines s'envola, et il se fit la promesse de ne plus jamais décevoir Johnny, s'il lui offrait une seconde chance.

Johnny posa ses mains sur ses hanches, le tourna sur le côté, puis le fit rouler sur son estomac. Il lui massa les fesses pendant de longues secondes, puis s'allongea contre lui, son érection pressée entre ses fesses. Il lui était arrivé de laisser Johnny être actif au cours de leur relation, et il ne l'avait pas regretté, mais jamais il n'avait ressenti le besoin et l'envie qu'il ressentait en cet instant. Il voulait sentir Johnny en lui, il voulait que Johnny lui fasse l'amour toute la nuit. Instinctivement, il commença à onduler des hanches contre son érection pour lui traduire son désir.

— Nous devrions aller moins vite, haleta Johnny tout contre son oreille. Je ne veux pas tout gâcher.

Il roula sur le côté et se couvrit les yeux de son bras comme si le simple fait de regarder Cody risquait de lui faire perdre toute raison.

— OK, OK. Il vaut mieux que nous restions habillés, alors, répondit Cody avec un petit rire essoufflé.

Il attrapa la main de Johnny, allongé à côté de lui. S'arrêter ainsi en pleine étreinte passionnée était l'une des choses les plus difficiles qu'il ait jamais eues à faire. Il connaissait si bien le corps de Johnny, et il avait tellement l'habitude qu'il cède sous ses caresses, que devoir se retenir était presque douloureux sur le plan physique. Mais il s'était juré de ne pas tout gâcher. Johnny avait raison, ils avaient tout intérêt à y aller doucement.

Johnny se tourna et se blottit contre lui, et Cody passa un bras autour de sa taille. Machinalement, il sortit la chemise de Johnny de son pantalon, et le rythme de sa respiration s'accéléra au simple contact de cette petite bande de peau nue au bas de son dos. Johnny frissonna et ferma les yeux. Encouragé par sa réaction, Cody laissa sa main remonter plus haut, et il dessina du bout des doigts le relief de sa colonne vertébrale, trop heureux de pouvoir le toucher ne serait-ce que si peu.

Il était encore dur dans son pantalon, mais il flottait dans un sentiment de sérénité qui invitait presque à la somnolence. C'était tellement agréable de simplement pouvoir serrer Johnny contre lui après tout ce temps. Il ne voulait pas s'endormir, il ne voulait pas manquer une seule seconde de leurs retrouvailles, mais le confort et la chaleur de leur étreinte l'emportèrent, et il laissa ses paupières se fermer. Ivre de bonheur, il murmura :

— Je ne sais pas ce que j'aurais fait si tu n'étais pas revenu. J'ai hâte de rentrer au ranch avec toi demain, je vais enfin pouvoir me concentrer sur mon entraînement.

Johnny se tendit imperceptiblement entre ses bras et ne répondit rien, mais le poids de son silence était dangereux. Il s'extirpa des bras de Cody.

— Alors, il n'y a que cela qui compte ? Ton entraînement ?

— Quoi ? Bien sûr que non ! Je dis juste que je n'arrivais plus à me concentrer sans toi et que…

— Toi, toi, toi, toujours toi, Cody ! s'emporta Johnny en descendant précipitamment du lit et en toisant Cody de toute sa hauteur.

— Attends un peu, je te rappelle que c'est toi qui es parti ! Je ne comprends même pas pourquoi tu t'énerves, la moindre chose insignifiante te met dans des états incroyables !

— La moindre chose ? Te rappelles-tu m'avoir entendu dire que je n'étais pas heureux ? Excuse-moi si mon bonheur est une petite chose insignifiante ! Quand je pense que j'ai cru que tu étais sincèrement désolé et que tu avais compris, gronda-t-il en faisant les cent pas dans la chambre.

Cody paniqua, il fallait qu'il fasse quelque chose, il ne pouvait pas regarder Johnny le quitter encore une fois sans rien faire.

181

— Essaie de comprendre, je n'ai jamais voulu d'une relation stable et tu m'es tombé dessus. Je m'étais toujours dit que je n'avais pas le temps pour les émotions, les aventures d'un soir me suffisaient, tout ce qui comptait pour moi, c'était le bull riding, monter et gagner, c'est tout !

— Gagner ! Tu n'as que ce mot à la bouche ! J'ai une carrière aussi, Cody, et puisque nous y sommes, non ! Non, je ne vais pas rentrer au ranch avec toi juste parce que tu l'as décidé sans me demander mon avis, une fois de plus ! Tu sais quoi ? Retourne à tes aventures d'un soir, retourne à tes taureaux et à tes victoires, pour ce que j'en ai à faire…

Il récupéra son chapeau sur la table et se dirigea vers la porte.

— Tu ne peux pas partir de cette manière ! Il faut que nous en parlions !

— Oh, subitement, il faut que *nous* parlions ? Nous sommes deux, maintenant ? Cela ne te préoccupait pas autant, jusqu'ici, tu donnais les ordres et je devais les suivre sans poser de questions, fin de l'histoire.

— C'est faux ! Tu n'as jamais rien dit et tu t'es contenté de fuir !

— Comme si tu en avais souffert, cracha Johnny.

— J'en ai souffert ! Si tu étais resté pour me parler, au lieu de choisir la facilité et de courir te cacher, tu l'aurais vu ! Je suis incapable de monter sur un taureau depuis que tu es parti !

— Alors, maintenant, c'est de ma faute ?

— Si tu n'étais pas parti, rien de tout cela ne serait arrivé. Tout ce que je veux, c'est que les choses redeviennent comme avant, je veux retrouver ma motivation et ma concentration, je veux gagner ces foutus championnats.

— Parce que, une fois de plus, il n'y a que ça, qui compte pour toi.

— Est-ce que tu as couché avec d'autres hommes ? demanda Cody de but en blanc.

C'était hypocrite de sa part. Il avait couché avec plus de mecs qu'il ne pouvait les compter. Mais il fallait qu'il sache. Combien d'hommes ? Combien d'hommes, autres que lui, avaient touchés le corps de son amant ? L'incertitude le détruisait sans doute autant que le ferait la réponse.

— Tu n'as pas le droit de me demander cela, répondit Johnny d'une voix de fer en le regardant droit dans les yeux. Nous ne sommes plus ensemble, je ne te dois rien. Va te faire foutre, Cody.

Cody attrapa l'une de ses bottes au sol et la lança de toutes ses forces sur le mur, juste à côté du visage de Johnny.

— Non, toi va te faire foutre ! hurla-t-il. Espèce de traînée !

Quelqu'un frappa lourdement sur le mur derrière le lit et ils s'immobilisèrent, surpris.

— Fermez-la un peu ou j'appelle la réception ! Il y en a qui essaient de dormir !

La porte claqua. Johnny était parti.

Cody était trop en colère pour lui courir après. Pourquoi Johnny ne comprenait-il pas ? Cody était un rider, il avait un métier important, il était une figure publique ! S'il voulait réussir sa carrière et gagner de l'argent, il fallait qu'il gagne et qu'il protège son image ! Il jeta son autre botte contre le mur, étouffé par l'intense sentiment de frustration qui montait en lui.

— La ferme, j'ai dit ! cria une voix à travers le mur.

— Oui, c'est bon, j'ai compris ! cria Cody deux fois plus fort.

Il s'assit sur le bord du lit et se prit la tête entre les mains. Ils étaient si bien partis, Cody n'arrivait pas à croire qu'il avait une nouvelle fois tout gâché. Qu'est-ce qui n'allait pas chez lui ?

Il avait fait son maximum, pourtant ; il avait ravalé sa fierté et il s'était excusé.

Non, il ne s'était même pas excusé. Il ne savait pas comment s'excuser, il était lamentable. Il venait de commettre une terrible erreur.

Il était désespéré et prêt à tout, à ce stade. Il supplierait Johnny, il ramperait à ses pieds et lui promettrait tout ce qu'il voulait jusqu'à ce qu'il revienne. Ces quelques heures n'avaient servi qu'à renforcer ces certitudes.

Johnny était l'homme de sa vie et il ne pouvait pas vivre sans lui.

Mais Johnny était parti. Il l'avait fait fuir. Encore une fois.

XV.
SE REMETTRE EN SELLE

JOHNNY REGAGNA en courant le motel dans lequel Vern et lui avaient réservé une chambre. Il courut tout le long du trajet, la rage au ventre, sans se retourner. Il espérait sincèrement qu'il ne croiserait pas Vern. Il n'avait pas le courage de faire face à un sermon sur l'heure qu'il était ou ce qu'il avait bu.

Cody avait raison sur une chose : Johnny fuyait. Il avait fui parce qu'il avait besoin de respirer, de mettre de l'ordre dans sa tête. Les choses n'étaient pas aussi simples que Cody voulait le croire, Johnny ne pouvait pas tout simplement lui expliquer ce qui n'allait pas pour qu'ils se remettent ensuite ensemble comme si rien ne s'était passé. Cela ne les avancerait à rien, Cody chercherait simplement une fois de plus à tout contrôler et à régler la situation tout seul, comme si c'était sa responsabilité. Il ne comprenait pas que c'était là que se trouvait leur problème.

Cody était sa faiblesse ultime. En sa présence, il ne parvenait plus à réfléchir clairement ou à s'exprimer, il s'abandonnait à son charisme écrasant et n'osait plus protester. La passion qui brûlait entre eux était incandescente et dangereuse. Lorsqu'ils étaient ensemble, ils étaient incapables de ne pas se jeter l'un sur l'autre, incapables de réagir de manière rationnelle. S'ils voulaient une chance de reconstruire leur relation, il fallait qu'ils apprennent à réfléchir avant d'agir, il fallait que Johnny apprenne à se faire entendre.

Il jeta un coup d'œil à sa montre. Il était pile à l'heure pour se faufiler dans sa chambre avant que Vern se réveille et remarque quoi que ce soit. Lorsqu'il referma la porte derrière lui, la sonnerie de son portable le fit sursauter. Il décrocha en se demandant de qui il pouvait bien s'agir.

— Allô ?

— Bonjour, Johnny, as-tu déjà pris le petit-déjeuner ?

C'était Vern. Le ton de sa voix était bizarre et il n'appelait jamais Johnny par son prénom. L'avait-il vu faire le mur ? S'apprêtait-il à le renvoyer de l'équipe ?

— Salut, Vern. Non, pas encore, et toi ?

184

— Moi non plus, ça te dit qu'on sorte manger un bout ensemble ?

— Pas de souci, je te retrouve sur le parking.

Johnny raccrocha, fit un crochet par la salle de bain pour se passer de l'eau sur le visage, et alla retrouver Vern dehors.

— Je connais un endroit sympa à seulement quelques rues, c'est moi qui invite.

L'inquiétude de Johnny redoubla. Quelque chose n'allait pas.

— C'est bon, Vern, je peux payer ma part.

— Écoute, je ne vais pas tourner autour du pot.

Johnny serra la mâchoire en regardant droit devant lui, comme s'il s'apprêtait à prendre un coup.

— Chris Bellow veut revenir dans l'équipe, annonça Vern avec un grand soupir. Ses médecins viennent de lui donner l'autorisation de retourner dans l'arène. C'est sa dernière année et il veut participer aux finales avant de prendre sa retraite. Je déteste te le demander après tout l'excellent travail que tu as fait, mais il va falloir lui rendre sa place et le laisser offrir sa révérence au bull riding, je ne peux pas lui refuser une chose pareille. Je sais que tu attendais les championnats avec impatience et que…

— Ne t'en fais pas, c'est bon, l'interrompit gentiment Johnny, la gorge nouée. Je comprends, si j'étais à sa place, j'aurais demandé à revenir aussi.

— Merci, Johnny, répondit Vern, soulagé.

— J'imagine que je ferais mieux d'appeler quelques contacts de petite ligue pour retrouver du travail ? demanda-t-il en joignant ses mains dans son dos pour que Vern ne les voie pas trembler.

— Je t'ai fait signer un contrat qui va jusqu'à la fin de l'année, gamin, lui rappela Vern en fronçant les sourcils. Je suis un homme de parole et j'ai bien l'intention de respecter ce contrat, si tu es d'accord.

— Tu ne vas pas me payer à ne rien faire, protesta Johnny. Je ne vais pas pouvoir passer le restant de l'année à me tourner les pouces, je vais m'engraisser.

Vern éclata de rire.

— Tu es tellement maigrichon que les taureaux ne te verraient même pas dans l'arène sans ton gilet de sécurité. Cela ne te ferait pas de mal de prendre un peu de poids.

— Merci beaucoup, répondit Johnny, sarcastique, avec un sourire en coin.

Vern se racla nerveusement la gorge.

185

— Ne répète à personne ce que je vais te dire, mais je ne peux pas te laisser retourner en petite ligue. Ni l'année prochaine, ni jamais. Je pense que Chris fait une erreur en revenant, il est trop vieux, et sa blessure était trop grave. À mon avis, nous risquons d'avoir besoin que tu le remplaces un soir sur deux. Il va avoir besoin de ton aide, s'il veut tenir jusqu'au bout des finales.

Johnny hocha la tête. Vern était en train de lui promettre une place définitive après les championnats.

— Tu peux compter sur moi.

— Nous n'allons pas te laisser partir comme ça gamin, à nous quatre, nous allons leur offrir la plus belle équipe d'écarteurs de tous les temps. Avec les jeunes taureaux qui sont dans la compétition et qui n'ont pas encore l'habitude de l'arène, nous ne serons pas trop de quatre.

— Merci pour tout, Vern.

Il était soulagé de ne pas être renvoyé, et soulagé d'entendre que Vern ne comptait pas l'abandonner, mais après l'horrible nuit qu'il venait de passer, l'annonce du retour de Chris Bellow était difficile à encaisser. Il avait l'impression d'avoir perdu Cody *et* sa place en finale en seulement quelques heures.

Le bon côté dans tout cela, c'était qu'il n'aurait pas à croiser Cody pour la compétition de lancement à Détroit la semaine suivante. Ces quelques heures avec lui venaient de confirmer ce qu'il savait déjà. Il avait espéré qu'ils se remettraient ensemble, et malgré tout, il l'espérait encore.

Vern vit bien qu'il était distrait pendant tout le petit-déjeuner, mais il ne fit aucune remarque. Il croyait sans doute que Johnny était en train de digérer la nouvelle du retour de Chris.

Johnny avait l'impression que sa vie s'écroulait autour de lui.

CODY ATTERRIT au sol dans un grognement de douleur et avala un nuage de poussière en essayant de reprendre son souffle. Il roula et sauta sur ses pieds, juste à temps pour aller se mettre à l'abri en haut de la barrière de sécurité avant que le taureau lui fonce dessus. L'équipe d'écarteurs présente ce soir-là était loin du niveau de Johnny, ou même de Vern et de Reese. Il était en vie et en un seul morceau, il savait qu'il ne pouvait pas demander davantage, mais il aurait vraiment apprécié un peu plus d'aide ce soir-là.

Lorsqu'ils réussirent enfin, et avec de grandes difficultés, à faire sortir le taureau de l'arène, Cody sauta dans le sable et alla récupérer sa corde.

Il refusait obstinément de lever les yeux vers le public. Il savait ce qu'il y trouverait : les visages pleins d'espoir de ses fans qui ne comprenaient pas pourquoi leur héros venait de se faire éjecter comme un débutant par un jeune taureau de deux ans à peine.

Ils étaient sûrement très déçus, mais pas autant que Cody lui-même. Depuis sa dernière dispute avec Johnny, il n'avait plus les idées claires, il ne parvenait à penser à rien d'autre qu'à son incapacité à sauver son couple. Malgré toute son assurance, malgré toutes ses médailles et ses années d'expérience, il avait perdu la magie. Il ne tenait plus sur un taureau. Comme un funeste coup du sort, sa propre corde avait lâché dans les cages et il avait été obligé de demander à Dub de lui prêter la sienne.

Cody alla se réfugier dans les vestiaires. Ce n'était qu'une petite compétition de foire-expo, mais il osait à peine imaginer ce qu'était en train de dire le commentateur. C'était la septième fois d'affilée qu'il tombait ce soir-là. Tout le monde se demandait sans doute s'il avait sa place en finale. Même les jeunes riders qui étaient venus pour faire leurs premiers pas se débrouillaient mieux que lui. Cody était passé le dernier, les organisateurs l'avaient programmé comme le clou du spectacle, et au lieu d'offrir au public un bouquet final, il leur avait servi la performance la plus pathétique de sa carrière.

Lorsqu'il ressortit des vestiaires, Dub l'attendait pour récupérer sa corde.

— Que s'est-il passé, Cody ? Je n'ai rien compris quand le taureau t'a éjecté.

— Moi non plus, grogna Cody. Je crois que ta corde est maudite.

— Tu es sûr que c'est ma corde ? Il faut te secouer, mon pote ! Allez, viens, nous nous disputerons dans l'avion pour les finales. Sam t'attend en haut.

— Si c'est pour me dire que j'ai fait n'importe quoi, non merci. Il peut se garder ses commentaires.

Cody savait qu'il se comportait comme un crétin, mais il était tellement en colère contre lui-même. Il n'arrivait pas à croire qu'il était tombé aussi vite, et sur une virée de ce niveau. Ce taureau aurait dû être une promenade de santé pour un rider de son expérience.

Il n'avait pas eu une seule nouvelle de Johnny depuis leur dernière rencontre, pas un mot, pas une excuse. Il lui avait envoyé un message, mais Johnny l'ignorait volontairement. Il l'ignorait, et Cody le supportait très mal. Tout ce qu'il voulait, c'était qu'ils règlent les choses pour qu'il ait l'esprit tranquille et qu'il puisse enfin retrouver toute sa concentration, il ne demandait quand même pas la lune ! Il était tellement frustré, il n'avait qu'une envie, se saouler et trouver quelqu'un avec qui passer la nuit. Quelqu'un, n'importe qui, le premier venu. Dub le sortit de ses pensées lugubres.

— Veux-tu prendre une douche avant d'aller retrouver Sam ?

Cody se secoua. Boire et coucher ne ferait qu'aggraver les choses. Il sourit à Dub, qui avait accepté de venir faire cette date avec lui. C'était l'une des toutes premières dates de son contrat d'élevage avec Sam.

— Donne-moi cinq minutes, je rince la poussière et je vous rejoins.

— Prends ton temps. Claque la porte de ton casier, donne un coup de poing dans le mur, prends une grande douche froide, et ressaisis-toi, lui ordonna Dub. Sam est venu voir tes taureaux à l'ouvrage ce soir, il n'aura pas de patience pour tes sautes d'humeur.

La douche aida Cody à se calmer suffisamment pour qu'il retrouve Sam avec un sourire et une poignée de main sincère. Mais il était sur la défensive, et il espérait vraiment que Sam n'allait pas lui demander pourquoi il n'était subitement plus capable de tenir huit secondes sur un taureau.

Sam ne mentionna pas sa performance. Pire, il contourna soigneusement le sujet et Cody sentit la colère monter en lui.

— Je voulais te demander ton avis sur certains des nouveaux jeunes taureaux que nous avons vus ce soir.

Cody serra les poings. Se moquait-il de lui ? Était-ce sa façon subtile de l'humilier en lui faisant remarquer qu'il venait de tomber d'un jeune taureau à peine entraîné ? Il respira calmement. Il était hors de question qu'il fasse un scandale. Alors, au lieu de répondre à ce qu'il croyait être une provocation et de monter au créneau, il offrit une analyse concise et sérieuse de la performance du bétail de cette foire-expo.

— Je suis assez d'accord avec toi, acquiesça Sam à la fin de son discours. J'ai été particulièrement impressionné par tes taureaux, je dois te l'avouer. J'ai l'intention de les faire passer en petite ligue dès la prochaine compétition, et je pense que certains d'entre eux seront très vite de niveau pour la ligue pro.

En comprenant que Sam n'était pas du tout en train de le critiquer, mais qu'il voulait, au contraire, consolider leur partenariat, l'attitude de Cody changea du tout au tout.

— Ce serait super, Sam !

— J'ai remarqué que tu les entraînais à rester parfaitement calmes dans les cages, j'aime beaucoup cette idée. Cela réduit le risque de blessures, pour le rider, et pour l'animal, c'est très intelligent.

— Ils ne sont pas tous réceptifs à cet entraînement, mais nous essayons au maximum, je sais trop ce que c'est de se faire secouer avant même d'être entré dans l'arène.

— Je ne peux pas te faire signer de contrat en ligue pro tant que tu tournes toujours en tant que rider, ce serait déloyal de te faire monter tes propres taureaux, mais j'ai cru comprendre que tu envisages de prendre ta retraite après les championnats de cette année ?

— Je ne sais pas encore, répondit abruptement Cody.

— Tu commences à penser comme un éleveur, c'est une très bonne qualité. J'ai fait exactement la même chose, à ton âge. Arrêter le bull riding ne signifie pas nécessairement quitter l'arène pour de bon.

— C'est pour cela que tu m'as envoyé ces gamins en stage, au début de l'été ? demanda Cody, qui commençait à comprendre.

— Tu es célèbre dans le milieu, Cody. Les jeunes seront fiers d'être entraînés par un rider de ta trempe. Et puis, tu t'es beaucoup investi dans ton élevage, cette année, j'ai senti que tu étais prêt à élargir ton horizon. En discutant avec des sponsors l'autre jour, j'ai entendu parler d'un projet très intéressant et je n'ai pas pu m'empêcher de leur mentionner ton nom.

Cody ne répondit rien, braqué par cette histoire de retraite et d'horizon élargi. Dub lui donna un coup de coude très peu discret et demanda à sa place :

— Quel genre de projet ?

Cody savait qu'il faisait le difficile et que sa mère serait horrifiée par ses manières, si elle pouvait le voir en cet instant, mais à part sauver sa relation avec Johnny et remporter les finales, peu de chose l'intéressait actuellement. Et il était fatigué d'entendre tout le monde lui rebattre les oreilles avec cette histoire de retraite.

— Une émission, nous pensons l'appeler « Dans les Coulisses de l'Arène ». L'idée serait d'ajouter un ancien rider expérimenté dans la tribune avec le commentateur et les journalistes sportifs pour raconter des anecdotes et expliquer les détails techniques aux fans de manière ludique. Nous pensions aussi te filmer en direct des cages de contention pour avoir ton avis sur les taureaux et les riders qui s'apprêtent à entrer dans l'arène. Peut-être même que tu pourrais en profiter pour glisser un conseil ou deux aux plus jeunes riders.

— Quand tu dis une émission, tu veux dire à la télévision ? demanda Cody, qui ne pouvait pas ignorer un détail pareil.

— À la télévision, en direct, confirma Sam. Est-ce que ça t'intéresserait ?

— Je ne sais pas, peut-être dans quelques années, quand je penserai à la retraite.

Dub lui donna une claque sur l'arrière du crâne.

— Il est intéressé. Il aime trop faire l'amour à la caméra pour refuser. Laisse-lui un peu de temps pour que l'information pénètre sa petite cervelle de moineau.

Sam sourit.

— Nous avons tous peur du terrible mot en R, Cody, mais il y a une vie après les compétitions. Nous aurions bien besoin de riders de ton niveau qui acceptent de rester pour guider les nouvelles recrues. Un esprit de famille est ce qu'il manque cruellement à ce sport, aide-nous à y remédier. Tu as le temps d'y réfléchir, de toute façon, le projet ne sera pas mis en route avant l'année prochaine.

— Merci pour cette occasion, Sam, dit-il en se souvenant enfin des règles de politesse.

Le directeur d'élevage officiel de la FNB venait d'offrir un contrat à son bétail et de lui proposer de faire une émission de télévision, il avait intérêt à se montrer plus malin.

— C'est quand même un grand homme, fit remarquer Dub après que Sam fut parti.

— Ça va, il est sympa.

— Toi, par contre, tu es un trou du cul arrogant. Tu as de la chance qu'il ait pensé à toi pour ce projet, tu t'en rends compte ? Avec ton caractère de chien, tu as de la chance d'avoir des amis, mon coco.

— Pourquoi restes-tu, alors ? demanda Cody en baissant la tête, rongé par la culpabilité.

— Parce que je t'ai connu avant que tu sois obligé de commander des chapeaux XXL pour ta grosse tête. Sam te tend une perche extraordinaire pour rester dans le métier et tu te comportes comme s'il venait de te proposer d'animer la kermesse de ses gosses en montant sur une vache à lait !

— Ce n'est pas de ma faute, il m'a pris par surprise !

— Je te jure, je te recollerais bien une claque si seulement cela pouvait te mettre un peu de plomb dans la cervelle, le rabroua Dub avant de tourner les talons en soupirant.

Cody le regarda s'éloigner, l'estomac noué. S'il avait réussi à venir à bout de la patience de Dub, c'était qu'il était tombé bien bas.

À son grand désarroi, Dub changea même de place dans l'avion pour ne pas être assis à côté de lui. Cody s'en voulait, mais il se voyait mal lui expliquer ses problèmes de couple avec Johnny. Son petit ami, son talent, son meilleur ami, il était en train de tout perdre et il ne savait plus où donner de la tête pour réparer les dégâts. Plus il essayait d'améliorer la situation, plus elle lui échappait.

Et cette histoire de retraite. Il avait refusé d'y penser pendant des mois, mais elle semblait à présent impossible à ignorer. Tout le monde n'avait plus que ce mot-là à la bouche.

Il avait peur, il était terrorisé. Terrorisé à l'idée de foirer les finales, de prendre sa retraite et que les gens se souviennent de lui comme le loser qui aurait dû savoir s'arrêter avant.

Si seulement il parvenait au moins à parler avec Johnny avant que les compétitions reprennent. Il fallait qu'ils se voient en face à face, ils ne pourraient jamais régler les choses avec de simples textos. Mais Johnny refusait tout contact avec lui. La situation tournait désespérément en rond et il n'avait toujours aucune solution.

Découragé et épuisé, Cody décida de ne pas concourir à la prochaine date sur laquelle tourneraient ses taureaux, et de rentrer au ranch la queue entre les jambes. Il avait besoin des conseils de sa mère. Il ne lui restait plus qu'à trouver le courage de les lui demander.

Il leur annonça, en arrivant, qu'il avait l'intention de rester cinq ou six jours, pas davantage. Son père lui lança des regards inquiets en marchant sur des œufs chaque fois qu'ils furent dans la même pièce, et sa mère le regarda comme si elle savait très bien ce qui se passait. RJ et Travis eurent la bonté d'âme de ne rien dire et de ne pas poser de questions au sujet de Johnny, alors qu'il était évident qu'ils en mouraient d'envie.

Le deuxième jour, à la fin de la journée, il décida de descendre en ville et de se saouler. Il envisagea brièvement de ramener quelqu'un au ranch avec lui, mais personne n'était à la hauteur de Johnny.

Il prit le volant dans un état d'ébriété révoltant et, par le plus grand des miracles, parvint à rentrer chez lui sans causer d'accident. Il oublia complètement de couper les phares et le moteur avant d'approcher de la maison de ses parents, mais étant donné le raffut qu'il fit en trébuchant dans l'entrée, cela n'aurait pas fait grande différence. Il débaula dans la cuisine en titubant et trouva sa mère assise à table avec un café.

— Tu en veux une tasse ? proposa-t-elle calmement avant de boire une gorgée.

— Maman, qu'est-ce que tu fais là, à cette heure-ci ? lui demanda Cody en s'affalant sur une chaise à côté d'elle.

Après la conversation qu'il avait surprise par la fenêtre de la cuisine plusieurs semaines auparavant, il aurait dû se douter qu'un guet-apens de ce genre lui pendait au nez.

— Je t'attendais.

Cody se frotta le visage. Sa mâchoire mal rasée le démangeait et il devait sentir l'alcool à plein nez.

— Ne nous prends pas pour des imbéciles, Cody, tu crois que nous ne voyons pas ce qui se passe ?

— Je suis sorti boire quelques bières, ce n'est pas un crime.

— Boire quelques bières et coucher avec le premier venu pour essayer d'oublier Johnny ?

— Je suis majeur et vacciné, maman, je fais ce que je veux.

— Quand quelqu'un a connu l'amour d'une personne, il ne peut pas revenir à une vie de débauche insouciante, c'est une attitude destructrice. Quand tu as rencontré Johnny, tu es devenu l'un des meilleurs riders que je n'avais jamais vu, et depuis cet été, c'est tout juste si tu parviens à tenir une seconde sur le dos d'un taureau.

— Heureusement que tu me le dis, j'ai failli ne pas le remarquer, railla Cody.

Lui as-tu parlé ? Lui as-tu demandé de revenir ?

— Pas en ces termes, marmonna Cody.

Il ne pouvait pas raconter à sa mère leur dernière entrevue dans sa chambre d'hôtel. Il avait honte de la façon dont les choses s'étaient passées. Ils n'avaient fait que se frotter l'un contre l'autre comme des adolescents en manque, avant de se disputer violemment. Sa mère ne serait sans doute pas impressionnée.

— Tu as essayé l'alcool, les aventures sans lendemain, la politique de l'autruche et de noyer ton chagrin derrière ton travail, énuméra Val sans pitié. Et si tu essayais d'être honnête avec toi-même, pour changer ?

— Je me souviens encore parfaitement du jour où je l'ai rencontré, commença Cody, la voix brisée, à peine conscient d'être en train de parler à voix haute. Je me souviens m'être dit « il est dans le même milieu, il me comprend, il ne m'en voudra jamais si je fais passer le bull

192

riding en priorité ». Si j'avais su qu'il me ferait tout ce cirque… Qu'il aille se faire voir.

— C'est ta solution ? Baisser les bras parce que cela ne va pas comme tu veux ? Ce n'est pas avec cette attitude que tu as remporté la vitrine entière de boucles de ceinture dans le salon.

— Quoi que je fasse, ça ne lui convient jamais ! Je ne peux pas gagner avec lui !

Cody savait qu'il n'avait pas besoin de crier autant, mais sa mère le poussait dans ses derniers retranchements.

— Pourquoi est-ce si important pour toi d'avoir le dessus ? De gagner ?

— Parce que c'est tout ce qui compte dans la vie.

— Non, Cody, la vie n'est ni un jeu ni un sport. L'amour encore moins.

— Cela n'a plus d'importance.

— Ne dis pas de bêtise, si cela n'avait vraiment plus d'importance, tu ne serais pas dans cet état.

— Pourquoi est-il parti ? Je prenais soin de lui, j'étais en train de nous construire un futur, et il m'a abandonné comme si c'était la chose la plus facile du monde.

— Les gens ne sont pas des objets, Cody, tu ne peux pas les laisser dans un coin et mener ta petite barque sans leur demander leur avis, et attendre ensuite d'eux qu'ils répondent à tes attentes quand ça t'arrange, lui expliqua Val, le regard plein de compassion. Johnny est plus jeune que toi de dix ans et tu es en train de préparer ta retrai…

— Je ne prépare pas ma retraite !

— Arrête un peu. Tu devrais sérieusement y penser, un rider n'est pas comme un bon vin, il ne devient pas meilleur avec l'âge, et si tu ne fais pas plus attention, un jour, tu risques de te blesser très sérieusement et de le regretter. Personne n'aime l'idée de vieillir, Cody, si je pouvais encore monter à cheval et faire du rodéo, je le ferais.

— Ça te manque ? demanda Cody, étonné.

Jamais il n'aurait imaginé que sa mère puisse être nostalgique de ses années de gloire, elle avait toujours l'air tellement heureuse sur le ranch.

— C'était une merveilleuse époque de ma vie, reconnut-elle à voix basse en détournant le regard et en resserrant ses doigts autour de sa tasse de café.

Puis elle lui fit de nouveau face, l'air déterminé.

— Je te mentirais si je te disais que cela ne me manque pas. Mais la vie continue et il y a aussi des avantages à ne plus courir le monde sur le dos d'un animal sauvage. Je n'ai jamais été aussi proche de ton père que depuis que j'ai arrêté. La vie est une question de cycles, Cody, tout le monde change.

— Et si je n'ai pas envie de changer ?

— Alors, grandis. C'est la retraite, pas la mort. Je ne dis pas que ce sera facile pour vous de trouver un rythme entre la fin de ta carrière et le début de celle de Johnny, mais ce n'est pas impossible.

— Je n'avais pas l'intention de l'empêcher de mener sa carrière, se défendit faiblement Cody.

— Peut-être pas consciemment, cependant tu penses trop souvent à toi, et à toi seul. À quoi pensais-tu en le forçant à rester au ranch tout l'été sans lui demander son avis ? Il a sa mère, sa sœur et l'enfant de sa sœur à nourrir, il lui faut un salaire.

— Je lui ai proposé de le payer !

— Il a sa fierté aussi, Cody. Comment réagirais-tu si vos situations étaient inversées ?

— C'est ridicule, je vis presque aux crochets de mes parents, je suis dans la même situation que lui !

— Ce n'est pas vrai et tu le sais. Rien qu'avec les gains que tu as remportés dans l'arène cette année, tu pourrais nous racheter le ranch si tu le voulais. Et puis, nous sommes tes parents, c'est différent. Johnny ne veut pas la charité, surtout pas venant de toi.

— Je gagne plus que lui, c'est normal que je l'aide, n'est-ce pas cela, l'égalité ?

Val pencha la tête sur le côté, l'air d'y réfléchir.

— Dans un couple, ce n'est pas tant une question d'égalité qu'une question d'équilibre. Donner juste ce qu'il faut, juste quand il le faut. Johnny est parti parce qu'il donnait beaucoup plus qu'il ne recevait, et je ne te parle pas d'argent.

Rouge de honte et de colère, Cody tourna la tête. Il n'avait pas envie d'entendre cela.

— Ce n'est pas pour cette raison qu'il est parti, protesta-t-il sans y croire.

— Une relation saine a besoin de respect mutuel.

— Je ne vois pas de quoi tu parles, je le respectais.

— Tu ne le lui as peut-être pas assez montré.

Cody songea à la relation de ses parents. Jamais il n'avait entendu sa mère rabaisser son père parce qu'elle était plus célèbre, lui couper la parole ou le corriger.

— Johnny pourrait être un rider incroyable, je ne comprends pas pourquoi il ne fait pas la même chose que moi.

— Parce qu'il a choisi la carrière d'écarteur. Et quand Chris Bellow s'est blessé, Vern l'a choisi lui entre tous les jeunes écarteurs qui commençaient leur carrière, parce qu'il a tout de suite su que Johnny avait quelque chose de spécial.

— Je sais qu'il a quelque chose de spécial.

— Alors, prouve-le-lui, respecte ses choix, respecte son métier.

— Je les respecte, je voulais juste être sûr que nous aurions un futur, insista-t-il, mais il ne croyait même plus à ce qu'il racontait. Dans ce milieu, nous ne savons jamais de quoi demain sera fait, je voulais être prévoyant, c'est tout…

— Peut-être qu'en voulant être prévoyant, tu as perdu de vue l'importance du moment présent.

— Que faut-il que je fasse ? demanda Cody, désespéré.

— Il faut que tu cesses de t'apitoyer sur ton sort et que tu te remettes en selle. Ce n'est pas parce que l'on tombe que la bataille est perdue, tu le sais mieux que personne.

— Mais comment ?

— Je te fais confiance pour ça, je suis sûre que tu trouveras un moyen.

Elle se leva, mit sa tasse dans le lave-vaisselle, et se tourna vers lui.

— Tu pourrais commencer par demander tout simplement à Johnny ce qu'il veut.

— Et s'il me dit que c'est trop tard ?

— Alors, au moins, tu seras fixé.

— C'est très réconfortant, merci, maman. Tu crois qu'il va me dire que c'est trop tard ?

— Non, répondit-elle sans hésiter, et la clarté concise de sa réponse fit naître en Cody une lueur d'espoir. Va dormir un peu. Et hydrate-toi ou tu vas le regretter demain matin.

— À vos ordres, Mme Grainger.

CE FUT le bruit terrible de la sonnerie de son portable qui réveilla douloureusement Cody le lendemain matin. Il se tourna sur le ventre pour le chercher à tâtons, décrocha et grogna :

— C'est pour quoi ?

— Il est midi passé, Cody, Sam Wells veut te voir.

— Dis-lui que je le rappellerai demain, maman.

— Tu vas immédiatement sortir tes fesses de ton lit et tu vas t'habiller ! Sam n'a pas que cela à faire.

Elle lui raccrocha au nez et Cody enfouit sa tête dans l'oreiller. Il se rendormit malgré lui et se réveilla en sursaut un peu plus tard. Il se souvenait vaguement d'un coup de téléphone…

Paniqué, il bondit hors de son lit et fonça sous la douche. Lorsqu'il déboula en courant dans la cuisine, ses cheveux étaient encore trempés et sa chemise boutonnée de travers. Il passa une main sur sa barbe en s'excusant auprès de Sam qui l'attendait, assis à une chaise.

— Je suis désolé, le réveil a été difficile.

Sam l'étudia des pieds à la tête avec un regard amusé.

— Lendemain de cuite ? Je connais. As-tu du café ?

— Je vais en préparer tout de suite.

Il prépara le café en pilote automatique, incapable de faire la conversation et de parler de la météo par politesse. Il était à peu près sûr que, s'il essayait de faire deux choses en même temps, son cerveau allait court-circuiter. C'était déjà un miracle qu'il tienne debout avec tout ce qu'il avait bu la veille. Une fois le café prêt, il leur servit une tasse à chacun et se laissa lourdement tomber sur une chaise.

— Il paraît que tu as des comptes à régler avec moi ?

Cody scruta son visage avec appréhension, mais le visage de Sam ne trahissait rien d'autre que sa patience et son intelligence.

— Ce n'est pas Dub, ne t'inquiète pas. Mais il y a des oreilles partout dans une arène, il faut apprendre à faire attention à ce que tu dis.

— J'étais en colère que tu laisses entendre que j'étais sur le déclin de ma carrière, admit enfin Cody, la mâchoire serrée.

Sam sourit avec indulgence.

— La durée moyenne de la carrière d'un rider professionnel est de huit ans. Cela va faire dix ans que tu montes, Cody, combien de temps encore as-tu l'intention de continuer ?

— Aussi longtemps que je le pourrai.

— Le bull riding, ce n'est pas du golf, mon garçon, il n'y a pas de compétition sénior. Si cela te chante, tu peux toujours monter un club de riders grabataires, mais quelque chose me dit que le public ne sera pas très réceptif. Personne n'aime regarder les blessures.

— Vous vous êtes tous ligués, ma parole ! C'est quoi cette obsession avec ma retraite ?

— Il arrive un temps, dans la vie d'un homme, où il doit apprendre à faire des compromis.

— Tu l'as lu dans Marie Claire ? demanda Cody, sarcastique. Je ne veux pas faire de compromis !

— Crois-en mon expérience, cela fait quarante ans que je suis dans le métier, il existe d'autres façons de satisfaire ton besoin d'adrénaline.

— Ah oui, et comment ?

— Tu ne t'en rends peut-être pas compte pour l'instant, mais c'est excitant d'élever et d'entraîner ses propres taureaux et de les voir entrer dans l'arène pour la première fois.

— Ce n'est pas pareil.

— Je n'ai pas dit que c'était pareil, tu peux en tirer une satisfaction différente. Es-tu déjà allé récupérer une boucle de ceinture pour l'un de tes taureaux ?

Cette question piqua l'intérêt de Cody.

— Non, jamais, je ne savais même pas qu'ils recevaient une récompense matérielle.

— Mes meilleurs taureaux ont remporté quatorze médailles d'or depuis que je suis éleveur.

— C'est bon à savoir, j'imagine.

— Et c'est moins dangereux pour les os. Il est moins facile de se blesser de l'autre côté de la barrière de sécurité, cela ne veut pas dire que nous ne faisons pas partie du spectacle. J'étais exactement comme toi, quand je suis arrivé à cet âge.

— Toi ? demanda Cody avec une grimace impolie. Je veux dire…

— Ton père aussi. Il était tellement sûr de lui, j'étais persuadé que nous tenions le champion de sa génération. Jusqu'à ce qu'il se blesse.

— Mon père ? répéta-t-il, franchement incrédule cette fois-ci.

Il ne pouvait pas imaginer son père, cette force tranquille au crâne dégarni, déchaîner les passions dans l'arène.

— Tu ne tiens pas que de ta mère, tu sais. Ton père aurait été un grand rider, s'il ne s'était pas bousillé le dos. Après sa blessure, il ne s'est pas laissé mourir dans un coin juste parce que sa carrière était finie. Il connaissait les risques, il a continué sa vie autrement, tout simplement. Il s'est lancé dans l'élevage de chevaux et la gestion de son ranch, il a donné des cours aux gamins. Il s'est occupé de sa femme.

Sam s'interrompit un instant, but une gorgée de café, et le regarda avec intensité, comme s'il était essentiel que Cody comprenne ce qu'il était en train de lui dire.

— Il y a plus dans la vie que ces huit secondes d'adrénaline, Cody.

— Je n'y peux rien, la compétition, c'est ma raison de vivre.

— Il y a plus d'une façon de satisfaire ton esprit de compétition. Tu peux vouloir la victoire de tes taureaux avec la même rage de vaincre.

— Tu es en train de me dire que tu prends le parti des taureaux contre moi ? Se moqua gentiment Cody

— Je ne pourrais jamais prendre parti. En tant qu'ancien rider, rien ne remplacera jamais le sentiment de triomphe de voir l'un de mes compatriotes gagner, mais en tant que directeur d'élevage, il n'y a rien de plus satisfaisant que de voir l'un de mes taureaux faire une belle prestation dans l'arène. Tu sais ce qui fait une belle virée, Cody, c'est lorsque le rider *et* le taureau sont tous les deux d'excellent niveau.

— C'EST VRAI que je suis fier de mon bétail, reconnut Cody. Je devrais peut-être me concentrer un peu sur leur carrière à eux aussi.

Sam n'en était peut-être pas conscient, mais dire une telle chose à voix haute représentait un énorme pas en avant pour Cody. Il avala péniblement sa salive. Il était prêt à faire des compromis, mais quoi qu'en dise le reste du monde, cette année ne serait pas sa dernière. Tant qu'il se sentirait la force physique de monter, il le ferait.

— Puisque je suis là, pourquoi n'en profiterions-nous pas afin que tu me montres un peu ton élevage ?

Cody enfila son chapeau et une paire de lunettes de soleil pour tenter d'apaiser les tambours dans sa tête. Mais malgré cela, il ne put retenir un grognement de souffrance en ouvrant la porte d'entrée et en recevant le soleil de midi en pleine face.

Tout le monde était dans les parages. Bande de curieux, songea Cody. Val et Davis se joignirent à eux pour marcher jusqu'au pré où ses taureaux étaient en train de paître. Cody les laissa discuter tous les trois devant, et se mit légèrement en retrait pour les entendre sans avoir à participer.

En les écoutant se remémorer des anecdotes de leur jeunesse de riders, Cody réalisa que Sam n'était sans doute pas seulement passé le voir lui. Il était évident que ses parents et lui étaient de vieux amis. Il était toujours tellement focalisé sur lui-même et sa propre carrière qu'il n'avait jamais su qu'ils se connaissaient.

Il repensa à tout ce que venait de lui dire Sam. « Compromis », il détestait ce mot. Il allait pourtant falloir qu'il apprenne à s'en servir. Même si Sam ne savait pas pour Johnny et lui, beaucoup de conseils qu'il lui avait donnés pouvaient également s'appliquer à leur situation.

Lorsqu'ils arrivèrent à la clôture du pré, Travis et RJ les attendaient. RJ était en train de gratouiller le front d'un jeune taureau qui secouait la tête de bas en haut avec enthousiasme. Sam se mit à rire en apercevant le manège de l'animal.

— Difficile de croire que ce gros nounours est capable de mettre un homme adulte à terre et de le piétiner à mort.

— Salut, Sam, le salua Travis en souriant. Oui, surtout celui-là, il est pire qu'un chiot. Il me suit partout jusqu'à ce que je lui mette une couverture sur le dos.

Sam poussa son chapeau de cowboy en arrière et pointa du doigt un taureau avec une tache blanche sur le front.

— J'aime beaucoup la carrure de celui-ci, il est fait pour être monté. Comment se débrouille-t-il dans l'arène ?

— C'est Blanc Bec, il est déjà très réactif, probablement l'un de mes taureaux les plus prometteurs. Il descend d'une belle lignée aussi.

— Tu as l'œil pour le bétail, Cody. Parle-moi un peu de ton programme d'élevage.

Pendant les premières secondes, Cody bafouilla, trop peu habitué à parler de cet aspect de son métier, mais Travis vint à son secours, et il reprit très vite pied.

— Tu as de très bonnes idées, le félicita Sam. Si tu as besoin de quoi que ce soit, n'hésite pas à m'appeler. D'ici moins de deux ans, si tu te débrouilles bien, je pense que nous retrouverons quelques-uns de ces taureaux en ligue professionnelle.

— J'espère, répondit humblement Cody. Merci d'avoir pris le temps de venir les voir.

— Je vais vous abandonner, il faut que je reprenne la route.

Sam leur serra la main à tous et posa un baiser sur la joue de Val.

— Tu peux être fière de ton garçon.

— Quand il le mérite, répondit malicieusement Val.

— Je vais te raccompagner à ton camion, lui proposa Cody en fusillant sa mère du regard.

Elle lui retourna un sourire innocent.

Sur le chemin jusqu'au véhicule de Sam, Cody inspira profondément et retira ses lunettes. C'était une belle journée.

— Tu commences à te sentir humain ?

— Le café fait son effet, sourit Cody. Qu'est-ce que tu attends ?

— Pour ?

— M'annoncer la vraie raison de ta venue. Je suis sûr que tu n'es pas passé simplement pour venir voir mes taureaux. Tu voulais me parler, non ?

Cody était prêt à tout entendre. Il commençait à se rendre compte qu'il s'était comporté en égoïste pendant des années, et il était plus que temps de faire face aux conséquences.

— Qu'est-ce qui t'arrive en ce moment, Cody ? Tu étais le meilleur rider du pays avant l'été, et depuis la rentrée, tu enchaînes les performances médiocres. Je n'ai jamais vu de changement aussi dramatique. Je t'ai observé, je ne pense pas que ce soit un problème physique, tu n'es pas blessé et tu n'as pas de faiblesses apparentes. C'est dans ta tête que les choses ne vont pas, il faut te ressaisir, mon garçon.

— Ce n'est pas si simple.

— Sans doute, mais tu as intérêt à faire quelque chose rapidement, si tu veux gagner la boucle de ceinture des finales de cette année.

— Tu penses que j'ai encore une chance ?

— S'il y a bien une chose que j'ai apprise dans ce sport, c'est que tout est possible. Ne baisse pas les bras. Je mise toujours sur toi, je persiste à penser que tu es l'un des plus grands riders que j'ai jamais vu.

— Ce n'est plus vraiment le cas, répondit amèrement Cody.

— On ne perd pas tout son talent du jour au lendemain. Si tu ne trouves pas ton équilibre sur le dos du taureau, c'est que tu ne trouves pas ton équilibre dans la vie. Je t'ai vu à l'œuvre, je sais de quoi tu es capable. Le Cody que je connais s'accroche au taureau comme si la chute n'était même pas envisageable. Applique cette philosophie à ta vie, fais face à tes problèmes et ne lâche jamais le morceau tant que tu n'as pas obtenu ce que tu voulais.

— Ça a l'air tellement simple dit comme ça.

— Ce n'est pas si compliqué. C'est fuir et ignorer les problèmes qui demandent beaucoup d'énergie et qui finissent par avoir raison de toi.

Ils étaient arrivés à son camion. Cody lui tendit une main ferme, l'esprit beaucoup plus clair.

— Merci pour tout, Sam, je crois que j'avais besoin d'entendre tout cela.

— Fais-moi plaisir, tu veux ? Gagne cette maudite boucle de ceinture.

Cody le regarda partir en réfléchissant. Il avait reçu beaucoup de conseils ces dernières vingt-quatre heures, et tout le monde semblait s'accorder à lui dire la même chose. Il y avait peut-être un fond de vérité à toutes ces histoires de retraite.

CODY ANNULA tous ses projets de participation aux foires-expo en se disant que s'il restait au ranch et qu'il prenait le temps de se reposer, il retrouverait peut-être suffisamment de confiance en lui pour retourner dans l'arène. Il ne se sentait pas encore prêt à affronter Johnny, et il espérait retrouver la forme avant la reprise des compétitions, sans avoir à lui faire face.

Hélas, rien ne se passa comme il l'avait prévu. À la veille de la reprise, Dub et lui s'éclipsèrent dans un ranch en périphérie de Détroit pour une séance d'entraînement improvisé, et à peine monté sur son premier taureau, Cody tomba. Il tenta de trouver son rythme, n'y parvint pas, lâcha sa corde sans faire attention, et le taureau l'envoya valser dans une ruade capricieuse.

— Quoi que tu lui aies dit, il n'a pas l'air d'accord avec toi, plaisanta Dub en l'aidant à se relever. On dirait que les vacances ne t'ont pas réussi.

— Garde tes commentaires, s'il te plaît, aboya Cody en frottant la poussière de sa tenue.

— Tu es complètement à côté de tes pompes, en ce moment, qu'est-ce qui t'arrive ?

— J'ai perdu… Quelque chose. Quelque chose d'important.

— Cela nous arrive à tous de perdre la magie de l'arène, nous ne rajeunissons pas.

— Tu vas me sortir que je suis bon pour la retraite, toi aussi ?

— Ce n'est pas ce que je dis. Mais nous guérissons moins vite, nous nous relevons moins vite. J'ai des douleurs aux articulations qui ne disparaissent plus. La seule raison pour laquelle je tiens bon, c'est parce que je veux réussir à te battre, ajouta-t-il dans un rictus.

— Voilà qui me réchauffe le cœur.

— C'est à cela que servent les amis. Mais, je ne plaisante qu'à moitié, Cody, ce que j'essaie de te dire gentiment, c'est que cela fait cinq ans que tes scores sont meilleurs que les miens, et là, tu es tellement au fond du trou que je me dis que j'ai une chance de te battre en finale.

— Tu sais quoi, Dub ? Si tu as tellement confiance en toi, vas-y, casse-toi, laisse-moi au fond du trou et va les gagner, les finales ! S'emporta Cody.

— C'est ce que je vais faire, si tu continues à te comporter comme un con. Tu es un rider hors pair, Cody, tu as un talent comme on en voit rarement et je suis jaloux de toi depuis que j'ai commencé ce métier. Tu crois que ça m'enchante d'être tout le temps deuxième ? Même l'année où tu t'es cassé la jambe, j'ai fini derrière toi. Mais je ne tirerai aucune satisfaction à te battre maintenant. Je préfèrerais relever le défi de te battre au meilleur de tes capacités.

— Tu penses sincèrement que j'ai encore du talent ?

— Sors-toi la tête du sable, Cody. Oui, je pense que tu as du talent, la FNB pense que tu as du talent, les médias pensent que tu as du talent. Tes scores sont parmi les meilleurs de l'histoire du bull riding. Tu es le champion du public, le preneur de risques qui refuse de monter un taureau facile pour se simplifier la tâche. Tu plais à la famille tout entière, tu fais vendre. Je parie qu'une fois à la retraite, ils te remettront l'anneau d'honneur.

— L'anneau d'honneur, répéta Cody avec révérence, les yeux brillants.

— Mais pour cela, il faut que tu te réveilles. Tu ne peux pas continuer ainsi, tu vas finir par te blesser.

— Je continuerai ainsi tant que je n'aurai pas à nouveau réussi à tenir huit secondes sur un taureau.

— Tu t'y prends mal, si tu t'obstines, le seul souvenir que tu vas laisser aux gens, c'est celui du type maudit qui s'est mis à perdre du jour au lendemain. Résous le vrai problème, Cody, arrête de tourner autour du pot.

Sans doute pour la première fois depuis le début de toute cette histoire, Cody réalisa que Dub s'inquiétait sincèrement pour lui.

— Merci, Dub.

— Par contre, je te préviens, si tu gagnes encore cette année, je te casse la figure. Et tu n'en auras sans doute rien à faire, parce que tu seras devenu le premier rider de l'histoire à avoir remporté les finales deux années de suite, grommela Dub.

— J'espère bien, sourit faiblement Cody en essayant d'y croire.

Dub quitta l'arène en laissant Cody seul avec ses pensées. Cela valait-il vraiment la peine de gagner sans Johnny ? Devait-il gagner pour Johnny ?

La première chose qu'apprenait un jeune rider, c'était qu'il ne pouvait pas monter s'il était tétanisé par la peur ou par l'angoisse, il devait puiser sa force dans la joie que lui apportait le sport.

Mais en claquant la porte, Johnny avait emporté avec lui toute la joie que Cody ressentait dans l'arène. Il n'avait plus le goût du sport sans Johnny à ses côtés.

Il avait passé l'été à essayer de se remettre en selle, et aujourd'hui, il n'était même pas fichu de battre le score des riders les plus jeunes et les plus inexpérimentés. C'était terriblement humiliant.

— BONNE CHANCE, Zane, s'exclama Johnny en le croisant dans les couloirs des vestiaires.

Il était content de voir le jeune homme, un visage familier, pour l'aider à s'adapter à sa nouvelle situation.

— Johnny ! Pourquoi n'es-tu pas en tenue ?

— Chris Bellow est de retour, je suis sur le banc de touche.

Zane leva les yeux au ciel en entendant le nom de Chris et Johnny se sentit un peu réconforté malgré lui par cette réaction.

— Bienvenue dans la ligue pro, au fait, et félicitations. Aubrey et Tommy sont avec toi ?

— Tommy s'est cassé une jambe et Aubrey s'est blessé à l'aine. Mais Bobby Blue est là.

— Je sais, je l'ai déjà croisé. Bonne chance, répéta-t-il en lui souriant.

— Merci.

Ils se donnèrent une petite tape du poing et Johnny s'en alla pour éviter la pitié dans le regard de Zane. Il n'en avait pas besoin. Il ne lui restait plus qu'à aller trouver son siège. Vern avait fait ce qu'il avait pu pour lui dégoter une place, mais l'arène était déjà complète et il n'avait réussi qu'à lui trouver un siège perdu au dernier rang, tout en haut des gradins. Il lui faudrait sans doute des jumelles pour voir ce qui se passait dans l'arène.

Mais Johnny ne voulait pas non plus traîner trop longtemps dans les coulisses. Il avait déjà croisé Bobby Blue et Zane, il courait le risque de croiser Cody, s'il ne faisait pas attention, et il n'avait absolument pas envie de le voir après ce qui s'était passé lors de leur dernière rencontre. Au détour d'un couloir, il manqua presque percuter le journaliste Rex Durham qui était en train d'interviewer Bobby Blue avant son entrée dans l'arène. Il s'arrêta à l'angle pour ne pas entrer dans le champ de la caméra et écouta.

— Oui, c'est Cody Grainger qui m'a entraîné, mais je suis meilleur que lui, dit-il avec un rire confiant. C'est seulement ma première année dans le métier et je suis déjà en ligue professionnelle.

Johnny serra les poings et dévisagea le jeune homme. Quelle espèce de petit crétin arrogant ! Il ne pouvait rien faire pour apaiser l'irrationnel sentiment de culpabilité qui le rongeait depuis qu'il savait que Cody était dans une très mauvaise période, mais il pouvait encore remettre Bobby Blue à sa place.

— Cody Grainger n'a pas gagné une seule compétition de tout l'été, il semblerait que la chance ait tourné pour lui. Remettez-vous en question les conseils qu'il a pu vous donner ? demanda le journaliste.

— Non, il était excellent à son époque et il sait de quoi il parle.

— Il est réputé pour avoir des hauts et des bas erratiques et impressionnants. Que lui direz-vous si, ce soir, il se redresse et vous bat ?

— Félicitations, papy, et la prochaine victoire est à moi.

Rex coupa le micro et indiqua au caméraman qu'il pouvait éteindre son matériel.

— Merci, Bobby Blue, et bonne chance pour ce soir.

— Est-ce que mon interview passera à la télévision ce soir ? demanda-t-il, excité.

— Je me contente de poser les questions, ce n'est pas moi qui fais le montage de l'émission. Mais si tu gagnes, à mon avis, tu as de très bonnes chances de passer, répondit Rex avec un clin d'œil avant de lui serrer la main et de rejoindre son équipe de tournage.

Johnny savoura l'expression de peur et de surprise sur le visage de Bobby Blue lorsqu'il le coinça contre le mur.

— Tu es un enfoiré, dit-il très calmement, son visage tout près du sien. Cody t'a appris à te tenir sur un taureau et c'est ainsi que tu le remercies ? En lui manquant de respect ?

Le ton mielleux de Johnny ne servit qu'à inquiéter davantage le jeune homme qui ne savait pas s'il devait s'attendre à un coup.

— Qu'est-ce que j'étais censé dire ? se défendit-il faiblement. Il faut bien que je me fasse une réputation, personne ne sait qui je suis !

— Tu aurais pu dire que Cody t'a aidé à t'améliorer, tu aurais pu le remercier. Tu aurais aussi pu faire preuve d'un peu d'humilité et remercier le public et la FNB pour cette opportunité de lancer ta carrière ! Il y avait tout un tas d'autres choses à dire avant de parler mal de l'homme qui t'a formé. Tu ne lui arriveras jamais à la cheville !

Johnny réalisa qu'il s'était mis à crier, et recula d'un pas en respirant calmement.

— D'accord, c'est bon, du calme. Ce journaliste a débarqué de nulle part et m'a collé un micro sous le nez, je ne m'y attendais pas !

— Tu te souviens, quand Cody t'a dit que le plus important dans l'arène, c'était d'être prêt à tout ? Ça vaut aussi dans les coulisses.

Plusieurs personnes autour d'eux avaient tourné la tête au son des éclats de voix pour observer la scène. Johnny enleva ses bras du mur autour de la tête de Bobby Blue et recula d'un bon mètre.

— Essaie de t'en souvenir, la prochaine fois. Si tu as une prochaine fois en ligue pro.

— Écoute, Johnny, je te dois la vie, je suis désolé de t'avoir mis en colère.

La colère de Johnny s'estompa et il se demanda s'il n'avait pas eu une réaction démesurée.

— Tout ce que je te demande c'est de ne pas dire du mal de Cody. Et arrête avec ça, je te l'ai déjà dit, tu ne me dois rien, je n'ai fait que mon métier.

— J'ai eu peur que tu sois tellement en colère que tu décides de ne pas m'aider dans l'arène, avoua Bobby Blue en soupirant de soulagement.

Le sang de Johnny ne fit qu'un tour.

— Écoute-moi bien, le bleu, dans l'arène, je suis professionnel, je ne laisse jamais mes convictions personnelles m'empêcher de faire mon travail, mais hors de l'arène, je peux très bien t'en coller une si tu te comportes comme un abruti.

— Cody Grainger est le meilleur rider que j'ai rencontré dans toute ma vie, répondit précipitamment Bobby Blue. Je n'y connais rien, je croyais que ça faisait partie du jeu de se vanter auprès des journalistes. Je ne dirai plus jamais de mal de lui, c'est promis.

Johnny ne savait plus s'il devait rire ou crier. Il fallait admettre que le plaidoyer désespéré de Bobby Blue était comique. Et le gamin avait l'air sincère.

— Bonne chance dans l'arène, ce soir, et tâche de ne rien te casser.

— Merci, Johnny, dit-il en baissant les yeux avant de se faufiler dans le couloir comme s'il venait de faire une bêtise.

Johnny secoua la tête en riant. C'était bien la première fois de sa vie qu'il faisait peur à quelqu'un.

— Johnny Arrow ! Appela quelqu'un sur sa gauche

Johnny se figea en reconnaissant la voix. Il aurait dû y penser aussi, bien sûr que les parents de Cody avaient le droit d'être en coulisse. Et lui qui avait espéré se sauver discrètement dans les gradins sans faire de rencontres gênantes…

Il se tourna lentement en affichant un sourire qui devait avoir l'air terriblement crispé.

— Davis, Val, bonsoir.

Davis était au moins aussi mal à l'aise que lui, mais Val semblait trouver la situation terriblement amusante. Elle lui glissa un regard complice, et Johnny se demanda si elle avait entendu sa conversation avec Bobby Blue.

— Je suis tellement contente de te voir, lui dit-elle. Tu as l'air en pleine forme, mais tu n'es pas un peu retard ? Où est ta tenue ? Promets-moi de rester pour discuter après la compétition, nous pourrions aller manger un morceau ensemble.

— Je ne travaille pas ce soir, lui expliqua gentiment Johnny.

Le visage de Val traduisit aussitôt son inquiétude.

— Tout va bien, j'espère ! Est-ce que tu t'es blessé ?

— Non, tout va bien, la rassura rapidement Johnny. Chris Bellow est rentré de son congé maladie, c'est tout, dit-il en haussant les épaules comme si cela lui était égal, mais Val n'était pas dupe.

— Viens t'asseoir avec nous alors, nous avons des places en tribunes. RJ et Travis sont là aussi, dit-elle en lui prenant le bras. Tu nous manques, tu sais ?

Il était évident qu'elle mourait d'envie de lui demander où en étaient les choses entre Cody et lui, mais qu'elle n'osait pas. Elle avait sans doute essayé de pousser Cody à faire le premier pas, mais elle n'était pas magicienne, et Cody ne faisait que ce qu'il voulait. Johnny aurait voulu lui demander des conseils, mais ce n'était pas juste vis-à-vis de Cody. Ils lui avaient tellement manqué à lui aussi. Pas seulement Cody, pas seulement le ranch, mais Val et Davis aussi, même Travis et RJ lui manquaient.

— Vous me manquez aussi, avoua-t-il à voix haute.

— Alors, viens avec nous, dépêche-toi, nous allons rater le début, dit-elle d'une voix excitée qui rappela à Johnny que, à une époque, l'arène avait été son élément à elle aussi.

— Je vous préviens tout de suite, je fermerai les yeux à l'ouverture des cages, ce sera à vous de me dire si mon fils se brise le cou, lança Davis.

— Il ne tombera pas, rétorqua Val, sûre d'elle. Je sens qu'il est en train de se refaire.

Davis lança un regard indéchiffrable à Johnny, qui détourna la tête, gêné.

— Je garderai quand même les yeux fermés, dit-il. Et les doigts croisés.

Val entraîna Johnny jusqu'à leur tribune. L'agent de sécurité qui en gardait l'entrée ne demanda même pas à voir leur ticket, il avait l'air de très bien les connaître.

— Regardez qui j'ai trouvé ! chantonna Val.

Johnny serra les mains de Travis et de RJ avec un sourire maladroit. RJ lui fit un signe de tête discret, mais Travis l'attira dans ses bras sans lui demander son avis et le serra en lui tapotant le dos.

— Comment vas-tu, gamin ? demanda-t-il en le relâchant. J'ai entendu dire que la ligue pro te faisait les yeux doux pour du long terme, félicitations. Nous sommes tous fiers de toi.

Johnny s'assit en silence à leurs côtés, un peu sonné par toutes ces retrouvailles.

— C'est étrange, n'est-ce pas ? Regarder le spectacle d'ici, lui dit Davis à voix basse.

— Très, admit Johnny en essayant de se souvenir à quand remontait la dernière fois qu'il s'était assis dans le public.

Sa place était en bas, dans l'arène. Il observa presque avec fascination l'entrée des taureaux dans les cages de contention. Faire entrer ces gigantesques montagnes de muscles caractérielles dans ce tout petit espace était une véritable prouesse. C'était comme observer son plus grand adversaire à la merci des barreaux, mais il n'en tirait aucune satisfaction. Il savait que les projecteurs, le volume des enceintes et les spectacles de pyrotechnie étaient très éprouvants pour les taureaux, et si cela n'avait tenu qu'à lui, il leur aurait évité tout cet artifice pour concourir dans des conditions plus simples et plus saines. C'était la loi du showbiz.

Le clown de l'arène était en train de se dandiner autour de la cage à requins et le commentateur lança la présentation des riders, du score le moins bon au meilleur.

Ils entrèrent en courant à l'appel de leur nom, chacun leur tour, en levant les poings sous les applaudissements du public. Johnny les connaissait tous, il se souvenait parfaitement des compétitions où il avait croisé chacun d'eux et du taureau sur lequel ils étaient.

Lorsque le nom de Dub Whittaker fut annoncé, Val attrapa machinalement la main de Johnny et la serra.

— C'est lui qui entre, juste après.

Johnny n'aurait pas su décrire l'étrange sentiment de voir Cody entrer dans l'arène et de ne pas pouvoir y être avec lui. Il affichait son éternel sourire impie, mais Johnny le connaissait, et il voyait bien que le cœur n'y était pas. Et à en juger par la façon dont Val lui agrippait la main, elle l'avait vu aussi. Cody avait l'air aussi nerveux et mal à l'aise que les taureaux dans les cages. Il devait être terrorisé à l'idée de tomber pour sa compétition de reprise en ligue professionnelle. Le cœur de Johnny se serra de compassion.

— Il sait que vous êtes venus le voir ? demanda-t-il doucement à Val.

— Je crois que c'est encore pire, dit-elle en hochant gravement la tête. Il a tellement peur de nous décevoir, je ne sais pas si nous avons bien fait.

Johnny observa avec curiosité l'entrée de l'équipe d'écarteurs, c'était l'occasion d'étudier son métier avec un regard extérieur. Vern entra le premier, puis Reese, et enfin Chris Bellow. Lorsqu'il apparut, la foule se leva et applaudit à tout rompre. Le commentateur lui souhaita la bienvenue et Johnny se leva lui aussi, même s'il aurait donné n'importe quoi pour être à sa place.

Les riders quittèrent l'arène pour rejoindre les coulisses et le commentateur annonça le nom des taureaux qu'ils allaient monter. Le clown se lança dans une série de sketchs pour occuper le public, et Johnny fut surpris d'entendre la foule rire avec enthousiasme. C'était toujours les mêmes blagues et il commençait à les connaître par cœur, il y avait longtemps qu'il n'y prêtait plus attention.

À cette heure-là, il aurait dû être en bas avec Vern et Reese, en train d'échanger des recommandations de dernière minute. Le rôle de spectateur ne lui plaisait décidément pas.

EN APPRENANT que Bobby Blue et Zane s'étaient qualifiés pour les compétitions de ligue professionnelle, Cody aurait dû se sentir empli de fierté. Après tout, s'ils étaient arrivés jusqu'ici, c'était en partie grâce à lui, mais il ne pouvait pas s'y résoudre. Après leur stage, il n'avait pas eu le réflexe de suivre leurs progrès, mais lorsque le commentateur annonça leurs scores, il fut étonné qu'ils soient déjà si bien classés. En temps normal, il aurait été heureux à l'idée de se mesurer à eux, mais ce jour-là, il risquait d'être à peine capable de présenter les mêmes scores. S'il ne tombait pas avant. Il ne supporterait pas de perdre la face devant Bobby Blue.

— L'équipe d'écarteurs est constituée ce soir de Vern Crocker, le capitaine, Reese Brent, et enfin de retour parmi nous, le grand Chris Bellow ! annonça le commentateur. Vous souvenez-vous de l'effroyable accident, en début d'année, quand un taureau l'a gravement blessé pendant un encornage ? Et bien, Mesdames et Messieurs, le voilà de retour ce soir et il est en pleine forme. C'est sa dernière année avant la retraite, et il a bien l'intention de prendre sa revanche et de rappeler aux taureaux qui est le patron ! Chris et Johnny Arrow, le jeune homme brillant que nous avons pu voir à l'œuvre cette année, se partageront la place d'écarteur au sein de l'équipe une semaine sur deux jusqu'à la fin de l'année. Ce sera le grand combat entre le cowboy et l'indien pour savoir lequel des deux couvrira la dernière compétition !

— Pas indien, Navajo Dineh, corrigea Cody entre ses dents depuis la cage de contention où il était en train de prendre place.

Ce genre de généralisation raciste le mettait hors de lui depuis qu'il connaissait Johnny. Le commentateur se lança dans une ribambelle d'éloges pour Chris Bellow, et Cody sentit la colère monter en lui. Johnny avait sans doute sauvé plus de riders ces derniers mois que Chris ces dernières années. Il se faisait vieux et il avait beaucoup perdu en vitesse.

Cody se sentait déstabilisé, il ne s'était pas attendu à ce que Chris soit de retour. Cela voulait sans doute dire que Johnny était quelque part dans le public et qu'il pourrait se concentrer sur le moindre de ses faits et gestes. La moindre de ses erreurs. Il allait tomber, il en était certain. Dub le couvait comme une mère poule, il tenait sa veste de sécurité avec une poigne de fer et ne le lâchait pas d'une semelle.

— Avant l'été, les scores de Cody Grainger étaient phénoménaux, et personne ne doutait de sa victoire aux finales, continua le commentateur. Mais depuis quelques semaines, le champion préféré des Américains est en pleine crise et ses statistiques se sont effondrées. Une situation qui nous rappelle à tous que, dans ce sport, rien n'est jamais gagné d'avance. Si la malchance le poursuit ce soir, Cody Grainger pourrait bien perdre sa place en finale. Et si cela devait malheureusement arriver, nombreux sont les nouveaux jeunes riders qui le talonnent et qui sont prêts à prendre la relève. Certains d'entre eux ont même été entraînés par Grainger en personne.

Il ne lâchait plus le morceau, il s'était mis en tête de faire une dissertation sur le sujet, constata amèrement Cody.

— Son très bon ami et partenaire de voyage, Dub Whittaker, est également en très bonne position pour le remplacer sur le podium, il pourrait sans surprise lui voler la vedette si Grainger ne brise pas la malédiction ce soir.

Un peu de pression supplémentaire, pile ce dont Cody avait besoin. Il tira férocement sur sa corde pour serrer le nœud sous les épaules du taureau. Il allait leur montrer à tous de quoi il était capable.

— Doucement, cowboy, tenta de le calmer Dub. Tu vas lui couper la circulation du sang en serrant autant.

— Je ne veux pas qu'elle tombe. Je ne veux pas tomber non plus, il faut que je m'accroche.

— Ce n'est pas comme ça que ça fonctionne et tu le sais très bien, lui rappela doucement Dub afin que personne d'autre n'entende. Ce n'est pas un concours de muscles contre l'animal, détends-toi ou tu vas perdre. Si tu restes crispé, tu vas te retrouver par terre en une seconde, peu importe à quel point tu serres la corde.

— Laisse-moi faire comme je veux, je ne suis pas un débutant.

— C'est toi qui vois, Rambo, j'essayais juste de t'aider.

— C'est juste… Je ne peux pas… Tais-toi, s'il te plaît. Tu veux bien ?

Il essayait d'être poli, c'était le nouveau Cody. Pourtant, il aurait bien envoyé Dub se faire voir.

— Bonne chance, Cody. Ne t'en fais pas, ça va aller, lui répondit simplement Dub.

Cody essaya tant bien que mal de s'installer sur le dos du taureau, mais l'animal pouvait sentir son anxiété et il ne tenait pas en place. Il écrasa violemment sa jambe contre les barrières, et Cody sentit sa vieille blessure au genou se réveiller. Il ne lui restait plus beaucoup de temps, il fallait qu'il sorte des cages, s'il ne voulait pas être disqualifié. Il inspira un bon coup et donna le signe de tête au portier.

Au lieu de se jeter dans l'arène, le taureau eut un violent mouvement de recul, et Cody parvint tout juste à garder son équilibre et à ne pas toucher l'animal de sa main libre. Il réajusta sa position et serra les cuisses autour des flancs de l'animal. C'était un vieux taureau en fin de carrière, il n'avait plus la force de se cabrer et de ruer aussi haut. L'ironie de la situation n'échappa pas à Cody. Ils avaient tous les deux perdu l'éclat de leur jeunesse.

Le taureau se lança enfin dans l'arène, plaquant Cody sur son dos dans la violence du mouvement. Ses mains tremblaient et il avait l'impression de faire cela pour la première fois de sa vie. Il n'arrivait pas à trouver son rythme et la panique le gagnait. Le taureau trébucha, prenant Cody par surprise, et il faillit lâcher sa corde. Mais il l'avait parfaitement enroulée autour de son gant et très vite, il se ressaisit. Le taureau plongea sur la droite et Cody se sentit glisser dans le mouvement. Il fit contrepoids en balançant son corps vers la gauche et se redressa. Mais le taureau avait beau être vieux, il était loin d'être bête. Il tourna précipitamment à gauche, ne laissant pas à Cody un seul instant de répit.

Le coup de sifflet retentit enfin, mais le taureau se cabra de manière inattendue, envoyant Cody valser dans les airs. Il lâcha la corde juste à temps et retomba sain et sauf sur ses pieds en remerciant le ciel d'être parvenu à sauver son honneur. Son soulagement fut de courte durée, car le taureau lui fonçait déjà dessus et il n'avait pas l'air de très bonne humeur. Cody se mit à courir aussi vite qu'il le put. Dans la panique, il oublia complètement de faire des zigzags pour désorienter l'animal, comme le lui avait appris Johnny. Il sentit une corne glisser sous son gilet de sécurité, et d'un brusque coup de tête, le taureau le projeta à nouveau dans les airs. Où étaient ces maudits écarteurs quand vous aviez besoin d'eux ? Cody rentra le menton dans la poitrine et heurta le sol en grognant. Il eut à peine le temps d'entendre le martèlement des sabots du taureau juste à côté de son oreille, et de fermer les yeux, persuadé qu'il allait se faire piétiner, mais par miracle, l'animal lui passa dessus sans qu'une seule de ses pattes ne le touche.

Chris arriva vers lui, essoufflé, et s'occupa enfin d'éloigner le taureau. Ce type n'avait plus rien à faire dans une arène. Cody avait eu beaucoup de chance de ne pas se faire écrabouiller ce soir-là, et ce n'était pas grâce à la réactivité de Chris Bellow. Il se releva péniblement et fut pris d'une irrépressible envie de rire. Un vieux taureau, un vieux rider, et un vieil écarteur. On aurait dit le début d'une mauvaise blague.

Le clown courut vers Cody en faisant mine d'être le taureau, ses deux index en guise de cornes, et Cody se prêta au jeu en faisant semblant de l'éviter de justesse, pour le plus grand plaisir du public. Il se força à sourire et salua la foule avant de serrer la main du clown et de retourner sur le bord de l'arène. Chris courut à sa rencontre en lui tendant sa corde.

— Je suis désolé, j'étais un peu en retard.

Un peu en retard. C'était un euphémisme.

— D'accord, merci, grogna Cody le plus poliment possible en récupérant sa corde.

— Et c'est un score de 44 pour le taureau qui n'est plus de toute première jeunesse, contre un score de seulement 37 points pour Cody

Grainger qui ne totalise donc qu'un maigre total de 81, asséna sans pitié la voix du commentateur. Ce score lui permet malgré tout de rester en lice pour un deuxième passage, à moins qu'un autre rider ne le détrône de la neuvième place d'ici là. Cody Grainger est sur la sellette, Mesdames et Messieurs.

La simple idée de devoir s'arrêter là pour ce soir lui retourna l'estomac. Au moins, si l'un de ces petits jeunes aux dents longues prenait sa place, il pourrait se concentrer sur le passage de Dub et l'aider à se préparer au lieu d'aller se morfondre dans l'obscurité des vestiaires. Il s'apprêtait justement à entrer dans l'arène.

— Dis-moi, ce n'est pas Johnny Arrow que j'aperçois dans la tribune, à côté de tes parents ?

Cody sentit une vague de chaleur le submerger, et il dut se faire violence pour ne pas tourner la tête vers les gradins à toute vitesse. Que faisait-il là ?

— Je ne sais pas. Peut-être, répondit-il vaguement, comme s'il n'était pas sûr de l'avoir reconnu.

— C'est une tragédie qu'ils aient laissé Chris Below revenir, si tu veux mon avis. J'espère vraiment que Johnny prendra sa place pour les finales. Si j'ai voté pour lui, c'est pour une bonne raison.

— Tu as voté pour lui ? demanda Cody en écarquillant les yeux.

— Bien sûr que j'ai voté pour lui, ce gamin est doué, je préférerais largement que ce soit lui qui surveille mes arrières. J'espère qu'il n'est pas blessé.

— Je ne pense pas, nous en aurions entendu parler, répondit distraitement Cody en imaginant avec inquiétude toute une liste de blessures toutes plus graves les unes que les autres.

JOHNNY COMMENÇAIT à se dire qu'il aurait été plus en sécurité en bas dans l'arène. Val n'avait pas lâché son bras, et elle le broyait au gré des rebondissements du spectacle, manquant à plusieurs reprises de bondir de son siège en criant. Elle avait l'air vraiment investie.

— Je suis désolée, Johnny, s'excusa-t-elle sans quitter l'arène des yeux. Je me laisse parfois un peu emporter.

À ces mots, Davis éclata de rire et Johnny les regarda échanger un regard complice avec tristesse et envie. À la fin du premier round, Johnny se sentait presque aussi fatigué que s'il avait travaillé dans l'arène. Tous ses muscles étaient tendus et il suivait avec attention le moindre mouvement de l'équipe d'écarteurs. Chris Bellow était un peu plus lent que les deux autres, et à plusieurs reprises, Johnny dut se retenir de ne pas lui crier de se bouger un peu les fesses.

— Vous allez avoir des courbatures demain, si vous ne vous détendez pas un peu, Val et toi, lui dit Travis en se penchant vers lui.

Johnny lui lança un regard noir et Travis sourit malicieusement.

— Je sais que ce n'est pas facile de regarder quelqu'un d'autre que toi faire ton job, et mal le faire. Tiens bon, gamin.

Johnny se força à détendre ses muscles et se tourna vers Travis, l'air contrit.

— Merci, Travis.

— Et ne t'en fais pas, dit-il en montrant Chris d'un geste du menton. S'il remporte la finale des écarteurs, ce sera par popularité, pas par talent. Les championnats de l'année suivante seront à toi.

Johnny observa le passage de Cody en serrant les dents. Ce n'était pas beau à voir, mais il réussit au moins à tenir les huit secondes sans tomber. Après sa performance, Cody disparut rapidement sans un regard pour ses parents. Johnny était persuadé que c'était parce qu'il avait honte de son score et qu'il n'osait pas leur faire face.

Pendant l'intermission à la fin du premier round, Val lui demanda :

— Alors, qu'est-ce que ça fait d'être de l'autre côté de la barrière ?

— C'est insupportable. Non, pardon ! Je veux dire…

Johnny se mordit la lèvre en réalisant à quel point il avait l'air ingrat en disant cela. Ils l'avaient invité à partager avec eux une place qui devait coûter plusieurs centaines de dollars, et voilà sa réaction. À son grand soulagement, Val éclata de rire.

— Je sais ce que tu ressens. Je préfèrerais être au cœur de l'action, moi aussi. Je te rassure, tu vas finir par te faire une raison.

— Mais je ne veux pas me faire une raison, rétorqua Johnny. Je suis désolé, je ne suis pas de très bonne compagnie, je devrais peut-être vous laisser.

— Qu'est-ce que tu vas faire ? Descendre terroriser ce pauvre Bobby Blue ? demanda Val, amusée. Tu ferais mieux de rester avec nous, nous sommes quand même moins pénibles que cette petite teigne.

C'était bien ce qu'il pensait, elle l'avait entendu menacer Bobby Blue. Johnny ne put s'empêcher de lui rendre son sourire.

— Nettement moins pénibles, acquiesça-t-il.

Il hésita un instant à lui demander comment allait Cody, mais quelque chose le retenait. Peut-être avait-il tout simplement trop peur de la réponse. Val le regardait comme si elle savait exactement ce qui se passait dans sa tête. Elle lui fit un petit clin d'œil, et se concentra de nouveau sur l'arène. Travis et RJ se levèrent pour aller chercher à boire pour tout le monde, et Johnny leva les yeux au ciel en entendant la dernière blague du clown.

CE FUT une véritable torture pour Cody d'assister au passage de Dub. Il devint très vite évident que son ami allait le battre, et de loin. Texas Ranger, le taureau qui lui avait été attribué, était jeune, intelligent et bien entraîné. Dub offrit au public une virée époustouflante. L'animal manqua de le faire tomber à trois reprises, mais Dub reprit à chaque fois la main avec des réactions rapides et des gestes parfaitement exécutés. La foule l'acclamait avec enthousiasme.

Après le coup de sifflet, Dub descendit du taureau avec grâce et facilité et courut grimper sur la barrière sans avoir besoin de l'aide des écarteurs. La joie qui se lisait sur son visage était contagieuse et, malgré toute sa rancœur, Cody était profondément heureux pour lui. Dub avait travaillé dur pour en arriver là où il était aujourd'hui. Il le rejoignit et lui tapa dans la main.

— Bon boulot, Dub ! Tu as été super !

— Merci, Cody, répondit-il en souriant à s'en décrocher la mâchoire, avant de se tourner vers Rex qui l'attendait pour une brève interview.

Cody s'éclipsa discrètement, il craignait trop qu'on lui pose des questions sur ses dernières défaites en série. Il alla attendre Dub un peu plus loin. Lorsqu'il le rejoignit enfin, Cody lui tendit son chapeau et récupéra son casque de sécurité.

— Tu as donné une leçon à tout le monde, ce soir, avec la qualité de ta performance. Je serais prêt à parier que la boucle de ceinture de cette compétition est à toi.

— J'ai l'impression bizarre d'avoir échangé nos places, répondit Dub avec une grimace, mal à l'aise.

— J'espère sincèrement que c'est toi qui vas gagner, insista Cody en le regardant dans les yeux. Peu importe ce qu'il se passe pour moi, tu le mérites.

— Cela représente beaucoup pour moi de te l'entendre dire, alors, merci, du fond du cœur. Juca Matos passe juste après, je n'ai plus qu'à croiser les doigts ! ajouta-t-il pour tenter d'alléger la conversation.

— Il se débrouille bien, mais il est trop prévisible, le jury n'aime pas ça.

Cody enfonça ses ongles dans ses paumes de mains en essayant de ne pas penser à ses scores. Dub n'avait peut-être pas à s'inquiéter d'être rattrapé par le brésilien, mais Cody lui, si. Les scores de Juca tournaient invariablement autour de 80, Cody était loin d'être à l'abri.

Ce ne fut que lorsque son taureau l'envoya valser dans la poussière à 7 secondes et 91 centièmes que Cody put respirer à nouveau librement. Il était en dernière position, mais il était qualifié pour le deuxième round. Alors, il s'autorisa pour la première fois un regard vers ses parents. Dub ne s'était pas trompé. C'était bien Johnny qui était assis avec eux. C'était tellement étrange de le voir dans le public avec ses vêtements de tous les jours. Mieux valait cela que de le savoir dans l'arène où il aurait assisté à la médiocre performance de Cody aux premières loges.

Pour le deuxième round, le taureau qui fut attribué à Cody était un parfait inconnu. C'était sa première sortie officielle et les gens ne connaissaient de lui que son nom : Poussière d'Étoile. Avec un nom comme celui-ci, il avait intérêt à se révéler être une star. Dub aida à nouveau Cody à s'installer dans les cages.

— Oublie cette histoire de malédiction. Ce soir, c'est ton soir. Reprends ta couronne, Cody. Cela fait vingt ans que tu fais ce métier, tu sais comment gagner, c'est inscrit en toi.

Cody hocha nerveusement la tête et enroula sa corde autour de son gant. Il tapota sur son casque de sécurité et donna le signe au portier. Le portail tarda trop à s'ouvrir et le taureau se faufila avec impatience sur le côté pour se jeter dans l'arène. Cody s'accrocha de toutes ses forces en tentant de suivre le mouvement sans trop se crisper, et le taureau se contorsionna dans le sens contraire de sa main directrice. Cody sentit l'angoisse l'envahir et serra les abdominaux en tentant de s'adapter au mouvement qui n'était pas naturel.

Puis le taureau secoua l'arrière de son corps dans tous les sens pour essayer de le désarçonner et se remit à tourner sur lui-même, mais cette fois-ci, dans le sens de Cody. Il reprit confiance, ajusta la position de son bassin et s'autorisa même un sourire. Il venait de trouver son rythme.

Il avait perdu toute notion du temps et fut surpris lorsque le sifflet retentit. En entendant le bruit strident, le taureau cessa immédiatement de bouger, comme s'il avait été mis sur pause. Pas un mouvement d'oreilles, pas un sursaut de la queue, rien. Pendant une seconde interminable, le silence régna dans l'arène, puis l'équipe d'écarteurs entra en scène.

— Hé, toi ! Poussière d'Étoile ! Le taureau ! appela Vern avec insistance, comme s'il essayait de le réveiller.

Et aussi brusquement qu'il s'était arrêté, le taureau fit une ruade impressionnante, et Cody tomba à quatre pattes dans la poussière, avant de ramper maladroitement sur les genoux pour s'éloigner rapidement. Sa rotule le faisait encore souffrir.

Le public était partagé entre des applaudissements mous et quelques moqueries. Cody se redressa sur ses pieds en regardant autour de lui pour repérer l'animal. Le taureau lui fonçait déjà dessus, mais il le manqua, se coinça une corne dans l'une des affiches attachées aux barrières de sécurité, la déchira en secouant rageusement la tête et la fit tomber sur Cody. Aveuglé, Cody fit de grands gestes nerveux des bras pour tenter de se dégager le plus vite possible et il entendit le public rire de plus en plus fort. Lorsqu'il parvint enfin à sortir de sous la gigantesque affiche, Reese et Vern avaient déjà repris le contrôle du taureau et ils étaient en train de le faire sortir de l'arène. Cody essuya la sueur sur son visage en levant les yeux vers la foule hilare. Au moins, il les faisait rire. Il était devenu le clown de l'arène.

Il se força à sourire, fit une révérence et alla rejoindre Dub en boitant. Il s'était bousillé le genou. Dub l'aida à grimper par-dessus la barrière en s'écriant :

— Mais c'était quoi, ce taureau ? Qu'est-ce qu'il lui a pris ? C'était comme si sa mère venait de l'appeler pour descendre à table !

— Je n'avais jamais vu ça, acquiesça Cody avec difficulté. Il a pilé et il s'est complètement figé, comme un taureau mécanique dans lequel il faut remettre des pièces.

— Un taureau ne réagit pas ainsi naturellement, il l'a appris pendant son entraînement.

— Le moins que l'on puisse dire, c'est qu'il m'a pris par surprise.

Dub lui tapota le dos.

— Tout ce qui compte, c'est que tu ne sois pas tombé avant les huit secondes. Ça fait deux fois de suite, je t'avais dit que la malédiction était terminée.

— J'ai à peine fait 80 points, Dub, répondit Cody, désespéré, en secouant la tête.

— Tant que tu es dans la course, le reste n'a pas d'importance. Continue de te défendre bec et ongles, tu vas finir par refaire surface.

216

CODY AVAIT espéré que Rex ne lui demanderait pas d'interview après sa prestation pitoyable, mais qu'il le veuille ou non, il était célèbre, et ses scores en chute libre faisaient sensation.

— Que ressent-on quand on réussit enfin péniblement à se qualifier après des semaines d'échec ?

— Je suis soulagé, Rex, aucun rider n'aime entrer dans l'arène pour perdre.

Rex ne résista pas à la tentation de lui poser la question qui était sur toutes les lèvres.

— Il n'y a encore pas si longtemps, vous donniez l'impression qu'aucun taureau ne pouvait vous résister, que s'est-il passé ?

— Je voudrais bien le savoir, répondit Cody avec son célèbre sourire et un regard de glace ; si un regard pouvait tuer, la famille de Rex serait en train de rédiger son épitaphe. Mais si tu trouves la réponse, passe-moi un coup de fil, conclut fermement Cody.

Le journaliste se tourna vers son caméraman sans rien laisser paraître pour offrir sa conclusion.

— La réponse de Cody Grainger en personne. Grainger, qui était le favori pour les grandes finales de cette année et qui souffre depuis plusieurs semaines d'une étrange malédiction qui l'empêche semble-t-il de remporter la moindre victoire ! Mais vous l'avez entendu, il ne sait pas lui-même ce qui a déclenché cette série de défaites. Comme beaucoup l'ont déjà dit avant moi…

Cody préféra s'éloigner pour ne pas avoir à entendre la fin de cette phrase. Il sourit malgré lui en imaginant la tête de Rex s'il lui avait répondu « mon amant gay m'a quitté et je ne gagne plus parce que je n'arrête pas de penser à lui ». Voilà qui devrait faire sensation. L'idée l'amusa suffisamment pour lui remonter un peu le moral. Il s'apprêtait à retourner aux vestiaires lorsqu'il entendit quelqu'un appeler son nom.

— Hé, Cody !

Il s'agissait de Zane et de Bobby Blue. Il avait réussi à les ignorer jusqu'ici, mais il ne pouvait pas vraiment s'enfuir en courant dans ces conditions.

— Salut, les garçons, félicitations pour votre qualification en ligue professionnelle, vous jouez dans la cour des grands, maintenant, dit-il en leur serrant la main. Je suis fier de vous, vous avez fait des progrès incroyables depuis votre stage.

— Je tenais à te remercier, lui dit timidement Bobby Blue. Tu es un très grand rider et le meilleur entraîneur que je n'ai jamais eu. Je ne serais jamais arrivé jusqu'ici sans ton aide.

Surpris par cette effusion de sentiments, Cody se mit à rire.

— C'est gentil, Bobby Blue. Je savais que tu t'en sortirais, mais ça me fait plaisir de te voir ici aujourd'hui.

— Je le pense vraiment, merci encore pour tout, insista Bobby Blue en lui serrant encore la main, avant de se sauver comme s'il avait le diable aux trousses.

Cody le regarda s'éloigner en clignant lentement des paupières, puis se tourna vers Zane.

— Mais qu'est-ce qui lui prend ?

— Il s'entraîne pour ses conférences de presse, répondit simplement le jeune homme.

— Il était tellement humble et reconnaissant, je l'ai à peine reconnu. C'est bon de te voir aussi, Zane. Tu t'es sacrément bien débrouillé ce soir.

— J'ai eu de la chance. Une place s'est libérée au dernier moment parce qu'un autre rider s'était blessé. Ce n'est pas très flatteur, mais je me voyais mal laisser passer cette occasion. C'est un honneur pour moi de concourir dans la même arène que toi.

— Plus vraiment, non, répondit gentiment Cody avec un rire dépréciateur.

— Tu es un modèle pour beaucoup de riders, Cody, surtout en ce moment. C'est facile de surfer sur la vague du succès, mais cela demande un sacré courage de se relever et de se battre quand on traverse une mauvaise période et que les défaites s'enchaînent. J'ai appris beaucoup de choses avec vous pendant mon stage, mais pas autant qu'en t'observant ces dernières semaines. Tu nous prouves à tous qu'un vrai grand rider n'abandonne jamais. Je suis fier de dire que c'est toi qui m'as entraîné.

— Merci, Zane, c'est…, commença Cody, étrangement ému par ses mots. C'est un honneur aussi de t'avoir entraîné.

Il prit la main de Zane entre les siennes et la serra de nouveau en le regardant dans les yeux.

— Tu n'imagines pas ce que représentent ces mots pour moi.

— Bobby Blue pense la même chose, tu sais, même s'il se comporte comme un crétin, 90 % du temps. Bonne chance pour ta prochaine compétition.

Après leur départ, Cody resta immobile dans le couloir un long moment, choqué et ému par les paroles des deux jeunes garçons. Il était tellement obsédé par la victoire, jamais il n'aurait imaginé qu'il était possible de susciter l'admiration autrement. C'était une révélation qui méritait réflexion.

Il se rendit lentement jusqu'aux vestiaires, et en ouvrant la porte, il tomba nez à nez avec l'équipe d'écarteurs. Johnny était descendu saluer ses collègues et ils riaient tous ensemble en passant en revue les moments forts de la compétition. Cody n'avait jamais eu l'occasion d'observer Johnny dans son élément, c'était pour le moins intéressant. Malgré son jeune âge, il était évident que Vern et Reese avaient pour lui un respect immense. Même Chris Bellow, qui ne devait pas le connaître depuis très longtemps, s'adressait à lui comme à un égal.

Sans faire de bruit pour ne pas être repéré, Cody se décala dans un coin et les observa un moment. Vern était trapu, tout en muscles, mais il était d'une rapidité surprenante dans l'arène. Reese était moins massif, mais sa carrure restait impressionnante. À côté d'eux, Chris avait l'air vieux et fatigué. Et puis il y avait Johnny. Il ne payait pas de mine, surtout sans l'équipement de sécurité, il était beaucoup plus mince et élancé. Mais il était aussi incontestablement le plus athlétique et le plus rapide.

En se concentrant davantage, Cody perçut que l'attitude de Chris à l'égard de Johnny était légèrement différente. Il ne fallait pas être un génie pour comprendre qu'il y avait juste un fond de jalousie. Chris n'était pas jaloux des compétences de Johnny, il était simplement jaloux de sa jeunesse et de toute la vie qu'il avait devant lui. Cody le comprenait sans doute mieux que personne, il venait de se comporter exactement de la même façon avec Zane et Bobby Blue.

En tournant la tête, Vern l'aperçut enfin et lui fit un signe de tête. Johnny se retourna vers lui et le cœur de Cody s'arrêta dans sa poitrine. Il ne parvint pas à déchiffrer le regard du jeune homme, mais il sut immédiatement que la soirée n'était pas finie pour eux.

Johnny lui tourna le dos pour dire quelque chose au reste de son équipe, et Chris, Vern et Reese quittèrent le vestiaire.

— Tu t'es bien défendu dans l'arène, ce soir, le félicita Vern en passant à côté de Cody.

— Tiens bon, ajouta Reese. Un score est un score, tous les points sont bons à prendre.

— Encore désolé pour tout à l'heure, s'excusa Chris. Il va me falloir un peu de temps pour me remettre dans le bain.

— Merci, les gars, répondit Cody en les regardant sortir.

Lorsque la porte se referma derrière eux, il ne restait plus que lui et Johnny dans le vestiaire. Quelque chose lui disait que Johnny ne ferait pas le premier pas.

— Pouvons-nous discuter ? demanda Cody, incertain.

— Si tu veux. Mais dans un endroit public.

— Il y a un restaurant à…

— Et si nous marchions simplement ? L'interrompit Johnny.

— OK, acquiesça docilement Cody en enfonçant ses mains dans ses poches pour se retenir de les poser sur Johnny.

Dehors, la nuit était déjà tombée. Cody prit la parole sans attendre davantage.

— Tu me connais. Tu sais que je suis prêt à tout pour gagner. À chaque nouvelle victoire, c'est comme la première fois, et je suis accro à cette sensation. Je crois que je viens seulement de réaliser que j'aurais dû mettre autant d'ardeur à te garder.

— Peut-être que cela aurait aidé un peu, oui.

— Tu veux que nous trouvions un bar dans lequel s'asseoir ?

— Je n'y tiens pas vraiment. Je ne suis pas sûr que c'est une bonne idée de parler de tout cela en public.

— Nous pouvons retourner à mon hôtel et commander quelque chose à manger au service de chambre.

— Je ne peux pas rester longtemps, je fais la route avec Vern. Nous partons très tôt demain matin.

— C'est juste pour parler, promis, insista Cody.

Ils marchèrent côte à côte en silence jusqu'à l'hôtel. Dans la cabine d'ascenseur, ils s'adossèrent chacun à un mur, face à face, sans échanger un seul mot ni un seul regard.

Le cœur de Cody battait la chamade lorsqu'ils s'engagèrent dans le couloir qui menait jusqu'à sa chambre. Il ne savait plus quoi dire et il avait peur de faire fuir Johnny à nouveau.

Il ouvrit fébrilement la porte pour les faire entrer, et lorsqu'il la referma derrière eux, Johnny le plaqua au mur pour l'embrasser passionnément. Il déboutonna sa chemise avec des gestes pressés et lui caressa le torse en poussant un soupir de satisfaction au premier contact de leurs peaux brûlantes. Cody glissa ses mains sous le tee-shirt de Johnny, dans son dos, et les fit lentement remonter jusqu'à ses omoplates.

Lorsque Cody le repoussa après de longues minutes pour reprendre son souffle, Johnny le tira avec lui à reculons dans le salon. Il se cogna contre la table basse, fit tomber une plante contre l'écran de télévision, se tourna avec Cody dans ses bras et le poussa violemment contre le bureau en continuant à l'embrasser. Puis, il l'attira contre lui par les pans de sa chemise et les conduisit jusqu'au lit. Ils firent tomber l'une des deux tables de nuit sur leur passage et s'écrasèrent sur le lit dans un entremêlement de bras et de jambes.

Cody, qui avait atterri sur le dessus, rompit de nouveau le baiser et baissa la tête pour sucer l'un des tétons de Johnny. Le dos du jeune homme s'arqua de plaisir et il glissa l'une de ses mains jusqu'à l'entrejambe de Cody. Il le serra dans sa main à travers le tissu de son jean et les hanches de Cody eurent un soubresaut vers l'avant. Il laissa échapper un son à mi-chemin entre le grognement et le gémissement, et se mit à rire.

— Tu me fais perdre la tête avec tes baisers…

Pour seule réponse, Johnny le mordit dans le cou.

— Ne t'arrête pas, l'encouragea le jeune homme en essayant d'ouvrir son jean, les doigts tremblants.

Ils se séparèrent un instant pour retirer leurs ceintures et leurs chaussures. Cody regarda Johnny enlever son tee-shirt avec la même anticipation que lorsque les portes des cages s'ouvraient avant l'entrée dans l'arène. Il retira ensuite son pantalon et s'agenouilla sur le lit au-dessus de Cody. La ligne de son érection tendait le coton blanc de son boxer. Les muscles de ses abdominaux roulaient sous sa peau à chaque mouvement qu'il faisait pour enlever un vêtement. Hypnotisé, Cody posa les mains sur la peau douce et dorée de ses cuisses puissantes.

Johnny arborait un petit sourire qui ressemblait à un défi, et une lueur malicieuse brillait dans ses grands yeux noirs. Le regard de Cody s'attarda sur le tatouage qui épousait le contour de ses côtes. Il avait oublié l'harmonie avec laquelle les lignes bleues et jaunes du dessin s'intégraient au corps de Johnny. Il l'effleura du bout des doigts et Johnny frissonna.

— Ton tatouage… Il m'avait manqué. Qu'est-ce que c'est, déjà ?

— Une échelle céleste, répondit Johnny.

Cody savait que ce n'était peut-être pas le meilleur moment, mais il ne put s'empêcher de demander :

— Qu'est-ce que ça signifie ?

Johnny se figea de surprise et Cody réalisa qu'il ne lui avait jamais posé la question avant. Il s'était vaguement dit que c'était sans doute en référence à la culture amérindienne, mais il n'avait jamais posé la question à voix haute en plus de deux ans de relation.

— Redemande-moi plus tard ? répondit Johnny sur un ton étrangement vulnérable, comme s'il n'était pas encore prêt à répondre.

Puis il se pencha sur Cody pour un baiser à couper le souffle et le moment se perdit dans la chaleur de leur étreinte.

— Tu as ce qu'il faut ? demanda Cody, le souffle court.

Johnny se contorsionna sur le matelas pour attraper son pantalon jeté par terre et Cody éclata de rire lorsqu'il sortit de sa poche un petit paquet de lubrifiant et plusieurs préservatifs. Il avait l'air d'aimer voyager équipé. Johnny lui tendit le lubrifiant et un préservatif, puis s'installa sur le dos en tenant ses jambes écartées. Cody admira les ondulations de son corps en le préparant lentement avec ses doigts. C'était presque insupportable de sentir le fourreau brûlant de l'intérieur de son corps et de devoir attendre avant de pouvoir s'y enfouir. Il ne lui avait pas fait l'amour depuis si longtemps. Enfin, il retira ses doigts, tourna gentiment Johnny à quatre pattes devant lui, et l'attrapa par les hanches pour tirer ses fesses jusqu'à son entrejambe.

Lorsqu'il pénétra enfin Johnny, le jeune homme était aussi étroit que s'il ne l'avait jamais fait avant. Il rentra la tête dans les épaules, comme s'il avait mal, puis se tourna brusquement vers Cody et lui jeta un regard noir en poussant un sifflement, à mi-chemin entre un son de douleur et de plaisir. Cody attendit patiemment que son corps s'habitue à l'intrusion en lui caressant le dos, ignorant avec beaucoup de volonté tous ses instincts qui lui criaient de le prendre avec force.

Johnny poussa un gémissement douloureux, mais tendit un bras derrière lui pour tenir fermement Cody par la hanche et l'empêcher de bouger. Après quelques minutes de silence chargé d'incertitude et de tension sexuelle, les muscles du dos de Johnny se détendirent enfin et Cody sentit l'anneau de muscles autour de son sexe s'ouvrir de manière imperceptible, l'invitant à s'enfoncer encore plus loin, comme s'il se fondait en Johnny. Il attendit le signal du jeune homme pour continuer.

— Qu'est-ce que tu veux ? Une invitation écrite ? demanda Johnny d'une voix rauque et brisée.

Cody se laissa aller et s'enfonça en lui jusqu'à ce que les fesses de Johnny soient blotties contre son aine. Il savoura un instant les microcontractions de l'étau autour de son sexe, et commença enfin un mouvement de va-et-vient. Johnny poussa un grognement de satisfaction et tendit les bras pour étirer son dos et s'empaler sur Cody. Puis il tourna de nouveau la tête, mais le regard qu'il lança cette fois à Cody était ivre de plaisir. Cody se pencha pour l'embrasser dans le cou, en savourant le glissement de leurs deux corps l'un contre l'autre. Il aurait voulu pouvoir protéger ainsi Johnny sous son corps pendant l'éternité, mais s'il ne bougeait pas très vite, le désir lui ferait perdre la raison.

Son va-et-vient se fit de plus en plus puissant, de plus en plus rapide, et Johnny porta une main à son sexe en érection pour se masturber en rythme avec le mouvement de ses hanches.

Cody avait espéré faire durer leur étreinte le plus longtemps possible, faire longuement l'amour à Johnny, jusqu'à ce qu'il oublie leurs différends et qu'il lui revienne, mais il avait trop attendu ce moment et il savait que l'orgasme les guettait déjà.

— Il n'y a personne d'autre que toi, gémit-il entre deux coups de hanches. Il n'y a jamais eu personne d'autre….

Il couvrit de nouveau le dos de Johnny de son corps, refusant obstinément de les séparer, mais il voulait faire jouir le jeune homme de sa propre main. Il les tira ensemble sur le côté, toujours enfoui en Johnny, s'appuya sur son coude pour voir son visage, et repoussa la main de Johnny autour de son sexe pour le conduire lui-même jusqu'à l'orgasme.

Il observa attentivement les expressions qui défilaient sur son visage ; la tension presque douloureuse au point culminant de son désir, puis le relâchement de tous ses muscles et la douceur de ses traits lorsque l'extase l'emporta dans ses affres. Il sentit le corps de Johnny se tendre avant de jouir entre ses bras, la pulsation de son sexe dans sa main, et enfin, le liquide chaud de sa semence entre ses doigts, conscient de la chance immense qui lui était offerte de pouvoir l'admirer dans ce moment d'immense vulnérabilité.

— Tu es très étroit, fit-il remarquer à voix basse, en le tenant serré contre lui.

Depuis leur première fois ensemble, plusieurs années auparavant, Cody s'était toujours secrètement demandé quelle était l'histoire sexuelle de Johnny, mais il n'avait jamais osé le lui demander.

— Ça faisait longtemps, avoua Johnny.

Soulagé et ému d'apprendre que le jeune homme avait eu d'autres expériences, mais qu'il n'avait laissé aucun autre homme lui faire l'amour, Cody se sentit à la fois reconnaissant et coupable.

— Je suis désolé, j'aurais dû te demander, nous aurions dû en parler avant...

— Arrête de t'inquiéter, le rassura aussitôt Johnny. C'était parfait.

— Si j'avais su, j'aurais davantage pris le temps de...

— Cody, tais-toi, sourit Johnny.

Il s'exécuta, bien qu'il meure d'envie de lui poser des milliards de questions. Johnny se blottit contre lui et il resserra instinctivement son étreinte autour du jeune homme. Un bâillement lui échappa et, malgré l'envie pressante de profiter de cet instant et de réfléchir à tout ce qu'il impliquait, la journée avait été longue, éprouvante, et il avait sommeil.

Alors, il s'endormit.

LORSQUE CODY se réveilla au beau milieu de la nuit, ce fut pour découvrir Johnny en train d'enfiler ses vêtements à la hâte.

— Est-ce que tout va bien ? demanda-t-il immédiatement en se redressant dans le lit.

— Désolé, je ne voulais pas te réveiller, s'excusa Johnny en se penchant sur Cody pour l'embrasser brièvement. Je dois y aller, Vern ne m'attendra pas, si je suis en retard.

— Reste avec moi, tenta Cody en le tirant vers lui pour le faire revenir au lit. Je t'achèterai un billet d'avion demain matin à la première heure.

Johnny recula en fronçant les sourcils

— Non, Cody, tu n'écoutes pas ce que je te dis. Nous voyageons en équipe parce que c'est important. Je ne vais pas les abandonner sur un caprice d'une nuit. Ils ont été là quand j'ai eu besoin d'eux, je leur dois beaucoup.

— Maintenant que Chris est revenu, ils peuvent bien se passer de toi le temps d...

— Non, le coupa Johnny en récupérant son sac et en se dirigeant vers la porte. Je m'en vais.

— Je croyais que nous devions discuter, ajouta précipitamment Cody, conscient de l'urgence et de la panique dans le ton de sa voix.

— Et comme d'habitude, nous nous sommes laissés distraire. Écoute, j'ai passé un bon moment, mais il faut vraiment que j'y aille.

— C'est ridicule, nous n'avons rien réglé du tout, je veux que tu reviennes Johnny, je veux...

— Nous nous verrons plus tard.

— Mais bordel, tu ne vas pas passer ta vie à me fuir ! s'énerva-t-il enfin.

Ils se dévisagèrent un long moment.

— Je fuis parce que tu n'écoutes rien et que tu n'as aucune patience. Je fuis parce que tu veux tout, tout de suite, et que j'ai besoin de temps, répondit Johnny, une main sur la poignée. Je suis désolé. Nous nous croiserons dans l'arène.

C'était la toute première fois qu'il lui disait être désolé. Touché par cet aveu, Cody décida de faire lui aussi un effort.

— Je suis désolé aussi. Je suis désolé de ne pas t'avoir assez écouté. Je suis désolé de t'avoir dit que cette mauvaise période dans ma carrière était de ta faute alors que je sais très bien que le seul responsable, c'est moi.

— Au moins, tu le reconnais, il y a du progrès, marmonna Johnny en regardant sa montre. Écoute, il faut vraiment que j'y aille si je ne veux pas que Vern parte sans moi.

Cody laissa lourdement retomber ses mains sur le matelas, et prit une inspiration frustrée entre ses dents serrées.

— Comment veux-tu que nous réglions les choses si tu fuis sans arrêt ?

— Je ne sais pas, répondit Johnny, et il avait l'air plus triste et plus perdu encore que le jour où il avait quitté le ranch au début de l'été. Je ne suis pas sûr que nous puissions encore régler quoi que ce soit, Cody.

JOHNNY QUITTA l'hôtel en courant. Cody avait le don de le pousser à bout. Après quelques minutes, il ralentit et reprit un pas de marche normal ; ses bottes de cowboy n'étaient officiellement pas faites pour la course à pied. Il était tout juste deux heures du matin, il avait encore largement le temps de rentrer et de préparer ses affaires avant que Vern reprenne la route. Il attrapa son téléphone portable dans sa poche et fit défiler sa liste de contacts jusqu'à trouver le numéro de March. Il hésita. Ce n'était pas une bonne idée d'appeler son gentleman aux cheveux d'argent pour lui parler de Cody. Ce serait comme trahir Cody. Et puis, de toute façon, qu'allait-il dire à March ? Allô, je suis désolé, je sais que nous sommes au beau milieu de la nuit, mais je viens de me disputer avec mon ex ?

Johnny soupira. Il commençait à comprendre que Cody ne changerait jamais, il était têtu et hargneux, et c'était aussi pour cette raison que Johnny était tombé amoureux de lui. Pour cette raison, et pour son tempérament chaleureux, sa confiance en lui ainsi que son charme...

Oh. Il comprenait mieux pourquoi il avait eu le réflexe d'appeler March. C'était exactement les traits de caractère qui l'avaient séduit chez lui et qui lui avaient fait penser à Cody pendant toute leur nuit. Alors, pourquoi était-il capable de communiquer avec March, de lui dire ce qu'il voulait et ce qu'il ne voulait pas, mais incapable d'aligner deux mots une fois qu'il se retrouvait devant Cody ?

Johnny secoua la tête tristement, il savait pourquoi. Parce qu'il ne connaissait pas vraiment March, et aussi merveilleux soit-il, il restait une aventure d'un soir, Johnny n'avait rien à perdre avec lui. C'était différent avec Cody. Il était amoureux de Cody et il était terrifié à l'idée de le perdre pour toujours. Alors, pour ne pas prendre ce risque, il s'était dit que le plus simple serait de prendre les devants et de le quitter avant que Cody se lasse de lui.

Cody était un meneur né, et il avait l'habitude que les choses aillent toujours dans son sens, et Johnny, lui, n'aimait pas le conflit. C'était l'une des raisons pour lesquelles sa mère et lui ne pouvaient pas rester dans la même pièce très longtemps. Il n'arrivait pas à contredire Cody, à lui dire non, à faire valoir son point de vue, simplement parce qu'il avait peur de le perdre. Et pourtant, cela lui avait semblé si simple avec March.

Il rangea son téléphone. Il n'avait pas besoin de l'appeler, il savait déjà ce que March lui dirait. Aie confiance en toi. La terre ne s'arrêterait pas de tourner s'il tenait tête à Cody. Cody n'en mourrait pas, et à en juger par ses tentatives désespérées pour le récupérer, il ne le quitterait pas non plus pour si peu. Il bouderait sans doute. Cody était un boudeur professionnel. Cette pensée fit sourire Johnny. Le plus ironique, c'était qu'il ne restait jamais fâché très longtemps, et que Johnny était beaucoup plus rancunier.

Dans un moment de clarté soudaine, Johnny réalisa qu'il ne s'était pas offert à Cody cette nuit-là dans l'espoir de l'apaiser ou d'éviter un conflit. Il l'avait laissé lui faire l'amour parce qu'il en avait envie. Parce qu'ils en avaient envie tous les deux. Il avait paniqué parce qu'il était incapable de réfléchir de manière rationnelle dans les bras de Cody, mais avec le recul, il était tellement évident qu'ils s'aimaient et qu'ils étaient aussi stupides, l'un que l'autre.

Johnny se figea au beau milieu de la rue. Ils s'aimaient. Aveuglé par le doute et la peur, il avait perdu de vue cette simple vérité. Il ferma les yeux, et en repensant à leur étreinte de ce soir-là, il se souvint que Cody le lui avait dit. Il n'y avait pas fait attention sur l'instant, mais c'était comme si les mots lui revenaient et qu'il les entendait clairement, à présent. Il ne l'avait pas dit à voix haute, il ne l'avait pas dit en le regardant dans les yeux, mais il lui avait dit *je t'aime*. Il ne le lui avait jamais dit avant.

Un petit sourire timide apparut sur les lèvres de Johnny. Bien sûr que Cody l'aimait. Il n'était pas qu'une énième compétition que Cody voulait gagner, il l'aimait sincèrement. Et Johnny allait faire tout ce qu'il fallait pour réparer leurs erreurs des semaines passées.

Il retrouva Vern aux premières lueurs du jour, pile à l'heure, son sac sur l'épaule. Il faisait frais et l'odeur de l'automne flottait dans l'air.

— C'est quoi ce sourire idiot ? demanda Vern, suspicieux. J'ai essayé de t'appeler, où étais-tu ?

— Tu as essayé de m'appeler ? répéta Johnny, étonné, en portant une main à sa poche, puis il se souvint qu'il avait bêtement éteint son téléphone après avoir décidé de ne pas appeler March.

— J'espère que tu ne te laisses pas distraire par les filles, dit-il sévèrement. Le meilleur conseil que mon père m'a donné dans la vie, c'est de ne pas laisser se laisser tourner la tête par la gent féminine.

— C'est toi qui es marié, lui rappela Johnny.

— Fais ce que je dis, pas ce que je fais, ricana Vern en se détendant considérablement. Et puis, ma femme, c'est différent, c'est une vraie femme, pas une groupie de l'arène qui cherche à se taper un écarteur dans l'espoir de se faire un rider le lendemain soir, fais attention à ça !

— Oh, ne t'en fais pas pour moi.

Johnny sourit d'un air mystérieux.

— Cela ne risque pas de m'arriver.

XVI.
SE RELEVER PLUS FORT

JOHNNY N'ARRIVAIT pas à s'habituer à sa nouvelle place dans les gradins. C'était étrange d'être assis là, de pouvoir sentir l'odeur du sable humide, du bétail, d'écouter le commentateur, et de ne pas être au cœur de l'action. Il se sentait déboussolé et il ne tenait pas en place.

Et plus étrange encore, il se retrouvait à assister aux compétitions aux côtés des parents de Cody. Val semblait s'être mis en tête qu'il n'aurait désormais plus d'autre choix que de s'asseoir avec eux dans leur tribune. Elle l'avait accueilli en le serrant dans ses bras, Davis lui avait serré la main en souriant, et Johnny avait rendu les armes, même s'il était terrorisé qu'elle lui pose des questions sur la situation entre Cody et lui.

Mais il s'était visiblement inquiété pour rien. Elle n'aborda jamais le sujet. Elle semblait simplement heureuse de le revoir et de passer du temps avec lui. Johnny espérait de tout son cœur que Cody ne tomberait pas ce soir-là, la honte de perdre devant sa famille l'anéantirait.

Il avait encore un peu de mal à digérer d'avoir dû céder sa place à Chris, même si techniquement, c'était exactement ce que Chris avait traversé après sa blessure lorsque Johnny l'avait remplacé. Il comprenait un peu mieux pourquoi la retraite effrayait autant Cody, et avec le recul, il se demandait si son changement d'attitude et son arrogance pendant le stage avec les gamins n'étaient pas simplement le résultat de cette peur.

Cody entra dans l'arène pour son premier round, et Val attrapa la main de Johnny pour la serrer dans la sienne. Il était trop tendu, Johnny le voyait d'ici, mais il réussit à tenir les huit secondes. Il dut assister avec frustration à la lenteur avec laquelle Chris Bellow réagit pour écarter le taureau de Cody après qu'il fut descendu. Sans ses excellents réflexes, il aurait pu être sévèrement blessé.

— J'espère qu'il va se ressaisir, dit Val en regardant les scores encore une fois très médiocres de son fils s'afficher sur le panneau lumineux. Ça me tue de le voir ainsi, il est capable de faire tellement mieux.

— Je sais, répondit Johnny sans pouvoir réprimer une pointe de culpabilité.

Ce fut ensuite au tour de Bobby Blue, et Johnny observa son passage en serrant nerveusement les bords de son siège. Ce ne fut pas du tout une belle virée. Le taureau était trop nerveux, il n'arrêtait pas de trébucher et il hésitait avant chaque mouvement, mais Bobby Blue se débrouilla le mieux qu'il le put. Lorsque Rex s'approcha de lui pour prendre ses impressions, Johnny regarda la retransmission de l'interview sur l'écran géant de l'arène en fronçant les sourcils.

— Comment fait-on pour rester sur un taureau aussi nerveux pendant huit secondes entières, Bobby Blue ? Y a-t-il un secret ?

— Tout ce que je sais, je le dois à Cody Grainger, répondit le jeune homme. C'est un rider et un professeur extraordinaire. Si je suis là aujourd'hui et si j'ai tenu les huit secondes sur ce taureau, c'est grâce à lui et je ne le remercierais jamais assez. C'est un véritable honneur d'être là ce soir, et je voudrais aussi remercier le public, Dieu et mon pays pour cette opportunité qui m'a été offerte.

Rex fut tellement surpris par cette réponse inattendue qu'il lui fallut quelques secondes pour se reprendre. Val éclata de rire au beau milieu de la tribune et se tourna vers Johnny.

— Je ne sais pas ce que tu lui as dit exactement la dernière fois, mais cela semble avoir fonctionné.

Johnny rit doucement en se sentant rougir.

— Je ne voulais pas lui faire aussi peur, je voulais simplement lui rappeler que l'on ne devenait pas un champion dans ce métier en ridiculisant les autres.

— N'aie pas l'air aussi désolé, je t'ai vu rappeler les bonnes manières à ce gamin, et il en avait grandement besoin, dit-elle en posant une main sur son bras et en lui souriant gentiment. Et je t'ai aussi entendu défendre Cody, tu sais.

Johnny détourna le regard, gêné. Il ne savait pas quoi lui répondre. Il aimait son fils de toutes ses forces, mais il ne savait pas si ce serait suffisant pour leur permettre une seconde chance.

Le commentateur annonça l'entrée dans l'arène de Juca Matos et Johnny tendit l'oreille.

— C'est maintenant au tour du brésilien Juca Matos. Matos talonne Cody Grainger depuis près de trois ans maintenant, ce soir, il a peut-être une chance de le dépasser enfin, même si sa technique a souvent déclenché des polémiques. Matos est réputé pour ne pas être un grand preneur de risques, il préfère jouer la carte de la sécurité et il a accumulé, au fil de ces derniers mois, des scores moyens, mais constants, le tout sans presque ne jamais tomber. Beaucoup lui reprochent de ne monter que des taureaux faciles, mais quoi qu'on en dise, aujourd'hui, les faits sont là, Matos totalise assez de points pour avoir une place en finale.

Johnny songea que Cody et lui ne pouvaient pas être plus différents. Cody n'aurait jamais accepté d'entrer dans l'arène sur un taureau qu'il jugeait trop docile. Il aimait l'imprévisible et le danger, c'est ce qui le rendait si excitant à regarder, et c'est ce qui avait fait de lui le favori du public.

Juca Matos s'installa dans les cages de contention. Il n'avait pas l'air pressé. Il installa sa corde comme s'il avait tout le temps du monde, et l'un des organisateurs de la compétition fut obligé de s'approcher pour lui demander de se dépêcher un peu. Au tout dernier moment avant la fin du temps réglementaire, Matos donna le signe de tête et son taureau bondit dans l'arène. Comme d'habitude, il trouva son rythme immédiatement sous les ruades prévisibles et tout juste assez brusques du taureau, et en un rien de temps, le coup de sifflet retentit. Encore une virée ennuyeuse et sans incident particulier pour Juca Matos, songea Johnny. Mais au moment où il lâcha la corde pour descendre de l'animal, le taureau projeta violemment l'arrière de son corps sans prévenir, et le rider s'écrasa au sol juste sous ses pattes. Johnny bondit de son siège, tous ses instincts lui criaient d'aller lui prêter main-forte.

Chris Bellow était sur le bord de l'arène, immobile, comme tétanisé. Reese se jeta sur le taureau pour tenter de le distraire et Vern en profita pour courir droit sur Juca et l'éloigner le plus vite possible. Chris, qui sembla sortir enfin de sa torpeur, fonça sur le flanc droit de l'animal. Le taureau donna un violent coup de tête dans sa direction et heurta Chris sous le menton avec l'une de ses cornes en la redressant. Chris s'écroula dans le sable, inconscient.

Un cowboy entra à cheval dans l'arène avec un lasso. Il le lança autour des cornes de l'animal et le tira hors de l'arène.

— Je ne peux pas rester là, il faut que j'aille les aider, annonça Johnny.

— Fonce, mon garçon, acquiesça Davis.

— Je t'en supplie, fais attention à toi, lui dit Val en le regardant partir.

VERN LE traîna presque jusqu'aux vestiaires par les cheveux. Reese était déjà là, il avait déjà sorti son sac de son casier et il l'attendait pour l'aider à enfiler sa tenue de sécurité.

— Je savais que cela finirait par arriver, gronda Vern.

En temps normal, Johnny aurait trouvé la situation incroyablement comique. Ses deux coéquipiers étaient en train de l'aider à se déshabiller.

— Comment va Chris ? demanda-t-il en enfilant son gilet.

— Il n'a rien de grave, une légère commotion cérébrale et deux ou trois points de suture au menton, le rassura Vern de sa voix grincheuse. Je fais ce métier depuis suffisamment longtemps pour savoir qu'il s'en remettra très vite.

— Dépêche-toi, le maigrichon, le pressa Reese. Ce pauvre clown ne va pas pouvoir occuper le public indéfiniment, après ce qui vient de se passer.

— C'est son métier, rétorqua Vern d'un ton brusque.

— Vu la qualité de ses blagues, je ne donne pas cher de sa peau, sourit Johnny.

Reese hocha la tête avec un reniflement amusé. Ils entendirent le commentateur prendre le relais et annoncer le prochain passage de Cody. Johnny serra la mâchoire en l'écoutant déblatérer.

— C'est, quitte ou double, pour Grainger à présent. Difficile de déterminer si cet invétéré preneur de risques va retrouver la lumière ou rouler dans la poussière. Il se pourrait bien que cette compétition soit son risque de trop. Mais le public aime Grainger, et dans ce sport, tout peut changer jusqu'au dernier moment. Tout dépend de la motivation de notre champion maudit ce soir, veut-il vraiment cette boucle de ceinture ? Il s'apprête à entrer dans l'arène sur le dos de Punisher, un énorme taureau réputé pour son tempérament explosif, et qui nous vient tout droit de l'élevage de Beaver Pond. Il n'a été monté que deux fois cette année, les deux fois par Cody Grainger, à l'époque où il était encore au sommet de sa gloire. Tout le monde se demande à présent s'il est prêt à répéter l'exploit une troisième fois ou s'il va se ridiculiser.

Johnny poussa un grognement féroce sans même s'en rendre compte et Reese leva les yeux au ciel en serrant les sangles de son gilet.

— Détends-toi, c'est son métier de déblatérer pour faire passer le temps. Il est prêt à raconter n'importe quoi pour garder l'attention du public. Tu auras bien le temps d'aller régler tes comptes avec lui à la fin de la compétition.

— Je suis prêt, je suis prêt, répondit Johnny en calant sa tresse sous son chapeau.

— Alors tout le monde en scène, annonça Vern.

CODY SUT aussitôt qu'il allait tomber. Les cages à peine ouvertes, Punisher se coinça une corne dans les barrières, tituba et tomba violemment à genoux. Cody manqua, pour sa part, passer par-dessus sa tête, puis l'animal se redressa dans un bond impressionnant qui lui secoua tous les os. Cody coinça un éperon sous la sangle latérale en s'accrochant fermement à sa corde, conscient que ces deux points d'ancrage seraient son seul salut. Le taureau chargea tête baissée au centre de l'arène, avant de piler brusquement, dans l'espoir une fois de plus de se débarrasser de Cody en le faisant passer par-dessus sa tête. Jamais il ne pourrait trouver un rythme dans ces conditions. L'animal n'essayait même pas de se diriger dans une direction particulière, il était enragé et il se secouait dans tous les sens pour déloger la nuisance qui était collée à son dos. Il donna un coup de reins particulièrement violent, Cody glissa brusquement vers l'intérieur, et sa main libre effleura le dos de l'animal.

Lorsque le coup de sifflet signalant la faute retentit, Cody ne perdit pas une seconde pour descendre de ce diable. Ce n'est que lorsqu'il se prit les pieds dans la corde et tomba par terre sur le dos qu'il réalisa son erreur. Il avait oublié de décoincer son éperon. Le taureau se remit à courir en le traînant derrière lui au bout de la corde. Il tournoya dans la poussière en essayant désespérément de protéger son visage. Un poids lourd lui tomba brusquement dessus, et il sentit que quelqu'un essayait de lui retirer sa botte. C'était Johnny. Il était en train de lui crier des instructions pour l'aider à le décoincer, et tout ce à quoi Cody était capable de penser, c'était qu'il était heureux de pouvoir toucher Johnny à nouveau. Il avait dû se cogner la tête.

Le taureau changea brusquement de direction, délogeant Johnny de lui. Cody planta obstinément ses doigts dans la poussière, pour essayer de ralentir la course de l'animal, et Johnny lui sauta de nouveau dessus pour atteindre sa chaussure.

Lorsqu'il réussit enfin à la lui enlever, la corde retomba mollement sur le sol, le taureau continua sa course tout seul, et Cody poussa un soupir de soulagement. Johnny se redressa et l'aida à se relever et à aller se réfugier sur la barrière de sécurité, prenant bien soin de rester entre le taureau et lui pour le protéger jusqu'au bout. Il posa une main sur les fesses de Cody pour l'aider à grimper. La foule était hystérique après ce spectacle.

Cody retomba de l'autre côté de la barrière et regarda Johnny entre les barreaux.

— Merci, dit-il d'une voix tremblante.

— Tu as le chic pour soigner tes descentes. Essaie un truc plus traditionnel, un de ces jours, tu verras, ça fonctionne bien aussi, répondit Johnny en lui jetant sa botte par-dessus la barrière.

L'équipe médicale s'approcha de Cody, mais il leur fit signe que tout allait bien d'un geste de la main, et prit le temps de saluer le public. Il rejoignit les vestiaires sans se départir de son sourire, conscient des caméras tout autour de lui. Il venait de faire une erreur de débutant, et il se sentait humilié.

Il se rhabilla en évitant le regard des autres riders autour de lui. Il savait ce qu'ils devaient penser. Où était passé le champion de l'arène et qui était cet amateur qui faisait honte à leur métier ? Cody se rappela les mots de Johnny à la barrière, avait-il dit cela pour se moquer de lui ?

Il s'assit sur un banc et se prit la tête entre les mains. C'était plus fort que lui, il ne pouvait penser à rien d'autre qu'à Johnny. Mais penser à lui ne servait à rien, cela ne le ramènerait pas. Il n'avait pas réussi à le convaincre de revenir. Sa vie n'était plus faite que d'échecs qui s'enchaînaient les uns après les autres. Il avait perdu sa magie, dans l'arène et dans son couple.

Une image de lui en train de lancer un lasso autour de Johnny et de le tirer vers lui alors qu'il se débattait lui vint à l'esprit. Il sourit tristement.

Il lui restait peut-être une toute petite chance de rester dans la compétition. Les points qu'il avait accumulés tout au long de l'année le maintenaient à flot, mais cela ne durerait pas indéfiniment. S'il ne sortait pas très vite de cette mauvaise période, il risquait de perdre tout ce pour quoi il s'était battu.

Il était à la veille de perdre les finales, le gros chèque qui allait avec la victoire, et l'homme de sa vie.

Il ne savait pas combien de temps il resta assis, immobile, avant qu'une main sur son épaule le fasse sursauter. C'était Dub.

— Le jury a décidé de te donner une seconde monte.

— Qu'est-ce que ça va changer ?

— Mon Dieu, que tu m'énerves ! Quand tu gagnes tout le temps, tu es insupportable, et quand tu perds tout le temps, tu es insupportable. Rappelle-moi pourquoi je suis ton ami ?

— Je veux être seul, Dub. Laisse-moi tranquille.

— Cody, tu n'écoutes pas ce que je suis en train de te dire. Tu as une deuxième chance, alors lève tes fesses et montre-leur de quoi, tu es capable.

— Va leur dire que je refuse la seconde monte. Je n'ai pas la force de retourner dans l'arène après ce qui vient de se passer.

— Arrête un peu de te lamenter, depuis quand Cody Grainger baisse les bras ?

— Depuis qu'il est devenu le clown de l'arène…

Dub resta silencieux pendant si longtemps que Cody leva la tête pour le regarder.

— Tu ne peux pas continuer ainsi, Cody. Va le voir.

— Va le… Je ne vois pas de quoi tu parles ! répondit-il, trop vite, en détournant le regard.

— Ne fais pas semblant de ne pas comprendre. J'ai peut-être l'air d'un crétin de la campagne, mais je n'en suis pas un. Tu es mon meilleur ami, Cody, et si tu veux garder ta vie privée pour toi, je le respecte, mais il faudrait être aveugle pour ne pas remarquer la façon dont tu regardes Johnny. Il s'est passé quelque chose entre vous, et tu n'es plus le même depuis. Je sais que ça t'arrache la bouche de t'excuser, ça a toujours été le cas, mais il faut que tu le fasses, cette fois-ci. Excuse-toi à genoux s'il le faut, mais fais-le revenir ou tu vas perdre tes derniers championnats. N'envoie pas tout valser à cause de ta fierté. Je vais leur dire que tu acceptes la seconde monte et que tu arrives tout de suite.

Après une dernière petite tape sur l'épaule de Cody, il sortit du vestiaire sans lui laisser le temps de protester.

Alors, Dub savait. En plus d'être un rider et un petit ami merdique, il n'avait même pas su faire confiance à son meilleur ami.

— Mes derniers championnats, répéta-t-il en grognant.

La porte se rouvrit, mais il ne se donna même pas la peine de lever la tête pour voir de qui il s'agissait. Ce fut seulement lorsque la personne s'arrêta devant lui et s'agenouilla à sa hauteur en posant ses mains sur ses cuisses qu'il découvrit avec surprise que c'était Johnny.

— Cody, à quoi est-ce que tu joues ? Tu vaux mieux que tout cela, c'est la dernière ligne droite avant les finales. Tu as monté les pires taureaux de toutes les arènes du pays, et aujourd'hui, je t'ai vu te faire traîner comme si c'était ta première fois.

— Johnny…, murmura Cody en se perdant dans le noir d'obsidienne de ses grands yeux.

— C'est comme si chaque fois que tu montais maintenant, ton seul objectif était de ne pas tomber. Ce n'est pas le Cody que je connais. Le seul objectif de mon Cody, c'est de gagner, continua Johnny en lui frottant les cuisses dans un geste de réconfort. Je te préviens, tu as intérêt à gagner cette seconde monte, sinon…

— Sinon, quoi ?

— Je ne coucherai plus jamais avec toi.

— Mais nous avons rompu ! Encore !

— Non, nous devions discuter, mais comme d'habitude, nous avons laissé notre cerveau du bas prendre les décisions. J'avais besoin de temps pour réfléchir et je devais rentrer retrouver Vern, je t'avais prévenu.

— C'était… Tu m'as laissé et… J'ai cru… Je me suis dit que c'était fini pour de bon.

— Tu es un crétin, Cody, mais je t'aime quand même, lui sourit Johnny. C'est assez romantique pour toi ? Une déclaration dans les vestiaires ? Allez, nous parlerons de cela plus tard. Pour l'instant, lève-toi et retrouve-moi dans l'arène. Tu as une compétition à gagner, si tu ne veux pas que je te botte le cul.

— Tu seras obligé d'attendre ton tour, ma mère et Dub font déjà la queue, plaisanta Cody en se penchant pour appuyer son front contre celui de Johnny.

Le jeune homme se redressa, l'air songeur.

— Peut-être te faut-il une motivation supplémentaire ? demanda-t-il sur un ton séducteur.

— Je ferais n'importe quoi afin que tu me reviennes. Demande-moi de monter sur un taureau sauvage, si tu veux.

Cody se releva, le cœur plein d'espoir. Il n'avait envie que d'une chose : prendre Johnny dans ses bras, le serrer contre lui et l'embrasser, mais ce n'était pas l'endroit idéal.

— Tout ce que je te demande, c'est de faire cette seconde monte comme un champion, tu m'entends ? lui demanda Johnny en le pointant du doigt. Rends-moi fier de toi. Et gagne.

Sans un mot de plus, il quitta le vestiaire.

Cody n'avait pas de mots pour exprimer la joie qu'il ressentait. Il se sentait plus léger, comme si un poids immense avait été ôté de sa poitrine et qu'il pouvait enfin respirer librement. Il se jura de ne plus jamais laisser partir Johnny, de faire tous les efforts qu'il faudrait, et de devenir quelqu'un de meilleur.

Il enfila son gant, récupéra sa corde, et redressa la tête et les épaules. Il ne lui restait plus qu'à demander aux organisateurs de le laisser faire cette seconde monte sur Punisher. Il ne laisserait pas ce taureau venir à bout de lui. Personne ne s'attendrait à le voir revenir sur le dos du même animal après ce qui venait de se passer, il avait bien l'intention de leur prouver à tous que Cody Grainger ne baissait certainement pas les bras. Il leur montrerait à tous, cependant il ne le ferait que pour Johnny.

IL N'OSA même pas croiser le regard de Dub en se réinstallant dans les cages de contention. Son meilleur ami le tenait par la veste, comme d'habitude, pour lui permettre de s'installer correctement.

— Fais-lui payer ce qu'il vient de te faire, l'encouragea Dub.

— Merci, Dub.

Ils savaient tous les deux que Cody ne le remerciait pas seulement pour ces encouragements.

— Je serai toujours de ton côté, Cody.

Surpris, Cody redressa brusquement la tête pour lui faire face, et trouva Dub lui souriant.

— Je te dois une bière, Dub, tu es quelqu'un de bien et je suis fier d'être ton ami.

— Tu me dois un pack entier, à ce stade, j'ai passé l'été à stresser pour toi, tête d'œuf, plaisanta Dub.

Fort des encouragements de Johnny et de Dub, Cody prit une grande inspiration et fit signe au portier d'ouvrir. Punisher fonça dans l'arène et se cambra immédiatement dans les airs à une hauteur vertigineuse. Visiblement, il avait bien l'intention de se venger lui aussi. Il se mit à tournoyer très vite dans un sens, puis dans l'autre, s'arrêtant parfois pour jeter ses sabots arrière dans les airs.

Cody trouva son rythme avec un naturel et une facilité déconcertants. Subitement, il se demanda pourquoi il avait eu autant de mal à monter ces dernières semaines. Ses hanches épousaient chaque mouvement énervé de l'animal comme s'il était sur un manège pour enfant, le placement de sa main libre était parfait et il tenait la corde de sa main gantée avec un mélange impeccable de force et de souplesse. Le taureau changea brusquement de direction et Cody glissa légèrement vers l'intérieur. Il eut un instant de panique en craignant de tomber dans le siphon, puis il entendit la voix de Johnny.

— Rentre les talons ! Redresse-toi ! Tu peux le faire !

Et aussitôt, Cody se redressa et retrouva son équilibre. Il contracta les abdominaux, retrouva son rythme et se concentra sur les mouvements du taureau pour les anticiper. Il était si absorbé qu'il fut surpris lorsque le coup de sifflet des huit secondes retentit. Il resta sur l'animal encore quelques secondes, parce qu'il le pouvait et parce que cette deuxième monte était sa revanche, puis il lâcha la corde.

Au moment où il passa sa jambe par-dessus le taureau pour descendre, l'animal accéléra brusquement et Cody tomba sous ses sabots. Il se mit aussitôt en position fœtale et commença à prier. Par miracle, Punisher ne lui broya aucun os et il parvint à rouler sur le côté, aussitôt aidé par une main qui tira sur sa veste avec force. Il releva la tête pour offrir à Reese son célèbre sourire malicieux, et l'écarteur l'aida à se remettre sur pieds, avant de le pousser vers la barrière de sécurité en lui criant d'aller se mettre à l'abri.

Il croisa Johnny qui courait prêter main-forte à Reese, il souriait lui aussi. Cody tapa des poings sur sa poitrine, puis les leva en l'air dans un cri de triomphe, en balançant la tête en arrière. Sa descente laissait peut-être à désirer, mais il avait tenu plus de huit belles secondes et il savait qu'il venait d'offrir une performance digne de ce nom.

— Accrochez-vous à vos ceintures ! Cody est de retour, mes chéris ! cria-t-il.

Il y avait tellement de bruit dans l'arène qu'il était impossible que qui que ce soit l'ait entendu, mais cela n'avait pas d'importance. Cody se sentait libre. Il était de retour.

De l'autre côté de la barrière de sécurité, Rex l'attendait pour une nouvelle interview.

— Il semblerait que vous venez de retrouver vos pouvoirs, Cody, que s'est-il passé ?

Cody mourait d'envie de crier dans son micro « Je suis amoureux et il m'aime aussi ! », mais c'était impossible, bien entendu, alors il serra les lèvres en souriant comme un gamin excité et répondit :

— Vous l'avez dit, Rex, je viens de retrouver mon pouvoir, répondit-il, sarcastique.

— Il vous reste encore le quatrième round, lui rappela Rex avec un sourire carnassier.

— Je ne m'inquiète pas pour le quatrième round, répondit Cody avec confiance.

— Alors, bonne chance, conclut Rex avant de se tourner vers son caméraman. Mesdames et Messieurs, il semblerait que Cody Grainger soit de retour. Il n'y avait bien que lui pour demander au jury de faire sa seconde monte sur le même taureau enragé et profiter de cette occasion pour reconquérir les scores *et* le public ! Il ne reste plus qu'à attendre le dernier round pour être sûr que ce n'était pas juste un coup de chance et qu'il a bien sa place en finale.

Dub l'attendait quelques mètres plus loin, un immense sourire sur le visage.

— Alors, ça y est ? Tu es vraiment de retour ?

— Je suis tellement excité, j'ai l'impression que je vais exploser !

— Tu vas dominer cette compétition.

— J'espère, il me reste le quatrième round.

— Ne fais pas semblant d'être modeste tout à coup, tu sais très bien que c'est du tout cuit, le taquina son meilleur ami en passant un bras autour de ses épaules.

Ils s'installèrent ensemble dans la petite portion de gradins réservée aux riders, à l'avant, et Cody observa attentivement la fin du troisième round. Il lui fallait encore battre les scores de neuf autres riders qui avaient tout autant la rage de vaincre que lui, parmi lesquels Dub, son meilleur ami. Son meilleur ami qui le soutenait et l'encourageait comme si sa propre victoire n'avait pas d'importance. Cody avait une chance incroyable d'avoir un homme tel que lui dans sa vie. Il tourna discrètement la tête pour observer le profil de Dub. Il avait toujours cru, qu'il n'accepterait pas son homosexualité, et il venait de découvrir que non seulement il l'acceptait parfaitement, mais que, en plus de cela, il avait toujours été au courant.

Dub tourna la tête et rencontra son regard.

— Ça y est, les neuf sont passés, tu es prêt pour le dernier round ?

Cody sourit comme un fou. Il était plus que prêt.

— Va leur donner une bonne leçon, cowboy.

LE QUATRIÈME round fila à une vitesse telle que Cody eut à peine le temps de réaliser ce qu'il se passait.

Il s'avéra que son dernier passage n'était pas un coup de chance et qu'il avait bien retrouvé toutes ses capacités. Le prochain taureau qui lui fut attribué était grincheux et massif, il portait très bien son nom : Tolérance Zéro. La musculature de son dos était tellement développée que Cody sentit les muscles de ses cuisses tirer lorsqu'il s'installa sur lui. L'espace d'une seconde, le doute l'envahit, et il se demanda quand même ce qui n'allait pas chez tous les riders de vouloir à tout prix monter sur des animaux de cette taille pour le plaisir.

Il prit une grande inspiration, et fit signe au portier. Le taureau recula au lieu d'avancer, Cody se pencha violemment en avant et manqua de le toucher de son bras libre, puis il se lança dans l'arène en vrillant sur la gauche. Malgré la puissance intimidante de l'animal, Cody se concentra sur le point de repère entre ses épaules et trouva très vite son rythme.

Il passa les huit secondes, haut la main, et remporta un score de 85,75.

Cody regagna les gradins en souriant. Il ne remporterait pas le quatrième round, il avait trop mal à la hanche, mais c'était un score plus que correct en comparaison de ses derniers fiascos. Lorsqu'il le rejoignit, Dub fulminait.

— À quoi pensait le jury ? cria-t-il. Ta performance valait au moins 90 points ! Ils te tirent vers le bas pour donner une chance aux autres riders, c'est du n'importe quoi !

— Ne te plains pas trop, ils font ça pour te laisser une chance à toi aussi, je te rappelle, rétorqua Cody avec un sourire en coin.

— Tout le monde sait que ce round est à toi, Cody. Tu vas gagner, je le sens. Même le jury le sent.

— Aie un peu plus confiance en toi, mon petit Dub.

À dire vrai, il ne restait plus à Cody qu'à être patient et attendre les scores finaux. À chaque nouveau passage, la tension montait et l'excitation du public était presque palpable. Les fans étaient toujours heureux de voir des performances de cette qualité, mais à les entendre, il était évident qu'ils voulaient que Cody gagne. Les huit autres candidats tombèrent comme des dominos, et Cody grinça des dents lorsque ce fut le tour de Dub et que son taureau le mit à terre en moins de cinq secondes. Au moment où le tout dernier candidat atterrissait dans la poussière, Cody laissa sa joie éclater. Il venait de gagner, enfin !

— C'est quoi, ton secret ? De la magie vaudou ? Tu as des petites poupées de tous tes concurrents et tu viens de les retrouver ? Je n'arrive pas à croire que je suis tombé de ce taureau, c'était pathétique.

Cody lui tapota le dos avec une grimace compatissante.

— C'était une sacrée bestiole, Dub, je n'aurais pas aimé qu'il me soit attribué.

— Pourquoi a-t-il fallu que ça tombe sur moi ? se lamenta Dub sans pouvoir s'empêcher de sourire à son meilleur ami, trop heureux de le voir redevenu lui-même.

Cody se frotta les mains à l'annonce des scores. Une nouvelle boucle de ceinture pour sa vitrine.

— C'est douloureux ? demanda Dub.

— De quoi parles-tu ? De ma chute sous les sabots de Punisher tout à l'heure ?

— Non, d'être à nouveau le champion et de tous nous battre.

— Ah, ça ? Non, tu devrais essayer, je te promets ça ne fait pas mal, ricana Cody.

— Tu pourrais au moins faire semblant d'être triste pour moi, bouda Dub. Allez, va la chercher, ta boucle de ceinture, tu en meurs d'envie.

XVII.
LE VENT A TOURNÉ

CODY NE savait pas s'il avait envie de pleurer ou de rire de bonheur. Cette boucle de ceinture représentait sans conteste la victoire la plus durement gagnée de toute sa carrière. Même s'il remportait les finales cette année-là, jamais aucune boucle ne lui serait aussi précieuse que celle-ci. Et il l'avait gagnée pour Johnny, pas pour son orgueil personnel, mais pour l'amour qu'il portait à l'homme de sa vie. Il la leva dans les airs pour la présenter au public, puis l'embrassa devant les caméras.

Une rencontre avec ses fans avait été organisée à l'issue de la compétition, et Cody eut l'impression de signer plus d'autographes qu'il n'en avait jamais signés de toute sa vie. De nombreux fans s'approchèrent pour lui dire qu'ils avaient toujours cru en lui et qu'ils savaient qu'il s'en sortirait. Cody serra également un nombre incalculable de mains et embrassa galamment sur la joue toutes les jolies filles qui voulaient voir sa boucle de ceinture de plus près, pour le plus grand plaisir des photographes.

Après cela, le champion se vit offrir un dîner avec ses proches. Cody s'installa à table en les regardant tous, le cœur empli de joie. Sa mère avait l'air au septième ciel et son père était tellement fier de lui. RJ n'arrêtait pas de sourire et Travis n'arrêtait pas de parler. Personne n'osa faire de commentaire sur la présence de Johnny, sauf Travis, bien entendu. Il eut tout de même la délicatesse d'attendre que Dub se soit levé pour aller parler à quelques fans, avant de demander :

— Alors, vous deux ? C'est reparti ?

Val lui donna une claque sur l'épaule, mais se tourna vers ses deux garçons comme si elle attendait impatiemment la réponse. Cody réalisa que, sous ses dehors calmes et sereins, elle devait sans doute attendre la réponse à cette question avec beaucoup d'anxiété.

— Je ne veux pas dire de bêtises, je préfère laisser répondre Johnny, dit simplement Cody, prenant tout le monde par surprise.

— C'est reparti, confirma timidement Johnny en hochant la tête.

Davis sortit un billet de 20 de sa poche et le passa à sa femme en grommelant.

— Je te l'avais dit, lui lança-t-elle avec un petit air supérieur.

— C'est tout ce que nous valons ? demanda Cody, amusé. Un pari de 20 malheureux dollars, vous me décevez.

— Si cela peut te rassurer, ce n'est que le dernier pari d'une très longue lignée, répondit son père.

— Qu'est-ce que ça peut te faire, bougonna RJ en passant également un billet à Val, tu n'avais pas parié, toi.

— Non, mais j'ai quand même l'impression d'avoir gagné.

Il était heureux d'être entouré de sa famille pour fêter cette victoire, mais tout au long du repas, son attention fut focalisée sur Johnny. Il avait hâte de pouvoir être seul avec lui. Il s'était passé quelque chose de très important entre eux dans les vestiaires ce soir-là, quelque chose avait changé, et Cody avait le sentiment que c'était un changement bénéfique. Le genre qui promettait de meilleurs lendemains.

Ces dernières semaines, chaque fois qu'il avait revu Johnny, il avait beau le regarder dans les yeux, il n'était jamais parvenu à lire son regard. Mais à présent, il lisait en lui comme dans un livre ouvert. Il y lisait le désir, la fierté, mais surtout tout l'amour que Johnny ressentait pour lui.

Il y avait trop de monde autour pour qu'ils se touchent librement, mais Cody pouvait se satisfaire de le regarder en sachant que, ce soir-là, ils rentreraient ensemble et qu'ils s'aimaient. Il n'aurait pas cru penser cela un jour, mais c'était amplement suffisant.

Lorsque le repas se termina, Dub s'approcha pour le féliciter une dernière fois.

— Encore bravo, même si je t'ai laissé gagner, ajouta-t-il dans un clin d'œil. On se voit pour le petit-déjeuner ?

Cody acquiesça en le remerciant, et une fois qu'il se fut éloigné, Johnny demanda, curieux :

— Tu lui as dit, à propos de nous ?

— Je n'en ai pas eu besoin, il le savait déjà.

— J'imagine que je n'ai pas à m'inquiéter qu'il l'annonce à la presse ?

— C'est mon meilleur ami, répondit simplement Cody en se demandant ce qu'il avait fait pour mériter un ami de cette qualité.

Comme s'il lisait dans ses pensées, Johnny lui dit :

— Tu es un très bon ami aussi.

— Après ce que je lui ai fait subir cet été, je n'en suis plus si sûr.

— Tu te souviens de l'époque où tu étais obligé de lui crier sans arrêt de rentrer les talons ?

— Non, j'avais complètement oublié, répondit Cody en riant.

— Quelque part, les gamins de cet été n'étaient pas vraiment tes premiers élèves.

— Je n'avais jamais vu les choses ainsi.

— Je sais, c'est aussi pour cela que je t'aime.

Le silence qui suivit fut chargé d'électricité et Cody songea distraitement qu'ils allaient faire des étincelles.

— Je te proposerais bien de rentrer à l'hôtel avec moi, mais chaque fois on s'arrache nos vêtements comme des possédés avant d'échanger deux mots.

— Qu'y a-t-il de mal à cela ? demanda Johnny avec un sourire prédateur. Nous pourrons discuter plus tard.

— Il n'y a aucun mal à cela, confirma Cody à toute vitesse. C'est déjà suffisamment compliqué de me retenir de te toucher parce que nous sommes en public.

— À qui le dis-tu ! Quand je t'ai attrapé par la veste pour te tirer de sous ce taureau, ma seule pensée était mon envie d'arracher tous tes vêtements et de toucher ta peau, avoua Johnny en frissonnant et en se rapprochant de lui. Ce qu'il y a entre toi et moi, c'est... C'est comme une évidence, un sentiment auquel nous ne pouvons pas tourner le dos.

Cody déglutit avec difficulté.

— Partons d'ici tout de suite, dit-il d'un ton pressé.

Lorsqu'ils arrivèrent à sa chambre d'hôtel, Cody s'attendait presque à ce que Johnny le plaque à nouveau contre le mur. Au lieu de cela, il attendit patiemment que Cody ferme la porte et se retourne, glisse un bras autour de sa taille, et l'embrasse en douceur.

Cody lui caressa le torse à travers sa chemise, savourant la sensation de chaleur de sa peau à travers le tissu. Puis il lui caressa les fesses et le rapprocha gentiment de lui pour sentir son érection contre sa cuisse. Il était déjà dur comme la pierre, lui aussi, mais il avait bien l'intention de ne rien précipiter. Il voulait savourer cet instant comme s'ils avaient tout le temps du monde pour réapprendre à se connaître.

Ils retirèrent lentement leurs vêtements, caressant et embrassant chaque centimètre de peau découvert au fur et à mesure. Johnny se balançait légèrement entre ses bras, au son d'une musique que lui seul entendait.

Le jeune homme glissa l'une de ses jambes entre celles de Cody pour exercer une friction contre son sexe et Cody lui caressa la cuisse pour l'encourager. Chaque endroit de sa peau que Johnny touchait semblait s'allumer d'un feu incandescent. Ils tombèrent ensemble dans les draps, leurs deux corps emmêlés se contorsionnaient au bon vouloir de leurs désirs, leurs langues dansaient ensemble dans la plus belle des chorégraphies, et leurs deux cœurs battaient à l'unisson. Johnny changea de position, il mit son dos contre le torse de Cody, et ce dernier passa un bras autour de lui pour le serrer fort en même temps qu'il le pénétrait, comme s'il avait peur qu'il disparaisse.

À chaque coup de hanche, Johnny poussait un cri d'extase. Il tendit un bras derrière lui pour toucher Cody, appuya ses doigts contre sa cuisse, comme s'il voulait se fondre en lui.

Cody porta une main à l'un des tétons du jeune homme pour le caresser, puis la laissa lentement glisser le long de son torse, pour enfin empoigner son érection et le masturber à un rythme enivrant. Johnny se cambra désespérément entre ses bras, avant de s'empaler à nouveau sur le sexe de Cody dans un long gémissement.

Cody le serra fort contre lui et lui murmura à l'oreille :

— Je t'aime.

Il n'en fallut pas davantage à Johnny pour éjaculer entre ses doigts, le souffle coupé, le corps tremblant, tendu par l'effort. Puis, Cody laissa son orgasme l'emporter dans une vague de plaisir si intense qu'elle brouilla sa vision, ses pensées, le monde autour de lui, jusqu'à ce que la seule chose qui existe soit le corps de Johnny entre ses bras.

— Je sais, murmura Johnny en retour.

LORSQUE JOHNNY se réveilla, il crut un instant qu'il était de retour dans la chambre de March, son gentleman aux cheveux d'argent. Sur la table, un repas pour deux était installé, une bouteille de vin et des bougies. Mais au lieu de March, Johnny découvrit Cody, assis nu sur l'une des chaises. Il ne lisait pas le journal, il regardait Johnny avec une expression inquiète.

— Hé, le salua Johnny, se sentant subitement un peu timide.

— Hé toi-même, répondit Cody d'une voix tendre. J'ai commandé de quoi manger, tu as faim ?

— Un peu.

— Tant mieux, j'ai prévu un programme intense, il vaut mieux que tu prennes des forces, dit-il avec un regard séducteur.

Johnny observa avec amusement la transformation du Cody hésitant et peu sûr de lui de son réveil, en ce Cody confiant et taquin maintenant. Alors que ces changements de personnalité le laissaient autrefois confus et frustré, à présent qu'il les comprenait mieux, il les trouvait presque mignons.

Johnny se leva et s'installa à table en face de lui.

— Tu n'as pas commandé de homard ? demanda-t-il, l'air faussement scandalisé.

— Je n'y ai même pas pensé, je ne savais pas que tu aimais. Tu aimes le homard ? demanda-t-il, un peu paniqué, effrayé à l'idée de faire la moindre erreur.

— Du calme, je plaisantais, le rassura Johnny.

Le choix de nourriture n'était ni aussi varié, ni aussi luxueux que lorsqu'il était resté avec March, mais Cody le connaissait bien, et ce n'étaient que des choses qu'il aimait. C'était touchant.

Cody se pencha sur lui et caressa gentiment la courbe nue de ses côtes.

— L'autre jour, tu m'as dit que tu me parlerais de ton tatouage.

— Dans la légende Navajo, la légende Dineh, précisa-t-il, lorsque la Première Femme accrocha les étoiles dans le ciel, l'Homme de Feu tira deux flèches enflammées, et la traînée de leur fumée créa l'échelle céleste. L'Homme de Feu gravit l'échelle et positionna les étoiles comme elle le lui demandait.

— C'est une histoire magnifique.

— C'est un morceau de l'histoire de la création du monde selon nos légendes. Il existe quatre mondes, et les Dineh sont les habitants du quatrième monde. Dineh signifie « le peuple ». La légende raconte que les étoiles dessinaient dans le ciel un homme et une femme, et qu'aucune étoile ne pouvait approcher ces deux silhouettes. C'était le symbole de la fidélité.

— Entre un homme et une femme seulement ?

— Pas forcément. Selon l'histoire Navajo, il existe quatre sexes : l'homme, la femme et les êtres aux deux esprits, l'homme-femme et la femme-homme. Il s'agissait souvent de prophètes et de guérisseurs, ils étaient très respectés par la communauté. Les gens avaient moins de préjugés que maintenant.

— Cela a dû t'aider de grandir dans cet état d'esprit.

Johnny secoua la tête.

— Quand j'étais gamin, j'aurais donné n'importe quoi pour être comme tous les garçons de mon âge. Les légendes dont je te parle font appel à une philosophie et des idées extrêmement anciennes. Les choses ont beaucoup changé, tout comme nous n'avons plus la même approche de l'homosexualité que dans l'Antiquité. J'ai grandi dans la même culture américaine que toi, je n'avais jamais entendu parler de la bispiritualité avant de faire mes propres recherches sur Internet beaucoup plus tard.

Il porta instinctivement une main à son tatouage.

—C'est à ce moment-là que je l'ai fait faire. Cela m'a aidé d'apprendre que, à une époque, toutes les sexualités étaient respectées par notre tribu, mais ce n'est certainement pas grâce à ma famille que je l'ai appris. J'ai grandi dans l'idée qu'être gay faisait de toi quelqu'un de faible. Pour mes proches, être Dineh et homosexuel, était inacceptable, nous étions loin de la notion romantique des légendes sur la bispiritualité. C'est aussi pour cette raison que tu m'as plu, conclut Johnny. Tu ne connaissais rien de tout cela, tout ce que tu voulais, c'était que je finisse dans ton lit.

— Ça n'a pas changé.

— Je sais, sourit Johnny. Parfois, c'est bien que certaines choses ne changent pas.

— Comment l'as-tu annoncé à tes parents ?

— Je ne le leur ai jamais dit. Et je n'ai pas l'intention de le leur dire un jour. Ma mère ne veut pas parler de ces choses-là, et je la respecte trop pour la forcer à m'écouter. Alors, je considère cela comme ma vie privée, à part de la leur.

— Je suis désolé, Johnny. Est-ce que tu l'aides toujours financièrement ?

— Je suis le cadet, mais mon grand frère est alcoolique et il n'est pas en mesure de l'aider. Ma sœur vient d'avoir un bébé, et le père de l'enfant les a abandonnés, je dois les aider. C'est ma responsabilité.

— Si j'étais à ta place, je refuserais de lui donner un centime tant qu'elle ne m'a pas écouté, accepté et…

— Dans ma culture, la famille est très importante, l'interrompit Johnny. Je ne veux pas lui faire honte, je ne veux pas faire honte à sa tribu. Même si elle m'acceptait tel que je suis, elle serait traitée comme une intruse par le reste de la tribu. Je ne peux pas lui faire ça.

Cody se calma après l'avoir écouté attentivement.

— Je suis impressionné par ta force de caractère. J'aimerais seulement que ce soit plus facile pour toi. Tu ne m'as pas parlé de ton père, où est-il dans toute cette histoire ?

— C'est un alcoolique aussi, cela fait plus de quinze ans que je ne l'ai pas vu.

— J'ai toujours su que j'avais eu de la chance avec mes parents, mais je crois que je réalise seulement maintenant à quel point.

— Tu as eu beaucoup de chance, acquiesça Johnny en souriant. Mais je n'éprouve pas de rancœur, ne t'inquiète pas. Ma mère est comme elle est, et elle a fait de son mieux en m'élevant. Nous passions beaucoup de temps dans la réserve, chez mes grands-parents, mais elle nous a principalement élevés à Flagstaff. Elle voulait que nous soyons capables d'évoluer au sein des deux cultures. Pourtant, je sais que, au fond d'elle, elle aurait préféré rester à la réserve et nous y élever, je lui serais toujours reconnaissant de ce sacrifice.

— Tu regrettes parfois qu'elle ne connaisse pas cette partie de toi ?

— Elle m'aime et elle est fière de ce que je fais. Elle ne m'a jamais reproché de faire un métier de blanc. Elle n'est simplement pas prête à accepter cette part de moi, elle ne le sera sans doute jamais, c'est comme ça, c'est tout. Ma responsabilité est de gagner assez d'argent pour qu'elle et ma sœur puissent vivre normalement.

— Je ne savais pas tout cela, dit Cody, la gorge nouée. Comment t'es-tu retrouvé dans le métier ?

Johnny sourit en se remémorant l'époque où il n'était encore qu'un adolescent maigrichon qui ne savait pas ce qu'il voulait faire de sa vie.

— J'ai toujours aimé les chevaux. Je me souviens que lorsque je regardais de vieux westerns, j'aimais beaucoup que les Indiens soient meilleurs cavaliers que les cowboys, même s'ils mouraient toujours à la fin. Nous vivions dans un quartier pauvre, en périphérie de la ville, et il y avait pas mal de ranchs à proximité. Un jour, je suis allé frapper à la porte de l'un d'entre eux pour demander du travail. Le propriétaire élevait des chevaux, des vaches et des taureaux. Il m'a demandé ce que je connaissais des chevaux, je lui ai répondu que je ne connaissais rien, mais que je voulais apprendre.

— Je lui aurais sans doute raconté que j'en savais déjà beaucoup et que ce n'était pas ma première expérience, plaisanta Cody.

— Cela ne m'étonne pas de toi.

— Quel âge avais-tu ?

— Quatorze ans, mais je ne les faisais pas, j'étais grand pour mon âge. Le propriétaire, Ace, a trouvé que j'étais culotté, mais il m'a engagé pour nettoyer les écuries. Il m'a dit qu'il ne pourrait pas me payer beaucoup, mais que si, malgré cela, je tenais le coup et que j'aimais toujours autant les cheveux, alors, il songerait à me laisser monter.

— Et ainsi commença la légende, l'interrompit Cody avant de plaquer précipitamment une main sur sa bouche en écarquillant les yeux. Pardon, pardon. J'arrête de t'interrompre.

Johnny essaya de froncer les sourcils d'un air réprobateur, mais il finit par sourire malgré lui et poursuivit :

— Cela m'était égal de devoir nettoyer les box pour approcher les chevaux. Il me laissait parfois les sortir dans la carrière tout seul. J'ai un bon feeling avec les animaux, je m'entends bien avec eux, en général. Même le chien du propriétaire m'avait adopté, il m'attendait au portail du ranch tous les matins et il m'accompagnait dans mes premières taches. Ace faisait semblant d'être jaloux, mais je crois que cela le rassurait que je m'entende si bien avec toutes ses bêtes. Et il a fini par m'apprendre à monter à cheval. Un jour, j'ai surpris deux de ses ouvriers, deux cowboys mexicains, en train de monter un bœuf pour s'amuser. Ils m'ont proposé d'essayer et j'ai dit oui.

— Et tu as tenu huit secondes ?

— Je me suis retrouvé par terre en moins de deux. Mais ils étaient impressionnés que je relève le défi et que je tienne déjà plus d'une seconde. Ace passait par là, il m'a vu et m'a conseillé de continuer à m'entraîner.

— Tu étais sacrément courageux, pour un gamin de cet âge, remarqua Cody, admiratif.

— Cela m'attriste de l'avouer, mais en réalité, j'étais terrifié. Ce bœuf était gigantesque ! Mais je ne voulais pas passer pour un trouillard et ces types savaient monter comme si c'était dans leurs gènes.

— Tu devais prouver ta virilité.

— Exactement. Je ne pouvais pas refuser, il en allait de ma fierté. Je préférais encore risquer de me briser le cou plutôt que leur laisser voir que j'avais peur.

— En t'entendant parler, je n'ai pas l'impression d'avoir beaucoup grandi, marmonna Cody.

— Un matin, je suis arrivé au ranch et Ace m'a demandé de monter dans le camion avec lui, il voulait me montrer quelque chose. Quand il est sorti des terres du ranch et qu'il a pris la route de la ville, j'ai cru que j'avais fait une bêtise et qu'il me ramenait chez moi, mais il me conduisait à mon tout premier spectacle de bull riding. Et depuis ce jour, je suis devenu accro. C'est le jour où j'ai compris que c'était plus qu'un amusement clandestin derrière la grange avec deux cowboys mexicains, c'était un vrai métier.

— Et encore, à l'époque, il fallait se battre pour en vivre.

— J'ai eu de la chance, Ace m'a aidé. Il a trouvé deux riders à la retraite qui étaient prêts à me donner des cours, il m'a avancé l'argent pour mes premières compétitions et je l'ai remboursé au fil de mes premières victoires, expliqua fièrement Johnny. Je n'étais pas mauvais, ce qui avait le don d'énerver les jeunes riders blancs. Désolé, ajouta-t-il en tordant la bouche sur le côté.

— Ne t'excuse pas, je comprends. Cela ne fait pas très longtemps que les riders brésiliens ont la côte aux États-Unis, j'ose à peine imaginer ce que ça a dû être pour un jeune Navajo de se faire une place. Qu'est-ce qui t'a décidé à devenir écarteur ?

— J'étais un bon rider, mais je n'étais pas excellent, répondit Johnny en grimaçant.

— C'est faux ! Je t'ai vu monter, tu es impressionnant et tu…

— Je suis loin de ton niveau, Cody, l'interrompit Johnny.

Ce n'était pas facile à admettre. Il avait longtemps rêvé de devenir un rider célèbre et d'inspirer d'autres jeunes Dineh à suivre ses traces. Il n'avait pas les mots pour exprimer à Cody l'amertume de cet échec encore douloureux pour lui.

— J'ai beaucoup grandi, et plus je gagnais en centimètres, moins je parvenais à garder mon équilibre sur le dos d'un taureau.

— C'est plus difficile pour un grand rider, acquiesça Cody.

— Je ne suis pas beaucoup plus grand que toi, mais je me suis vite rendu compte que quelques centimètres pouvaient faire la différence.

Ils se regardèrent et finirent par exploser de rire au double sens de leur conversation.

— C'est ce que je dis toujours ! s'exclama Cody en attrapant son entrejambe.

— Gros malin, répondit affectueusement Johnny. Voilà, après cela, j'ai commencé à perdre davantage, l'argent se faisait rare et je devais aider ma mère. J'étais désespéré.

— C'est mauvais pour un rider, il ne faut pas monter par désespoir, il faut monter par passion.

— Exactement, et toute ma passion s'était évaporée. Un jour, je suis monté, le taureau m'a éjecté juste avant les huit secondes. J'étais tellement en colère !

Il tapa du poing sur la table, faisant sursauter Cody et les couverts dans la manœuvre.

— Comment s'appelait le taureau ?

— Raindog, foutu Raindog !

— Tu t'es fait mal ?

— Seulement à l'ego, répondit Johnny avec un rire fatigué. J'étais dans une telle colère, je me suis relevé et j'ai regardé le taureau droit dans les yeux. Il m'a rendu mon regard en commençant à gratter du sabot dans le sable, prêt à charger, et c'est là que j'ai su. C'était comme si je pouvais lire dans ses pensées, je savais exactement ce qu'il s'apprêtait à faire. J'ai posé une main sur son front, je le mettais au défi. Je l'ai provoqué, je l'ai fait tourner en bourrique pendant quelques minutes, et je me souviens que le public était aux anges. Ce jour-là, je me suis prouvé que je n'avais pas peur et qu'aucun taureau ne serait jamais plus rusé que moi.

— Quelle détermination ! sourit Cody, les yeux brillants de malice.

— J'ai commencé par donner un coup de main en petite ligue, j'ai appris comment fonctionnait le métier d'écarteur. Et puis j'ai rencontré Vern, qui m'a proposé de remplacer Chris. J'ai fait le choix d'abandonner mon rêve de rider et je l'ai suivi. J'aime être à pied dans l'arène pour protéger les riders plus que je n'ai jamais aimé monter sur un taureau. J'aime l'idée d'être d'égal à égal avec eux sur le sable de l'arène.

— Je suis tellement heureux que tu m'aies raconté tout cela, chuchota Cody, la voix chargée d'émotions.

Il se leva, prit Johnny dans ses bras et enfouit son visage dans ses longs cheveux.

— J'ai toujours eu peur que tu m'en veuilles inconsciemment, j'avais peur que tu sois jaloux de mes victoires et que cela te ronge.

— C'était un peu le cas. Mais j'ai fini par faire la paix avec l'idée que je ne serai jamais un rider de ton niveau. J'ai trouvé une autre discipline que j'aime passionnément et dans laquelle j'excelle. Même si personne ne scandera jamais mon nom comme le tien.

— Crois-moi, les gens du métier connaissent très bien ton nom, Johnny Arrow.

— Ce n'est même pas mon vrai nom, gloussa Johnny en caressant la nuque de Cody.

Cody se recula en écarquillant les yeux.

— Tu ne t'appelles pas Johnny Arrow ? Quel est ton vrai nom ?

— Johnny Begay.

Cody poussa un long sifflement en secouant une main.

— Tu m'étonnes, que tu l'aies changé.

— C'est un nom Dineh très commun, répondit Johnny en riant. Un peu comme Smith ou Jones. Mais c'est vrai qu'il peut être un peu… Évocateur.

— Es-tu encore en contact avec Ace ? Sait-il ce que tu es devenu ?

— Il est mort il y a quelques années, répondit tristement Johnny. Mais il a toujours été fier de moi, même quand j'ai commencé à perdre plus de compétitions que j'en gagnais. Il me répétait sans cesse d'être patient et que le vent allait tourner.

— C'est bien qu'il ait été là pour veiller un peu sur toi à cette époque.

— Il a été comme un père au moment où j'en avais le plus besoin.

Cody resta silencieux un long moment, avant de demander timidement :

— Est-ce que tu vas rentrer au ranch avec moi demain ?

Johnny sourit en l'entendant poser cette question avec sa voix de petit garçon plein d'espoir.

— Toujours pas, j'ai un métier et je fais partie d'une équipe, Cody. Il faut que tu le comprennes.

— Je comprends, je te jure que je comprends. Je suis content que tu fasses un métier que tu aimes autant et qui compte tellement pour toi. J'aurais voulu comprendre tout cela plus tôt.

— Ce n'est pas seulement ta faute, je ne communique pas assez, j'en suis conscient.

— Et je ne le disais pas pour te faire plaisir, Johnny, les gens connaissent ton nom. Il reste gravé dans la mémoire de chaque rider que tu sauves dans l'arène. Tu en as déjà sauvé tellement, ils savent très bien qui tu es, et ils ont confiance en toi.

— Comment le sais-tu ?

— De la bouche de Bobby Blue, déjà. Après que tu lui as sauvé la peau, il a tweeté à ton sujet et tous les riders ont commencé à repérer qui tu étais. Ils voteront pour te voir en finale, cela ne fait aucun doute. Dub a déjà voté pour toi, d'ailleurs.

— C'est agréable à entendre, répondit Johnny, un peu surpris.

— Je sais que Bobby Blue peut parfois être grossier, Travis ne lui a toujours pas pardonné pour cette histoire de cowboy noir. Mais il est jeune, et il est prêt à reconnaître et apprendre de ses erreurs.

C'était tout de même satisfaisant d'entendre Cody admettre enfin que Bobby Blue était immature et grossier, même si c'était un peu tard et que l'opinion de Johnny à son sujet s'était un peu améliorée depuis.

— *Je* suis prêt à reconnaître et à apprendre de mes erreurs, ajouta Cody.

— On a fait n'importe quoi, hein ? demanda Johnny, un air vulnérable sur le visage.

— Surtout moi.

— Je n'aurais jamais dû m'enfuir de cette manière, j'aurais dû rester afin que nous en parlions.

— Je ne sais même pas si je t'aurais écouté, soupira Cody. Nous avons tous les deux des efforts à faire.

— Tu n'aimes pas que quelqu'un te dise quoi faire.

— Je déteste ça.

— Je sais, je suis pareil.

— J'imagine que personne n'aime vraiment ça. Je vais être à l'affût de la moindre dispute pendant quelque temps, ça va être amusant, grommela-t-il, ironique.

— Comme cela, tu sauras ce que ça fait, rétorqua Johnny un peu cruellement.

— Pourquoi ne m'as-tu jamais dit que c'était ce que tu ressentais ?

— J'ai essayé ! S'emporta Johnny, avant de se rappeler de respirer calmement et de ne pas s'énerver. J'ai essayé, mais tu me coupais sans arrêt la parole, tu décidais toujours de tout sans me demander mon avis.

— Le respect, lança Cody dans un grand soupir. J'ai toujours eu un immense respect pour toi, mais je ne te l'ai jamais montré comme il le fallait.

— D'où tu sors ça ? demanda Johnny, sincèrement étonné. On dirait une phrase de thérapeute.

— Ça vient tout droit de ton fan-club.

— Mon fan-club ?

— Ma mère, Travis, RJ, Dub, mon père, Sam Wells, énuméra Cody en comptant sur ses doigts.

Johnny sentit toute sa colère s'envoler comme par magie. Il se sentait soudain épuisé par toutes ces semaines de chagrin et d'angoisse.

— C'était toujours toi, la star, dit-il d'une voix sourde. J'étais une silhouette anonyme dans ton ombre, et quand nous sortions de l'arène, je n'existais pas. Tous ces gens se pressaient autour de toi pour avoir une photo, un autographe, et c'était comme si j'étais invisible.

— Je ne suis pas une star, Johnny, répondit-il gentiment avant de lui raconter sa mésaventure avec l'officier Jake au bord de la plage. Il n'avait jamais entendu parler de la FNB, il savait à peine ce qu'était que le bull riding. Cela m'a mis une sacrée claque, et m'a rappelé que je n'étais qu'un cinglé en jambières de cuir qui risquait sa vie sur des taureaux.

— Il faut que je travaille un peu sur ma confiance en moi, j'imagine, sourit Johnny.

— Tu es sûr de toi dans l'arène. Sois sûr de toi hors de l'arène aussi. J'ai tendance à toujours prendre les choses en main, c'est mon tempérament, tu me connais.

— Je sais, et la plupart du temps, cela me convient très bien ainsi, c'est même l'une des choses qui m'a plu chez toi. Mais je voudrais que tu m'écoutes quand je parle. Que tu m'écoutes vraiment.

— Je vais changer, c'est promis.

— Nous allons changer tous les deux.

— Pas trop non plus, hein ?

— Pendant un moment, j'ai eu peur que la seule chose qui nous réunissait, ce fût le sexe, parce que quand nous couchons ensemble, il se passe quelque chose de tellement fort. C'est comme si plus rien d'autre n'existait, comme si…

— Je sais ce que tu veux dire. Mais ce n'est pas qu'une question de sexe, insista Cody en se sentant rougir de dire ces mots à voix haute. Je n'ai jamais vraiment voulu tomber amoureux, mon seul amour, c'était l'arène, mais depuis que tu es entré dans ma vie, tout a changé.

Johnny ne savait pas quoi lui répondre. L'idée d'une vie sans Cody l'avait terrorisé, et finalement, il s'en était plutôt bien sorti.

— Je préfère ma vie avec toi, finit-il par répondre.

— La première fois que nous nous sommes rencontrés, je me suis dit que tu ne serais qu'une aventure d'un soir de plus. Sans doute la plus torride, mais juste une aventure d'un soir. Et puis, j'ai eu envie de te revoir, encore, et encore. Très vite, je me suis rendu compte que je n'avais envie de personne d'autre, et j'ai compris que ce n'était pas qu'une affaire de sexe.

— Tu voulais être mon meilleur ami, plaisanta Johnny.

— Pourquoi es-tu prêt à me donner une autre chance ? demanda Cody, angoissé, en ignorant sa tentative d'alléger un peu l'atmosphère.

— Tu te souviens du soir où je suis parti de ta chambre en courant ? Tu m'as dit « je t'aime », cette nuit-là.

— Je t'ai toujours aimé. Je t'ai aimé dès le premier jour.

— S'il faut que je te quitte afin de te l'entendre dire, je vais peut-être devoir recommencer plus souvent, sourit Johnny en lui lançant un regard tendre.

— Je te le répèterai tous les jours, s'il le faut.

— Nous allons nous en sortir, je ne m'inquiète pas pour nous. Avant que nous voyagions ensemble pour les compétitions, nous menions nos carrières, chacun de notre côté, toi en ligue pro, et moi en petite ligue, et nous nous en sortions très bien.

— Je sais, mais je me suis habitué à concourir avec toi à mes côtés. Ça va me manquer.

— Nous allons nous en sortir, répéta Johnny, confiant.

IL FAISAIT encore nuit noire lorsque Johnny embrassa Cody pour lui dire au revoir.

Cody ouvrit les yeux, roula sur le côté et posa ses mains sur le visage de Johnny pour approfondir le baiser.

— Dis, de quoi vous parlez entre écarteurs, quand vous êtes sur la route ? demanda-t-il la voix lourde de sommeil.

Johnny rit doucement et posa son index sur la poitrine de Cody pour le désigner.

— De moi ? demanda Cody en s'asseyant dans le lit.

— De toi, de tous les riders. Et des taureaux qui sont dans la compétition. Nous parlons stratégie, nous parlons des meilleures techniques pour vous protéger, ce genre de choses.

— Qu'est-ce qui se dit sur moi ? demanda Cody avec curiosité.

— Que tu es l'un des meilleurs riders, mais que tu ne sais pas descendre élégamment, se moqua Johnny.

Cody éclata de rire.

— Tu vas me manquer, cette semaine, j'aurais tellement voulu que tu rentres au ranch avec moi.

254

— Je serai de retour pour la semaine de vacances juste avant les finales, promit Johnny. Je viendrai t'aider.

— Ce n'est pas de refus, il y a beaucoup de choses à réparer.

Johnny avait l'intuition qu'il ne parlait pas seulement du ranch.

XVIII.
La Victoire

Il leur restait encore beaucoup de chemin à parcourir, mais ils étaient à nouveau ensemble, et Johnny se sentait plus heureux que jamais. Si heureux, en fait, qu'il avait envie de le crier au monde entier. Bien sûr, leurs proches étaient déjà au courant : Val, Davis, Travis et RJ. Zane avait sans doute deviné aussi, à en juger par les clins d'œil qu'il n'arrêtait pas de lui lancer, même si Johnny se voyait mal lui en parler directement sans l'accord de Cody. Il voulait partager la nouvelle avec quelqu'un de *son* entourage. Il était hors de question d'en parler à Vern ou à Reese. Il leur en parlerait peut-être avec le temps, mais pour l'instant, c'était trop tôt.

Il sortit la petite carte de visite de son portefeuille, et la fixa un long moment, hésitant. Cody et lui n'étaient plus ensemble lorsqu'il avait rencontré March, il n'avait donc trompé personne et il n'avait pas à se sentir coupable. Il y avait peu de chance pour qu'il le recroise un jour, ce serait trop gênant. Connaissant March, il leur proposerait sans doute un plan à trois et Cody ferait une rupture d'anévrisme.

Johnny sortit son téléphone de sa poche et décida malgré tout de suivre son instinct. March décrocha rapidement.

— Johnny ! le salua-t-il de sa voix rauque séduisante. Je suis heureux que tu m'appelles, j'espère que tout va bien ?

— Tout va très bien, je voulais juste t'annoncer que je me suis remis avec mon petit ami.

— C'est une super nouvelle, j'espère sincèrement que cela va marcher entre vous.

— Nous avons encore deux ou trois choses à régler, mais je pense que nous allons y arriver, dit-il en souriant.

— Je suis touché que tu aies eu le réflexe de m'appeler pour partager la nouvelle avec moi.

— Je t'appelais aussi pour te remercier, confessa Johnny. Je ne suis pas sûr que j'aurais eu la force de lui redonner une chance sans tes conseils.

— C'est flatteur, cela me donne un peu l'impression d'être ta marraine la bonne fée. Enfin, ton parrain, rit-il à l'autre bout du fil. Tu veux bien me dévoiler son identité, maintenant ?

— Certainement pas, sourit Johnny. Tu connais le milieu, je ne peux pas prendre le risque.

— Tu sais que tu peux compter sur ma discrétion, pourtant.

— Je sais, je compte sur toi pour être discret à propos de ce qui s'est passé entre nous.

— J'imagine que si je te propose un dernier câlin, en souvenir du bon vieux temps, tu vas me répondre non ?

— Je suis sûr que tu as mieux à faire. Combien d'hommes as-tu déjà mis dans ton lit depuis la dernière fois que nous nous sommes vus ?

March se racla la gorge, mal à l'aise.

— Figure-toi qu'après notre rencontre, j'ai beaucoup réfléchi et j'ai appelé l'ex dont je t'avais parlé. Tu sais, celui que je n'aurais jamais dû laisser partir ?

— Je suis content pour toi, March, j'espère que ça va marcher pour vous aussi.

— Peut-être que notre rencontre était destinée à nous remettre sur le droit chemin, même si je t'avoue volontiers que j'étais très tenté de ne pas te laisser partir non plus, Johnny. Tu es quelqu'un d'exceptionnel.

— Toi aussi, March

— Passe le bonjour à Cody !

Johnny lui raccrocha au nez, mais il eut quand même le temps d'entendre March éclater de rire à l'autre bout du fil. Comment avait-il deviné ? Il connaissait trop bien le milieu du bull riding, il avait dû finir par rassembler toutes les pièces du puzzle. Johnny espérait simplement que personne d'autre n'avait remarqué. Il décida, par précaution, de faire doublement attention dans l'arène à partir de cet instant. Plus de regards énamourés, plus de petits sourires discrets, et surtout, plus de cascades dramatiques pour lui sauver la vie dans l'arène.

— METS TES bottes.

— Je suis encore nu !

— Oh, j'ai vu, répondit Johnny en le regardant lentement des pieds à la tête.

257

— C'est ton nouveau fantasme ? Moi, nu, avec mes bottes de cowboy ?

— Tu as deviné mon secret. Le premier d'une longue liste.

— Une longue liste de fantasmes ? Tu comptes partager ?

— J'y réfléchirais si tu enfiles enfin tes foutues bottes !

Cody s'assit sur le bord du lit et enfila docilement ses chaussures, avant de se relever et de tourner lentement sur lui-même.

— Ça te va comme ça ?

— Tourne-toi et appuie-toi contre le mur.

Cody s'exécuta, mais lui jeta un petit regard incertain par-dessus son épaule.

— Je me sens un peu exposé, là…

— Ne t'inquiète pas, tu es très sexy. Et depuis quand cela t'ennuie-t-il de t'exposer ? demanda Johnny en admirant les dessins de la musculature de son dos, la cambrure de ses reins, la courbe parfaite de ses fesses, et ses jambes arquées de cowboy dans ses bottes de cuir.

Johnny porta une main à son sexe et ordonna en même temps :

— Retourne-toi, et caresse-toi.

Cody se retourna, appuya ses épaules contre le mur, ses hanches en avant, et commença à se masturber lentement. Johnny le dévora des yeux pendant de longues minutes, tout en continuant à se caresser, puis il s'approcha enfin de lui et le tourna à nouveau face contre le mur. Il glissa son érection entre les cuisses de Cody et se pressa tout contre son dos. Il pouvait sentir les spasmes des muscles de Cody sous son corps, comme s'il était en train de lutter contre son instinct de reprendre le dessus.

— C'est de la torture, grogna-t-il entre ses dents.

— Ne t'inquiète pas, je compte bien mettre fin à tes souffrances, murmura Johnny, les lèvres contre son cou, juste sous son oreille.

— Pas de marques visibles, lui rappela Cody.

— Tu as déjà tellement de bleus partout, personne ne remarquera quoi que ce soit.

— J'avais l'intention de te faire l'amour, ce matin, fit remarquer Cody.

— Changement de plan, c'est mon tour.

Cody le prit par surprise en se décollant brusquement du mur et en inversant leurs positions. Il colla ses hanches contre celles de Johnny et plaqua ses poignets contre le mur au-dessus de sa tête.

— Je n'aime pas les changements de plan, grogna-t-il.

Dans un mouvement de hanches souple et ferme, Johnny inversa de nouveau leurs positions et le pressa fermement contre le mur.

— Tu vas voir, tu vas aimer.

« LE GRAND jour est arrivé et je crois pouvoir dire, sans me tromper, que toute l'excitation de toutes les arènes du pays, et de toute la FNB, est aujourd'hui concentrée en un seul endroit, ici, à Las Vegas, pour la journée de lancement des championnats du monde.

» Chaque année, les meilleurs riders et les meilleurs taureaux du monde entier sont réunis pour une ultime mise à l'épreuve de leurs compétences. La route a été longue pour nombre d'entre eux, au sens propre comme au figuré, et à l'issue de ces cinq jours de compétition, tous leurs efforts auront peut-être enfin payé.

» Les finales de cette année sont sans conteste les plus excitantes depuis très, très longtemps dans l'histoire du bull riding. Nous avons suivi avec attention le magnifique parcours des deux stars montantes du Brésil, Juca Matos et Rinque Tourinho, respectivement deuxième et quatrième du classement. Au classement cette année, nous retrouvons également le Canadien Tate Klein, deux cowboys australiens, et des riders d'un peu partout à travers les États-Unis.

» Si la FNB devait remettre une boucle de ceinture au rider le plus théâtral, elle l'offrirait sans aucun doute au tenant du titre de champion du monde de l'année dernière et favori du public, Cody Grainger. Grainger a commencé l'année sur les chapeaux de roue, avant de sombrer dans une série de défaites spectaculaires avec trente-quatre chutes d'affilée ! Il a laissé passer de nombreuses occasions de gonfler ses scores et de prouver son talent, mais il est parvenu à rester malgré tout dans le classement. Et puis, il y a quelques semaines, aussi vite qu'il avait sombré, il a refait surface et s'est remis à collectionner les victoires.

» Aujourd'hui, tout le monde l'attend au tournant, c'est beaucoup de pression sur les épaules de Grainger qui a connu beaucoup de hauts et de bas dans sa carrière, mais jamais d'aussi drastiques que cette année. La question que tout le monde se pose à présent est : Va-t-il se dépasser et décrocher la boucle de ceinture pour laquelle il s'est tant battu, ou bien va-t-il être traîné dans la poussière et se retrouver victime de l'étrange malédiction qui lui a valu de perdre autant de compétitions cette année ?

» Grainger est réputé pour aimer prendre des risques, et les taureaux sélectionnés cette année sont parmi les plus coriaces et les plus impressionnants jamais vus au sein de cette compétition. Si Grainger parvient à monter avec autant de talent qu'il l'a fait ces dernières semaines, il ne fait aucun doute que la victoire lui appartient. À moins, bien sûr, que la malchance ne s'abatte à nouveau sur lui, et je crois que nous avons tous constaté, malheureusement, que lorsque la malchance le frappe, elle le met à terre. »

Dub leva les yeux au ciel et marmonna :

— Même quand tu perds, on n'entend parler que de toi, c'est quand même terrible.

Debout à côté de lui, Cody répondit :

— Il a quand même la langue bien pendue. Il sait que je suis dans les gradins et que j'entends tout ? Quand il en aura fini avec ma malédiction et ma malchance, il pourra placer deux mots à ton sujet, qui sait.

Comme s'il les avait entendus, le commentateur enchaîna sur la performance de Dub.

— N'oublions pas, bien entendu, Dub Whittaker, le grand ami de Cody, qui convoite lui aussi le chèque d'un million de dollars qui sera remis au vainqueur. Whittaker est resté dans le top dix tout au long de l'année, avec des performances de qualité et des scores solides. Il est aujourd'hui troisième au classement et il se murmure en coulisses que lorsque Grainger prendra sa retraite, Dub Whittaker sera le candidat idéal pour reprendre le flambeau. Les deux hommes sont amis de longue date et il n'est pas impossible, en effet, que le succès de Grainger soit suffisamment contagieux pour offrir une chance à Whittaker.

Cody se tourna vers Dub en se mordant les lèvres, et après quelques secondes de tension, ils éclatèrent tous les deux de rire.

— J'imagine que je dois te remercier de m'avoir contaminé, alors ? J'espère bien que tu m'as refilé ta gagne, après tout ce que tu m'as fait subir, je mérite de te piquer ta place quand tu partiras à la retraite, grogna Dub.

— Tu peux toujours essayer, le cajola Cody en lui tapotant gentiment dans le dos.

— JOHN-NY ! JOHN-NY ! John-ny !

En entendant le public scander son nom, le jeune homme se retourna vers les gradins, un peu hébété. Il s'agissait principalement de cris féminins, mais Johnny fut surpris par le nombre de personnes qui semblait le connaître et le soutenir.

— Tu viens d'avoir droit à une mise à jour, se moqua Reese en désignant du menton le groupe de filles hystériques. Tu es passé du statut d'écarteur maigrichon au statut d'écarteur « trop mignon ». Allez, fais leur plaisir, fais-leur au moins un signe de la main.

Johnny leva timidement le bras pour les saluer et les cris redoublèrent d'intensité. Vern les rejoignit en fronçant les sourcils.

— Dois-je vous rappeler que vous êtes là pour bosser ? Qu'est-ce que je t'ai déjà dit au sujet des filles, Johnny ? Ne te laisse pas distraire.

Le ton de sa voix était sévère, mais ses yeux pétillaient de malice et de fierté pour son jeune coéquipier. Reese éclata de rire en constatant l'expression terrorisée sur les traits de Johnny.

— Ne t'inquiète pas, Vern, c'est plutôt lui, la distraction. Notre Johnny est un timide, il n'est pas du genre à courir après les minettes. En revanche, si j'étais lui, je me préparerais à devoir les fuir en sortant de l'arène, ce soir !

— Je préfère encore rester dans l'arène avec les taureaux, ajouta Johnny.

— Au moins, quand c'est un taureau qui te poursuit, tu sais que ce n'est pas pour te demander en mariage, plaisanta Vern. Ignore donc les gonzesses et concentre-toi sur ton travail.

Johnny hocha la tête en souriant. C'était tellement hilarant que Vern lui ordonne de ne pas regarder les filles. Si quelqu'un lui reprochait un jour de ne pas avoir l'air assez intéressé par la gent féminine, il pourrait toujours répondre que c'était sur ordre de son patron.

— En tout cas, le public a l'air heureux de te voir revenir, remarqua Reese. Tu en as de la chance, j'aimerais bien que mon nom soit scandé, moi aussi, soupira-t-il d'un air théâtral.

Vern se leva et posa une main sur l'épaule de chacun.

— Allez, les garçons, c'est parti. Le premier round va commencer.

— Vous avez rencontré de nombreux obstacles ces derniers mois, Cody, et malgré tout, vous avez réussi à garder les meilleurs scores du classement. À quel point est-ce important pour vous de remporter ces championnats du monde ? demanda Rex en tendant le micro vers Cody.

— C'est très important. Si je suis là aujourd'hui, c'est grâce à mes fans, à mes sponsors et au soutien de mes proches, j'ai bien l'intention de leur prouver que cette boucle de ceinture est à nous, et j'ai bien l'intention de la remporter. Les autres riders n'ont qu'à bien se tenir.

— Vous avez traversé une période très difficile et…

— La période la plus catastrophique de l'histoire du bull riding, vous pouvez le dire, l'interrompit Cody avec son célèbre sourire.

— D'après les statistiques, vous avez même battu un record avec un total de trente-quatre défaites d'affilée. Mais vous vous êtes plus que rattrapé au cours de ces dernières semaines, avec des performances d'une qualité incroyable. Vous avez même fait un score de plus de 90 lors de votre dernière compétition.

— J'ai travaillé dur pour remonter la pente, répondit Cody. Et avec un peu de chance, je devrais pouvoir traverser ces cinq jours sans trop me ridiculiser, plaisanta-t-il.

— Nous l'espérons, en tout cas, répondit Rex en riant. Merci d'avoir pris le temps de répondre à mes questions, Cody, et bonne chance pour ce week-end.

— Merci, Rex.

Cody lui serra la main, puis il se tourna vers le public pour le saluer et se dirigea vers les cages de contention.

De là où il était, Johnny observa avec attention l'expression de son visage, le changement du sourire charmeur pour les caméras et le public, à l'intense concentration lorsqu'il prit le chemin des cages. Cody troqua son chapeau de cowboy contre son casque de sécurité et commença à s'étirer. Il enfila ensuite son gant, attrapa sa corde et entra dans la cage.

Lorsque Destructeur entra dans l'arène, il se frotta contre le montant du portail pour essayer de déloger Cody. Il enchaîna une série de violentes ruades, bien déterminé à faire tomber Cody, mais pas assez pour dissuader le rider obstiné, juché sur son dos. Johnny était heureux de retrouver la détermination et le sourire féroce de son petit ami. Il observa avec une satisfaction non dissimulée les mouvements contrôlés de son corps à chaque nouveau défi que le taureau lui lançait, puis il grimaça et se cacha les yeux lorsque l'animal opéra un changement de cap et que la main libre de Cody heurta son flanc droit. Le coup de sifflet pour signaler la faute retentit, mais Cody resta obstinément sur le dos du taureau, offrant au public et au jury une virée impressionnante de plus de neuf secondes. Le taureau balança l'arrière de son corps dans les airs, éjecta violemment Cody et, dans un geste apparent de vengeance, le frappa de toute la force de ses sabots arrière. Le corps de Cody alla s'écraser quelques mètres plus loin contre les barrières de sécurité. Cody se redressa à toute vitesse et grimpa dessus en attendant que les écarteurs fassent sortir l'animal de l'arène.

— C'est une première défaite pour Cody Grainger, qui a commis une faute disqualifiante en touchant Destructeur de sa main libre. Serait-ce là le début d'une nouvelle série noire pour notre champion ? Ou bien nous réserve-t-il encore des surprises ? Seul le temps nous le dira. Les scores de Cody lui permettent encore de rester dans le classement, mais s'il ne fait pas attention, il pourrait bien avoir de mauvaises surprises. Beaucoup de gens se demandent combien de temps encore Cody pourra continuer à jouer avec le feu. Vous avez sans doute remarqué, comme moi, qu'il portait aujourd'hui une orthèse au coude du côté de sa main directrice. Un détail qui surprend à peine, puisqu'il est vrai que, à ce niveau de compétition, presque tous les riders endurent des blessures plus ou moins graves. Que Cody l'emporte ou non cette année, c'est toujours un véritable plaisir de le voir à l'œuvre. Ses fans sont plus confiants que jamais en ses capacités, mais les scores sont extrêmement serrés et après cette disqualification, les autres riders ont perçu une faille dans laquelle ils ne manqueront pas de s'engouffrer. Le prochain candidat à entrer dans l'arène est Juca Matos, qui montera sur le dos de Diamant Noir.

Johnny regarda Cody rejoindre les gradins en boitant. Il ne restait plus qu'à espérer que cette chute n'avait pas entamé sa détermination.

CODY PLISSA les yeux sous la douleur et tenta de sourire à l'équipe médicale qui s'approchait de lui.

— Besoin d'un coup de main ? J'ai vu que tu boitais.

— Non, ça va, merci, c'est une vieille foulure qui s'est réveillée. Je suis passé sous les sabots d'un taureau la semaine dernière.

— Dieu merci, les riders n'ont pas besoin de leurs pieds pour gagner, plaisanta l'infirmier en lui donnant une tape amicale dans le dos. Bonne chance pour la suite.

Cody se traîna misérablement jusqu'aux vestiaires en essayant de garder le sourire pour ne pas attirer l'attention. Il aurait dû être dans les cages pour aider Rinque à se préparer, mais il fallait à tout prix qu'il passe par son casier, et il savait que quelqu'un d'autre le remplacerait rapidement aux cages. Il attrapa la trousse de secours dans ses affaires, s'enferma dans les toilettes et respira profondément. Il allait le sentir passer. Il serra les dents, tendit la jambe et remit en place sa rotule déboitée.

Il parvint tout juste à ne pas hurler de douleur, mais il était blanc comme un linge et couvert de sueur. Cramponné à la porte des toilettes, il osait à peine se tenir debout. Il attendit que les tremblements s'arrêtent et que la douleur ne lui donne plus la nausée, puis il se redressa avec un rire nerveux. Il avait eu de la chance que son genou ne se soit pas complètement déboité, cela aurait pu être bien pire.

Il retira son pantalon et entoura une bande de contention autour de son articulation blessée. Ce n'était pas sa première fois, il savait exactement comment bander son genou pour soulager ses muscles et son cartilage. Heureusement, il n'avait plus de compétition pour la journée et il aurait toute la nuit pour reposer sa jambe.

En rattachant sa ceinture, il effleura des doigts la boucle qu'il portait aujourd'hui. C'était celle qu'il avait gagnée pour Johnny. Il espérait du fond du cœur qu'il serait assez en forme pour gagner celle en or des championnats du monde et la lui offrir aussi.

Il boitilla jusqu'aux lavabos, se passa de l'eau sur le visage et rangea sa trousse de secours dans son casier. Puis il regagna l'arène en essayant de marcher le plus normalement possible. Cette victoire était à lui et il ne laisserait personne la lui dérober.

REGARDER LA machine qui lissait le sable de l'arène avant une compétition avait toujours eu un effet tranquillisant sur Cody. Il poussa un long soupir et se tourna vers Dub.

— C'était sacrément tendu, pour une première virée.

— Tu l'as fait exprès ? demanda Dub avec curiosité, soulagé que Cody rompe le silence et qu'il ne soit pas en train de déprimer.

— De quoi parles-tu ?

— De te faire disqualifier dès le premier round, pour augmenter le suspense et garder le public en haleine.

— J'ai eu plus que mon quota de suspense cet été, Dub. Non, je ne l'ai pas fait exprès. Ce taureau avait particulièrement envie de se débarrasser de moi et je me suis laissé surprendre.

— Tu n'as pas l'air très inquiet pour un gars qui vient d'ouvrir les championnats du monde en se disqualifiant.

— Je ne suis pas inquiet, confirma calmement Cody en souriant.

— Ta main a touché le taureau à 5,3 secondes, pourquoi as-tu attendu avant de descendre ?

— Parce que je le pouvais.

Cody savait qu'il avait l'air arrogant, mais c'était la vérité.

— Mais pourquoi avoir couru le risque de te blesser ?

— Penses-y, quelle est la dernière chose qu'auront vue les juges avant le coup de sifflet ?

— Ta détermination et la qualité de ta performance, répondit Dub en hochant la tête. D'accord, je comprends mieux ta stratégie.

— Je contrôlais parfaitement la situation, même si j'ai touché le taureau.

— Tu vas gagner, je le sens dans mes os, annonça Dub d'un ton mystérieux.

— Merci, Madame Irma. Et que vois-tu pour toi dans ta boule de cristal ?

— La seconde place, comme d'habitude, répondit-il tristement avant de continuer dans un élan de bonne humeur : Mais l'année prochaine, c'est mon tour. Je n'ai que vingt-six ans, si tu prends ta retraite cette année, j'ai encore quelques années pour sortir de ton ombre et me faire un nom.

— Je sais que tu y arriveras, répondit Cody, confiant, mais pas réconcilié pour autant avec cette idée de retraite.

IL ÉTAIT assis sur son lit, un pack de glace sur le genou, lorsque Johnny entra par la porte communicante qui reliait leurs deux chambres d'hôtel. Cody savait qu'il pouvait cacher sa blessure à l'équipe médicale et aux autres riders, mais pas à Johnny. S'il voulait passer du temps nu avec lui, il aurait du mal à expliquer les kilomètres de bandages autour de son genou.

Johnny entra dans la pièce d'un pas léger, un sourire aux lèvres, jusqu'à ce qu'il aperçoive Cody.

— Je le savais ! cria-t-il.

— Tu l'avais vu ? demanda Cody, étonné.

— Quand est-ce arrivé ? En sortant des cages ou quand il t'a propulsé contre la barrière de sécurité ?

— En sortant des cages, il a cogné mon genou contre le montant du portail, répondit Cody en haussant les épaules. J'ai l'habitude, ce n'était pas la première fois que je remettais un genou déboîté en place.

— Tu l'as remis en place tout seul !

— Je ne pouvais pas risquer que l'équipe médicale le voie et me déclare inapte à continuer la compétition, il faut que je gagne !

— Tu es cinglé.

— Moins que toi. Moi, je suis assis sur les taureaux, je ne cours pas après eux dans l'arène.

— Tu veux quelque chose ? Un autre pack de glace ? Un bol de soupe ? De la morphine ?

— J'aurais bien dit oui à la morphine, sourit Cody. Mais je suppose qu'il faudra que je me contente d'un peu d'aspirine.

Johnny alla lui chercher un verre d'eau et un tube d'aspirine.

— Tu es sûr que tu pourras monter demain ? demanda Johnny en lui tendant les cachets.

— J'ai une attelle dans mon sac. J'ai pris toutes celles que j'avais avec moi, juste au cas où.

— Cela t'empêchera d'avoir mal ?

— Cela maintiendra seulement mon genou en place, il n'y a pas de solution miracle pour la douleur, à part serrer les dents.

Johnny inspira par le nez en pinçant les lèvres et en posant les mains sur les hanches.

— Je dois prévenir Vern.

— Tu ne peux pas faire ça ! Il va me dénoncer aux organisateurs !

— Il ne te dénoncera pas. Il va sans doute te dire que tu as perdu la tête, mais ça, tout le monde le sait déjà.

— Alors, à quoi cela sert-il de le lui dire ? s'énerva Cody en tapant sur le matelas.

— Quand nous savons qu'un rider est blessé, nous nous adaptons, lui expliqua calmement Johnny. Si tu tombes et que ta blessure t'empêche de te relever aussi vite que d'habitude, il faut que nous soyons prêts à t'aider. Tu risques de les mettre aussi en danger, si tu ne leur dis rien. C'est mon équipe, Cody, je ne peux pas leur faire ça.

— Et je suis ton petit ami ! Tu devrais être de mon côté ! Si l'équipe médicale s'en rend compte, ils peuvent me retirer de la compétition, et c'est hors de question ! Je ne laisserai rien se mettre en travers de mon chemin cette année ! répondit Cody, furieux.

Johnny fit demi-tour et se dirigea vers sa chambre d'un pas décidé, puis s'immobilisa en chemin. Il se força à revenir vers Cody en essayant de rester calme.

— Écoute-moi bien, quand tu prends des risques et que cela n'engage que toi, c'est ton problème. Mais quand d'autres personnes sont impliquées et risquent d'être blessées, cela change tout. Je t'aime, mais je ne te laisserai pas mettre mon équipe en danger.

Cody poussa un grognement frustré et rejeta la tête en arrière. Johnny avait raison.

— D'accord ! cria-t-il. D'accord, répéta-t-il plus doucement. Tu as raison. Je ne me le pardonnerais jamais si quelqu'un était blessé par ma faute.

— Et puis, ce n'est pas comme si tu étais le premier rider de l'histoire à le faire. À mon avis, ce ne sera pas la première fois que Vern couvre un rider blessé pour lui permettre de monter. Si vraiment il craignait pour ta vie, il te le dirait. C'est un vrai IRM ambulant.

— Excuse-moi d'avoir crié, j'ai paniqué. C'est juste que…

— Juste que quoi ?

— C'est peut-être ma dernière année.

Il l'avouait enfin à voix haute.

— C'est peut-être ma dernière chance d'être double champion du monde. Personne n'a jamais gagné deux années de suite avant.

— Alors, pourquoi ne me l'as-tu pas dit tout de suite ?

— Je n'aime pas en parler, j'ai peur de me porter la poisse.

Ils se mirent tous les deux à rire en réalisant le ridicule de la situation.

— Pourquoi dis-tu que c'est peut-être ta dernière année ? demanda doucement Johnny.

— Ah, j'espérais que tu n'aies pas entendu cette partie. Tout le monde me tanne avec la retraite depuis quelques mois.

Il s'interrompit, la gorge nouée, incapable de dire un mot de plus. Il craignait que Johnny lui répète la même chose que les autres. Il leva les yeux vers lui, mais ne parvint pas à déchiffrer le défilé d'émotions sur le visage du jeune homme.

— J'ai beaucoup observé Chris, depuis qu'il est revenu, dit-il enfin.

— Il a un problème avec toi, intervint Cody en fronçant les sourcils. Je l'ai surpris à plusieurs reprises te regardant de travers.

— Ce n'est pas personnel, le contredit Johnny en secouant la tête. Il a annoncé sa retraite, mais il n'a pas vraiment envie de partir, il a l'impression qu'on lui force la main. Il aime son métier au moins autant que tu aimes le tien, son départ sera une perte immense dans la communauté des écarteurs.

Cody sentit sa respiration s'accélérer et sa gorge se serrer. Les larmes lui montèrent aux yeux et il prit une inspiration tremblante.

— Je ne sais pas si je survivrai à la retraite, avoua-t-il, la voix brisée par le chagrin.

— Je sais ce que tu ressens, mais ta vie ne s'arrêtera pas avec ta carrière de rider, Cody. Que fais-tu quand tu es sur le dos d'un taureau et que tu sens que tu vas tomber ? Tu t'adaptes. Eh bien, dans la vie, c'est pareil.

— Peut-être, hoqueta Cody entre deux bouffées d'air. Je ne sais pas.

— Tu seras toujours un rider, Cody, personne ne peut t'enlever ça. Même si tu ne montes plus, tu es déjà entré dans l'histoire comme l'un des plus grands riders de ton temps. Tu es le seul rider de l'histoire à avoir autant de scores au-dessus de 90.

— Tu as peut-être raison, murmura Cody, un peu rassuré.

— La FNB ne te laissera pas partir facilement. Tu vas continuer à élever des taureaux de compétition, entraîner de jeunes riders, recevoir l'anneau d'honneur et, qui sait, peut-être même devenir juré.

— Dis ainsi, cela n'a pas l'air si terrible, concéda Cody.

— Je vais nous commander un truc à manger et te chercher un autre pack de glace, annonça Johnny. Ne t'inquiète pas, tu te sentiras mieux quand tu auras gagné les finales, dit-il avec un clin d'œil.

Cody le regarda prendre le menu sur la console à l'entrée et coincer le téléphone contre son épaule pour le lire tout en discutant avec le service de chambre. Il avait mal partout, et le discours de Johnny sur la retraite de Chris Bellow résonnait encore dans sa tête. Johnny avait raison. Son âge et ses blessures étaient en train de le rattraper. Il était grand temps de s'adapter avant la chute.

Lorsque Johnny revint avec un nouveau pack de glace, Cody l'attrapa par le col et le tira gentiment jusqu'à lui pour l'embrasser délicatement.

— Merci, murmura-t-il contre ses lèvres.

— Qu'est-ce qui t'arrive ? demanda Johnny, surpris, en se redressant.

— Je suis content que tu sois là, c'est tout.

Ce soir-là, Cody s'endormit blotti dans les bras de Johnny, la tête enfouie dans ses cheveux. S'il devait traverser l'épreuve de la retraite, il était heureux de le faire avec Johnny à ses côtés.

LE LENDEMAIN, il ne boitait presque plus, mais la forme de son attelle se devinait clairement sous son jean. Il ne fallut qu'un instant à Dub pour la repérer. Il ne fit aucune remarque, mais Johnny nota qu'il restait discrètement aux côtés de Cody, prêt à l'aider s'il en avait besoin.

Le deuxième round était le plus important pour Cody. S'il parvenait à se qualifier ce jour-là, il serait dans le top cinq. Il n'avait pas le choix, il lui fallait faire un sans-faute.

Lorsque la porte s'ouvrit, Johnny sut immédiatement que Cody allait gagner. Les huit secondes défilèrent à une vitesse incroyable et Cody encaissa chaque mouvement du taureau avec une facilité déconcertante. Et comme d'habitude, il descendit avec la grâce et l'élégance qui lui étaient propre. Il tomba trop près de l'animal, roula sous ses pattes et manqua se prendre un coup de sabot dans la tête, qu'il esquiva in extremis en rentrant le menton dans la poitrine et en se roulant en boule. Chris était le plus près de l'action, il fonça immédiatement à la rescousse de Cody. Johnny observa, impressionné, la facilité avec laquelle il détourna l'attention du taureau et l'éloigna de Cody en quelques secondes à peine. Vern s'interposa juste avant que le taureau rattrape Chris, l'entraîna sur la gauche, et Reese prit le relais. Enfin, le taureau commença à se calmer, et Johnny le ramena prudemment jusqu'aux cages.

Cody bondit sur ses pieds et leva les poings en l'air sous les applaudissements déchaînés de la foule. Il arracha son casque de sécurité et le leva au-dessus de sa tête en poussant un cri de victoire.

L'équipe d'écarteurs se réunit au bord de l'arène et Vern lança à Johnny un sourire complice, comme la confirmation silencieuse d'une mission secrète accomplie. Johnny leur avait annoncé la blessure au genou de Cody dans les vestiaires, juste avant la compétition. Aucun d'eux n'avait protesté ni demandé pourquoi Cody n'avait pas prévenu l'équipe médicale. Ils savaient tous de quoi était capable un rider qui voulait la victoire finale.

— Merci, Chris, tu as réagi à une vitesse hallucinante, fit remarquer Johnny.

Chris parut à la fois surpris et flatté du compliment.

— Merci, Johnny, il faut croire que même un vieux de la vieille comme moi peut encore être utile, de temps à autre.

— C'est l'expérience qui compte, ajouta Reese.

— Tu as su tout de suite ce que le taureau allait faire, ça inspire le respect, lui dit Johnny.

Chris hocha la tête et il sembla à Johnny que ces simples compliments lui avaient redonné confiance en lui. En tant que benjamin de l'équipe, il n'avait jamais osé commenter la performance des autres, et il fut surpris de constater le poids que pouvaient avoir ses mots.

Ce fut ensuite au tour de Dub d'entrer dans l'arène, et Johnny l'applaudit de toutes ses forces en songeant qu'une fois que Cody serait à la retraite, il allait sans doute attirer beaucoup d'attention. Il n'avait pas le sens de la mise en scène de Cody, son style était beaucoup plus brut et dépouillé, mais il était excellent et sa technique était irréprochable.

Bobby Blue tomba de son taureau et appuya sur le bouton challenge. Le jury refusa son challenge et il donna un coup de poing dans l'une des pancartes des sponsors avant de quitter l'arène en tapant du pied. Johnny était presque déçu pour le gamin. Même s'il était insupportable, impulsif et impatient, Johnny se sentait un peu comme l'un de ses mentors.

Zane prit tout le monde par surprise en se qualifiant pour le troisième round. Johnny attendit qu'il ait salué ses fans et donné ses impressions aux journalistes pour le raccompagner aux vestiaires.

— Félicitations, Z, belle performance. Je t'ai entendu donner une interview dans le couloir, on a l'impression que tu as fait ça toute ta vie !

— Merci, Johnny. C'est ma toute première année en ligue professionnelle et me voilà aux championnats du monde, tu y crois, toi ? Je ne vous remercierai jamais assez, Cody et toi, grâce à vous, je réalise mon rêve. Même si je perds au prochain round.

— C'est un sport plein de surprises, tu ne sais pas ce qui pourrait se passer. Mais quoi qu'il arrive, tu as parcouru un chemin monumental, je suis vraiment fier de toi.

— Pour la première fois de ma vie, je crois que je suis fier de moi aussi. Tu veux venir boire une bière avec moi ce soir pour fêter ça ?

— Je ne peux pas, désolé, j'ai un rendez-vous.

— Je suis content que Cody et toi vous soyez réconciliés.

— Comment l'as-tu su ?

— Tu as l'air plus heureux. Je n'ai plus qu'à me résoudre à écumer les bars tout seul, maintenant que tu es de nouveau casé.

— Ou alors, tu pourrais essayer de te caser aussi.

— Si j'en trouve un aussi sexy que le tien, je me laisserai peut-être tenter.

— Ne t'inquiète pas, tu finiras par trouver. Un beau gosse comme toi, voyons !

— Merci, Johnny, répondit-il en riant. On se voit plus tard alors ?

Johnny posa une main sur son épaule pour la presser légèrement, hocha la tête et alla retrouver son équipe.

Dans l'ensemble, cette journée s'était plutôt bien passée. Les dieux de l'arène devaient être une fois de plus du côté de Cody, puisqu'il s'était qualifié sans aucun problème en remontant tout en haut du tableau des scores. Dub était en seconde place, talonné par les deux Brésiliens, et le Canadien Tate Klein fermait le top cinq.

Chris semblait enfin reprendre ses marques. Il était plus rapide, moins hésitant et rien ne lui échappait. Johnny songea qu'il n'y avait décidément pas de sentiment comparable à l'excitation et à l'adrénaline des finales. C'était une atmosphère unique et grisante, il n'aurait échangé sa place pour rien au monde.

« MESDAMES ET Messieurs, bienvenue au troisième round des championnats du monde de bull riding. De retour en tête du classement, notre cowboy californien préféré, le grand Cody Grainger.

» Il nous a rappelés, au cours des deux derniers jours, ce qui fait sa popularité, et nous a offert des performances dignes de ces championnats du monde. Malgré une virée disqualifiante au premier round, il a mené le deuxième avec brio. Cela va-t-il durer ? C'est ce que tout le monde se demande aujourd'hui. Le bull riding est un sport impitoyable et les épreuves de finales sont plus exigeantes que tout ce que nos riders ont connu cette année. Plus de rounds, plus de taureaux, et surtout, plus de pression, car c'est là que tout se joue.

» Cody Grainger n'est pas seulement un rider incroyable, c'est également un rider très intelligent, mais il lui faut encore prouver à ses concurrents que c'est à lui qu'appartient la victoire. Cody n'est plus tout jeune et les exigences physiques de ce niveau de compétition commencent à montrer leurs effets. Ce soir, il montera Roméo Rebel, ce qui nous promet d'ores et déjà un spectacle à ne pas manquer. Il a déjà monté ce taureau cinq fois cette année, et les trois dernières fois, il est malheureusement tombé. Voyons si ce soir il est capable de prendre sa revanche. »

Cody enfila son gant et le passa à plusieurs reprises sur sa corde pour la chauffer et l'assouplir un peu, en essayant d'ignorer le bavardage incessant du commentateur. Dub tenait fermement sa veste de sécurité et le taureau sous ses cuisses était agité. Il n'arrêtait pas de se cogner contre les barreaux de la cage. Cody dégagea son genou au dernier moment en poussant un grognement de douleur. Le portier fut obligé d'intervenir et de pousser le taureau avec une planche entre les barreaux pour le décoller du portail. Cody réajusta correctement la position de son genou avec le sentiment désagréable que le taureau se souvenait de lui et qu'il avait bien l'intention de le faire tomber à nouveau.

Il était conscient de jouer sa carrière entière sur ce round. Il venait de passer l'été à se ridiculiser et il voulait prouver à ses fans qu'il n'était pas un vieux rider sur le déclin. Il avait encore suffisamment de points pour rester en tête de classement sans trop s'inquiéter, ce qui lui laissait une petite marge d'erreur. Mais il ne voulait plus faire d'erreurs. Il avait déjà grillé son premier round avec une erreur stupide, il n'avait plus de joker dans son jeu. À partir de maintenant, c'était la victoire ou rien.

— C'est un taureau constant, commenta Dub en regardant le sable sous ses sabots. Il fait les mêmes mouvements encore et encore, regarde les marques de ses pas. Mais il est solide, il ne faiblira pas facilement.

— Il répète les mêmes mouvements sauf qu'il s'améliore chaque fois, précisa Cody, inquiet. Souhaite-moi bonne chance.

— Je te souhaite toujours bonne chance, même si je ne le dis pas à voix haute.

Cody se positionna, et donna le signe de tête au portier. Roméo Rebel plongea dans l'arène en tordant l'arrière de son corps dans tous les sens, comme une danse endiablée. Puis Cody sentit le léger fléchissement de ses pattes avant qui indiquait qu'il allait ruer et ajusta la position de ses hanches en levant son bras libre pour garder l'équilibre. Dub avait raison, le taureau répétait inlassablement la même série de mouvements prévisibles. Le seul souci, c'était qu'au lieu de se lasser, il semblait mettre chaque fois plus d'ardeur dans ses mouvements. Cody encaissait les secousses en serrant les dents. L'animal avait pris tellement de vitesse que le monde autour de lui était presque flou.

Cody se concentra pour garder son rythme, et lorsque le coup de sifflet retentit, le taureau était en train de ruer haut dans les airs. Cody attendit qu'il retombe au sol, tira sur la corde pour la détacher, et tomba sur les fesses dans l'arène. Le choc résonna douloureusement dans les os de son coccyx, mais il n'avait rien de cassé. Il roula sur le côté et Reese arriva en courant pour s'occuper du taureau.

Il était tombé juste devant les cages de contention ; le portier lui ouvrit pour le laisser se mettre rapidement à l'abri, et Cody entra en retirant son casque de sécurité. Une fois au pied des gradins, il le jeta en l'air et salua le public en folie avec des cris de victoire.

Le commentateur fut obligé de hurler dans son micro pour se faire entendre par-dessus la clameur de la foule.

— Cody Grainger a eu raison de Roméo Rebel et il s'en sort avec le très bon score de 89,75 ! C'était, une fois de plus, un spectacle incroyable, la hauteur à laquelle ce taureau projetait ses pattes arrière était tout simplement vertigineuse ! Mais cela n'a pas arrêté notre champion, qui vient d'effectuer cette virée comme s'il s'agissait d'une simple promenade de santé. Il paraît que les athlètes font de meilleures performances lorsqu'ils ressentent l'énergie de la foule, et la foule, aujourd'hui, est en excellente forme ! Après cette disqualification au premier round, Cody s'est rattrapé et a très vite prouvé aux autres riders qu'il ne leur rendrait pas la tâche facile. S'ils ont l'intention de le battre, il leur faudra donner tout ce qu'ils ont ! Cody Grainger est définitivement en passe de devenir une légende du bull riding, si ce n'est pas déjà fait !

Reese retrouva Cody pour lui rendre sa corde et plaisanta :

— Bien joué, Cody La Légende. Mais fais attention de ne pas prendre la grosse tête.

Cody lui fit un clin d'œil, boita le long des gradins jusqu'à ce que Rex l'intercepte pour une interview.

— La dernière fois que vous êtes montés sur Roméo Rebel, c'est lui qui a eu le dessus. Qu'est-ce qui a changé aujourd'hui ?

— J'ai gagné, voilà ce qui a changé, répondit simplement Cody en souriant avec provocation, un sourcil relevé.

— Vous êtes de retour, cela ne fait plus aucun doute dans l'esprit et dans le cœur de vos fans. Que retenez-vous de la période difficile que vous avez traversée ?

— J'ai réalisé que je n'étais vraiment pas doué pour descendre d'un taureau, plaisanta Cody en se frottant le coude.

Il ne pouvait décemment pas se frotter les fesses en direct sur une chaîne nationale.

— Vous êtes peut-être tombé de ce taureau sans élégance, mais vous êtes toujours en tête de classement. Félicitations, Cody.

— Merci, Rex.

— JE NE t'ai jamais vu faire les cent pas ainsi. Tu ne veux pas t'asseoir un peu pour reposer ton genou ?

Depuis le début des finales, ils avaient mis en place une routine qui plaisait beaucoup à Johnny. Il rejoignait Cody et ses parents pour manger après la compétition. Davis félicitait son fils avant de l'assaillir de conseils en tout genre, Cody signait patiemment les autographes des fans qui venaient le féliciter à sa table, et puis Davis et Val s'éclipsaient discrètement en prétextant avoir des choses à faire. Alors, Johnny raccompagnait Cody à sa chambre. Ils échangeaient des regards complices dans l'ascenseur et le reste de la soirée était à eux.

Ce soir-là, Johnny dut aider Cody à marcher jusqu'à la porte, et une fois à l'intérieur, il lui colla un pack de glace sur le genou.

— Ça me fait bizarre de faire les finales après cette horrible série de défaites, ça me rend anxieux. Je sais bien que tous les riders tombent, mais d'habitude, je fais mon quota plus tôt dans l'année, je ne collectionne pas une trentaine de défaites juste avant d'attaquer les championnats du monde !

— « Mon quota » qu'il dit, répéta Johnny, amusé. Tu as un emploi du temps pour tes défaites ?

Mais Cody n'écoutait pas, il était enfermé dans sa tête, avec ses doutes et ses inquiétudes.

— J'ai l'impression de tricher en te le demandant, mais j'ai besoin de ton aide. Demain, je monte Révolution et je ne le connais pas du tout. Comment est-il ?

— Si c'est ce que tu appelles, tricher nous devrions sans doute donner un avertissement à tous les riders. Ils font tous ça, tu sais, tout comme les éleveurs posent des questions sur les riders avant d'attribuer leurs animaux. Assieds-toi, mets ton genou en hauteur.

Cody sembla soulagé d'entendre que ce n'était pas contraire à l'éthique de demander ce genre de choses, et s'assit dans le lit en laissant Johnny remettre de la glace sur son genou.

— Révolution est du genre explosif. Il est puissant et il entre dans l'arène comme une fusée. Il lui arrive de faire des bonds de trois mètres en sortant des cages. Il fonce tête baissée, quand tu sens qu'il enfonce ses pattes avant dans le sable, fais attention, il va s'arrêter net pour essayer de te faire passer par-dessus sa tête.

— C'est une analyse sacrément complète, remarqua-t-il, impressionné. Comment sais-tu tous ces détails ?

— Nous avons un champ de vision très différent, au sol, rien ne nous échappe. Si jamais il n'arrive pas à te faire tomber du premier coup, il va commencer à tourner très vite sur lui-même.

— Vers la gauche ou vers la droite ?

— Généralement vers la gauche, mais si ça ne fonctionne pas comme il veut, il changera de sens. Il a été entraîné pour une ouverture des portes sur la gauche, à ta place, je me concentrerais sur cette direction, mais attends-toi à tout.

— J'aurais dû te demander des conseils plus souvent, réalisa Cody. Il y a quelques semaines, je me souviens que tu m'as conseillé de faire attention au placement de mon coude et…

— Si je commence à te donner trop de conseils, tu risques de tout remettre en question. Suis ton instinct, cela t'a plutôt bien réussi jusqu'ici.

— Je regrette quand même. Pendant tout ce temps, j'avais à mes côtés un puits de connaissances et je n'ai jamais pensé à demander.

— Ce n'est pas toujours facile de demander de l'aide.

— Et si c'était vraiment la fin de ma carrière ? Toutes ces défaites ont complètement fichu en l'air ma confiance en moi…

— Mais pourquoi ? Tu t'en sors à merveille !

— J'ai ouvert les finales avec une disqualification ! Le premier round des championnats du monde, et j'ai été disqualifié ! s'écria Cody avant de croiser les bras et de se tourner vers la fenêtre. Et si je n'y arrivais pas ?

Johnny avait envie de le prendre dans ses bras, mais il avait le sentiment que ce n'était pas ce dont Cody avait besoin. Il avait besoin de conseils techniques et de faits concrets pour le rassurer. Et si vraiment il respectait Johnny, alors peut-être écouterait-il ses conseils

— Ce qui se passe en ce moment est plus grand et plus important que les finales, Cody. Même si tu tombes, même si tu perds, il y a quelque chose de pur et de fondamental dans ce que tu fais. Quand tu entres dans l'arène, tu es comme transformé, l'amour que tu portes à ton métier devient visible, comme une aura qui éclaire chacune de tes performances. C'est ce qui te rend si unique et si excitant à regarder. Quand tu montes, il se passe quelque chose de magique.

— J'ai peur de perdre cette magie demain, avoua Cody en cachant son visage entre ses mains. J'ai peur qu'elle m'abandonne et que les gens ne gardent de moi que le souvenir de mes échecs.

— Tu te comportes comme si tu avais encore à faire tes preuves. Tout le monde sait déjà que tu es le meilleur, Cody.

— J'ai passé l'été à monter comme un débutant !

— Arrête de réfléchir, entre dans l'arène et éclate-toi. Quelle est la chose que tu aimes le plus au monde ?

— Toi, répondit-il sans hésiter.

— D'accord, je ne m'attendais pas à ça. La deuxième chose, alors ?

— Le bull riding, tu le sais. C'est toute ma vie, c'est là que je me sens vivant.

— Alors, demain, souviens-t'en et fonce, bébé. Oublie tout le reste.

— C'est difficile d'oublier le chèque et la boucle de ceinture.

— Je t'ai observé sur Roméo Rebel, hier, tu es de retour pour de bon, Cody. Le taureau n'était même pas encore sorti des cages que tu avais déjà gagné, et pourtant, il était coriace.

— Comment savais-tu que j'allais gagner ?

— Tu as cette expression de confiance absolue sur le visage…

— Moi ? Confiant ? se moqua Cody en portant ses mains à sa poitrine avec un air outré.

— Puise dans cette confiance, répondit sérieusement Johnny. Tout va bien se passer.

— Si je gagne le prochain round, j'aurais le droit de choisir mon taureau pour le round final. Je peux très bien en choisir un facile, avec lequel je suis sûr de gagner, commença-t-il, avant de prendre une grande inspiration et de continuer : Ou alors, je peux aussi choisir Spinal Tap.

— Spinal Tap ?! Pourquoi faut-il toujours que tu choisisses les plus dangereux ?

— Personne ne s'en souviendra, si je fais une dernière virée moyenne avec un score de moins de 90. Je suis peut-être cinglé, mais je veux clore le spectacle sur le dos de Spinal Tap.

— Je te le confirme, tu es complètement cinglé, répondit Johnny en lui caressant le bras.

— Il a forcément une faiblesse. En trente-six sorties, aucun rider n'a réussi à tenir les huit secondes sur ce taureau.

— Alors, il est grand temps que quelqu'un réussisse.

— Je ne sais pas… Les deux seules fois où je l'ai monté ont aussi été deux de mes chutes les plus violentes.

Il avait l'air de tellement douter, Johnny voulait trouver les mots pour lui rendre toute cette glorieuse confiance en lui qui le caractérisait.

— Demain, ce sera différent. Tu sais déjà ce que cela fait de le monter, et il sait déjà que tu n'as pas peur de lui.

— Un petit peu peur quand même, sourit Cody. Son éleveur m'a dit qu'il favorisait la gauche en sortant de la cage.

— Tu ne penses pas qu'il aurait pu te mentir ?

— Pourquoi aurait-il fait cela ?

— Pour construire une réputation à son animal. Oublie tout ce qu'il t'a dit le jour de la finale.

— Tu parles d'un conseil.

— Accroche-toi et fais confiance à ton instinct, je suis sûr que tout va bien se passer.

— Tu étais beaucoup plus bavard lorsqu'il s'agissait de me donner des conseils sur Révolution.

— Ils sont très différents. Révolution est relativement prévisible, Spinal Tap est un électron libre. Il n'a pas de mauvais jour, il est toujours au maximum de ses capacités. C'est sans doute le meilleur taureau de la FNB.

— Si j'arrive à le monter en finale, tout le monde s'en souviendra. Même si je ne gagne pas.

— Tu gagneras, une virée sur ce taureau vaut obligatoirement plus de 90 points. Même dans un mauvais jour.

— Sauf que Spinal Tap n'a pas de mauvais jour. Quels sont ses mouvements signatures ?

— Il n'en a pas. Il a une variété de mouvements que je n'ai jamais vus chez aucun taureau, et il est extrêmement intelligent. Quand quelque chose ne marche pas, il le comprend très vite et il change tout de suite de tactique.

— Tu me rends nerveux.

Johnny prit une grande inspiration et l'attrapa par les épaules pour le regarder dans les yeux.

— Tout ce que je peux te dire, c'est que Spinal Tap saute plus haut et plus loin que tous les taureaux que je connais. Quand il fait une ruade, son corps s'aligne presque à la verticale dans les airs. Il change souvent de sens et il essaiera de te désorienter. Il sent les réactions des riders et il essaie toujours de les contrer. Tu l'as déjà monté, Cody, tu sais tout cela. Laisse ta mémoire musculaire faire le travail.

Il sentit les cervicales de Cody se tendre sous ses mains.

— Je n'ai jamais pu trouver mon rythme avec lui. Si j'essaie de…

— Quelqu'un de très intelligent m'a dit un jour qu'il ne servait à rien de chercher à tout prévoir. Sois dans l'instant présent, ressens les choses et prépare-toi à tout, n'essaie pas de deviner ce qui va se passer.

— Qui est le prétentieux qui t'a sorti un truc pareil ?

— Toi, sourit tendrement Johnny. Tu as trop souvent tendance à réfléchir en éleveur. Tu fais la liste des particularités de chaque taureau. Si l'un d'entre eux est réputé pour sortir vers la gauche, tu te prépares comme s'il n'y avait pas d'autre alternative. Et si le taureau décide ce jour-là de sortir à droite, tu te retrouves par terre. C'est souvent à cause de cela que tu tombes, d'ailleurs.

— J'aurais bien voulu que quelqu'un me le fasse remarquer avant ma retraite, se lamenta Cody. Mais j'imagine qu'il n'est jamais trop tard pour apprendre.

— Tout va bien se passer, lui répéta Johnny pour la énième fois en l'embrassant brièvement sur les lèvres. Tu vas nous offrir la plus belle performance de ta carrière. Le meilleur rider de tous les temps, sur le meilleur taureau de tous les temps.

— Ça va être un sacré spectacle, hein ? ajouta Cody en retrouvant sa bonne humeur.

— Le plus grand de l'histoire.

— Je crois que je perds la motricité de ma main directrice, annonça Cody de but en blanc.

— Je sais, répondit calmement Johnny.

— Tu avais remarqué ?

— Tu tiens ta corde différemment depuis quelque temps. Tu t'es blessé ?

— Je ne sais pas, répondit Cody en serrant et en desserrant le poing. Elle s'engourdit souvent depuis quelques semaines.

Johnny répondit en choisissant soigneusement ses mots.

— J'ai entendu dire que cela arrivait à beaucoup de riders. Après une longue carrière.

— Je sais, murmura Cody en hochant la tête.

Après un excellent score sur le dos de Révolution, Cody alla s'asseoir dans les gradins avec Dub pour regarder les performances des autres riders. Il n'arrêtait pas de penser à la conversation qu'il avait eue avec Johnny la veille.

— Une valse avec le diable, marmonna-t-il en regardant son petit ami courir dans l'arène.

— Qu'est-ce que tu dis ?

— C'est ce qu'ils font. Les écarteurs, précisa-t-il en désignant l'arène d'un geste du menton. Ils sont à terre, au même niveau que les taureaux, et ils les regardent droit dans les yeux. Je me dis parfois qu'ils ont plus de mérite que nous. Regarde un peu combien Cartouche est en colère.

— Johnny t'a donné des infos sur les taureaux ?

C'était la première fois que Dub mentionnait Johnny par son prénom. Cody ne voulait pas être paranoïaque et il ne savait pas comment réagir.

— Quelques-unes se contenta-t-il de répondre avec un petit sourire en coin.

— Fais tourner, ne sois pas égoïste !

— Il m'a dit de vivre l'instant présent et d'être prêt à tout.

— C'est plutôt un bon conseil, un peu vague, peut-être. C'est pour cette raison que tu es aussi calme ? Je sais très bien que tu vas choisir de monter Spinal Tap. À ta place, je serais en train de trembler dans mes bottes.

— Ça ne m'étonne pas, ma petite poule mouillée préférée.

Dib gloussa et lui donna un petit coup de poing dans l'épaule.

— Je suis sérieux, je ne t'ai jamais vu aussi calme. Généralement, avant une grande compétition, tu vas t'enfermer dans le noir pour réfléchir au moindre de tes mouvements.

— Cela ne m'a pas vraiment réussi jusqu'ici.

— Non, c'est vrai, regarde-toi, chouchou des sponsors et du public en tête de classement, il faut vraiment que tu changes de technique, acquiesça Dub, ironique. Allez, je crois qu'il est l'heure d'annoncer ton choix de taureau, monsieur le premier du classement.

— Je sais, répondit Cody avec un sourire nerveux en attendant que le commentateur annonce son nom.

— Tu sais que tu as encore le droit de changer d'avis. Il y a bien une centaine de mètres entre toi et le centre de l'arène. Cela te laisse beaucoup de temps pour réfléchir.

Cody inspira profondément, et lorsque le machiniste lui fit signe d'entrer en scène, il se lança d'un pas décidé jusqu'à la cage à requins au milieu de l'arène, sa claudication à peine perceptible.

— Vous avez le choix entre dix taureaux de très haut niveau pour le dernier round de ces finales, Cody Grainger, quel est votre choix ?

Cody se saisit du micro qui lui était tendu et répondit d'une voix pleine d'assurance :

— Spinal Tap.

279

— Spinal Tap, Mesdames et Messieurs ! Cody Grainger vient courageusement et volontairement de sceller son destin en choisissant le redouté et à ce jour indompté Spinal Tap ! Qu'il gagne ou qu'il perde, voilà une virée qui promet de marquer l'histoire du bull riding !

Cody descendit de la petite scène les jambes légèrement tremblantes, mais il se sentait étrangement serein à présent que les dés étaient jetés. Il salua le public en retournant aux gradins et leur lança son célèbre sourire.

Premier à choisir, dernier à passer. C'étaient peut-être ses derniers championnats du monde et Cody était déterminé à en savourer chaque seconde. Il n'avait aucune envie de prendre sa retraite, il ne s'était jamais battu avec autant de hargne, mais les années jouaient en sa défaveur et son corps se rappelait à lui de manière douloureuse. Même s'il participait l'année suivante, il n'aurait jamais la volonté et le sentiment de puissance que cette année lui avait donné. Et malgré toutes ses blessures, il se sentait plus prêt que jamais à relever cet ultime défi.

« À QUELQUES minutes du lancement de ce dernier round des championnats du monde, les taureaux les plus coriaces et les meilleurs riders de la FNB s'apprêtent à s'affronter dans une compétition historique !

» Chacun de ces candidats a le niveau et les capacités pour remporter le titre de champion du monde, mais malgré un été difficile, Cody Grainger est toujours le favori. Les autres candidats sont à l'affût de la moindre faiblesse et tenteront sans doute de lui voler la couronne à la moindre occasion.

» Il est temps, Mesdames et Messieurs, de plonger au cœur de l'action avec notre premier candidat, Zane Winslow, sur le dos de Snake Whiskey. Souhaitons-lui bonne chance ! »

Cody regarda les neuf candidats défiler avant lui dans une sorte de transe. Il fut surpris d'apprendre que Bobby Blue était sorti de la compétition, mais que Zane s'était qualifié pour le dernier round. Deux de ses élèves étaient montés jusqu'aux championnats du monde, et c'était grâce à lui. Grâce à lui, Travis, RJ et Johnny, se corrigea-t-il mentalement. Il commençait à comprendre que l'on ne pouvait pas vivre sa vie en cherchant à tout faire et tout contrôler tout seul.

Zane perdit le contrôle au bout de cinq secondes, mais il parvint malgré tout à se cramponner jusqu'au coup de sifflet et à obtenir un score raisonnable.

Cody se leva pour l'applaudir avec le reste du public, étrangement fier. Il fut étonné de voir Johnny rendre sa corde à Zane et lui offrir une accolade et une tape sur le dos. Il n'avait pas réalisé qu'ils étaient devenus amis. Vern et Reese le félicitèrent également en passant à côté de lui, mais leurs échanges avaient l'air moins chaleureux. Cody se demanda soudain si, pendant leur rupture, Johnny et Zane avaient... Mais cela n'avait plus d'importance. Johnny l'avait choisi lui, et il avait confiance en la nouvelle solidité de leur couple.

Juca Matos offrit une performance dépourvue de surprise, sous les applaudissements modérés de la foule, et avec un score de quelque 80 points, comme d'habitude. Cody songea que c'était exactement le genre de virée dont personne ne se souviendrait l'année suivante, d'autant plus si Juca ne finissait pas vainqueur. Et Cody ne comptait certainement pas le laisser finir vainqueur.

Il alla ensuite rejoindre Dub pour l'aider à s'installer dans la cage. Le taureau sur lequel il montait était étrangement calme, mais Cody l'agrippa malgré tout fermement par la veste et ne le lâcha pas.

— Tu as un conseil de dernière minute ? lui demanda Dub en enroulant sa corde.

— Ne tombe pas.

— Cela va sans dire.

— Tu es un très bon rider, Dub, tu sais ce qu'il faut faire, tu n'as pas besoin de mes conseils.

L'expression de surprise sur le visage de son meilleur ami serra le cœur de Cody. Il avait toujours été admiratif de son travail, mais il était évident qu'il ne le lui disait pas assez souvent.

— Merci, répondit Dub, la voix tendue par l'émotion.

Puis il donna le signe de tête et entra dans l'arène.

Cody inspira l'odeur du sable et de la poussière qui tournait en volute dans le sillon du taureau, et regarda Dub donner la performance la plus brillante de toute sa carrière. Le timing de ses mouvements était parfait, il encaissait les ruades et les virages serrés du taureau avec une concentration inébranlable.

Cody sautait sur ses pieds en criant avec le reste de la foule. Il y avait tellement de bruit dans l'arène qu'il entendit à peine le coup de sifflet. Dub descendit du taureau dans un saut parfaitement calculé, et atterrit sur ses deux pieds avec la stabilité d'un gymnaste professionnel.

Les écarteurs se lancèrent dans l'arène pour ramener le taureau, mais pour une fois, Cody ne les regarda pas, il garda les yeux rivés sur son meilleur ami. Dub riait à gorge déployée, les poings en l'air, Cody ne l'avait jamais vu aussi heureux.

— 92 points ! hurla-t-il en se précipitant vers Cody sous la pluie de confettis.

Il se tourna vers le tableau des scores qui affichait 92,25.

— C'était la plus belle virée de ma vie !

— Tu as été sensationnel, Dub, tu as géré les changements de cap de ce taureau comme si tu avais la direction assistée, je n'avais jamais vu cela !

— Si c'est le champion lui-même qui le dit, répondit-il dans un gigantesque sourire.

— Je savais que tu allais nous impressionner.

— Vraiment ? demanda Dub, étonné.

— Évidemment ! Avec une performance comme celle-là, même moi je devrais m'inquiéter !

— Ah, revoilà le Cody arrogant que je connais, tu m'as fait peur, pendant une seconde, s'exclama Dub en éclatant de rire à l'expression blessée sur le visage de Cody.

— Je le pense sincèrement, les juges ont été inutilement sévères ! Ça valait au moins 94 points !

— Ils gardent de la marge pour toi, répondit Dub en lui attrapant l'épaule. C'est ton tour, Cody, entre dans cette arène et remporte cette finale. Profites-en, c'est ta dernière.

Cody tenta d'ignorer le pincement au cœur que lui provoqua cette dernière remarque, et s'avança vers les cages de contention.

« Il n'y a pas si longtemps, il semblait que le jury était déterminé à tirer Cody Grainger vers le bas, mais voilà qu'il a de nouveau gagné leurs cœurs et que les scores jouent en sa faveur ! La foule est plus remontée que jamais, après l'incroyable performance de Dub Whittaker, et elle attend l'entrée en scène de Cody et du terrible Spinal Tap avec beaucoup, beaucoup d'impatience.

» Rappelons tout de même que Spinal Tap tourne avec la FNB depuis près de trois ans et que personne n'a encore réussi à tenir les huit secondes sur son dos. Cody a déjà monté avec lui à deux reprises, et il est tombé à chaque fois. Mais à en juger par la détermination avec laquelle il a fait son choix, il semble très confiant.

» Rex était en direct avec Cody il y a quelques minutes, qu'est-ce que notre champion avait à dire avant de clore le dernier round de ces finales, Rex ? »

Rex apparut à l'écran, une main sur l'oreille, puis il leva les yeux vers la caméra.

« — Il n'y avait aucune hésitation dans sa voix lorsqu'il a prononcé le nom de Spinal Tap en début de soirée, et pas une hésitation dans sa démarche lorsqu'il s'est dirigé vers les cages de contention il y a quelques minutes. Il a choisi ce taureau comme si c'était une évidence, et s'il le monte avec le même talent que lors de ses trois dernières performances, je crois qu'il a une vraie chance d'être le premier à dompter Spinal Tap.

» — Mais il a quand même raté son premier round, pensez-vous qu'il y ait une faille dans son armure ? demanda le commentateur.

» — Le Cody Grainger que j'ai observé cette semaine était au top de sa forme et il nous a montré qu'il était capable de faire ce dont d'autres riders ne peuvent que rêver, mais vous avez raison, ce premier round lui a échappé et il est impossible de prédire ce qui va se passer dans les minutes qui viennent.

» — Cody est actuellement en train de se préparer, reprit le commentateur. C'est son ami, Dub Whittaker, qui l'aide à s'installer ce soir. Dub, qui vient tout juste de terminer ce round avec un score de 92,25, ce qui fait de lui le concurrent direct de Cody pour la victoire de ces championnats du monde. Dans une poignée de minutes maintenant, nous saurons enfin lequel des deux est notre grand champion. »

— Ne l'écoute pas, concentre-toi sur l'arène, ordonna Dub en se penchant dans son champ de vision pour vérifier son casque de sécurité.

— Je n'entends que le son de ta voix, le taquina Cody en serrant sa corde autour de sa main gantée.

— Je ne peux pas te mentir, tu sais très bien que j'ai autant envie de gagner que toi, mais je veux que tu entres dans cette arène et que tu prouves à ce taureau que c'est toi son maître.

— Entendu, répondit brièvement Cody qui était redevenu sérieux.

Puis, il donna le signe de tête.

Le taureau bondit dans l'arène avec une telle puissance que Cody se retrouva pratiquement plaqué contre son dos. Il serra les abdominaux et se redressa aussitôt en fixant le point entre les épaules du taureau, les sourcils froncés. Mais ce n'était encore que le début. Spinal Tap projeta ses pattes arrière en l'air si haut que Cody se sentit glisser le long de sa colonne vertébrale. Il sentit l'arrière-train de l'animal venir se presser contre ses omoplates et il dut se forcer à détendre ses muscles pour encaisser la descente et retrouver souplement son assise. Il se pencha légèrement en arrière et tendit son bras libre pour garder l'équilibre.

Spinal Tap retomba lourdement dans le sable de l'arène, et commença à se tortiller dans tous les sens. Il se contorsionnait d'une manière qui n'était pas sans rappeler un reptile, et à une telle vitesse que sa tête venait presque à la rencontre de sa queue. Cody laissa ses hanches suivre la succession de mouvements violents sans chercher à lutter pour ne pas se fatiguer inutilement.

Soudain, le taureau pila au beau milieu de l'arène et opéra un changement de cap brusque et radical. Parfaitement ancré dans le rythme, Cody suivit le changement sans broncher.

Spinal Tap rua à nouveau très haut dans les airs et faillit trébucher et tomber sur les genoux en atterrissant. Surpris, le corps de Cody pencha brusquement vers l'avant et sa main libre manqua de peu toucher la tête de l'animal. Pensant le prendre en traître, Spinal Tap profita de cette seconde de faiblesse pour ruer une nouvelle fois, son gigantesque corps musclé presque à la verticale, comme s'il faisait l'équilibre. Mais Cody était imperturbable. Il resta fermement campé sur le dos du taureau et parvint même à jouer intelligemment de l'éperon pour le diriger un peu. Il sentit un sourire de joie pure s'étirer sur son visage. Il avait l'impression de voler. La montée d'adrénaline et l'excitation physique effacèrent toutes les douleurs et tous les doutes, il ne s'était jamais senti aussi puissant. Il aurait voulu que cet instant dure éternellement.

Il entendit vaguement la voix de Johnny qui l'encourageait au loin.

Puis il entendit le coup de sifflet, mais ne comprit pas immédiatement ce qu'il signifiait. Il observa distraitement l'arrivée des écarteurs qui fonçaient sur lui en criant :

— Tu as réussi ! Il faut descendre, maintenant ! Descends !

Cette fois, la voix de Johnny le sortit de sa transe et il tira sur la corde pour défaire le nœud.

— Ne bouge pas ! Ne bouge pas !

Cody se figea sans comprendre pourquoi on lui criait une chose, puis son contraire. Puis le taureau se mit à genoux, comme s'il s'apprêtait à se rouler dans le sable avec le rider sur son dos dans la volonté évidente de l'écraser sous son poids.

Cody vit Johnny foncer sur lui comme au ralenti et attraper le taureau par les cornes pour l'empêcher de rouler au sol. L'animal se redressa sur une patte en secouant la tête pour tenter de déloger Johnny. Le jeune homme tomba au sol, mais il avait réussi sa diversion et le taureau s'était redressé.

— Descends, maintenant ! Maintenant !

Cody plongea au sol sans attendre, atterrit douloureusement sur l'épaule et roula sur plusieurs mètres avant de bondir sur ses pieds sans aucune grâce, comme d'habitude, et de courir se mettre à l'abri sur la barrière de sécurité.

Il jeta un coup d'œil anxieux derrière lui pour voir ce qui était arrivé à Johnny, mais le jeune homme était déjà en train de courir avec le reste de son équipe pour tenter de faire sortir le taureau de l'arène.

Une fois l'animal ramené aux cages, Cody sauta de nouveau dans l'arène et leva enfin les yeux vers le public. Tous les spectateurs, *tous,* sans exception, étaient debout sur leurs sièges et ils criaient en applaudissant à tout rompre. Un groupe d'une quarantaine de bull riders se pressait aux portes des cages en criant son nom et en le félicitant. Il n'y avait aucune jalousie, aucune rancœur, ils avaient tous l'air impressionnés et sincèrement heureux pour lui. Une vague de joie intense submergea Cody. Il avait réussi ! Il avait récupéré l'amour de sa vie et il venait de monter Spinal Tap ! Il n'avait aucune idée du score qu'il avait fait, mais s'il se fiait à la pluie de paillettes, aux jets de flammes et aux cris du public, il était prêt à parier qu'il avait franchi la barre des 90 points.

Son corps lui semblait presque trop petit pour l'intensité de ses émotions, il fallait qu'il s'exprime ou il allait exploser. Il se lança dans un tour de l'arène en courant et en faisant une petite danse ridicule, tapant des pieds sur le côté en sautant dans les airs. Il courut jusqu'à la cage à requins sans ressentir une once de douleur au genou, grimpa dessus et leva les poings en l'air en poussant un cri de joie et de soulagement.

Il aperçut Johnny qui riait comme un fou, des larmes de joie lui coulant le long des joues. À ses côtés, Vern, Reese et Chris l'acclamaient comme si leur vie en dépendait. Même Vern, d'ordinaire si peu expressif, tendit un poing en l'air en lui souriant.

Cody descendit de la cage et courut jusqu'à la tribune où se trouvaient ses parents. Ils se jetèrent aussitôt dans ses bras pour le serrer contre eux. Il sentit vaguement les mains de Travis et de RJ qui lui tapotaient le dos pour

285

le féliciter. Il était conscient des sourires fiers de chacun, et il pouvait voir leurs lèvres bouger, mais il n'avait aucune idée de ce qu'ils lui disaient.

Il se dirigea ensuite vers la porte des cages qui avait été ouverte pour libérer le flot de riders qui voulaient le féliciter également. Cody commença par aller voir l'équipe d'écarteurs. Il tapa dans la main tendue de Reese, remercia Chris et Vern, et fut surpris de se retrouver dans les bras de Johnny pour une brève étreinte. Le jeune homme le relâcha assez vite pour n'attirer l'attention de personne, mais Cody remarqua qu'il avait ramassé sa corde et il effleura discrètement sa joue contre la sienne en reculant. Après un dernier regard et un petit sourire discret à l'intention de Johnny, il se tourna enfin vers Dub.

Son meilleur ami fonça droit sur lui, le prit dans ses bras et le souleva du sol en le faisant tourner à toute vitesse. Tous les autres riders se rapprochèrent d'eux et félicitèrent Cody en l'effleurant comme s'ils espéraient toucher un peu de cette magie qui faisait le succès de Cody.

— Je le savais ! cria Dub. Je savais que c'était ton année !

— Merci encore, Dub, merci pour tout ce que tu as fait.

— Arrête un peu, ce n'est pas moi qui t'ai appris à monter.

— Un peu, si. Je ne serais jamais arrivé jusque-là sans toi.

Le directeur d'élevage et propriétaire de Spinal Tap s'approcha pour lui serrer la main.

— Merci, Cody, grâce à toi, Spinal Tap vient de remporter la médaille du meilleur taureau de la FNB. C'est un honneur de confier nos bêtes à un rider tel que toi, au nom de tous les éleveurs, merci.

— Non, merci à toi, Olney. Spinal Tap vient de m'offrir la plus belle virée de ma vie.

Cody ne savait plus où donner de la tête, il était tiraillé dans tous les sens. Il fallait encore qu'il retourne dans la cage à requins pour donner une interview à Rex. Lorsqu'il arriva, Rex et Sam l'attendaient déjà, Rex avec un micro à la main, et Sam avec la boucle de ceinture en or et un chèque sur lequel un nombre impressionnant de zéros s'alignait.

Johnny les rejoignit sur la plateforme qui avait été installée et des centaines de flashs d'appareils photo se déclenchèrent aussitôt. Le commentateur peinait presque à se faire entendre par-dessus le bruit qui régnait dans l'arène.

— Il l'a fait, Mesdames et Messieurs ! Cody Grainger a vaincu Spinal Tap et il est champion du monde ! Voilà une virée que nous ne sommes pas prêts d'oublier, et Cody vient d'établir un nouveau record avec le score le plus haut jamais enregistré par la FNB, 96, 5 ! Rappelons également qu'il est le premier rider de l'histoire à remporter les championnats du monde deux ans de suite ! En l'espace de dix semaines, Cody nous a brisé le cœur puis nous a coupé le souffle ! Il est le roi incontesté de notre discipline, il a terrassé le dragon et remporté la couronne ! Voyons quels sont ses premiers mots après une victoire de cette envergure. À vous, Rex.

Rex reprit l'antenne et le caméraman cadra sur Cody et lui.

— Vous venez de dompter celui qui avait été surnommé le titan de la FNB, Cody, c'est la première fois en trois ans qu'un rider parvient à monter Spinal Tap avec succès, comment avez-vous fait ?

Cody réfléchit un instant, puis se pencha sur le micro.

— Pour être honnête, je n'aurais jamais réussi sans le soutien de ma famille, de mes amis et de mes fans. Ils ont toujours cru en moi, même quand j'étais au plus bas, et c'est cette loyauté qui m'a porté jusqu'à la victoire.

— Voilà une réponse d'une très grande humilité venant de l'un des plus grands riders de toute l'histoire de la FNB. Ou avez-vous trouvé la force et la détermination de tenir et de faire un score de cette ampleur sur un taureau aussi coriace ?

— Je n'ai même pas encore entendu mon score avec toute cette folie, Rex, admit Cody en plissant les yeux vers le tableau d'affichage à l'autre bout de l'arène.

— Vous venez de faire un score de 96,5, le genre de score pour lequel un rider tuerait, ajouta Rex en souriant. Comment vous sentez-vous ?

Il voulait dire au monde entier qu'il devait cette victoire à Dub et à Johnny. Mais aussi à ses parents, qui l'avaient soutenu sans faillir. Il leva la tête et trouva Sam lui souriant avec fierté. Lorsque les mots lui vinrent enfin, dans un état second, il réalisa à peine ce qu'il disait, mais il savait qu'il le pensait du fond du cœur.

— J'ai tellement de monde à remercier pour cette victoire, mais je voudrais commencer par ma famille et mes amis, parce que sans eux, je n'aurais pas réussi. Je voudrais aussi remercier les sponsors extraordinaires de la FNB sans lesquels cette compétition n'existerait même pas, les directeurs d'élevage et tous les fans qui nous ont suivis depuis le début, et qui nous suivent toute l'année à travers le pays. J'espère que vous avez passé de merveilleuses finales, parce que, une chose est sûre, c'étaient les meilleures de ma vie en ce qui me concerne.

La foule lui répondit en poussant des cris enthousiastes, en sifflant et en applaudissant, puis Sam lui tendit le chèque et la boucle de ceinture, et ils posèrent pour les photographes.

— Merci d'avoir mentionné les directeurs d'élevage, Cody, lui glissa Sam en se penchant vers lui.

Rex reprit le micro.

— Même si Cody Grainger est le champion du monde de cette année, il n'est pas le champion de la compétition. Rappelons qu'il n'a remporté que cinq rounds sur les six. S'il n'avait pas commis cette faute au premier round, il serait rentré ce soir avec deux chèques au lieu d'un seul, mais au lieu de cela, c'est son ami Dub Whittaker qui totalise le plus grand nombre de points sur ces six rounds et qui remporte le chèque correspondant. Je vous demande un tonnerre d'applaudissements pour notre autre champion, Dub Whittaker !

— Grimpe chercher tes sous, ma première dauphine, le taquina Cody en lui tendant la main pour l'aider à monter sur la plateforme.

— J'ai l'impression d'être l'éternelle demoiselle d'honneur qui ne se mariera jamais, grogna Dub en passant un bras autour de ses épaules.

— Ne t'en fais pas, les finales de l'année prochaine sont à toi.

— Voici donc le chèque de cinq mille dollars pour le champion de cette compétition Dub Whittaker, annonça Rex en lui remettant le chèque. Dub, voilà sept ans que vous êtes en ligue professionnelle, qu'est-ce que cela vous fait de gagner la dernière compétition, mais de voir la victoire ultime vous échapper aux mains de votre meilleur ami ?

Dub attrapa le micro et le tira vers lui en s'écriant indigné :

— M'échapper ? Vous êtes sûrs que vous avez bien regardé ? Mon dernier score était excellent et je viens de gagner la plus grosse compétition de l'année !

Rex lui tapa sur les mains pour récupérer son micro et le tendre à Cody.

— Cody, qu'est-ce que cela vous fait d'être talonné de si près par votre meilleur ami ?

— Je ne pourrais pas rêver d'un meilleur adversaire, répondit Cody. Dub a toujours été un gagnant à mes yeux, et je pense qu'il n'a pas fini de nous surprendre.

— Il y a encore un dernier rider qu'il ne faut pas oublier de féliciter ce soir. Il est temps d'annoncer la meilleure nouvelle recrue de l'année et de lui remettre son chèque de mille dollars. Cela s'est joué au coude-à-coude entre deux jeunes hommes qui, mentionnons-le en passant, ont tous les deux été entraînés par Cody Grainger. Bobby Blue Chandler était le mieux positionné jusqu'à très tard dans la compétition, mais c'est finalement le jeune Zane Winslow qui a concouru le plus brillamment ces derniers jours et qui rentrera chez lui ce soir avec le titre de meilleure nouvelle recrue de la FNB. Mesdames et Messieurs, un tonnerre d'applaudissements pour Zane Winslow, s'il vous plaît !

Zane se fraya un chemin à travers la foule compacte, avec, sur le visage, une expression de surprise et de joie. Dub et Cody lui tendirent chacun une main pour l'aider à monter.

— Il commence à y en avoir du monde là-haut, plaisanta Dub.

— C'est le carré VIP, sourit Cody.

Sam remit son chèque à Zane, et Rex se rapprocha de lui pour recueillir ses impressions.

— Comment vous sentez-vous, Zane ? Avez-vous des projets pour l'année prochaine ?

— Je ne comprends pas comment c'est arrivé, répondit simplement Zane, les yeux écarquillés, le regard perdu vers la foule en délire.

— Les points, gamins, répondit simplement Sam. Les points ne mentent pas et tu as eu les meilleurs scores de toutes les nouvelles recrues. Te voilà élu meilleure nouvelle recrue de l'année à peine entré en ligue pro, félicitations. Cody avait fait exactement la même chose.

À ces mots, le visage de Zane se fendit d'un immense sourire et il leva son chèque haut au-dessus de sa tête pour le présenter au public.

— Je ne sais toujours pas comment j'ai fait, mais je suis sacrément heureux d'avoir gagné.

— Nous allons maintenant demander aux riders de descendre de l'estrade pour rendre un hommage très particulier. Comme vous le savez tous, cette année était la dernière année du célèbre écarteur Chris Bellow, alors, avant qu'il nous quitte pour une retraite bien méritée, je voudrais qu'il nous rejoigne une dernière fois. Mesdames et Messieurs, Chris Bellow !

Chris traversa l'arène en courant sous les applaudissements, et un magnifique camion tout neuf entra par les portes principales, juste après lui.

Une fois qu'il fut sur la plateforme, Rex serra la main de Chris et reprit :

— Chris Bellow, l'un des plus grands écarteurs de son temps. Ce fut un honneur et un plaisir pour nous de vous voir protéger les riders avec autant de talent pendant vingt longues années. En remerciement, la FNB vous remet ce chèque et les clés du splendide véhicule qui vient d'entrer dans l'arène ! Que ressentez-vous à l'idée de quitter un métier et une équipe que vous aimez autant, Chris ?

Chris fit un bref et émouvant discours d'adieu avant d'accepter les cadeaux qui lui étaient offerts. Cody l'observa attentivement, le cœur lourd, et il fut le premier à lui serrer la main.

— C'est ainsi que se terminent les championnats du monde les plus excitants jamais organisés par la FNB. Merci à tous de les avoir suivis avec nous, la FNB vous donne rendez-vous en janvier prochain pour le début de sa nouvelle tournée, n'hésitez pas à consulter ses comptes Facebook, Twitter, et à vous inscrire à sa chaîne YouTube pour des vidéos exclusives ! Très bonne fin de soirée à tous !

Les lumières des caméras s'éteignirent et Rex s'essuya le front en souriant.

— Rendez-vous tout à l'heure pour la conférence de presse, messieurs. Prévoyez une demi-heure de questions, elle sera filmée dans le hall de l'arène.

Rex serra la main à tous les champions et descendit de la plateforme avec son équipe de télévision. La foule commençait à quitter l'arène lentement.

Sam récupéra le chèque et la boucle de Cody, puis il essaya de reprendre le chèque de Zane qui s'y cramponnait en souriant comme un fou.

— Il faut me le donner, Winslow, nous te le rendrons pendant la conférence de presse, gamin, c'est promis, lui expliqua Sam en souriant.

— Je n'arrive toujours pas à croire ce qui vient de se passer ! s'exclama Zane en lâchant enfin son chèque à contrecœur.

— Il faut pourtant y croire. Tu as un grand avenir devant toi, lui dit Cody. Je suis vraiment fier de toi.

— Merci, Cody.

En contemplant l'expression béate sur le visage de Zane, Cody se souvint brièvement de l'année où il avait reçu le même prix et de la joie qu'il avait ressentie à l'époque. Quand les dinosaures existaient encore.

Sam se tourna vers Dub et Cody.

— Vous devriez filer à la douche maintenant, les gars, histoire d'être présentables pour la conférence de presse.

— Merci encore, Sam, de t'être déplacé jusqu'au ranch et de m'avoir secoué comme ça l'autre jour. Cela m'a beaucoup aidé. Je peux être têtu, quand je veux.

— C'est bien pour un rider d'avoir la tête dure, ça protège des traumatismes crâniens, plaisanta Sam.

Sur ces mots, il sauta de la plateforme et rejoignit tranquillement les autres membres du comité de la FNB.

— Nous devrions y aller, dit Dub. Nous sommes les derniers et tu as vraiment besoin d'une douche.

— Est-ce que tu sous-entends que je sens mauvais ?

LA CONFÉRENCE de presse ne dura finalement qu'une quinzaine de minutes, rappelant à Cody que, en comparaison du football américain, le bull riding n'était encore qu'un sport mineur pour les grandes chaînes de télévision.

La rencontre avec les fans organisée juste après dura, en revanche, plus de deux heures. Cody donna tellement de poignées de mains et signa tellement d'autographes qu'il songea qu'il aurait peut-être dû prévoir une attelle pour sa main aussi. Il constata avec une certaine satisfaction que Dub et Zane étaient aussi le centre de l'attention, et il sourit en voyant la longue file de jeunes femmes qui attendait pour prendre une photo avec eux.

La salle se vida progressivement, jusqu'à ce qu'il ne reste plus que quelques riders. Dub s'étira en poussant un grognement fatigué et se tourna vers Cody en souriant.

— Je t'aurais bien proposé d'aller boire un verre, mais j'ai quelque chose de prévu, dit-il dans un clin d'œil. Je te dis à l'année prochaine ?

— Dub, attends une seconde, s'il te plaît. Je voulais te dire que j'ai la désagréable impression d'avoir pris jusqu'ici ton amitié pour acquise et que je ne me suis pas toujours bien comporté, commença-t-il maladroitement. Tu es un ami formidable, et un rider extra...

— Tu ne vas quand même pas me faire une séquence émotions ?

— Bien sûr que non. Et puis, je m'en fiche, c'est quand même moi le champion du monde.

— Évidemment que c'est toi.

Sans prévenir, Dub l'attira dans une étreinte et le serra brièvement contre lui. Cody lui frotta le dos en riant malgré lui. Il ne savait pas s'il était extrêmement gêné ou extrêmement ému. Sans doute un peu des deux.

— Je dois y aller, je suis attendu. On se voit l'année prochaine.

Dub se racla la gorge, les yeux brillants, et sortit de la salle un peu vite, une main levée en l'air en guise de dernier salut. Cody le regarda s'éloigner, la gorge serrée. Lorsque la porte se referma derrière lui, un immense sentiment de solitude submergea Cody. Dub était resté à ses côtés lorsqu'il était au plus bas, il ne lui avait jamais tourné le dos.

Puis Cody se ressaisit et se souvint que des gens l'attendaient, lui aussi.

LORSQU'IL ENTRA dans le restaurant, le sentiment de solitude s'évapora immédiatement. Il sourit en apercevant la table où sa famille l'attendait, déjà installée, et sentit son cœur doubler de volume dans sa poitrine.

Il alla les rejoindre, et en s'asseyant, il aperçut Travis qui passait un billet de vingt à Val, puis à Johnny. C'était donc le fameux pari que Johnny avait mentionné au sujet de sa victoire.

— D'accord, d'accord, vous aviez raison, grommela Travis. Je ne pensais pas qu'il se sortirait la tête du… sable à temps pour remporter les championnats !

— Eh bien, merci ! s'exclama Cody, indigné.

Val affichait une petite expression de supériorité satisfaite.

— C'est un bon rider, dit-elle simplement en regardant Travis comme si elle se retenait de lui chantonner « je te l'avais bien dit ».

— Le meilleur compliment que nous puissions faire à un rider, approuva Davis. Et cela vient tout droit d'une autre championne du monde.

— Je sais, répondit doucement Cody, et l'humilité dans sa voix le surprit lui-même. Je tenais à tous vous remercier d'avoir été là pour moi cette année.

— Je suis fier de toi, mon garçon, répondit Davis. Il faut beaucoup de force de caractère pour traverser une si mauvaise période et se relever de cette manière.

— Comment ça, papa ? Pas de conseils sur ce que j'aurais pu faire mieux ? Le taquina Cody.

— Tu as été parfait, lui dit Val. Tu as fait ce qu'il fallait faire.

Le regard brillant de fierté, elle le fixa dans les yeux et Cody sut qu'elle ne parlait pas que des finales.

RJ surprit tout le monde en prenant la parole :

— Les vrais gagnants sont ceux qui se relèvent lorsque tout semble perdu.

— Merci, RJ, le remercia Cody la voix chargée d'émotions, ne sachant pas quoi lui dire d'autre.

Il sentit le pied de Johnny toucher le sien sous la table, et leva les yeux vers lui. Être aimé de cet homme était la plus belle récompense qu'il recevrait de toute sa vie.

Il passa le reste du dîner à observer sa famille, étrangement silencieux, un sentiment de plénitude grandissant en lui.

CETTE FOIS-CI, ce fut Cody qui dut aider Johnny à marcher jusqu'à leur chambre, bien que son propre genou le fasse encore souffrir un peu.

— Mais tu boites carrément, fit-il remarquer au jeune homme.

— Je sais, Spinal Tap a failli me casser la cheville, mais je t'ai sauvé ! ajouta-t-il, enjoué.

— Merci, même si je n'aime pas l'idée que tu sacrifies ta cheville pour ma sécurité.

— Ne fais pas le modeste, je n'ai pas l'habitude. Le choc pourrait me tuer.

— Pourquoi m'as-tu crié de ne pas bouger, au dernier moment ?

— Quand Spinal Tap se met à genoux, c'est généralement pour projeter le rider par-dessus sa tête et l'encorner. Je voulais être sûr que tu ne bouges pas tant que je ne l'avais pas distrait.

— Tu boites vraiment beaucoup, tu es sûr que ce n'est pas cassé ?

— L'équipe médicale m'a fait passer une radio et ce sont eux qui ont attaché mon attelle, ce n'est qu'une foulure.

— Tu as encore fait un super boulot, ce soir, dans l'arène.

— C'est toi qui me dis ça ? rétorqua Johnny dans un reniflement amusé. Rappelle-moi qui vient de recevoir un chèque d'un million de dollars.

— Mais je n'aurais pas pu le faire sans toi.

— Je ne t'avais presque rien dit au sujet de Spinal Tap, tu as suivi ton instinct, c'est tout.

— En suivant tes conseils. Je devrais t'écouter plus souvent. Ce taureau était tellement en colère, on aurait dit que c'était personnel.

— Spinal Tap est un véritable agneau dans la vie de tous les jours, mais quand il entre dans l'arène, il se transforme en Terminator.

Cody trouva la clé de sa chambre dans sa poche et leur ouvrit.

— Installe-toi, je vais nous chercher de la glace, ordonna-t-il.

— Ramènes-en beaucoup. Et de quoi boire, demanda Johnny en s'asseyant doucement au bord du lit avec un soupir de soulagement.

Il leva sa jambe blessée avec précaution pour la poser sur le matelas, et retira ses bottes avec quelques difficultés. Lorsqu'il réussit enfin à les enlever, Cody était déjà de retour.

Il posa trois packs de glace et deux canettes de sodas sur la table.

— Ne bouge pas, je vais te chercher une serviette.

Johnny enroula l'un des packs de glace autour de sa cheville avec la serviette.

— Donne-moi ta main, maintenant, je vais faire pareil, ordonna-t-il à Cody en l'attrapant doucement par le poignet.

Cody s'assit sur le lit à côté de lui, et Johnny improvisa un bandage de fortune pour sa main avec un tee-shirt et un autre pack de glace.

— Il était temps que la compétition s'arrête. Il va nous falloir un peu de temps pour laisser guérir tout cela, commenta-t-il en tournant doucement la main blessée de Cody entre les siennes et en l'observant par-dessous ses cils.

— Tu veux dire, ensemble ? Tu rentres au ranch avec moi ? demanda Cody, plein d'espoir.

— Je rentre au ranch avec toi, lui confirma Johnny en souriant à l'expression de pur soulagement qui envahit les traits de Cody. Tu m'as beaucoup manqué, ajouta-t-il.

— Pas autant que tu m'as manqué. Quand tu es parti après m'avoir dit que tu n'étais plus heureux avec moi… J'ai commencé à me poser beaucoup de questions. Je me suis demandé ce que j'avais fait pour te rendre malheureux, et j'ai réalisé que je n'aimais pas beaucoup la personne que j'étais devenu. Je ne suis pas sûr d'être quelqu'un de bien, Johnny.

— Tu *es* quelqu'un de bien, le contredit aussitôt le jeune homme. Parfois, peut-être, ton orgueil te dépasse et…

— Pas la peine de prendre des gants, je sais que je suis arrogant et égoïste.

— Tout le monde l'est un peu, ce n'est pas toujours une mauvaise chose, répondit Johnny en pensant à March.

— C'est une mauvaise chose, si cela t'a rendu malheureux, murmura Cody en s'asseyant contre la tête de lit à ses côtés et en posant la tête sur son épaule. Même si je fais beaucoup d'efforts, je risque de déraper.

— Ce sera un très bon entraînement pour notre couple. Si tu dérapes, je ne m'enfuirai plus, je te le dirai entre quatre yeux, sourit Johnny. Je dois aussi apprendre à m'exprimer et à faire valoir mon point de vue.

Ils partagèrent un long silence confortable, profitant simplement de la présence l'un de l'autre, puis Cody reprit :

— C'est génial que Dub ait gagné la compétition, j'ai toujours pensé qu'il était très bon, mais cette année, il s'est vraiment démarqué.

— Il remportera peut-être les championnats du monde l'année prochaine.

— Pas si je suis là pour l'en empêcher, fanfaronna Cody.

Johnny fit une grimace étrange, comme s'il était tiraillé entre un sourire et une expression d'inquiétude.

— Tu devrais t'arrêter tant que tu es au sommet, cowboy.

— Tu m'as vu ce soir, je suis encore en pleine forme. Mon timing était parfait, je peux encore concourir !

— Tu te souviens de Jim Sharp ? Il a continué à monter jusqu'à ce que cela en devienne ridicule. Aujourd'hui, tout ce que nous retenons de lui, c'est la tristesse de ses derniers scores. Ta main perd en motricité et tes genoux te feront bientôt continuellement souffrir.

— Mais j'ai encore ce qu'il faut pour gagner ! Tu m'as vu ! J'étais au sommet, et je peux encore être au sommet pendant…

Johnny secoua la tête.

— Le jour où je serai sur le déclin, je voudrais que quelqu'un me le dise. J'espère que quelqu'un sera aussi honnête avec moi que j'essaie de l'être avec toi maintenant. Je n'ai aucune envie de te voir mourir dans l'arène, dans la douleur et la poussière. Peut-être pourrais-tu encore monter pendant cinq ou six ans, c'est vrai, peut-être même, pourrais-tu encore gagner. Tu es encore en bonne forme physique et tu as le mental, mais ces choses-là ne sont pas éternelles. Oui, tu étais au sommet ce soir, mais à quel prix ? Tu veux me faire croire que c'était facile ? Aussi facile qu'au début de ta carrière ?

— Je…

— Sois honnête. Pas avec moi, avec toi-même.

Cody poussa un grognement frustré et tourna la tête.

— Tu as raison, je sais, admit-il. Chaque fois que je monte, j'ai mal quelque part.

— Tu as fait une performance digne des plus grands, ce soir, mais ne laisse pas cette victoire te raconter des mensonges que tu voudrais croire. La vérité, c'est que tu es humain et que tu vieillis. Tu malmènes tes os et tes muscles, et ils ne guérissent plus aussi vite ni aussi efficacement.

— Je pratique beaucoup de sports afin de garder ma force et ma souplesse, je pa...

— Oui, et cela se voit. Tu es sans doute l'homme le plus fort que je connaisse, mais bientôt, cela ne suffira plus. Et je préfèrerais sincèrement vieillir avec toi sur tes deux pieds, plutôt que d'avoir à te pousser sur un fauteuil roulant parce que tu t'es bousillé les deux jambes. Ou pire encore.

— Nous en sommes encore loin ! Et puis, tu verras, je suis sûr que même à quatre-vingts ans, j'aurais encore la force de te faire l'amour debout. Sur mon déambulateur.

Johnny éclata de rire et posa une main sur sa cuisse.

— Tu seras toujours un bull rider, Cody, tu trouveras d'autres façons d'entrer dans la compétition. Pourquoi ne pas viser le titre de directeur d'élevage de l'année pour l'an prochain ?

— Ce ne sera pas la même chose...

— Qu'est-ce que tu en sais ? Tu n'as même pas encore essayé. Imagine-toi participer à une compétition avec ton bétail et entendre les gens dire qu'ils savent qu'il y aura du spectacle parce que ce sont les taureaux de Cody Grainger. Regarde-moi, je n'aurais jamais imaginé que je choisirais de devenir écarteur alors que le bull riding était mon rêve ultime. Ce qui me fait penser... Vern m'a annoncé la nouvelle ce soir. Je suis officiellement devenu écarteur pour la ligue professionnelle.

— Personne ne le méritait plus que toi, répondit Cody en tripotant distraitement sa nouvelle boucle de ceinture. Tu veux la porter ? demanda-t-il soudain. C'est la tienne autant que la mienne, tu sais.

— Qu'est-ce que tu racontes ? Ce n'était pas moi sur le dos de Spinal Tap au moment du coup de sifflet.

— Non, mais sans toi, je n'y serais pas arrivé. Tu es mon point d'ancrage, sans toi, je suis perdu.

— Je suis touché que tu le penses, mais je refuse. C'est ta victoire, ta boucle de ceinture. Tu l'as gagnée, porte-la avec fierté, insista Johnny avec détermination.

— Je me doutais que tu dirais ça.

Il entrelaça leurs doigts et embrassa le dos de la main de Johnny brièvement, avant de quitter le lit.

— Ne bouge pas, je reviens.

Il claudiqua jusqu'à la commode, ouvrit un tiroir, et revint vers le lit avec une petite boîte qu'il tendit nerveusement à Johnny.

— C'est pour toi, dit-il en rougissant comme un petit garçon devant son premier amour.

La boîte était emballée dans du papier argenté, avec un ruban noir. Leurs doigts s'effleurèrent lorsque Johnny la prit.

— Tu n'étais pas obligé de m'acheter un cadeau.

— Je sais, mais j'en avais envie. Pour te montrer que tu es mon champion, toi aussi.

Johnny ouvrit le petit paquet avec précaution. Il souleva le couvercle de la boîte et inspira brusquement en sentant son cœur s'accélérer.

— Cody, c'est magnifique !

— Il te plaît ? Je l'ai fait faire spécialement pour toi.

Johnny sortit le collier de sa boîte. Il posa le pendentif au creux de sa main.

— Une pointe de flèche, murmura-t-il.

— À cause de ton nom.

— Merci pour cette précision, sourit-il avec ironie.

La pointe de flèche était en or, et une échelle céleste était gravée au centre. Le dos du pendentif était en jaspe noir, pour imiter le ciel de nuit, et serti de minuscules éclats d'opale turquoise en guise d'étoiles. Johnny referma le poing autour du bijou, les doigts tremblants.

— C'est de l'artisanat Dineh, remarqua-t-il dans un souffle.

— J'ai trouvé l'artiste en ligne, un certain Calvin Begay, tu crois qu'il est de ta famille ?

Johnny laissa échapper un rire tremblant.

— Je te l'ai déjà dit, Begay est le nom Dineh le plus répandu. Je ne pense pas que ce soit un cousin caché.

Il rouvrit le poing et admira la pointe de flèche comme s'il n'en croyait pas ses yeux.

— Elle est tellement belle.

— Son atelier était au Nouveau-Mexique, alors, quand nous avons eu une compétition pas très loin, je suis passé le voir. Je lui ai parlé de toi, et il a créé ce bijou. Laisse-moi t'aider à le mettre.

Cody lui prit le collier des mains, se pencha par-dessus son épaule et poussa délicatement le rideau de ses cheveux noirs pour nouer le cordon de cuir dans son cou.

Johnny se leva pour aller l'admirer dans le miroir. Il ouvrit les premiers boutons de sa chemise pour que le pendentif doré soit bien visible contre sa peau bronzée. Il effleura la pointe de flèche avec révérence, et se tourna vers Cody.

— Je l'adore. Je ne l'enlèverai plus jamais.

— Peut-être vaudrait-il mieux l'enlever quand tu es dans l'arène.

— Peut-être, en effet.

— Heureusement que la saison est terminée et que tu ne retournes pas dans l'arène avant l'année prochaine.

— Pourquoi un collier ? Pourquoi pas un nouveau gilet de sécurité ou une paire de bottes ?

— Je ne suis pas très doué avec les mots. Je voulais t'offrir quelque chose qui te dise ce que je ne suis pas capable d'exprimer. Si je pouvais te demander en mariage, je le ferais, tu sais, ajouta Cody en le fixant intensément.

Johnny lui sourit.

— Dans quelques années, peut-être ? Quand nos carrières n'en dépendront plus ?

— Est-ce que c'est un oui ?

— Bien sûr que c'est un oui, idiot, répondit Johnny en regagnant le lit pour serrer Cody dans ses bras.

— Tu vas tellement me manquer, l'année prochaine, murmura Cody contre ses cheveux.

— Si tu te débrouilles pour obtenir un contrat d'élevage en ligue pro, nous nous croiserons peut-être très souvent, répondit Johnny en caressant son dos musclé. Et si nous allions nous coucher ?

— Je ne suis pas sûr qu'il me reste assez de force pour faire quoi que ce soit.

— Moi non plus, je voulais dire pour dormir.

— Je vieillis vraiment, bougonna Cody. Je suis au lit avec un jeune homme séduisant, et tout ce que je veux, c'est prendre une aspirine et dormir pendant une semaine.

ILS SE rattrapèrent le lendemain matin, et aucun d'eux ne se plaignit de se sentir trop vieux. Ils firent l'amour pendant des heures, puis paressèrent, entrelacés sur les draps défaits, heureux et comblés.

Cody passa le reste de la journée avec un sourire satisfait sur le visage, mais tout le monde présuma que c'était à cause de sa victoire. Le lendemain, ils assistèrent à la cérémonie de remise de l'anneau d'honneur pour un ancien rider, et Cody l'observa avec une grande attention. Il avait plus que jamais le sentiment d'appartenir à une communauté soudée de laquelle on ne sortait jamais vraiment.

À la fin de la cérémonie, il se leva avec le reste de la foule pour applaudir. En cet instant, ses petites victoires personnelles semblaient insignifiantes. Il était une pièce d'un tout bien plus important. Riders, écarteurs, éleveurs, ils étaient tous sur un pied d'égalité.

— Tu as l'air de bonne humeur, remarqua Johnny sur un ton taquin lorsqu'ils quittèrent l'arène.

— Je crois que je viens enfin de comprendre que même si ma carrière de rider s'arrête, je reste quand même une partie intégrante de notre communauté.

— Tu le seras toujours.

— Je le sais maintenant.

QUELQUE CHOSE était différent lorsqu'ils rentrèrent à la maison cette fois-ci. C'était pourtant la même ville, le même aéroport et le même camion qui les attendait sur le parking, mais Cody avait le sentiment aigu que plus rien ne serait jamais pareil.

Il faisait nuit lorsqu'ils arrivèrent enfin au ranch, mais toutes les fenêtres de la grande maison brillaient d'une lumière accueillante, comme si elle les attendait.

Davis patientait dans le couloir de l'entrée.

— Val, les garçons sont arrivés ! cria-t-il.

Cody serra son père dans ses bras et Johnny entra dans le salon. Il observa la pièce en inspirant profondément. Une place avait déjà été faite dans la vitrine des récompenses de Cody pour accueillir sa nouvelle boucle de ceinture. C'était un peu ce qu'il ressentait en cet instant, comme s'il retrouvait une place qui avait été faite juste pour lui.

Val approcha dans son dos et glissa un bras autour du sien.

— Content d'être rentré à la maison ?

— Très. Ça m'avait manqué.

— Toi aussi, tu nous as manqué, Johnny.

Johnny et Cody dînèrent avec le reste de la famille en écoutant les nouvelles du ranch d'une oreille distraite. Puis, ils se levèrent pour faire la vaisselle en échangeant des regards complices, pressés de se retrouver enfin seuls tous les deux dans leur petit chalet.

Le lendemain matin, ils sellèrent deux chevaux et partirent en promenade dans les collines derrière le ranch. Johnny se demanda si Cody essayait de recréer leur dernier jour de bonheur avant que tout vole en éclat. Cody avait l'air nerveux.

Il resta silencieux tout le long du chemin jusqu'à son arbre fétiche, où ils mirent pied à terre et attachèrent les chevaux.

Puis, Cody prit Johnny dans ses bras et, comme la dernière fois, s'appuya contre le tronc de l'arbre en le serrant contre lui.

— Je t'aime, dit-il.

— Moi aussi, je t'aime.

— J'ai annoncé à mes parents que j'arrêtais le bull riding, ce matin.

— Comment ont-ils réagi ?

— Mon père a dit qu'il respectait ma décision, et ma mère s'est mise à chanter « Alléluia » jusqu'à ce que je lui dise que j'avais compris et qu'elle pouvait arrêter.

— Je l'imagine très bien.

Johnny sentit Cody ajuster nerveusement la position de son corps derrière lui, comme s'il cherchait ses mots. Il attendit patiemment.

— Ça va me faire bizarre de ne plus te voir aussi souvent.

— Nous nous verrons souvent, si Sam confirme ton contrat d'élevage avec la ligue professionnelle, lui rappela Johnny. Et puis, il y a les vacances, je ne passerai pas toute l'année sur la route.

— Je sais, mais ce ne sera pas pareil.

— Nous trouverons des solutions.

— Tu as l'air tellement sûr de toi.

— J'ai appris beaucoup de choses, cet été.

— C'est le moins que l'on puisse dire. Tu hésites beaucoup moins à élever la voix quand je me comporte comme un crétin.

— J'ai appris à me faire confiance.

— C'est une très bonne chose, répondit Cody en posant son menton sur l'épaule du jeune homme. Et j'espère que tu vas avoir une longue carrière d'écarteur. Sans blessure, de préférence. Tu as déjà pensé à ce que tu feras après ta retraite ?

— Je m'étais dit que nous pourrions construire un ranch ensemble.

— Ça peut se faire, sourit Cody.

— Je voudrais d'abord gagner assez d'argent pour financer la moitié du projet, le prévint aussitôt Johnny. À part cela, je ne sais pas, je m'étais toujours dit que, après ma retraite, je voudrais rejoindre l'Association de Rodéo Gay. Je voudrais faire leur marche des fiertés.

— Je n'y avais jamais pensé, reconnut Cody. Tu crois que les gens diraient quelque chose ?

— Aucune idée. Je ne suis qu'un écarteur, de toute façon, je ne pense pas que mon nom soit assez connu pour que l'on m'ennuie avec ça. Ce serait comme faire enfin mon coming out.

— Quand j'ai fait le mien, je me souviens m'être senti comme si je pouvais enfin respirer librement.

— Je me dis que si je le fais et que je réussis à inspirer ne serait-ce qu'un seul gamin, un gamin Dineh, ou un gamin dans le bull riding qui se sent seul et perdu, alors, cela en vaut la peine.

— C'est un très beau projet. Et tu sais quoi ? Je viendrai avec toi à leur marche des fiertés.

Le visage de Johnny s'illumina.

— Tu ferais ça ? Vraiment ? Tu imagines ce que représenterait la présence d'un champion comme toi sur la parade ? Même si c'est seulement par soutien, même si tu ne dis pas que tu es gay, ça pourrait changer tellement de choses dans le milieu du bull riding.

— Je serai fier de marcher à tes côtés, bébé. D'ici là, je serai devenu un vieux pénible qui casse les oreilles de tous les petits jeunes avec ses histoires de gloire passée, et toi, tu seras un célèbre écarteur. Tu seras probablement capitaine de ta propre équipe.

— La FNB te remettra l'anneau d'honneur.

— Je rentrerai au panthéon des bull riders et je ne serai plus qu'un vieux cowboy qui fait du rodéo gay.

— Tu seras *mon* vieux cowboy qui fait du rodéo gay.

— Je suis content d'être rentré à la maison, murmura Johnny.

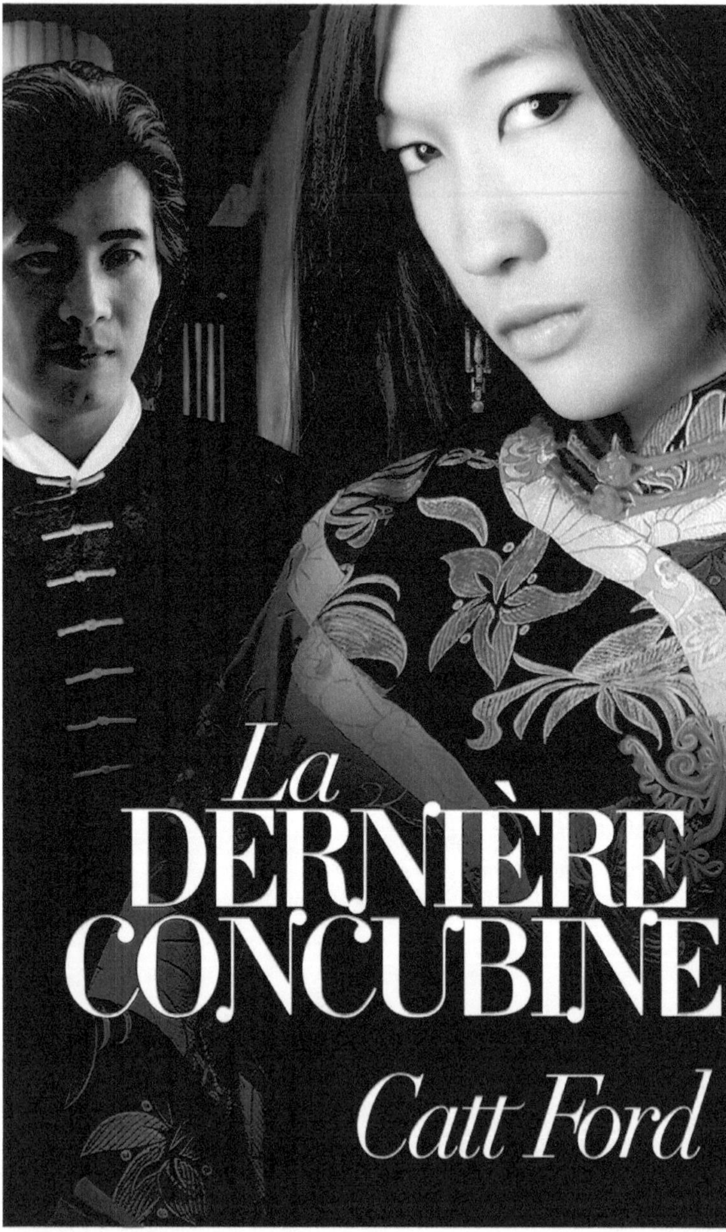
La
DERNIÈRE
CONCUBINE
Catt Ford

Lorsque le frère de la Princesse Lan'xiu la livre, sous la contrainte, à la cour du Général Hüi Wei en tant qu'offrande politique, elle ne se demande une seule chose : combien de temps va-t-il se passer avant que son secret ne soit découvert ? Elle ne se fait pas d'illusions ; quand le général découvrira qu'elle est en réalité un homme, la mort sera son seul avenir… Même s'il ne lui rendra pas la tâche facile. Lan'xiu s'est habillé comme une femme toute sa vie, mais il n'a rien d'une demoiselle en détresse. Il sait manier l'épée aussi bien que son prochain.

Le Général Hüi Wei possède tout ce qu'un homme pourrait vouloir : le pouvoir, la richesse, le succès sur les champs de batailles et un pavillon de concubines. Tout d'abord, il traite Lan'xiu avec suspicion, mais il se trouve étrangement attiré par elle. Quand il découvre que la belle jeune femme est en réalité un homme, sa première réaction consiste à tirer son épée. Mais plutôt que de gâcher une telle beauté, il décide de jouir de la soumission du fougueux Lan'xiu… et allume les flammes d'une passion et d'un désir plus profond que tout ce qu'il a pu ressentir pour ses autres épouses. Mais les intrigues de la cour, les ambitions politiques et les doutes du général seront peut-être trop de choses à surmonter pour leur amour.

www.dreamspinner-fr.com

UNE POIGNE DE FER

CATT FORD

Nicolas Sayers, ayant besoin d'argent pour l'université, prend un emploi comme assistant de l''infâme photographe Damian Wolfe. Il s'agit juste prendre des photos, pas vrai ? Faux. Alors que Nick n'a jamais remis en cause le genre d'homme qu'il est ou ce qu'il veut vraiment dans la vie, travailler pour Damian lors d'une séance photo sur le thème du BDSM lui ouvre les yeux sur toutes sortes de possibilités sexuelles, et beaucoup d'entre elles incluent le beau M. Wolfe.

Damian a de sérieux doutes quant à s'impliquer avec un homme plus jeune qui ne connaît rien sur le mode de vie BDSM, mais l'approche audacieuse et pleine d'humour de Nick face à de nouvelles expériences est trop séduisante pour y résister. Bien qu'il sache que ce pourrait être une erreur, Damian prend Nick dans sa vie.

Faire l'expérience de la perte de contrôle, de la soumission et la douleur excite Nick plus qu'il n'aurait jamais cru possible. Avec Damian, il apprend à connaître ses propres désirs profondément enfouis et découvre que l'abandon de tout contrôle ne le rend pas faible que quelqu'un d'autre prenne le contrôle de son plaisir sexuel l'augmente, tout simplement. Et l'inverse est vrai pour Damian : le contrôle l'excite. Ils se mettent alors à explorer ces limites sensuelles ensemble, ne s'attendant pas à trouver l'amour en chemin.

www.dreamspinner-fr.com

CATT FORD vit derrière un écran d'ordinateur, dans un monde imaginaire où ses héros gays lui obéissent au doigt et à l'œil.

Elle aime les chats, le chocolat, le swing, dormir, les Monty Python, ses amis australiens, faire la folle, invoquer de nouvelles réalités par le pouvoir des mots, et les bouts de verre polis que l'on trouve au bord de la mer. Elle n'aime pas les chenilles, la fumée de cigarette et les ignorants qui emploient des insultes discriminantes (une tapette est un instrument pour tuer les mouches, merci bien).

Perfectionniste devant l'éternel, elle se rassure en se comparant aux tisseurs de tapis perses qui intégraient volontairement une erreur à leur ouvrage pour rompre l'équilibre parfait, car seul Dieu créait des choses parfaites. Elle a choisi d'écrire de la fiction pour satisfaire un besoin de discussion intelligente, ce qui n'est possible que lorsque l'on contrôle les deux côtés du dialogue, et elle a choisi la romance érotique parce qu'elle aime les (presque) happy ends.

Vous pouvez visiter le blog de Catt à l'adresse suivante : catt-ford. livejournal.com.

Par CATT FORD

L'arrogant
La dernière concubine
Une poigne de fer

Publié par DREAMSPINNER PRESS
www.dreamspinner-fr.com